ଅର୍ଘ୍ୟଥାଳି

....

କ୍ଷୁଦ୍ରଗଳ୍ପ ସଂକଳନ

ବୁନୀ ତ୍ରିପାଠୀ

STORYMIRROR
Stories that reflect you

Copyright © 2022 Buni Tripathy

This is a work of Fiction. Names, characters, businesses, places, events and incidents are either product's of the author's imagination or used in a fictitious manner. Any resemblance to actual persons, living or dead, or actual events is purely coincidental.

All Rights Reserved

Arghyathali
First Edition: September 2022
Printed in India

Typeset in Kalinga

ISBN: 978-93-91116-24-8

Book Layout by: StoryMirror

STORY**MIRROR**
Stories that reflect you

Publisher: StoryMirror Infotech Pvt. Ltd.
              7th Floor, El Tara Building, Behind Delphi Building, Hiranandani Gardens, Powai, Mumbai, Maharashtra - 400076, India.

Web: https://storymirror.com
Facebook: https://facebook.com/storymirror
Twitter: https://twitter.com/story_mirror
Instagram: https://instagram.com/storymirror

No part of this publication may be reproduced, be lent, hired out, transmitted or stored in a retrieval system, in form or by any means, electronic, mechanical, photocopying, recording or otherwise, without the prior permission of the publisher. Publisher holds the rights for any format of distribution.

ଉତ୍ସର୍ଗ

ବାବୁଜୀ !
ତୁମ ପାଦ ତଳେ
ମୋର
'ଅର୍ଘ୍ୟଥାଳି'କୁ
ଅର୍ପଣ କରୁଛି ।
ତୁମେ ଯେଉଁଠି ବି ଥାଅ
ତୁମର
ଆଶୀର୍ବାଦ
ମୋ' ଉପରେ ଝରୁଥାଉ ।

ବୁନୀ

ମନର କଥା

କହିବାକୁ ତ ଅନେକ, ହେଲେ ଶୁଣିବ କିଏ ? ଚିତ୍କାର କରି କଣ୍ଠ ଫଟେଇ ଦେଲେ ବି କେହି ଶୁଣିବାକୁ ନାହାନ୍ତି । ସମସ୍ତେ ନିଜ ନିଜ କର୍ମତତ୍ପରତା ଭିତରେ ରୁଦ୍ଧି ହୋଇଛନ୍ତି । ସେଥିପାଇଁ ବିକଳ୍ପ ସଦୃଶ ଏଇ କାଗଜ ଓ କଲମକୁ ମୁଁ ମୋର ସାଥୀ କରି ନେଇଛି । ଅନ୍ତତଃ, ମନର ଅକୁହା କଥା ସବୁକୁ ଲେଖି ତ ପାରିବି ! ଅଙ୍ଗେ ନିଭେଇ ଥିବା, ଅଥବା ପ୍ରତ୍ୟକ୍ଷ ଓ ପରୋକ୍ଷ ଅନୁଭୂତିକୁ ମୋ' କଲମ ମୁନରେ ଆଙ୍କି ପାରିବି !

ଏବେର ଯୁଗ ଅବିଶ୍ୱାସ ଓ ସନ୍ଦେହ ଭିତରେ ଘେରା ଅନ୍ଧକାର ବଳୟ ପରି । କାହାରି ଅସୁବିଧାରେ "ଆହା" ଅଥବା "ଚୁ ଚୁ" କହିଲେ, ସେମାନେ ଭାବୁଛନ୍ତି ଆମେ ବୋଧେ ତାଙ୍କୁ ତାଚ୍ଛଲ୍ୟ କରୁଛୁ । ନିଜକୁ ଯଥା ସମ୍ଭବ ଏଇ ପ୍ରଲେପଦିଆ ରଙ୍ଗିନ ଦୁନିଆଠାରୁ ଦୂରେଇ ରଖି, ନିଜର ନିଜସ୍ୱ ସତ୍ତା ଉପଲବ୍ଧି କରିବାର ସବୁଠାରୁ ଶ୍ରେଷ୍ଠ ଓ ଶାଶ୍ୱତ ମାର୍ଗ ହୁଏତ ମୋର ଏଇ କାଗଜ ଓ କଲମ ସହିତ ବନ୍ଧୁତା ସ୍ଥାପନ କରିବା ।

ସାହିତ୍ୟ ସମାଜର ଆଇନା ପରି, ସାହିତ୍ୟ ମହାଦ୍ରୁମରେ ମୁଁ ଗୋଟିଏ କ୍ଷୁଦ୍ରାତି କ୍ଷୁଦ୍ର ସାଧାରଣ ଦ୍ରୁମ ପରି । ହୁଏତ ବାଲି ରେଣୁ ଠୁ କ୍ଷୁଦ୍ର, ଧୂଳିକଣା ବି ନୁହେଁ । କିଛିଟା ଭାବନାକୁ, ମନଭିତରେ ଆସୁଥିବା କିଛିଟା କଳ୍ପନାକୁ ସ୍ୱରୂପ ଦେବାକୁ ଚେଷ୍ଟା କରୁଛି । "ଅର୍ଘ୍ୟଥାଳି" ମୋର ଦ୍ୱିତୀୟ ଗଳ୍ପ ସଂକଳନ । ଏଥିରେ ଥିବା ଗଳ୍ପଗୁଡିକ ଅଗଣିତ ପାଠକ ପାଠିକା ମାନଙ୍କୁ ନିଶ୍ଚିତ ସୌନ୍ଦର୍ଯ୍ୟବୋଧର ଅନ୍ତରାଳେ ରହି କିଛିଟା ସାମାଜିକ ସଚେତନତା ସହିତ ସଂସ୍କାର ବିଷୟରେ ଧାରଣା ଦେଇ ପାରିବ ବୋଲି ମୋର ଆଶା ।

"ଅର୍ଘ୍ୟଥାଳି"ର ପ୍ରକାଶନ ପାଇଁ ସ୍ୱୀକୃତି ପ୍ରଦାନ କରିଥିବାରୁ ଷ୍ଟୋରୀମିରର୍ ପରିବାର ପାଖରେ ମୁଁ ନିଜର କୃତଜ୍ଞତା ଜ୍ଞାପନ କରୁଛି ।

ବୁନୀ ତ୍ରିପାଠୀ

ଗାଳ୍ପିକାଙ୍କ ବିଷୟରେ

ବୁନୀ ତ୍ରିପାଠୀ ଏକାଧାରରେ ଜଣେ କବି, ଗାଳ୍ପିକ, କଥାକାର, ଗୀତିକାର, ଅଭିନେତ୍ରୀ ତଥା ପ୍ରଯୋଜିକା । ଆଜି ପର୍ଯ୍ୟନ୍ତ ସେ ଗୁଡାଏ ଧାରାବାହିକ ତଥା ଚଳଚିତ୍ରରେ ଅଭିନୟ କରି ଚାଲିଛନ୍ତି, "ଏଇତ ଦୁନିଆ", "ତିନି ତୁଣ୍ଡରେ ଛେଳି କୁକୁର", "ଲାଲ ମହଲ", ସାଧୁ ମେହେରଙ୍କ ନିର୍ଦ୍ଦେଶିତ "କାଳୀ ବୋହୂ, "ଆହ୍ୱାନ", "ଉଆଁସୀ କନ୍ୟା", "ଶ୍ରୀଜଗନ୍ନାଥ" ଆଦି ଧାରାବାହିକ ତାଙ୍କ ନିଖୁଣ ଅଭିନୟର ପରିଚାୟକ । ସେହିପରି "ଚମ୍ପିୟାନ ଓ ଦୀପୁ", "The Dance Boy" ଚଳଚିତ୍ରରେ ମଧ୍ୟ ସେ ଅଭିନୟ କରିଛନ୍ତି ।

ତାଙ୍କର କାବ୍ୟକୃତି ଓ ଗଳ୍ପ ରଚନା ପାଇଁ ସେ ସ୍ୱପ୍ନିଳ ସାହିତ୍ୟ ସଂସଦ, କୋଣାର୍କ ପୁସ୍ତକ ମେଳା, କୋଣାର୍କ ଚନ୍ଦ୍ର ଜ୍ୟୋସ୍ନାର ଆସର, ନିଶିଗନ୍ଧା, ସୁଲେଖା ଗୁଣ୍ଡିଚା ସାହିତ୍ୟ ସଂସଦ, ପୁରୀ ଆଦି ଦ୍ୱାରା ସମ୍ମାନିତ ହୋଇଛନ୍ତି । ଆଗରୁ ଗଳ୍ପ ସଂକଳନ "ଝରା ଶେଫାଳି" ପ୍ରକାଶିତ ହୋଇ ସାରିଛି । "ଅର୍ଘ୍ୟଥାଳି" ବୁନୀ ତ୍ରିପାଠୀଙ୍କର ଦ୍ୱିତୀୟ ଗଳ୍ପ ସଂକଳନ।

ବୁନୀ ତ୍ରିପାଠୀଙ୍କ ଜନ୍ମ ଅବିଭକ୍ତ କଟକ ଜିଲ୍ଲା ରଘୁନାଥପୁରର ସାଧୁସାହି ଗ୍ରାମରେ । ବାପା ୰ରମେଶ ଚନ୍ଦ୍ର ତ୍ରିପାଠୀ ସଙ୍ଗୀତ ଓ ଡ୍ରାମା ଡିଭିଜନ, କେନ୍ଦ୍ର ସରକାରଙ୍କ ଅଧୀନରେ କାର୍ଯ୍ୟରତ ଥିଲେ । ବାପା ନିଜେ ଜଣେ ଖ୍ୟାତି ସମ୍ପନ୍ନ ଲେଖକ ଥିଲେ । ମାଆ ସଚଳା ତ୍ରିପାଠୀ । ଉଭୟ ବାପା ଓ ମାଆଙ୍କ ପ୍ରେରଣାରେ ବୁନୀ ଅଭିନୟ ତଥା ଲେଖା ଲେଖିରେ ଆଜି ପର୍ଯ୍ୟନ୍ତ ଆଗେଇ ଚାଲିଛନ୍ତି ।

■

ସୂଚୀପତ୍ର

୧. ପଳାତକ	୧୧
୨. ପରିଚୟ	୨୦
୩. କୋଡିଏ ହଜାର	୨୮
୪. ଅଭିଶପ୍ତା	୩୮
୫. ତୁଳସୀ	୪୭
୬. ଶେଷ ଇଚ୍ଛା	୫୩
୭. ବୟସର ଦୋଷ	୬୨
୮. ପଳାଶ ଫୁଲ	୬୯
୯. ଅମ୍ଳାନ ପ୍ରେମ	୭୫
୧୦. ରଙ୍ଗିନ ଦୁନିଆ	୮୨
୧୧. ଉର୍ମିଳା	୯୦
୧୨. ଡିବିରି	୯୬
୧୩. ଶୌରୀ ନାନୀ	୧୦୪
୧୪. ତଟିନୀ	୧୦୮
୧୫. ପତ୍ରଝଡା	୧୦୬

ପଳାତକ

ରାତ୍ରିର ଅନ୍ଧକାରରେ ଯେତେବେଳେ ସହର ସାରା ନିସ୍ତବ୍ଧ, ସେତେବେଳେ କେବଳ ଗୋଟିଏ ଲୋକ ଚାହିଁ ରହିଛି । ସହରର ମଧ୍ୟ ଭାଗରେ ଏକ ସୁଉଚ୍ଚ ଅଟ୍ଟାଳିକା, ଯାହା ବର୍ତ୍ତମାନ ଏକ ସୁନାମଧନ୍ୟ ନର୍ସିଂହୋମ ଭାବରେ ପରିଚିତ । ସେଇ ନର୍ସିଂହୋମ୍ ରେ କ୍ୟାନସର ବେଡରେ ପଡ଼ି ରହିଛି ଏକ ବ୍ୟକ୍ତି । ଯିଏ ପ୍ରତି ମୁହୂର୍ତ୍ତରେ ମୃତ୍ୟୁର ସତର୍କ ଘଣ୍ଟି ଶୁଣିପାରୁଛି ତା' ଦେହ ଭିତରୁ । କେଉଁ ମୁହୂର୍ତ୍ତରେ କ'ଣ ହେବ ସେ କଥା କିଏ କହିପାରିବ ? ଲୋକଟି ଏକ ଦୃଷ୍ଟିରେ ଚାହିଁ ରହିଛି ନର୍ସିଂହୋମ୍ ର ଝରକା ଆଡ଼େ । ଏବଂ ତା'ର ପର୍ଦା ଆଢୁଆଳରେ ତା'ର ଆଖି ଲାଖି ରହିଛି ଏକ ବୃଦ୍ଧ ମଦୁଆ ଉପରେ । ଲୋକଟି ତାକୁ ଦେଖି ଭାବି ଚାଲିଛି ତା'ର ଅତୀତ, ଯେଉଁ ଅତୀତ ପାଇଁ ସେ ଆଜି କ୍ୟାନସ୍ ର ୱାଡ଼ରେ ପଡ଼ିରହିଛି । ଡାକ୍ତରମାନେ, ସିଷ୍ଟର୍ ସମସ୍ତେ ପଚାରୁଛନ୍ତି ଘରେ ଆତ୍ମୀୟ ସ୍ୱଜନ କିଏ ଅଛନ୍ତି, ଯାହାଙ୍କ ପାଖକୁ ସେମାନେ ଖବର ଦେବେ ବା ମୃତ୍ୟୁ ପରେ Dead body ଟାକୁ ସେମାନଙ୍କର ସମ୍ପର୍କ ବୋଲି ହସ୍ତାନ୍ତର କରି ପାରିବେ । ନ ହେଲେ ସରକାର ତାଙ୍କ ଖର୍ଚ୍ଚରେ ସର୍ବସାଧାରଣଙ୍କ ପାଇଁ ଥିବା ଇଲେକଟ୍ରିକ୍ ଚୁଲାରେ ତା'ର ସତ୍ତ୍ୱହୀନ ଦେହଟାକୁ ଜାଳିବା ପାଇଁ ବାଧ୍ୟ ହେବେ ।

ବ୍ୟକ୍ତିଟି ଉର୍ଦ୍ଧ୍ୱକୁ ଚାହିଁ ଏକ ଲମ୍ବା ନିଃଶ୍ୱାସ ଛାଡିଲା । ଆଜି ସିଏ ଜାଣୁଛି ତା'ର ମୃତ୍ୟୁ ଅତି ସନ୍ନିକଟ ତଥାପି । ସେ ହସି ପାରୁଛି । ସଂସାରର ମୋହ ମାୟା ତ୍ୟାଗ କରି ସତେ ଯେମିତି ସେ ଗୌତମ ବୁଦ୍ଧ ପାଲଟି ଯାଇଛି, ହେଲେ ସେ କେବଳ କ୍ଷତବିକ୍ଷତ ହୋଇଛି । ଜୀବନକୁ ଭଲରୂପେ ଚିହ୍ନିବା ଆଗରୁ ସେ ମୃତ୍ୟୁକୁ କୋଳେଇ ନେଇଛି ଅତି ଅନ୍ତରଙ୍ଗ ଭାବରେ ।

ହଠାତ୍ ଏକ ଦୁଃଖଦ ଚିତ୍କାର କରି ଉଠିଲା ଲୋକଟି, "ଆଃ" ଦଲକାଏ ଖଣ୍ଡ ଖଣ୍ଡ ରକ୍ତ ବାହାରି ଆସିଲା ବାହାରକୁ । ମୃତ୍ୟୁ ଓ ଜୀବନ ଭିତରେ ଆଜି

ମହାଭାରତ ସମର ଲାଗିଛି, ତା'ର ପରିଣତି ସ୍ୱରୂପ ଦୁର୍ଯ୍ୟୋଧନ ରକ୍ତ ନଦୀ ପାର ହେଲା ପରି ସେ ଦେହ ଭିତରୁ ବୋହି ଆସୁଥିବା ଖଣ୍ଡ ଖଣ୍ଡ ରକ୍ତକୁ ପାରି କରୁଛି । ମୃତ୍ୟୁର ଅନ୍ତିମ କୋଳରେ ଶୋଇ ମନେପଡି ଯାଉଛି ତା'ର ସେହି ଦୁଷ୍ଟ ଘୃଣ୍ୟ ଅତୀତ । ଯାହାପାଇଁ ଅତୀତ ତା ପାଇଁ ଏକ ସ୍ୱର୍ଣ୍ଣମୟୀ କଳ୍ପନା ଥିଲା । ସେ ଅତୀତ ପାଇଁ ଆଜି ଅନୁତାପ କରୁଛି ।

ପାଖ ମସଜିଦ୍ ର ଘଣ୍ଟାରେ ରାତି ବାରଟା ହେବାର ସୂଚନା ଦେଲା । ସତେ ଯେମିତି ପ୍ରକୃତି ନିୟତି ସମସ୍ତେ ଆଜି ଏ ଲୋକଟି ବିପକ୍ଷ ହୋଇଛନ୍ତି । ସେ ନିଜକୁ ନିଜେ କହିହେଲା, "ମୋ' ଜୀବନରେ ମଧ୍ୟ ବାରଟା ବାଜିସରିଲାଣି "ନିୟତିର କ୍ରୁର ହସ ଓ ଆଖିଠାର ଆଗରେ ଲୋକଟି ଏ ପର୍ଯ୍ୟନ୍ତ ହାରମାନି ନାହିଁ, କିନ୍ତୁ ଆଉ କେତେ ସମୟ ...

ଅତୀତ ତା' ପାଇଁ ବହୁ ନିଷ୍ଠୁର, ଯାହାକୁ ମନେପକାଇଲେ ଆଜି ମୃତ୍ୟୁର କୋଳରେ ବି ତା' ଲୋମ ଟାଙ୍କୁରି ଉଠେ । ଓଡ଼ିଶାର ଏକ ଅଖ୍ୟାତ ପଲ୍ଲୀରେ ତା'ର ଘର । ସମସ୍ତଙ୍କ ପରି ସେ ଜନ୍ମ ହେଲା ବେଳେ ମଧ୍ୟ ଏନ୍ତୁଡି ଜଳିଥିଲା, ହୋଇଥିଲା ମଧ୍ୟ ଏକୋଶିଆ, ବାପା ମାଆଙ୍କର ପ୍ରଥମ ସନ୍ତାନ ଭାବରେ ପରିବାରର ସମସ୍ତଙ୍କ ଠାରୁ ସ୍ନେହ ସାଉଁଟି ଆଣିଥିଲା । ପ୍ରଥମ ପୁଅ ହୋଇଥିବାରୁ ବାପା ମାଆ ଅତି ଆଦରରେ ତା'ର ନାଁ ରଖିଥିଲେ 'ରବି'। ସେମାନେ ଭାବିଥିଲେ ସୂର୍ଯ୍ୟର ଅନ୍ୟ ନାମ ରବି, ତା'ର ପ୍ରଖର ଆଲୋକରେ ଯେପରି ସାରା ବିଶ୍ୱ ଆଲୋକିତ ହେଉଛି ଠିକ୍ ସେହିପରି ତାଙ୍କ ପୁଅର ପ୍ରତିଭାରେ ସାରା ବିଶ୍ୱ ଆଲୋକିତ ହେବ । ହେଲେ ସେମାନେ ଭୁଲିଯାଇ ଥିଲେ ସୂର୍ଯ୍ୟ ନିଜ ଆଲୋକର ତୀବ୍ରତାରେ ନିଜେ ଜଳି ଯାଉଛି, କେହି ଜଣେ ହେଲେ ତା' ପାଖକୁ ଯିବାକୁ ସାହାସ କରନ୍ତି ନାହିଁ, ଠିକ୍ ସେହିପରି ମୁଁ ମୋ' ଭାଗ୍ୟର ନିଆଁରେ ଜଳୁଛି । କେହି ଜଣେ ହେଲେ ମୋ' ପାଖରେ ରହିପାରୁ ନାହାନ୍ତି । ମୁଁ କାଲି ଥିଲି ଏକୁଟିଆ ତ ଆଜି ବି ଏକୁଟିଆ ଓ ଆସନ୍ତାକାଲି ମଧ୍ୟ ସେହି ଏକୁଟିଆ ରହିବି ।

ଛୋଟ ପିଲାଟିର କ୍ରମବର୍ଦ୍ଧିଷ୍ଣୁ ସମୟ ପରି ମୋର ମଧ୍ୟ ବାଲ୍ୟକାଳ ଗତାନୁଗତିକ ଭାବରେ ଗଢିଥିଲା । ମୁଁ ଯେତେବେଳେ ବାଲିରେ ଖେଳି ହସୁଥିଲି ସେତେବେଳେ ନିୟତି ଆଖିଠାର ଦେଇ ମୁରୁକି ମୁରୁକି ହସୁଥିଲା ମୋ' କ୍ଷଣିକ ସୁଖ ଦେଖି । ମତେ ସେତେବେଳେ ୪ ବର୍ଷ ସେତେବେଳେ ଦୈବୀଦୁର୍ବିପାକ ରେ ମୋ' ପରିବାରର ସମସ୍ତେ ନିଶ୍ଚିହ୍ନ ହୋଇଗଲେ । ଝଡ଼ବାତ୍ୟାର ପ୍ରଳୟ

ରୂପ ମୋତେ ନିହାତି ଏକୁଟିଆ କରିଦେଲା ଏହି ରାଜରାସ୍ତାରେ । ଏତେ ବିରାଟ ବିରାଟ ଦୁନିଆରେ ମୁଁ ଏକ ଅନାଥ ଶିଶୁର ଆଖ୍ୟା ନେଇଗଲି । ବାପାମାଆ ଆତ୍ମୀୟ ସ୍ୱଜନଙ୍କର ମୁଣ୍ଡ ପାଖରେ ବସି ଏକ ଅବୋଧ ଶିଶୁ ଢେର୍ କାନ୍ଦିଥିଲା । କିନ୍ତୁ ତା'ର ଅର୍ଥ କେହି ବୁଝି ପାରିନଥିଲେ । ଠିକ୍ ସେହି ଦିନଠାରୁ ମୋ' ପାଇଁ ବାପା ମାଆ ଦୁଇଟି ଶବ୍ଦ ନିହାତି ଅପରିଚିତ ହୋଇଗଲା । ସମୟର ତାରତମ୍ୟର ମାନେ ମୋ' ପାଇଁ କିଛି ନଥିଲା ଭୋକ କଲେ ମାଆର ସେ ସ୍ନେହ ବୋଳା ଡାକ ମୋ' ପାଇଁ କେବେ ଶୁଭିନଥିଲା ।

ଏହି ପରି ଭାବେ ବର୍ଷେ କଟିଯାଇଥିଲା କିନ୍ତୁ କେହି ଜଣେ ସହୃଦୟ ବ୍ୟକ୍ତି ମୋତେ ଦେଖି ଦୟାବଶତଃ "ମା' ରମାଦେବୀ"ଙ୍କ ଅନାଥ ଆଶ୍ରମରେ ଛାଡିଦେଲେ । ସେହି ଦିନଠାରୁ ସେ ଆଶ୍ରମ ମୋ' ପାଇଁ ଘରଦ୍ୱାର ଏବଂ ସେଠାରେ ଥିବା ଅନ୍ତେବାସୀ/ବାସିନୀମାନେ ଭାଇଭଉଣୀ ପାଲଟିଗଲେ । ଶାନ୍ତିର ପ୍ରତିମୂର୍ତ୍ତି ମା' ରମାଦେବୀ ମୋ' ପାଇଁ ମା' ହୋଇଗଲେ । ଅଳି ଅଝଟ ମୋର ସବୁ ସେହି ଆଶ୍ରମ ପୂରଣ କଲା । ସେଠାରେ ରହି ସ୍କୁଲ ଗଲି ପାଠ ପଢିଲି, ନିଜ କାମ ନିଜେ କରିବାର ଶିକ୍ଷା ମଧ୍ୟ ଗ୍ରହଣକଲି, ଅନାଥ ପିଲା କହିଲେ ଲୋକମାନେ ଭାବନ୍ତି ଆମେ ଜଣେ ଜଣେ ନର୍କର କୀଟ । ସେହି ଚିନ୍ତାଧାରା ବା ଲୋକଙ୍କ ଘୃଣା ମନୋଭାବରୁ ଆମକୁ ଦୂରେଇ ରଖିବା ପାଇଁ ମା' ରମାଦେବୀ ସମସ୍ତ ପ୍ରକାର ଚେଷ୍ଟା କରୁଥିଲେ । ନିଜ ହାତରେ ଖୁଆଇ ଦେବା, ଶୁଆଇ ଦେବା, ଅଳି କଲେ ପୂରଣ କରିବା, ଅଝଟ କଲେ ମାଆ ଭଳି କାଖେଇ ଜହ୍ନମାମୁଁ ଦେଖି ବୁଝେଇ ଦେଉଥିଲେ । ରାତିରେ ନିଦ ନ ଆସିଲେ ପାଖରେ ଶୋଇ ନାନାବାୟା ଗୀତ ଗାଇ ଶୁଣାଉ ଥିଲେ । ଯଦି କେବେ ଦେହ ଖରାପ ହୁଏ ରାତି ରାତି ଅନିଦ୍ରା ରହି ଆମ ସେବା କରୁଥିଲେ । ଆମ ଅନାଥଙ୍କ ପାଇଁ ସେ ପ୍ରକୃତରେ ମାଆ ଥିଲେ । ସେ କେବେ କାହାକୁ ନିଜ ଅତୀତ ବିଷୟରେ ବିଶ୍ଳେଷଣ କରିବାକୁ ଦିଅନ୍ତି ନାହିଁ ।

ସେହି ଆଶ୍ରମରେ ଅନାଥ ପିଲାର ଆଖ୍ୟା ନେଇ ମୁଁ ମୋର କୈଶୋରକୁ ପାରକରି ଯୌବନରେ ପାଦ ଦେଲି । ବିଦ୍ୟାଳୟ ପାଠ୍ୟକ୍ରମ ଶେଷକରି ପ୍ରଥମ କରି କଲେଜରେ ପାଦ ଦେଲି । ଆଖିରେ ଆଖିଏ ସ୍ୱପ୍ନ ନେଇ ମୁଁ କଲେଜ ଗଲି, ସମସ୍ତଙ୍କ ଜୀବନରେ ଯେପରି ଯୌବନ ଏକ ମହାନ ମହକ ନେଇ ଆସେ, ମୋ ଜୀବନରେ ମଧ୍ୟ ଠିକ୍ ସେପରି ଘଟିଥିଲା । ବସନ୍ତ ପବନର ସ୍ପର୍ଶରେ ଯେପରି ରୁଗ୍ଣ ଆମ୍ବ ଗଛଟି ମଧ୍ୟ ବଉଳର ଭାରରେ ଭାରାକ୍ରାନ୍ତ ହୋଇ ଉଠେ ଠିକ୍

ସେହିପରି ମୁଁ ଗୋଟେ ନିହାତି ସୁନ୍ଦର ପୁରୁଷ ନୁହେଁ ଯେ ମୋ' ପାଇଁ ଯୌବନ ଏକ ନୂତନ ସ୍ୱାଦ ନେଇ ଆସିବ, ତା'ର ସମୟ ଆସିଲେ ସେ ବିନା ବାଧାରେ ତମ ପାଖାକୁ ଆସିବ ।

ଠିକ୍ ମୋ' ଜୀବନରେ ସେହି କଥା ହିଁ ଘଟିଲା । ମୋର ଧିରେ ଧିରେ ପରିଚୟ ହେଲା ମିତା ସହିତ, ଯିଏ କି ଥିଲା ଧନୀ ଘରର ଆଲିଅଳ କୁମାରୀ । ଏହି ପରିଚୟ ଧିରେ ଧିରେ ଭଲପାଇବାର ରୂପ ନେଲା । କିନ୍ତୁ ମୋ' ସାମ୍ନାରେ ଏକ ଲକ୍ଷ୍ମଣ ରେଖା ଟଣା ହୋଇଥିଲା, ଯାହାକୁ ଅତିକ୍ରମ କରିବା ମୋ' ପାଇଁ କଷ୍ଟ ଥିଲା । ମିତା ମୋ' ଭିତରେ କ'ଣ ଦେଖିଲା କହିପାରିବି ନାହିଁ କିନ୍ତୁ ସେ ତା' ଜୀବନ ଠାରୁ ମୋତେ ବେଶି ଭଲପାଇଲା । ତା' ପାଇଁ ଯେଉଁଟା ସହଜ ଥିଲା ମୋ' ପାଇଁ ଆକାଶ କୁସୁମ ପରି ମନେ ହେଉଥିଲା । ମୁଁ ନିଜର ସୀମାରେଖା ଭିତରେ ରହି ମିତାଠାରୁ ଦୂରେଇ ରହିବାକୁ ଚେଷ୍ଟା କରୁଥିଲି କିନ୍ତୁ ମିତା ଏହା ସହ୍ୟ କରିପାରୁନଥିଲା । ତେଣୁ, ଅତି ନିକଟତର ହେବାକୁ ଲାଗିଲା ।

ମିତା.... ଆଃ, କି ଶାନ୍ତି । ସତେ ଯେପରି ସେଇ ଅଭୁଲା ଅତୀତ ମୋ' ପାଖକୁ ଫେରି ଆସିଛି । ମୋର ଏଇ ବେଡ୍ ପାଖରେ ଠିଆ ହୋଇ ମିତା ତା'ର ପଦ୍ମକଢି ଆଙ୍ଗୁଠିରେ ମୋର ମୁଣ୍ଡର କେଶରେ ଅଙ୍ଗୁଳି ଚାଳନା କରୁଛି । ଲୋକଟି ଆଖି ବୁଜି ପୁନର୍ବାର ଚିତ୍କାର କରିଉଠିଲା । ଖଣ୍ଡ ଖଣ୍ଡ ରକ୍ତଗୁଡିକ ବାହାରି ଆସିଲା । ଲୋକଟି ଅସ୍ଥିର ଭାବରେ କହି ଉଠିଲା ମିତା ଅପେକ୍ଷା କର ମୋତେ ଟିକେ ଭାବିବାକୁ ଦିଅ ମୋର ଘୃଣ୍ୟ ଅତୀତକୁ, ଆଉ ଅଳ୍ପ ସମୟ ମାତ୍ର ତା' ପରେ ତୁମେ ଓ ମୁଁ, ମୁଁ ଆଉ ତମେ ....

ହଁ କ'ଣ ଭାବୁଥିଲି, ମିତା ଶୟନ ସ୍ୱପ୍ନର ସାଥୀ ମୋର । ଅନେକ ଦିନ କଲେଜ ପିରିଅଡ୍ ବନ୍ଦ କରି ଆମେ ଦୁହେଁ ଘୁରି ବୁଲୁଥିଲୁ । ହଠାତ୍ ବିନା ମେଘରେ ବଜ୍ରପାତ ହେଲା ଭଳି ମିତା କାନ୍ଦି କାନ୍ଦି କହିଲା ତା'ର ବିବାହ ଅନ୍ୟ ଜାଗାରେ ଠିକ୍ ହୋଇ ଯାଇଛି । ମୁଁ ସେଦିନ ସବୁ ଶୁଣି ନୀରବ ରହିଥିଲି । ଅନୁଭବ କରିଥିଲି ନାଁର ସାର୍ଥକତା, ମୋ' ନିଜ ଆଲୋକର ତୀବ୍ର ରଶ୍ମିରେ ନିଜେ ଜଳି ଯାଉଥିଲି । କ'ଣ କହି ମିତାକୁ ଶାନ୍ତ୍ୱନା ଦେବି ସେ କଥା ମୋ' ପାଖରେ ନଥିଲା । କ୍ରୁଶବିଦ୍ଧ ଯୀଶୁ ପରି ମୁଁ କେବଳ ମିତାର ସୁଖି ସଂସାର ପାଇଁ ଭଗବାନ ଙ୍କ ପାଖରେ ପ୍ରାର୍ଥନା କରୁଥିଲି । ମୋ' ନୀରବତାକୁ ଭଙ୍ଗ କରି ବୋହି ଯାଉଥିବା ଲୁହକୁ ପୋଛିଦେଲା ମିତା ।

ହଠାତ୍ ଦିନେ ମୋ' ଆଗରେ ମିତା ଏକ ପ୍ରସ୍ତାବ ରଖିଲା "ରବି! ତୁମେ ଆଉ ମୁଁ ଚାଲ ବହୁଦୂରକୁ ଚାଲିଯିବା, ଯେଉଁଠି ଗଢି ପାରିବା ନୀଡ଼ଟିଏ । ସମାଜର ପ୍ରତିବନ୍ଧ ଠାରୁ ଆମେ ଅନେକ ଦୂରକୁ ଚାଲିଯିବା । କିନ୍ତୁ ତା'ର ଏ ପ୍ରସ୍ତାବରେ ମୁଁ ରାଜି ହୋଇ ପରିଲି ନାହିଁ, କାରଣ ମୋ' ସାମ୍ନାରେ ବେକାରୀତ୍ୱ ଏକ ପ୍ରଧାନ ପାଚେରୀ ହୋଇ ଠିଆ ହୋଇଥିଲା । ସେଥିପାଇଁ ହସି ହସି ସକ୍ରେଟିସଙ୍କ ପରି ଭଲ ପାଇବାର ହଳାହଳ ବିଷକୁ ପିଇଦେଇ ମିତାକୁ ବୁଝେଇ ଦେଲି ଅନ୍ୟଠି ବିବାହ ପାଇଁ । ତା'ର ପ୍ରସ୍ତାବରେ ମୁଁ ମୋ' ଅକ୍ଷମତା ପ୍ରକାଶ କଲି । ସେ ନିରାଶ ହୋଇ ଫେରି ଯାଇଥିଲା ଏବଂ ଅଳ୍ପ ଦିନ ପରେ ଏକ ସମ୍ଭ୍ରାନ୍ତ ଘରର ବୋହୂ ସାଜି ମିତା ଚାଲିଗଲା ।

ତା' ବିବାହର ପଞ୍ଚମ ଦିନରେ ଏକ ଚିଠି ପାଇଲି, ଅକ୍ଷର ଦେଖି ମୁଁ ପ୍ରଥମେ ଚମକି ପଡ଼ିଲି, ହେଲେ ବି ସାହାସ କରି ଚିଠିଟି ଖୋଲିଲି, କିନ୍ତୁ ଏ କ'ଣ ? ବାପା ମାଆଙ୍କ ମୃତ୍ୟୁରେ ମୁଁ ଯେମିତି ଧକ୍କା ପାଇଥିଲି, ଠିକ୍ ସେହିପରି ସେଦିନ ଲାଗିଥିଲା । ମିତା ତା'ର ଚତୁର୍ଥୀ ଦିନ ଆତ୍ମହତ୍ୟା କରିଦେଇଥିଲା, କାରଣ ତା' ଦେହକୁ ଅନ୍ୟ ପୁରୁଷ ଛୁଇଁବା ପୂର୍ବରୁ ସେ ଅନେକ ଦୂରକୁ ଚାଲିଗଲା । ଏ ଖବର ପାଇ ସେ ଦିନ ମୁଁ କେତେ ଯେ କାନ୍ଦିଥିଲି ସେ କଥା ଜଣେ ବିରହୀ ହିଁ ହୃଦୟଙ୍ଗମ କରିପାରିବ ।

ଏମିତି ଅନେକ ଦିନ ଚାଲିଗଲା ମିତାର ସ୍ମୃତିରେ । ଧିରେ ଧିରେ ମୋ' ଜୀବନରେ ସ୍ଥାନ ଅଧିକାର କରିନେଲା ମଦ, ମିତାକୁ ହରେଇବାର ଦୁଃଖ ମୋତେ ଅସ୍ଥିର କରିଦେଇଥାଏ କାରଣ 'ମିତା'ର ମୃତ୍ୟୁ ପାଇଁ ମୁଁ ନିଜକୁ ଦାୟୀ କରୁଥାଏ । ଏ ଦୁଃଖକୁ ଭୁଲିବା ପାଇଁ ମୁଁ ଚେଷ୍ଟା କରୁଥିବା ବେଳେ ଆଉ ଗୋଟିଏ ଝିଅ ମୋ' ଜୀବନ ପରିଧି ଭିତରକୁ ପଶି ଆସି ଆଶାର କିରଣ ବିଛାଇ ଦେଲା । ଯେତେବେଳେ ନିଜର କରିବା ପାଇଁ ସମୟ ଆସିଲା ସେ ଓହରି ଗଲା, ସେ କ୍ୟାନ୍ସର ପୀଡ଼ିତା, ଅତ୍ୟଧିକ ମଦ ପିଇ ଶେଷରେ ମୃତ୍ୟୁର କୋଳରେ ଲୀନ ହେବା ପାଇଁ ସେ ଗୋଡ ଟେକି ବସିଥିଲା । ନାଁ ଟି ଯେପରି ମେଖଳା ଠିକ୍ ତା' ଜୀବନକୁ ମଧ୍ୟ ମେଖଳା କରିଦେଲା ।

ଜୀବନରେ ବାରମ୍ବାର ଧକ୍କା ଖାଇ, ମୁଁ ଭାଙ୍ଗି ପଡିଥିଲି । ସୁନାକୁ ଯେମିତି ବାରମ୍ବାର ନିଆଁର ଆଞ୍ଚରେ ଆଉଟିଲେ ତା'ର ଉଜ୍ଜଳତା ବଢିଥାଏ । ଠିକ୍ ଜୀବନରେ ଦୁଃଖ ସହି ସହି ମୁଁ ମାନବରୁ ମହାମାନବ ସ୍ତରକୁ ଚାଲିଗଲି । ଦୁଃଖର

ବୈତରଣୀକୁ ପାର ହେବାପାଇଁ ମୋ' ପାଖରେ କାହାର ସାହାରା ନଥିଲା ।

ସମୟର ଗତି ସହିତ ଆଗେଇ ଚାଲିଥିଲି ଆଗକୁ ଆଗକୁ, ମୋର ନିଃସଙ୍ଗତାକୁ ଦେଖି ଜଣେ ଆତ୍ମୀୟ ମୋତେ ବାନ୍ଧିଦେଇଥିଲେ ମୋହମାୟା ବନ୍ଧନରେ । ଜୀବନରେ ପୁଣି ଥରେ ନୂତନ ଭାବେ ସଂସାର ଗଢ଼ିବାର ସ୍ୱପ୍ନ ନେଇ 'ମିନି'ର ହାତ ଧରି ମୋ' ଜୀବନ ପରିଧି ଭିତରକୁ ଟାଣି ଆଣିଲି । ଜୀବନ ମରଣର ସାଥୀ, ସୁଖ ଦୁଃଖର ସାଥୀ । ବାସର ରାତିରେ ନାଲି ଟୁକୁଟୁକୁ ଓଢ଼ଣା ତଳୁ ତା'ର ସେଇ ସୁନ୍ଦର ମୁହଁଟି ଦେଖି ମୋର ସ୍ୱପ୍ନର ରାସ୍ତା ଆଉଟିକେ ଲମ୍ବି ଯାଇଥିଲା । ତା'ର ମିଠା ମିଠା କଥାରେ ଓ ଚୁପି ଚୁପି ହସରେ ମୁଁ ମୋ' ଅତୀତକୁ ଭୁଲି ଯାଇଥିଲି । ଆମେ ଦୁହେଁ ଗୋଟିଏ ମୁଦ୍ରାର ଦୁଇ ପାର୍ଶ୍ୱ ପରି । ମୁଁ ଭ୍ରମର ସାଜି ମିନି ପାଖରୁ ସବୁ ମହୁ ଶୋଷି ନେବାକୁ ଚାହୁଁଥାଏ । ଆମ ଭିତରେ ଏମିତି ଗୋଟିଏ ଦିନ ନଥିଲା ଯେଉଁ ଦିନଟି ଆମେ ପରସ୍ପରକୁ ଭଲପାଇବାର ଭାଷା ନଥିଲା, ଏମିତି ରାତି ନଥିଲା ଯେଉଁ ରାତିରେ ଦୁଇଟି ଶରୀର ଗୋଟିଏ ହେଉ ନଥିଲା । ମୁଁ ମୂଳରୁ କହିଛି ଦୁର୍ଭାଗ୍ୟ ମୋ' ଠାରୁ ଚାରିପାଦ ଆଗରେ ଥାଏ । ମୋର ସୁଖକୁ ନିୟତି ସହି ପାରୁ ନଥିଲା ବୋଧହୁଏ ।

ଜୀବନରେ ଏତେ ସୁଖ ସାଉଁଟି ଥିଲି ଯେ ଦୁଃଖର ହିସାବ ରଖି ନଥିଲି । ହେଲେ, ମୋ' ପାଇଁ ସମସ୍ତେ ବାମ । ବିବାହର ବର୍ଷକ ପରେ ଆମର ପ୍ରେମର ସନ୍ତକ ସ୍ୱରୂପ ଜନ୍ମ ନେଲା ଏକ କନ୍ୟା ସନ୍ତାନ । ଧିରେ ଧିରେ ତା'ପରେ ଆରମ୍ଭ ହେଲା ମୋ' ଘୃଣ୍ୟ ଅଧ୍ୟାୟ, ଯାହା ପାଇଁ ମୋ' ଜୀବନ ଏକ କଳଙ୍କିତ ଇତିହାସ ହୋଇଗଲା । ହଠାତ୍ ଅଫିସରୁ ଫେରି ଦିନେ ଦେଖେ ମିତା'ର ଚିଠି ସବୁ ଚିରା ହୋଇ ପଡ଼ିଛି । ମୁଁ ଭିତରେ ଶଙ୍କିଗଲେ ବି ଉପରକୁ କିଛି ନ ଜାଣିଲା ପରି ମିନିକୁ ତା'ର କାରଣ ପଚାରିବାରୁ ସେ ଅତି ଅକଥନୀୟ ଭାବରେ ବାକ୍ୟବାଣରେ କ୍ଷତବିକ୍ଷତ କଲା । ମୋ' ମନକୁ ଥରେ ବୁଝିବା ପାଇଁ ଚେଷ୍ଟା କରି ବି ମୁଁ ବିଫଳ ହେଲି । ପ୍ରତିବଦଳରେ କେବଳ ଦୁଃଖ ହିଁ ପାଇଲି । ମିନି ଚାହିଁଥିଲେ ମୁଁ ମିତାକୁ ଭୁଲି ପାରିଥାନ୍ତି । ତାହା କେବଳ ମିନିର ଭଲ ପାଇବା ପାଇଁ ହିଁ ସମ୍ଭବ ହୋଇଥାନ୍ତା । ମିତା ମୋ' ପାଇଁ ଏକ ଅତୀତ । ମିନିର ରୁକ୍ଷ ବ୍ୟବହାର ମୋତେ ଦିନକୁ ଦିନ ଅତିଷ୍ଠ କରି ପକାଇଲା । ଶେଷରେ ମୋ' ଜୀବନର ଗୋଟିଏ ଲକ୍ଷ୍ୟ 'ମଦ'! ପ୍ରତିଦିନ ରାତିରେ ପେଟେ ମଦ ପିଇ ମଦୁଆଙ୍କ ପରି ଶୋଇଯିବା ଗତାନୁଗତିକ ରୀତିରେ ପରିଣତ ହୋଇଗଲା । ମିନି ଏତେ ନିଷ୍ଠୁର ଥିଲା! ମୋ' ରକ୍ତରେ ଗଢ଼ା ଝିଅକୁ ବି ମୋ' ପାଖରୁ

ଦୂରେଇ ଦେଲା । ଥରୋଟି ଓଠରେ ବାପା ଡାକ ଶୁଣିବା ପାଇଁ ମନ ମୋର ଆକୁଳିତ ହେଲାବେଳେ ଭୟରେ ମୋ' ପାଖରୁ ଦୂରେଇ ଯିବା ମୋତେ ଅଧିକ କଷ୍ଟ ଦେଉଥିଲା । ଆମେ ସ୍ୱାମୀ ସ୍ତ୍ରୀ ହେଲେ ବି ଆମ ଭିତରେ ପାଞ୍ଚ ହାତର ବ୍ୟବଧାନ ରହିଲା; ଯାହା ମୋ' ପାଇଁ ଲକ୍ଷ୍ମଣ ରେଖା ଥିଲା । ସେ ରେଖାକୁ ପାରି ହେଲେ ମୋ' ପୌରଷକୁ ଧିକ୍କାର ହେବ । ମୋ' ନିଜ ଭିତରେ ମୋର ନିଜର କାମନାକୁ ଚପାଇ ରଖିଥିଲି, ଏପରି ଭାବରେ ଜୀବନ ମୋ' ଗତିକରି ଚାଲିଥିଲା ବେଳେ ଅଚାନକ ଗୋଟେ ଝିଅ ସହିତ ଦେଖା ହେଲା; ଯାହାକୁ ଦେଖି ହଜିଯାଇଥିବା ମିତାକୁ ମୁଁ ଆବିଷ୍କାର କଲି । 'ମମତା' ରୂପରେ ଯେଉଁ ସ୍ମୃତିକୁ ଅତୀତର କବର ତଳେ ପୋତିଦେଇଥିଲି, ତାହା ପୁଣିଥରେ କବର ତଳୁ ମୁଣ୍ଡ ଟେକି ଚେଇଁ ଉଠିଲା ।

କିନ୍ତୁ ଏପଟେ ମିନିର ବ୍ୟବହାର ମୋ' ପାଇଁ ଦିନକୁ ଦିନ ଅସହ୍ୟ ହେବାକୁ ଲାଗିଲା । ଶେଷରେ ମିନି Divorce ପାଇଁ ନୋଟିସ ପଠାଇଲା । ସେ ଆଧୁନିକ ଯୁଗର ନାରୀ । ତାଙ୍କ ପାଇଁ ବିବାହର ମାନେ କିଛି ନାହିଁ । ପବିତ୍ର ଅଗ୍ନିକୁ ସାକ୍ଷୀ ରଖି ଯାହାକୁ ଜୀବନର ସୁଖଦୁଃଖର ସାଥୀ କରିବା ପାଇଁ ସଂକଳ୍ପ ନେଲି, ତାକୁ କୋର୍ଟର ଏଇ କାଗଜ ଟୁକୁଡା ଏତେ ଶୀଘ୍ର ଲିଭାଇ ଦେଲା । Divorce Paperରେ ଦସ୍ତଖତ କରିଦେଲେ ଯଦି ସ୍ୱାମୀ ସ୍ତ୍ରୀର ସମ୍ବନ୍ଧ ଛିଣ୍ଡି ଯାଉଥାନ୍ତା, ତେବେ ଏ ଦେଶର ନାରୀ ନିଜକୁ ସୀତା, ସାବିତ୍ରୀ ବୋଲି ପରିଚୟ ଦିଅନ୍ତେ ନାହିଁ । ସ୍ୱାମୀ ସ୍ତ୍ରୀ ପବିତ୍ର ସଂପର୍କକୁ ମିନି ବୁଝି ପାରିଲା ନାହିଁ ବା ବୁଝି ନ ବୁଝିଲା ପରି ଛଳନା କଲା । ଶେଷରେ ସେ ଜିତିଗଲା, ଆଉ ମୁଁ--- ମୁଁ ସବୁଥର ପରି ମୋତେ ହାର ମାନିବାକୁ ପଡିଲା । କାଠ ଗଡାରେ ଠିଆ ହୋଇ ଶେଷଥର ପାଇଁ ମୋର ଅର୍ଦ୍ଧାଙ୍ଗିନୀ, ମିନିର ମୁହଁକୁ ଚାହିଁଥିଲି । ହେଲେ ଟିକେ ବି ଅନୁଶୋଚନାର ଚିହ୍ନ ତା' ମୁହଁରେ ମୁଁ ଦେଖି ନଥିଲି ।

ଗୋଟିଏ ଅଧ୍ୟାୟର ପୂର୍ଣ୍ଣଚ୍ଛେଦ ପରେ ଦୁନିଆଉପରୁ ମୋର ମୋହମାୟା କଟିଗଲା । କେତେ ତପସ୍ୟାର ପାବନ ପୀଠରେ ଏ ମନୁଷ୍ୟ ଜନ୍ମ । କିନ୍ତୁ, ମୋତେ ଏ ଜନ୍ମ ଗୋଟେ ବୋଝ ପରି ଲାଗୁଥିଲା । ବଞ୍ଚିବାର ମୋହ ମୋ' ଭିତରୁ ଧିରେ ଧିରେ ଉଭେଇ ଯାଉଥିଲା । ପ୍ରତ୍ୟେକ ଲୋକଙ୍କୁ ଦେଖିଲେ ମନେ ହେଉଥିଲା ସମସ୍ତେ ଜଣେ ଜଣେ ଖୋଳପା ପିନ୍ଧା ମଣିଷ । 'ବିନାଶ୍ରୟେ ନ ତିଷ୍ଠନ୍ତି କବିତା, ବନିତା, ଲତା' ଏ ପଦଟି ମୋ' ପାଇଁ ମୂଲ୍ୟହୀନ ଥିଲା । ନାରୀର ଆଖିରେ ଇନ୍ଦ୍ରଜାଲର ମାୟା, ଓଠ ତା'ର ଚାଳନାରେ ଚୁମି ପାରେ,

ଦେହ ତା'ର ଟଙ୍କାର ପ୍ରତି ବଦଳରେ ଦେଇପାରେ, ହେଲେ ଦେଇପାରେନି ତା' ମନ । ମୁଁ କିନ୍ତୁ ଆଜି ଦେହ ଚାହୁଁନି, ଚାହୁଁଛି ମନ । କେମିତି ପାଇବି ସେ ମନ? ଜୀବନରେ ବଞ୍ଚିବାର ରାହା ଖୋଜୁ ଖୋଜୁ ପୁଣି ଥରେ ଯଦି ସେଇ ଛଳନାମୟୀକୁ ପାଏ, ତେବେ ---?

ଜୀବନର ଦୋ'ମୁହାଁ ରାସ୍ତା ଉପରେ ଠିଆ ହୋଇ ମୁଁ ଆଗକୁ ପାଦେ ଓ ପଛକୁ ପାଦେ ରାସ୍ତା ମାପୁଥିଲି । ପାରିଲି ନାହିଁ, ଆଉ ଥରେ କାହାର ନିର୍ଦ୍ଦେଶରେ କ୍ରୀଡା ପୁତ୍ତଳିକା ଭଳି ନାଚିବା ମୋର ଇଛା ନଥିଲା । ତେଣୁ, ଶେଷ ପର୍ଯ୍ୟନ୍ତ ମୁଁ ରହିଗଲି । ନିହାତି ବନ୍ଧନହୀନ ଏକୁଟିଆ ନିଃସଙ୍ଗ ଭାବରେ । ବାଧା ବନ୍ଧନହୀନ ଜୀବନରେ ମୋର ଆଉ ପ୍ରତିବନ୍ଧ ରହିଲା ନାହିଁ । ବାର୍ ରେ ବସି ମୃଦୁ ମୃଦୁ ନୀଳ ଆଲୋକରେ ବିଦେଶୀ ସଙ୍ଗୀତର ତାଳେ ତାଳେ ମଦ ପିଇ ଚାଲିଲି । ଭୁଲିଗଲି ଭଲ ଓ ମନ୍ଦ ଦୁଇଟି ଶବ୍ଦକୁ, ଆଜି ତା'ର ଫଳ ସ୍ୱରୂପ ଏଇ କ୍ୟାନ୍ସର ରୋଗରେ ପୀଡ଼ିତ ।

ମସଜିଦ୍ ଘଣ୍ଟାରେ ୧ଟା ବାଜିବାର ସୂଚନା ଦେଲା । ଲୋକଟି ମଧ୍ୟ ଅସ୍ଥିର ହୋଇଉଠିଲା ଯନ୍ତ୍ରଣାରେ । ତା'ର ବେଦନା ବିଧୂର ମରଣାନ୍ତକ ଯନ୍ତ୍ରଣାରେ ତା'ର ନିଃସଙ୍ଗ ପ୍ରାଣପକ୍ଷୀଟି ଛଟପଟ ହେଉଛି । ସତେକି ଚିରଦିନ ପାଇଁ ଉଡିଯିବାକୁ ମୁକ୍ତ ଆକାଶର ବିହଙ୍ଗ ହୋଇ ।

ପୂର୍ବ ଆକାଶରେ ସିଂଦୂରା ଫାଟିଲା । ନିଃସ୍ତବ୍ଧ ରଜନୀ ପାହିଲା ପରେ ଚଳଚଞ୍ଚଳ ହୋଇ ଉଠିଲା ସଂସାର । ଧିରେଧିରେ ସହରରେ ଜନ ସମାଜ ଆତଯାତ ସାଙ୍ଗକୁ କାରଖାନାର ଫୁଙ୍ଗା ବାଜି ଉଠିଲା । ହଠାତ୍ କ୍ୟାନ୍ସର ୱାର୍ଡ଼କୁ ପଶିଆସିଲେ ଜଣେ ନର୍ସ ଏବଂ ଅସ୍ୱଷ୍ଟ ଚିତ୍କାର କରି ଉଠିଲେ..., କାଲିର ଯନ୍ତ୍ରଣା କ୍ଲିଷ୍ଟ ବ୍ୟକ୍ତିଟି ଆଜି ମୃତ୍ୟୁର ଶୀତଳ କୋଳରେ ଶାନ୍ତିରେ ଶୋଇଯାଇଛି । ସତେ ଯେପରି ଅନେକ ଦିନର ଅନିଦ୍ରାକୁ ଦୂରେଇ ଦେଇ ସେ ଚିନ୍ତାଶୂନ୍ୟ ଭାବରେ ଶୋଇଯାଇଛି ସବୁଦିନ ପାଇଁ ।

ଡାକ୍ତର Check up କରି କହିଲେ 'He is dead' ! ଗୋଟିଏ ଧଳା ଚଦରରେ ତା'ର ଆପାଦମସ୍ତକ ଘୋଡେଇ ଦେଲେ, ସତେଯେପରି ସେଇ ଧଳା ଚଦରଟି ତା'ର ଅତୀତର ସମସ୍ତ କାଳିମାକୁ ଘୋଡେଇ ଦେଇ ତାକୁ

ଏକ ପବିତ୍ର ଆତ୍ମାରେ ପରିଣତ କରିଦେଲା । ଅଚିହ୍ନା ଶବ ଭାବି ନର୍ସିଂ ହୋମ୍ ର ଷ୍ଟାଫ୍ ମାନେ ଇଲେକଟ୍ରିକ୍ ଚୁଲାରେ ପକାଇବା ପାଇଁ ନେଇଗଲେ । କିନ୍ତୁ Dead bodyକୁ ନେଲାବେଳେ ଦେଖିଲେ Bedର କାନ୍ଥରେ ରକ୍ତର ଲାଲ୍ ଅକ୍ଷରେ ଲେଖାଥିଲା

"ପଳାତକ" ।

■ ■

ପରିଚୟ

ସହର ମଫସଲ ଯାଏଁ କେବଳ ଗୋଟିଏ କଥା 'ନେତୀ ଫେରିଆସିଛି' । ପୋଖରୀ ତୁଠରେ ମାଇପି ମହଲରେ କଥାକୁ ନଥା କରି ଥୋଇବା ଗୋଟିଏ ସ୍ୱଭାବ ସୁଲଭ ଅଭ୍ୟାସ । କାହା ଘରେ କ'ଣ ହେଲା, କାହା ଝିଅ ଚାଲିଗଲା, ସବୁର ଯେମିତି ପୋଖରୀ ତୁଠରେ ଗୋଟିଏ ମୀମାଂସା ହୁଏ । କୁଆ ଉଡିଗଲେ ଛୁଆ ଉଡିଗଲା ବୋଲି ପୋଖରୀ ତୁଠରେ ଆଲୋଚନାର ଆସର ବସେ ।

ଗାଁର ଘରେ ଘରେ ଗୋଟିଏ କଥା 'ନେତୀ ଫେରିଆସିଛି' । ହେଲେ ତା'ର ସେହି ପାପ ଗର୍ଭର ଛୁଆଟା ? ଗାଁ ଚଉପାଢୀରେ ପିଣ୍ଡା ମାନଙ୍କରେ ପ୍ରତ୍ୟେକ ଛକ ଜାଗାରେ ଲୋକମାନେ ଠୁଳ ହୋଇ ଗୋଟିଏ ଆଲୋଚନାରେ ବ୍ୟସ୍ତ ଅଛନ୍ତି ।

ହେଲେ ନେତୀ ??

ସେ ନିର୍ଭୀକ ସୈନିକ ଭଳି ସବୁ ଶୁଣିଲେ ବି ଶତ୍ରୁର ମୁକାବିଲା କରିବା ପାଇଁ ପ୍ରସ୍ତୁତ ହୋଇ ରହିଛି । ଦୀର୍ଘ ୨ ବର୍ଷ ପରେ ଘରକୁ ଫେରିଛି । ଘର କହିଲେ ଠିକ୍ ହେବନି, ଗାଁକୁ ଫେରିଛି କହିଲେ ଠିକ୍ ହେବ । ଏଇ ଗାଁରେ ଏକ ଗରିବ ପରିବାରରେ ଜନ୍ମ ହୋଇଥିଲା । ଜନ୍ମର ଏନ୍ତୁଡି ନିଆଁ ଏଇ ଘରେ ଜଳିଥିଲା । ବାପାଙ୍କର ହାଡ଼ଭଙ୍ଗା ଖଟଣିର ମୂଲରେ ଦିନେ ଏଇ ଘରେ ହସର ଲହରୀ ମଥା ପିଟୁଥିଲା, ହେଲେ ଆଜି-- କେବଳ ମୂକସାକ୍ଷୀ ।

ହଜିଗଲା ଦିନର ପୁରୁଣା ସ୍ମୃତି ଆଜି, ପୁଣି ଥରେ ତା' ମନରେ ଚେଇଁ ଉଠିଛି । କଳା ବାଦଲ ଯେଉଁ ଦିନ ତା' ଜୀବନରେ ଛାଇଗଲା, ଦୁନିଆଁ ଦାଣ୍ଡରେ ମୁଣ୍ଡଟେକି ଚାଲିବାର ଅଧିକାର ଯେଉଁଦିନ ତା' ଠାରୁ ଛଡାଇ

ନିଆଗଲା, ବାଳିକା ହୋଇ ବି ନାରୀ ହୋଇଯାଇଥିଲା କେତେକ ବଡ ଲୋକ ବୋଲାଉଥିବା ସମାଜର ଠିକାଦାରମାନଙ୍କର କାମନାଗ୍ନିରେ ବଳି ପଡ଼ି । ସେ ସବୁ ଗୋଟି ଗୋଟି ହୋଇ ମନେ ପଡିଯାଏ । ଆଉ ଦେହ ଭିତରେ ଜଳୁଛି ପ୍ରତିଶୋଧର ଅଗ୍ନି । କ'ଣ କରି ପାରିବ ସିଏ? ଏଇ କଥା ଭାବି ଭାବି ତା' ମଥା ଘୁରାଇ ଦିଏ । ହଠାତ୍ ବାପା ଅସୁସ୍ଥ ହୋଇ ପଡିଲେ । ମାଆ ବହୁ ଆଗରୁ ସେ ପାରିକୁ ଚାଲିଯାଇଥିଲେ, ଘରେ ଚୁଲି ଜଳିବାକୁ କାଠଟିଏ ବି ନଥିଲା । ବାପା ଯାହା ଆଣୁଥିଲେ, ବାପଝିଅ ଦୁଇଜଣ ଚଳିଯାଉଥିଲେ । କିନ୍ତୁ ସେ ପଡିଯିବା ପରେ--- ଗରିବଙ୍କ ଭଗାରୀ ପେଟ ସେ ତ କିଛି ବୁଝିବ ନାହିଁ । ଏପଟେ ବାପାଙ୍କୁ ଭଲ କରିବା ଚିନ୍ତାରେ ନେତୀ ବିଚଳିତ ହୋଇ ପଡୁଥାଏ । ତେଣୁ ସେ ନିଷ୍ପତ୍ତି ନେଲା ବାବୁମାନଙ୍କ ଘରେ କାମ କରିବ । ସେଥିପାଇଁ ସେ ବୁଲିବୁଲି ୨/୪ ଟା ଘର ଠିକ୍ କଲା । ସକାଳୁ ଯିବ ବାସନ ମାଜିବ, ଘର ଫେରିବ, ପୁଣି ଉପର ବେଳା ଯିବ । ସବୁ ବୁଝି ହସି ହସି ଘରକୁ ଫେରିଥିଲା ନେତୀ ।

ତହିଁ ପରଦିନଠୁ ୧୪/୧୫ ବର୍ଷର ଝିଅଟି ଗୋଟେ ଚଳନ୍ତା ମେସିନ୍ ପାଲଟି ଯାଇଥିଲା । ସମୟ କେବେ କାହାକୁ ଅପେକ୍ଷା କରେ ନି । ତା'ର ଠିକ୍ ସମୟରେ କଢରୁ ଫୁଲ ଫୁଟିଥାଏ । ଠିକ୍ ସେହିପରି ନେତୀ କୈଶୋରରୁ ଯୌବନକୁ ପାଦ ବଢାଉଥିଲା । ତା'ର ଅଙ୍ଗ ପ୍ରତ୍ୟଙ୍ଗରେ ଯୌବନ ସ୍ପଷ୍ଟ ବାରି ହୋଇ ପଡୁଥିଲା । ନେତୀର ଏଥି ପ୍ରତି ନିଘା ନଥିଲା । ତା'ର କାମ ଭଲ ତ ସିଏ ଭଲ । ହେଲେ, ତା'ର ଚକା ମୁହଁଟି ସୁନ୍ଦର ଦିଶିବା ଆରମ୍ଭ କଲାଣି । ବକ୍ଷସ୍ଥଳ ମଧ୍ୟ ବାହାରୁ ଜଣା ପଡିଲାଣି । ଫୁଲ ଯେତେବେଳେ ଫୁଟିଲାଣି ତା' ଚାରିପାଖେ ଭ୍ରମର ଉଡିବା ତ ସ୍ୱାଭାବିକ । ନେତୀର ଯୌବନର ବାସ୍ନାରେ ଅନେକ ଯୁବକ ପାଗଳ ହୋଇ ତା' କୁଡିଆ ଚାରିପାଖେ ବୁଲିବାକୁ ଲାଗିଲେଣି । ହେଲେ ସେଥି ପ୍ରତି ନେତୀର ନିଘା ନଥିଲା । ସେ ଗରିବ ସତ, ହେଲେ ମାନ ମହତକୁ ରଖିବା ଶିଖିଛି । ଦିନସାରା କର୍ମ କ୍ଳାନ୍ତହୋଇ ଘରକୁ ଫେରି ବାପାଙ୍କ କଥା ବୁଝି ସେ ଶୋଇଯାଏ । ତା' ଆର ଦିନ ପାଇଁ ସେ ନିଜକୁ ପ୍ରସ୍ତୁତ କରୁଥାଏ, ଏମିତି ଗଡି ଚାଲିଥାଏ ତା'ର ଦିନ ଗୁଡିକ ।

ସବୁଦିନ ସମସ୍ତଙ୍କ ପାଇଁ ସମାନ ନଥାଏ । କେତେବେଳେ କେଉଁ ମୁହୂର୍ତ୍ତରେ ମଣିଷର ଭାଗ୍ୟ ପରିବର୍ତ୍ତନ ହୋଇଯିବ କହି ହେବ ନାହିଁ । କଥାରେ କୁହନ୍ତି -" ଆର୍ କିମ୍ବା ପାର୍ ।" ସବୁଦିନ ପରି ସେଦିନ ବି କାମସାରି ଫେରିବା ପାଇଁ ନିଜକୁ ପ୍ରସ୍ତୁତ କରୁଥିଲା ବେଳେ ଘରର ମାଲିକ କାମ ବାହାନାରେ ତାଙ୍କ

ଶୋଇବା ରୁମକୁ ଡାକିଲେ । ମାଲିକାଣୀ ନ ଥିବାରୁ ମନ ଭିତରେ ଗୋଟେ ଅଜଣା ଭୟରେ ଥରି ଉଠିଲା ନେତୀ । ଟିକେ ଡେରି ହେବାରୁ ପୁଣି ଥରେ ମାଲିକ ତାଗିଦ କରି କହିଲେ । ତେଣୁ ଇଚ୍ଛା ନଥିଲେ ବି ନେତୀ ନିଜକୁ ଭଲଭାବରେ ଶାଢ଼ୀରେ ଘୋଡେଇ ହୋଇ ଭିତରକୁ ଗଲା ମାଲିକ ନେତୀକୁ ଦେଖି କହିଲେ- 'ଟିକେ ଘରଟା ପୋଛିଦେଲୁ' । ନେତୀ ପୋଛିବା ପାଇଁ ପ୍ରସ୍ତୁତ ହେଉଛି ହଠାତ୍ ଘରର କବାଟଟି ମାଲିକ ଦେଇଦେଲେ, ବିପଦର ଆଶଙ୍କାରେ ନେତୀ ଥରିବା ଆରମ୍ଭ କଲାଣି । ମାଲିକ ଧିରେ ଧିରେ ନେତୀ ପାଖକୁ ଲାଗି ଲାଗି ଆସିବା ବେଳକୁ ନେତୀ ପଛକୁ ପଛେଇ ପଛେଇ ଯିବା ସହିତ 'ଛାଡି ଦିଅନ୍ତୁ, ଛାଡି ଦିଅନ୍ତୁ' ବୋଲି କାନ୍ଦି କାନ୍ଦି ଅନୁନୟ ବିନୟ କରୁଥାଏ । କିନ୍ତୁ ନା, ଗୋଟିଏ କ୍ଷଣରେ ହଜିଗଲା ତା'ର କୁମାରୀତ୍ୱ । କେହି ଝିଅ ଜାଣିଶୁଣି ନିଜ ଇଜ୍ଜତକୁ ଅନ୍ୟ ପାଖରେ ସମର୍ପି ଦିଏନି । କେହି କେହି ଜୋର୍ କରି ଛଡାଇ ନେଲେ, କେଉଁଠି ପରିସ୍ଥିତିର ଦାସ ହୋଇ ସେ ବାଧ୍ୟ ହୋଇ ଯାଏ ସବୁ କିଛି ଅନିଚ୍ଛା ସତ୍ତ୍ୱେ ଦେବାପାଇଁ ।

କିନ୍ତୁ ନେତୀ ଠାରୁ ଜୋର କରି ଛଡାଇ ନିଆଗଲା । ଆଉ ତା ପରେ--। ସରିଗଲା ଗୋଟିଏ ଝିଅର ସ୍ୱପ୍ନ ଛିନ୍ ଭିନ୍ ହୋଇ ମାଟିରେ ମିଶିଗଲା । ନିଜକୁ ଯଥା ସମ୍ଭବ ଲୁଚାଇ ଚାଲି ଆସିଥିଲା ନେତୀ । ଘରେ ବସି ଢେର୍ କାନ୍ଦିଥିଲା ନେତୀ । କଥାରେ ନାହିଁ 'ଅଦେଖା ଘା' ଦେଖି ହୁଏନି କି ଦେଖେଇ ହୁଏନି' । ଠିକ୍ ସେହିପରି ତ୍ରିଶଙ୍କୁ ଅବସ୍ଥାରେ ଝୁଲି ରହିଥିଲା ନେତୀ । ଝିଅଟିଏ ଏକୁଟିଆ ରହିଲେ ସବୁ ବାଧାବିଘ୍ନ ଅଜାଡି ହୋଇପଡେ । ଭୁଲି ଯାଆନ୍ତି ସମସ୍ତେ ଝିଅ ହେଲେ ବି ସେ ମଣିଷ । ତା' ପାଖରେ ଧନ ନଥାଇପାରେ କିନ୍ତୁ ମନ ବୋଲି ଗୋଟିଏ ଜିନିଷ ଅଛି । ତା'ର ପସନ୍ଦ ନାପସନ୍ଦ ମଧ୍ୟ ତା'ର ମନ ଉପରେ ନିର୍ଭର କରେ । 'ଗରିବ ମାଇପ ସମସ୍ତଙ୍କ ଶାଳୀ' -ଏହି ଉକ୍ତିଟି ଯେମିତି ନେତୀ ଭଳି ନିମ୍ନ ଶ୍ରେଣୀର ଝିଅମାନଙ୍କ ପାଇଁ ଲାଗୁ କରା ଯାଇଛି ନେତୀର ସବୁ ସ୍ୱପ୍ନ ସବୁ ଆଶା ନିମିଶକେ ଚୁରମାର ହୋଇଗଲା । କାହାକୁ କହିବ? ତା' ଉପରେ ହୋଇଥିବା ଅତ୍ୟାଚାରକୁ ଯାହାକୁ କହିବ ସମସ୍ତେ ତାକୁ ହିଁ ଦୋଷୀ ବୋଲି କହିବେ । ସେ ଗରିବ, ତା' କଥାକୁ ବୁଝିବାକୁ କେହି ନାହିଁ । ତେଣୁ ନିଜ ଭାଗ୍ୟକୁ ଆଦରି ପଡି ରହିଲା ନିଜ ଭଙ୍ଗା କୁଡିଆ ଭିତରେ । ସବୁଦିନ ଭଳି କାମ କରିବାକୁ ବାହାରି ପଡିଲା । ଚୁପ୍ ଚାପ୍ ତା' କାମରେ ଲାଗି ପଡିଥାଏ । ସବୁ କଥାକୁ ପିଠି ପଛକୁ ଫୋପାଡି ଦେଇ ନୂଆଁ ସକାଳର ନୂଆଁ ଉନ୍ମାଦନାରେ ଲାଗି ପଡିଥାଏ । ସବୁକାମ ସାରି ଘରକୁ ଫେରିବାକୁ ପାଦ ବଢାଇଲା ବେଳକୁ ବାବୁ

ଦାଣ୍ଡ ଦୁଆର କବାଟ ଦେଇ ଦେଲେ । ଯେତେ ନେହୁରା ହେଲେ ବି କୌଣସି କଥା ଶୁଣିବାକୁ ସେ ପ୍ରସ୍ତୁତ ନଥିଲେ । ପୁଣି ଥରେ ଦ୍ରୋପଦୀର ବସ୍ତ୍ରହରଣ ହେଲା । ଶତ ପ୍ରାର୍ଥନା ସତ୍ତ୍ୱେ ସେ ଦିନ କୃଷ୍ଣ ବସ୍ତ୍ର ଦାନ କରି ନ ଥିଲେ । ବାବୁଆଣୀଙ୍କ ଅନୁପସ୍ଥିତରେ ସୁଯୋଗ ନେଇ ବାବୁ ସବୁଦିନ ତା' ଇଜ୍ଜତ ସହିତ ଖେଳି ଚାଲିଲେ । ଥରେ ଯଦି ଭୁଲ୍ ହୋଇଯାଏ ତେବେ ସେହି ନାଗ ଫାଶରୁ ମୁକୁଳିବା ବହୁ କଷ୍ଟ । ତା'ରି ସୁଯୋଗ ନେଇ ବାରମ୍ବାର ଅନିଚ୍ଛା ସତ୍ତ୍ୱେ ବି ତାଙ୍କ ଭିତରୁ ଟାଣି ହୋଇଯାଏ ମଣିଷ । ସେମାନେ ବଡଲୋକ । ତେଣୁ ତାଙ୍କ କଥା ସମସ୍ତେ ଶୁଣିବେ । କାମ ବନ୍ଦ କରିବାକୁ ଭାବିଥିଲା ହେଲେ ମୋ' ଆଖିରେ ନାଚି ଉଠିଲା ଅସୁସ୍ଥ ବାପାଙ୍କ ମୁହଁ । କ'ଣ କରିବି ନିରୁପାୟ! ଯାହାକୁ ବି ନିଜର ଭାବି ଏ କଥା କହିବ ସମସ୍ତେ କହିବେ "ବାବୁଘର ଧନ ଉପରେ ଲୋଭ କରି ମିଛ ଆରୋପ ଲଗାଉଛି" । ଭଗବାନଙ୍କୁ ଭରସା କରି ସବୁକିଛି ତାଙ୍କ ଉପରେ ଛାଡି ଦେଇଥିଲା । ଏମିତି କିଛି ଦିନ ଅନ୍ତେ ବାବୁଆଣୀ ଆସିଲେ ଏବଂ ଏହି କୁକର୍ମରେ ପୂର୍ଣ୍ଣଚ୍ଛେଦ ପଡିଲା ।

ହଠାତ୍ ଦିନେ କାମକୁ ବାହାରିଛି, ନେତୀର ମୁଣ୍ଡ ବୁଲାଇ ଦେଲା । ହେଲେ ବି ସେ କଥାକୁ ଖାତିର ନ କରି କାମକୁ ଗଲା । ସବୁଦିନ ପରି ବାବୁଘର ମାନଙ୍କର କାମରେ ଲାଗିଗଲା । ସକାଳର ମୁଣ୍ଡ ବୁଲେଇବା କଥାକୁ ସେ ପୁରାପୁରି ଭୁଲିଯାଇଥିଲା । ଏମିତି ସେ ପୁରୁଣା କଥାକୁ ଭୁଲି ନିଜ ଧନ୍ଦାରେ ଲାଗିପଡିଥାଏ । ଆଉ ଦିନେ ସେମିତି କାମ ତରତର ହୋଇ ଫେରିଲା ବେଳେ ମୁଣ୍ଡ ବୁଲାଇ ପଡିଗଲା । ତା'ପରେ କ'ଣ ହେଲା ନିଜେ ବି ଜାଣିନି । ହୋସ୍ ଆସିଲା ବେଳକୁ ଡାକ୍ତରଖାନା ବେଡ୍ ଉପରେ । ଡାକ୍ତରମାନେ ଯାହା କହିଲେ ତା' ପାଦତଳୁ ମାଟି ଖସିଗଲା । କିଛି ଔଷଧ ଓ ପଇସା ନେଇ ଅନେକ ଚିନ୍ତା'ର ବୋଝକୁ ମୁଣ୍ଡରେ ଲଦି ଘରକୁ ଫେରିଲା । ତୁଣ୍ଡ ବାଇଦ ସହସ୍ର କୋଷ - ଏ କାନରୁ ସେ କାନ ସେ କାନରୁ ତା' କାନ ଏମିତି ହୋଇ ଗାଁ ଟା ସାରା ରାଷ୍ଟ୍ର ହୋଇଗଲା । କାମ କରିବାକୁ ଗଲାରୁ ବାବୁଆଣୀ ମନା କରିଦେଲେ । କହିଲେ ତୋ ଭଳି ଗୋଟେ ଚରିତ୍ରହୀନାକୁ ଘରେ ପୁରେଇଲେ ମୋ' ପିଲାମାନେ ନଷ୍ଟ ହେଇଯିବେ । ନିରାଶ ହୋଇ ଫେରିବା ବେଳେ ଗେଟ୍ ପାଖରେ ଦେଖା ହୋଇଗଲା ବାବୁଙ୍କ ସହିତ । ସେ ମଧ୍ୟ ତା'କୁ ନ ଚିହ୍ନିଲା ପରି ଚାଲିଯାଉଥିଲେ, ଦୌଡିଯାଇ ତାଙ୍କ ପାଦକୁ ଧରି ପକାଇଲା । କାନ୍ଦି କାନ୍ଦି କହିଲା- "ବାବୁ ତୁମେ ଜାଣିଛ ମୋ' ପେଟରେ ବଢୁଥିବା ପିଲାଟା କାହାର ?" ହଠାତ୍ ବାବୁ କହିଲେ - "ମୁଁ କେମିତି ଜାଣିବି ? ତମ ଭଳି ବାରବୁଲିଙ୍କର କେତେ ଘାଟରେ ପାଣି ପିଇବା ଅଭ୍ୟାସ

ଅଛି ।" ସେ ଦିନର ସେହି କ୍ଷଣରେ ତା' ଚତୁର୍ଦ୍ଦିଗ ଅନ୍ଧାର ହୋଇଗଲା । କେତେ ନିଷ୍ଠୁର ଏ ପୃଥିବୀ! ସମସ୍ତେ ତା' ଆଗରେ ପଛରେ ତା' ଚରିତ୍ରକୁ ନେଇ ନାନା କୁତ୍ସାରଟନା କଲେ । ସାହି ଟୋକାମାନେ ଜାଣିବା ପରେ ତା' ପ୍ରତି ଥିବା ତାଙ୍କ ଅଶ୍ଳୀଳ ଇଙ୍ଗିତ ବଢିବାରେ ଲାଗିଲା । ବାପାଙ୍କ କାନରେ ବି ଏ କଥା ପଡିଲା । ସେ ବି ମୋତେ ଭୁଲ୍ ବୁଝି ଚିରଦିନ ପାଇଁ ଆଖି ବୁଜିଦେଲେ । ବାପାଙ୍କ ଶବ ସତ୍କାର କରିବାକୁ କେହି ଆସିଲେ ନି, ଆସିଲେ ହୁଏତ ସେମାନେ ବଦନାମ ହୋଇଯିବେ । ଯଥାସମ୍ଭବ ବାପାଙ୍କର କାର୍ଯ୍ୟ ଏକା କରିବାକୁ ଚେଷ୍ଟା କରି କୃତକାର୍ଯ୍ୟ ହେଲା । ସନ୍ତାନ ଭାବରେ ତା' କର୍ତ୍ତବ୍ୟରୁ କେବେବି ଓହରି ଯାଇନାହିଁ । ସବୁ ସାରିଲା ପରେ ସେ ନିଃସ୍ୱ ହୋଇଯାଇଥାଏ । ମୋର କେତେ ଜଣ ହିତାକାଙ୍କ୍ଷୀ ପରାମର୍ଶ ଦେଲେ, ପେଟରେ ଥିବା ପାପଗର୍ଭ ଛୁଆଟିକୁ ନଷ୍ଟ କରିଦେବା ପାଇଁ । ସେ କିନ୍ତୁ ଅଚଳ ଅଟଳ ଥିଲା । ତା' ଗର୍ଭରେ ବଢୁଥିବା ରୂପଟି କେବେ ପାପଗର୍ଭ ନୁହେଁ । ତେଣୁ ଚିନ୍ତାକଲା ତାକୁ ଏ ଗାଁ ଛାଡି ଚାଲି ଯିବାକୁ ହେବ ଯେଉଁଠି କେହି ତାକୁ କି ତା' ଛୁଆକୁ ଚିହ୍ନି ନଥିବେ । ଏମିତି ଭାବି ଭାବି ସେହି ଭଙ୍ଗା କୁଡିଆରେ ଶୋଇବାକୁ ଯାଉଛି, ହଠାତ୍ ଦାଣ୍ଡ ତାଟିରେ ଠକ୍ ଠକ୍ ଶବ୍ଦ ଶୁଭିଲା । ଡିବିର ଲ୍ୟାମ୍ପଟିକୁ ଟିକେ ତେଜିଦେଇ ଦାଣ୍ଡ ତାଟି ଖୋଲି ଅବାକ୍ ହେଇଗଲା । ତା' ଆଗରେ ବାବୁ ଠିଆ ହୋଇଥିଲେ । ମନ ଭିତରଟା ଛନକା ପଶି ଚମକି ପଡ଼ିଲା । ତଥାପି ସାହସ କରି ପଚାରିଲା "ବାବୁ ଆପଣ ଏତେ ରାତିରେ ?"

ହଠାତ୍ ଭିତରକୁ ପଶି ଆସି ମୋ' ହାତରେ କିଛି ପଇସା ଗେଞ୍ଜି-ଦେଇ କହିଲେ, 'ଯାହା ତ ହେବାର ହେଇଯାଇଛି ନେତୀ, ତୁ ଏ ଟଙ୍କା ରଖ ! କାଲି ଡାକ୍ତରଖାନା ଯାଇ ଖଲାସ କରି ଦେ ! 'ନେତୀ କେବଳ ଜଳ ଜଳ କରି ତାଙ୍କ ମୁହଁକୁ ଚାହିଁଥାଏ । କିଛି ସମୟ ପରେ ପ୍ରକୃତିସ୍ଥ ହୋଇ ବାବୁଙ୍କୁ ତାଙ୍କ ଟଙ୍କା ଫେରାଇ ଦେଲା । "ମୋର ଟଙ୍କା ଦରକାର ନାହିଁ, ଯେତେବେଳେ ଇଛାହବ ଆପଣଙ୍କ ପରି ବଡଲୋକ ମାନେ ଖେଳିବେ । ଖେଳ ସରିଗଲେ ବଦନାମ ଭୟରେ ନିଛାଟିଆ ନିଶୂନ୍ ଅନ୍ଧାର ରାତିରେ ଟଙ୍କା ଯାଚିବେ ଖଲାସ କରିଦେବାକୁ । ବାଃ ବାଃ ବାବୁ ଆଜି ଯଦି ତମ ଘରର କେହି ଝିଅ ଉପରେ ଏପରି ବିପଦ ପଡିଥାନ୍ତା --", ଏମିତି କହୁ କହୁ ଗର୍ଜନ କରି ଉଠିଲେ ବାବୁ । ଓଃ... ! "ଆପଣ ମାନଙ୍କ ଝିଅ ବୋହୂ କଥା କହିଲି ବୋଲି ଆପଣାକୁ ବାଧିଗଲା, ଧନ୍ୟରେ ଦୁନିଆ ।" ଆଉ କିଛି ନ କହି ଚୁପଚାପ୍ ତାଟି ଟାକୁ ଦେଇଦେଲା । ଆରପଟେ ଠିଆ ହୋଇଥିବା ବାବୁ ରାଗ ତମତମ ହୋଇ ସେଦିନ ଫେରି

ଯାଇଥିଲେ ।

ତହିଁ ଆରଦିନର ସୂର୍ଯ୍ୟୋଦୋୟ ଦେଖିବାକୁ ସେ ଗାଁରେ ନଥିଲା । ତା' ଭାଗ୍ୟକୁ ନେଇ ସେ ଚାଲି ଆସିଥିଲା । ଭଗବାନ ବଡ଼ ଚଲାକ୍, ଆସିଲା ବେଳେ ଗୋଟିଏ ମହିଳା ଆଶ୍ରମର ପରିଚାରିକା ସହ ଦେଖାହେଲା । ସେ ତା' ଠାରୁ ସବୁଶୁଣି ତାକୁ ନେଇ ଆଶ୍ରମରେ ରହିବା ପାଇଁ ବନ୍ଦବସ୍ତ କରିଦେଲେ । ସେଠାରେ ଛୋଟିଆ ମୋଟିଆ କାମ କରି ଦି' ପଇସା ରଖିପାରିଲା । ଏପଟେ ତା' ପେଟରେ ଧିରେଧିରେ ପିଲାଟି ବଢିବାକୁ ଲାଗିଲା, ସେହି ସମୟ ଆସି ପହଞ୍ଚି ଗଲା । ବନ୍ଦୀଗୃହ ଭିତରେ କୃଷ୍ଣଙ୍କ ଆଗମନ ହେଲା, ତା' କୋଳରେ ମଣ୍ଡନ କରିଲା ଏକ ପୁତ୍ର ସନ୍ତାନ । ତା'ର ସେହି ଗୁଲୁ ଗୁଲିଆ ମୁହଁଟି ଦେଖି ସେ ଅତୀତର ସବୁ ଦୁଃଖ ଭୁଲି ଯାଇଥିଲି । ତା' ଦୁଃଖିଆରୀ ଜୀବନରେ ସେ ହିଁ ଏକା ସାହା ଭରସା ଥିଲା ।

ଏମିତି ବର୍ଷେ ବିତିଗଲା । ଦିନେ ମନସ୍ଥ କଲା ଗାଁକୁ ଯିବ, ସେ କାହିଁକି ମୁହଁ ଲୁଚାଇ ବୁଲିବ? ଦୋଷ ତ ସେ କରିନାହିଁ । ତେଣୁ ଦଣ୍ଡ କାହିଁକି ପାଇବ ? ପହଞ୍ଚିଗଲା ଗାଁରେ । କୋଳରେ ତା'ର ବର୍ଷକର ପୁଅ, ତାକୁ ଦେଖି ଗାଁରେ ଗୋଟେ ଚର୍ଚ୍ଚା ଚାଲିଲା, ଗାଁରେ ତାକୁ ବାସନ୍ଦ କଲାପରି ବ୍ୟବହାର କଲେ । କିନ୍ତୁ ସେଥିକି ତା'ର ନିଘା ନଥାଏ । ତୁଣ୍ଡ ବାଇଦ ସହସ୍ର କୋଶ । ତେଣୁ କଥାଟା ଯାଇ ବାବୁଙ୍କ କାନରେ ବି ପଡିଲା । ସେ ବିଚଳିତ ହୋଇ ପଡିଲେ କାରଣ ଛୁଆର ଚେହେରା ବାବୁଙ୍କ ପରି ଥିଲା । ସମସ୍ତେ ସେଥିପାଇଁ ବେଶି ଚର୍ଚ୍ଚା କରୁଥିଲେ । ଇଏ ରାଜକୁମାର ପରି ଛୁଆର ବାପ କିଏ ? ଚାରିଆଡେ ଖାଲି ଚୁପୁରୁ ଚାପର ଚାଲିଥିଲା । ନେତୀ କିନ୍ତୁ ତା' କୁଡିଆରେ ନିଶ୍ଚିନ୍ତରେ ଥାଏ । ଖରା ଆସି ଅଗଣାରେ ପଡିଲାଣି । ନିଦ ଭାଙ୍ଗୁ ଭାଙ୍ଗୁ ଟିକେ ଡେରି ହୋଇଗଲା । ଏତିକି ବେଳେ କବାଟ ଠକ୍ ଠକ୍ ଶୁଭିଲା । ଏତେ ସକାଳୁ କିଏ ବୋଲି ଭାବି ତାଟି ଟାକୁ ଖୋଲିଲା ବେଳକୁ ପଡିଶା ଘର ଖୁଡି ଠିଆ ହୋଇଛନ୍ତି । ସେ ତାଙ୍କ ମୁହଁକୁ ଆଶ୍ଚର୍ଯ୍ୟରେ ଅନାଇଥାଏ । ସେ ସଙ୍ଗେ ସଙ୍ଗେ କହିଲେ, "ତୁମେ ଶୁଣିଲଣି ନେତୀ, ତୁମେ ଯେଉଁ ବାବୁଙ୍କ ଘରକୁ କାମକରି ବାକୁ ଯାଉଥିଲ, ସେ ବାବୁ ---?"

"କ'ଣ ହେଇଛି ବାବୁଙ୍କର ?"- ବ୍ୟସ୍ତ ହୋଇ ପଚାରିଲା ନେତୀ । "ନା ମ' ସମସ୍ତେ କୁହା କୁହି ହେଉଛନ୍ତି, ଏବେ ପୁଲିସି ଗାଡି ଆସିଛି --"

"ହେଲେ କାହିଁକି, କ'ଣ ହେଇଛି ଖୁଡି ?"

"ବାବୁ ଆତ୍ମହତ୍ୟା କରି ଦେଇଛନ୍ତି"- ଏ କଥା ଶୁଣି ଚଟ୍ କରି ବସିପଡିଲା ନେତୀ । ନିଜକୁ ନିଜେ ପ୍ରଶ୍ନ କଲା ସେ ଗାଁକୁ ଆସି ଭୁଲ କରିଛି ?

ନେତୀ ସାଙ୍ଗେ ସାଙ୍ଗେ ଛୁଆଟିକୁ କୋଳରେ ଜାକି ବାବୁ ଘରକୁ ଦଉଡିଲା । ଥାଟପଟାଳି ଲୋକ, ବାବୁଙ୍କୁ ଗୋଟିଏ ଧଳା ଚଦର ଘୋଡାଇ ନେଇ ଯାଉଛନ୍ତି । ଏହା ଦେଖି ନେତୀର ଆଖିରୁ ନିଜ ଅଜାଣତରେ ଦୁଇ ଧାର ଲୁହ ବୋହିଗଲା ।

ତା'ପରେ ପୁଲିସ ତାଙ୍କ ବେଡ୍ ପାଖରୁ ଏକ ସ୍ୱାକ୍ଷର ପତ୍ର ପାଇଲା । ଆଉ ସେଥିରେ ସେ ନିଜର ସବୁ ଦୋଷ ସ୍ୱୀକାର କରିଥିଲେ । ନିଜକୁ ନେତୀ ପିଲାର ବାପ ବୋଲି ସ୍ୱୀକାର କରିଥିଲେ । ବଦନାମର ବୋଝ ଲଦି ସେ ବଞ୍ଚିପାରିବେ ନାହିଁ ବୋଲି ଏ ନିଷ୍ପତ୍ତି ନେଲେ । ନେତୀ ନିର୍ଦ୍ଦୋଷ ବୋଲି ସେ ଉଲ୍ଲେଖ ମଧ୍ୟ କରିଥିଲେ । ତାଙ୍କ ଭୁଲ୍ ପାଇଁ ଗୋଟିଏ ସରଳ ନିଷ୍ପାପ ଝିଅ ଓ ତା' କୋଳର ପିଲା କେବେ ଆଉ ହଇରାଣ ହେବେନି । ସେଥି ପାଇଁ ସେ ତାଙ୍କ ସମ୍ପତ୍ତିର ଏକ ଭାଗ ତା' ନାଁରେ ଉଇଲ୍ କରି ଦେଇଥିଲେ । ନେତୀ ସବୁ ଶୁଣି ନ ଶୁଣିଲା ପରି ଚାଲି ଆସିଥିଲା ତା'ର କୁଡିଆକୁ। ସେ ଧନ ଚାହିଁ ନଥିଲା, ବାବୁଙ୍କର ଏପରି ପଦକ୍ଷେପକୁ ସେ ଗ୍ରହଣ କରି ପାରିଲାନି । ଢେର କାନ୍ଦିଥିଲା । ଗଲାଦିନ ଗୁଡିକର କଥାଗୁଡ଼ିକ ଗୋଟି ଗୋଟି ହୋଇ ନାଚି ଯାଉଛି ଆଖି ଆଗରେ । ଅଗଣାକୁ ଓଳାଇ ସାରି ତାଟିକୁ ଆଉଜି ବସିଥାଏ । ଏତିକି ବେଳେ ପୁଅଟି କାନ୍ଦି ଉଠିଲା । ଦଉଡିଯାଇ ପୁଅକୁ କୋଳକୁ ଉଠାଇ ଆଣି ଛାତିରେ ଜାକି ଧରି କ୍ଷୀର ପିଆଉଛି, ହଠାତ୍ ତା' କୁଡିଆ ଆଗରେ ଗୋଟିଏ କାର୍ ରହିବାର ଶବ୍ଦ ଶୁଭିଲା, ପୁଅ କ୍ଷୀର ପିଉଥିବାରୁ ସେ ଉଠି ପାରିଲି ନାହିଁ । ହେଲେ, ଆଖି ଦୁଇଟି ସେଇ ତାଟି ପାଖରେ ଲାଖି ରହିଥାଏ । ହଠାତ୍ ନେତୀ, ନେତୀ ଡାକି ଭିତରକୁ ପଶିଆସିଲେ ବାବୁଆଣୀ, ଧଳାଶାଢୀ ପିନ୍ଧି ତା' ଆଗରେ ଠିଆ ହୋଇଗଲେ । ତାଙ୍କୁ ଦେଖି ନେତୀ ଛାତି ଧକ୍ ଧକ୍ ହେବାକୁ ଲାଗିଲା । ପୁଅକୁ ତଳେ ଶୁଆଇ ଦେଇ ବାବୁଆଣୀଙ୍କ ପାଦତଳେ ମଥା ଛୁଇଁ ପାଦଧୂଳି ନେଇ ମଥାରେ ଲଗାଇଲା । ଏହି ସମୟରେ ମା' ନଇଁଯାଇ ତାକୁ ଉଠାଇ କହିଲେ- "ନେତୀ! ତୁ ଆଉ ମୋ' କୁଳ ପ୍ରଦୀପକୁ ଧରି ଏଠି ରହିବୁ ନାହିଁ । ତୋ' ବାବୁ ଚାଲିଗଲା ବେଳେ ଗୁରୁ ଦାୟିତ୍ୱ ମୋ' କାନ୍ଧ ଉପରେ ଲଦି ଯାଇଛନ୍ତି । ଯେଉଁ ଭୁଲ୍ ସେ କରିଛନ୍ତି, ମୁଁ ତା'ର ପ୍ରାୟଶ୍ଚିତ କରିବି । ମୋ' ବଂଶର ଶେଷ ପରିଚୟ ଏ

କୁଡିଆରେ ରଖି ତୋ ବାବୁଙ୍କର ଅପମାନ କରିବି ନାହିଁ । ଏହା କହି ତା' ପୁଅକୁ କୋଳେଇ ପକେଇଲେ ମା' । ତା' ହାତ ଧରି ନେଇଗଲେ ତାଙ୍କର ସେହି ଘରକୁ । ଯେଉଁଠି ବାବୁ ତା' ଉପରେ ---। ଧେତ୍ ଆଉ କ'ଣ ଭାବୁଛି ସିଏ ! ବାବୁ ତ ତାଙ୍କର ପ୍ରାୟଶ୍ଚିତ କରି ତାକୁ କୂଳରେ ଲଗାଇ ଦେଇଛନ୍ତି, ଆଉ ତା' ପୁଅ ପାଇଛି ତା'ର ପରିଚୟ ।

ଯେଉଁ "ପରିଚୟ" ନେତୀର ପୁଅକୁ ସମାଜରେ ପ୍ରତିଷ୍ଠିତ କରାଇବ । ଶେଷରେ ବାବୁଙ୍କ ଉଦ୍ଦେଶ୍ୟରେ ତା'ର ଦୁଇହାତ ଉପରକୁ ଉଠିଗଲା ।

■ ■

କୋଡ଼ିଏ ହଜାର

"ସକାଳୁ କ'ଣ ଦିଟା ଖାଇକରି ଯାଇଥିଲ ଯେ ଏଇନେ ଆସୁଛ, ଆସୁନ ଖାଇବ ।" ଏ ଥିଲା କନକର ଡାକ, ହେଲେ ମାଟି ପିଣ୍ଡାରେ ଚାଳକୁ ଡେରା ଦେଇଥିବା କାଠକୁ ଆଉଜି ହୋଇ ଝାଳ ପୋଛୁଥିଲା ଗୋକୁଳି । ଗୋଟିଏ ନାଲି ମଇଳା ଗାମୁଛାରେ ଝାଳ ହୋଇ ବୋହି ଆସୁଥିବା ଲୁହକୁ ସେ ପୋଛି ଦେଇ ସ୍ତ୍ରୀର ଡାକରେ ସଚେତନ ହୋଇଗଲା ।

"ହଁ ହଁ ଖାଇବାକୁ ଦେ । ତେଣେ ପୁଣି ଦିଦି ଅପେକ୍ଷା କରିଥିବେ । ତାଙ୍କୁ ଆଣିବାକୁ ହେବ, ବେଳ ଆସି ରତ ରତ ହେଲାଣି ।"

କନକ ତତଲା ଭାତକୁ ଗୋଟିଏ ସିଲଭର ଥାଳିରେ ବାଢିଦେଇ, ସବୁ ପରିବା ପକାଇ, ସଂତୁଳାକୁ ଡାଟିଆରେ ଢାଳିଦେଇ ଖାଇବା ପାଖରେ ବସି ଗୋକୁଳିକୁ ଲକ୍ଷ୍ୟ କରୁଥିଲା,

—"କ'ଣ ଲୁଣ ଦେବି ?"

—"ନା ଥାଉ, ହଁ ବାବୁନି କୁଆଡେ ଗଲା, ସ୍କୁଲରୁ ଆସିନି ?"

—"ନା ! ଏଇନେ ଆସୁଥିବ ବୋଧେ । ଆଉ ମୁଠେ ଭାତ ଦେବି !"

—"ହଉ ଦେ ।" ଘର ଭିତରକୁ ନଇଁ ନଇଁ ପଶିଯାଇ ତାଟିଆରେ ତାଟିଆଏ ଭାତ ଧରି ଫେରି ଆସିଲେ ଗୋକୁଳି ପାଖକୁ । ଏଇନେ କ'ଣ ପୁଣି ରିକ୍ସା ନେଇ ଯିବ ।

—"ହଁ ଲୋ ! ଦିଦି ମୋ' ବାଟକୁ ଚାହିଁଥିବେ ।"

—"ଏତେ ପରିଶ୍ରମ କରି ତମେ କିମିତି ଦୁଶୁଛ,ଦେଖିଲଣି !"

— କ'ଣ ଆଉ କରିବା, ଆମର ବାବୁନିକୁ ମଣିଷ ପରି ମଣିଷ ଟିଏ କରିବାକୁ ହେଲେ, ମୁଣ୍ଡ ଝାଳ ତୁଣ୍ଡେ ମାରି ମୋତେ ଖଟିବାକୁ ହେବ । ଯେତେବେଳେ ବାବୁନି ହାକିମ ହୋଇ ଆସିବ, ସେତେବେଳେ ଆମର ଏ ଦୁଃଖର ଦିନ ଗୁଡିକ ଚାଲିଯିବନି ? ଆମେ ହାକିମଙ୍କ ବାପା ମାଆ ହୋଇ ଧୋବ ଧଉଳିଆ ଲୁଗା ପିନ୍ଧି ଆରାମ ଚେୟାରରେ ବସି କେବଳ ହୁକୁମ ଦେବା, ସେତେବେଳର କଥା ଭାବୁଚୁଟି । ମୁଁ ପରା ସେହି କଥାକୁ ହେଜି ଏବେଠୁ ଝାଳବୁହା ପରିଶ୍ରମ କରୁଛି । ଗୋକୁଳିର କଥାଶୁଣି କନକର ମନ ଭରିଗଲା । ସେହି କାନ୍ଥକୁ ଆଉଜି ସେ ଦିବା ସ୍ୱପ୍ନରେ ବିଭୋର ହୋଇଗଲା । ବାବୁନି ତା'ର ହାକିମ ହେଇଛି, ଚାକର ବାକର ଲାଗିଛନ୍ତି । ସେ କି ଗୋକୁଳି ଆଉ ସେ ନୁଖୁରା ଚୁଟିରେ ନାହାନ୍ତି । ବାବୁଘର ନୋକଙ୍କ ପରି ତାଙ୍କ ଦିହରେ ଚିକିମିକି ଦାମିକା ପୋଷାକ । ସେମାନେ ଗଦି ଚୌକିରେ ବସିଛନ୍ତି "ଆଲୋ ହେ" କହି ହଲାଇ ଦେଲା ଗୋକୁଳି । ତୋର କ'ଣ ହେଲା, ଶଙ୍ଖୁଡି ଉଠେଇ ପାନ ଦି'ଟା ଦେଲୁ ! ତେଣେ ଯାଏଁ ଦିଦି ଅପେକ୍ଷା କରି ବିରକତ ହେବେଣି । ସ୍ୱପ୍ନ ରାଜ୍ୟରୁ ଫେରି ଆସିଲା କନକ, ହେଲେ ଓଠରେ ତା'ର ଧାରେ ହସ ଲାଗି ରହିଥାଏ ।

ଗୋକୁଳି ଥଟ୍ଟା କରି ପଚାରିଲା "କ'ଣ ହେଲା କିଲୋ ? ଏତେ ମୁରୁକୁନ୍ଦ ହସ କାହିଁକି ଦେଉଛୁ ?"

—ଲାଜେଇ ଗଲା କନକ । ଧେତ୍ ! ନାଇଁମ,--- "ତଳକୁ ମୁହଁପୋତି ମୁରୁକି ହସା ଦେଇ ସେଠାରୁ ଚାଲିଗଲା । ପୋଛା କନାଟି ଧରି ଫେରିଆସି ଶଙ୍ଖୁଡି ବାସନ ଗୋଟେଇ ପୋଛାମାରିଦେଲା କନକ । ପାନ ବଟୁଆଟି ଆଣି ଗୋକୁଳି ପାଇଁ ଦୁଇଟା ପାନ ଭାଙ୍ଗି ବଢେଇ ଦେଲା ।ଗୋକୁଳି ଗୋଟିଏ ପାନକୁ ପାଟିରେ ପୁରାଇ ଦେଇ ଆର ଖଣ୍ଡକ ଅଣ୍ଟାରେ ଖୋସି ଗାମୁଛାକୁ ଝାଡି ଝାଡି ବାହାରକୁ ବାହାରିଗଲା ।

ମୁଣ୍ଡ ଉପରେ ଖରା ଚାଇଁ ଚାଇଁ ମାରିଲାଣି, କନକ ବାଡି ଆଡକୁ ଦଉଡି ଯାଇ ଗୋଟାଇ କରି ରଖିଥିବା କାଠିକୁଟା କାଠରୁ ପୁଳାଏ ଆଣି ଚୁଲିଟା

ନାଗୁଆଣି କଲା । ଚୁଲିରେ ନିଆଁ ଧରୁ ଧରୁ ଭାତ ଡେକେଚିରେ ଭାତପାଣି ପୁରାଇ ରଖିଦେଲା । ଦି'ଟା ବଡ ବଡ ଜାଳ ଚୁଲିରେ ପୁରାଇ ଦେଇ ଭାତ ଡେକଚିକୁ ବସାଇ ଦେଲା । ଚାଉଳ ଧୋଇ ପକେଇ ଦେଇ ବାଡିରୁ ତୋଳି ଆଣିଥିବା ଚାକୁଣ୍ଡା ମନ୍ଦରଙ୍ଗା ଶାଗକୁ କାଟିବାକୁ ବସି ପଡିଲା । କାଟୁ କାଟୁ ଭାବନା ରାଜ୍ୟରେ ହଜିଗଲା କନକ । ଭାତ ହାଣ୍ଡିରୁ ଉଠୁଥିବା ବାମ୍ଫ ଯେମିତି ଖେଳେଇ ହେଇଯାଉଛି । ସେ ଓ ଗୋକୁଳି ବାବୁନୀ ପାଇଁ ବହୁ ଉପରକୁ ଉଠି ଖେଳେଇ ହୋଇଯିବେ । ଯେଉଁ ଲୋକଗୁଡା ମଳିମୁଣ୍ଡିଆ କହି ଘୃଣା କରୁଛନ୍ତି ସେମାନେ ମାଆ ସାଆନ୍ତାଣୀ ବାବୁ ସାଆନ୍ତ ଡାକିବେ । ଆଉ ସିଏ ---ଆଃ କହି ଫେରି ଆସିଲା ଭାବନା ରାଜ୍ୟରୁ । ଶାଗ କାଟୁ କାଟୁ ହାତଟା ତା'ର କଟି ରକ୍ତ ବୋହୁଛି । ନିଜେ ନିଜେ ଗାଳିଦେଲା ମଲାମୋର କେତେ କଥା ଭାବି ଯାଉଛି । ନିଆଁଲଗା ମନ ବୋଲ ମାନୁନି । ସାଙ୍ଗେ ସାଙ୍ଗେ ଆଙ୍ଗୁଠିକୁ ଚିପିଧରି ପଡିଶା ଘରକୁ ଧାଇଁ ଯାଇ ନଖପାଲିସି ଟିକେ ଲଗାଇ ଦେଇ ଆସିଲା । ବେଳ ଆସି ମୁଣ୍ଡ ଉପରେ ହେଲାଣି । ଏଇଲେ ସିଏ ଚାଲି ଆସିବେ କହି ଲାଗିଗଲା ଶାଗ ଖରଡାରେ ।

ଏହା ଭିତରେ ଅନେକ ଦିନ ବିତି ଯାଇଛି । ବାବୁନି ଗାଁ ସ୍କୁଲରୁ ପାଠପଢା ସାରିଦେଇଛି । ଗୋକୁଳି ବାବୁନିକୁ ସାହାବ କରିବା ପାଇଁ ସହରରେ ହଷ୍ଟେଲରେ ରଖି ପାଠ ପଢାଉଛି । ଆକାଶ କଇଁଆ ଚିଲିକା ମାଛ ପରି ସେ ସ୍ୱପ୍ନ ଦେଖୁଛି । ବାବୁନି ବହୁତ ପାଠ ପଢିବ । ହାକିମ ହେବ । ସେ ଯେଉଁ ରିକ୍ସା ଟାଣୁଛି, ସବୁ ଦୁଃଖ ତା'ର ଦୂରେଇ ଯିବ ।

ସେପଟେ ଗୋକୁଳି ରିକସାକୁ ଭିଡି ଭିଡି ନେଇ ଦିଦିଙ୍କ ପାଖରେ ପହଞ୍ଚି ଗଲା । ଦିଦିଙ୍କର ଅନେକ ବେଳୁ କ୍ଲାସ ସରିଲାଣି । ସେ ଗୋକୁଳିକୁ କେବଳ ଅପେକ୍ଷା କରିଥିଲେ । ଗୋକୁଳିକୁ ଦେଖି ବିରକ୍ତ ହେବା ପାଇଁ ପାଟି କଲାବେଳେ ଦେଖିଲେ ଗୋକୁଳି ଦେହରୁ ବୋହିଯାଉଛି ଗମ୍ ଗମ୍ ଝାଳ । ସତ କହିଲେ ସିଏ ଝାଳ ନୁହେଁ, ତା'ର ଲହୁ ପାଣି ହୋଇ ବୋହି ଯାଉଛି । ଦିଦି ଚୁପ ହୋଇଗଲେ । ଚୁପ୍ ଚାପ୍ ରିକ୍ସାରେ ଯାଇ ବସି ପଡିଲେ, ଗୋକୁଳି ଖରାକୁ ଖାତିର ନ କରି ଗାମୁଛାଟିକୁ ଠେକା କରି ବାନ୍ଧି ରିକ୍ସାକୁ ଚଳାଇବାରେ ବ୍ୟସ୍ତ । ଯେଉଁଠି ଉଠାଣି ପଡେ ରିକ୍ସାରୁ ଓହ୍ଲାଇ ପଡି ହାତରେ ଟାଣି ଟାଣି ନିଏ । ଆଉ ସେତେବେଳେ ତା'ର ଶିରା ପ୍ରଶିରା ଭିଡିହୋଇ ଚିପୁଡି ହେଲାପରି ଲାଗୁଥାନ୍ତି । ଏସବୁ ଦିଦି ଦେଖି ତାଙ୍କୁ ବି ଦୟା ଲାଗିଲା । ତେଣୁ ସେ ଗୋକୁଳିକୁ ପଚାରିଲେ, "ଗୋକୁଳି ଘରେ କିଏ କିଏ ଅଛନ୍ତି, ଏତେ ବଡ ଖରାରେ ରିକ୍ସା ଟାଣୁଛ, ନିଜକୁ ଥରେ

କେବେ ଦେଖିଛ ।"

— ଗୋକୁଳି କେବେଳ ଶୁଣି ଚାଲିଥାଏ । ଧିରେଧିରେ ତା' ରିକ୍ସାଟି ଯାଇ ତା' ଗନ୍ତବ୍ୟ ସ୍ଥଳରେ ପହଞ୍ଚିଗଲା । ଦିଦି ଓହ୍ଲାଇ ଭଡା ଗଣ୍ଡାକ ଧରାଇ ଦେଇ ପଚାରିଲେ 'ମୋ' ପ୍ରଶ୍ନର କିଛି ଉତ୍ତର ଦେଲନି ଯେ ? ଗୋକୁଳି ମୁଣ୍ଡରେ ବାନ୍ଧିଥିବା ଗାମୁଛାଟି ଫିଟାଇ ବୋହୁଥିବା ଝାଳକୁ ପୋଛୁ ପୋଛୁ କହିଲା "ନାଇଁ ମ' ମାଆ ! ଘରେ ମୋ' ବୁଢୀ ଏବଂ ମୋର ଗୋଟିଏ ପୁଅ । ତାକୁ ହଷ୍ଟେଲରେ ରଖି ପଢାଉଛି ମା' । ସେଥିପାଇଁ ପଇସା ଦରକାର । ପୁଅ ମୋର ବହୁତ ପାଠ ପଢି ହାକିମ ହେବ । ସେତେବେଳେ ମୋ' ଦୁଃଖ ଦୂର ହେଇଯିବନି ମା'?" ଗୋକୁଳିର ଏଇ ସରସ ସୁନ୍ଦର କଥା ଓ ସରସ ମନକୁ ଦେଖି ଦିଦି ଟିକେ ହସି ପକାଇଲେ । ଗେଟ ଖୋଲୁ ଖୋଲୁ କହିଲେ "ଭଗବାନ ତୋର ସ୍ୱପନ୍କୁ ସତ କରନ୍ତୁ ।"

ଗୋକୁଳି ଦିଦିଙ୍କ ଯିବା ବାଟକୁ ଚାହିଁ ଭଗବାନଙ୍କ ଉଦ୍ଦେଶ୍ୟରେ ହାତଟେକି ପ୍ରଣାମ କଲା, ଆଉ ଟଙ୍କାକୁ ମୁଣି ଭିତରେ ପୁରାଇ ସାଇତି ରଖିଲା ।

"ହେ ରିକ୍ସା, ଯିବୁ... ?"

"ହଁ ବାବୁ" କହି ଗୋକୁଳି ପ୍ରସ୍ତୁତି ହେଲା ଯିବା ପାଇଁ । ତା' ବାବୁନି ପାଠ ପଢିବ । ତେଣୁ ତା'ର ଟଙ୍କା ଦରକାର । ତେଣୁ ସେ ଖଟିବ । ଭାବି ଭାବି ପେଡେଲକୁ ଗଡାଇ ଚାଲିଥାଏ ଗୋକୁଳି । ସଞ୍ଜ ନଇଁଲା । ଗୋକୁଳି ଘରକୁ ଫେରିଲା । ତା'ର ଫେରିବା ବାଟକୁ ଚାହିଁ ବସିଥାଏ କନକ । ଘରେ ଆସି ପାଦ ଦେଉଣୁ କନକ ଦୌଡିଆସି ଖୁସିରେ ଗଦ ଗଦ ହୋଇ ଗୋଟିଏ କାଗଜ ବଢାଇ ଦେଲା । ଗୋକୁଳି କାବା ହେଇଗଲା ! ଆରେ, ଏଇଟା କ'ଣ ? ଆମ ବାବୁନି ଚିଠି ଦେଇଛି । କ'ଣ କହିଲୁ ? ଖୁସିରେ ଦୁଇଧାର ଲୁହ ବୋହି ଆସିଲା । ନିଜେ ତ ମୂରୁଖ । ତେଣୁ ଧାଇଁଲା ଗାଁ ଆଶା ଦିଦିଙ୍କ ପାଖକୁ ।

କନକ ଗୋକୁଳିର ଆସିବା ବାଟକୁ ଚାହିଁ ବସିଥାଏ, ଦାଣ୍ଡ ଅଗଣାରେ ତୁଳସୀ ମୂଳରେ ସଞ୍ଜବତୀଟିଏ ଜାଳିଦେଇ ପୁଅ ଓ ସ୍ୱାମୀ ପାଇଁ ଶୁଭ ମନାସୁ ଥାଏ କନକ। ଆକାଶରେ ଜହ୍ନଟା ଘଡିମାରି ଉଠିବା ଉପକ୍ରମ କରୁଛି । ଛାଇ ଆଲୁଅରେ ଲୁଚକାଳି ଭିତରେ ଜହ୍ନଟା ଲୁଚିଲୁଚି ଉଙ୍କି ମାରୁଛି । ସେହି ଅନ୍ଧାର

ଭିତରେ ମାଟି ପିଣ୍ଡାର ଢିରା ବାଉଁଶକୁ ଆଉଜି କନକ ଗୋକୁଳିର ଫେରନ୍ତା ବାଟକୁ ଚାହିଁ ରହିଛି । ମନଟା ତା'ର ଅସ୍ଥିର ହେଇଯାଉଛି । ଗୋକୁଳିର ଗୁଣୁଗୁଣୁ ସ୍ୱର ଦାଣ୍ଡଦୁଆରୁ କନକ କାନରେ ପଡିବାରୁ ସେ ଟିକେ ଆଶ୍ୱସ୍ତି ହେଲା । ଗ୍ରାମଦେବତୀଙ୍କ ଉଦ୍ଦେଶ୍ୟରେ ମୁଣ୍ଡିଆଟିଏ ମାରି ଦିକିଦିକି ହୋଇ ଜଳୁଥିବା ଲ୍ୟାମ୍ପଟିକୁ ଧରି ଦାଣ୍ଡକୁ ଧାଇଁଗଲା କନକ । ଗୋକୁଳି ଖୁସିରେ ହସୁଥିଲେ ବି ମନ ଭିତରେ ଏକ ଅଜଣା ଭୟ ଯେପରି ତାକୁ ଘାରି ରଖିଛି । କନକ ଉତ୍ସାହରେ ପଚାରିଲା, "ବାବୁନି ମୋର କେମିତି ଅଛି ? କ'ଣ ଲେଖିଛି ? ମୋ' କଥା କିଛି ଲେଖିଛି କି ନାହିଁ ", ହେଲେ-

ମଲା, ହେଲେ ପୁଣି କ'ଣ ? ଯାହା କହିବ ଖୋଲିକି କହୁନ ! କ'ଣ ହେଲା କହୁନ ?? ମୋ' ବାବୁନିର ---", କନକ ପାଟିରେ ହାତ ଦେଇଦେଲା । ଗୋକୁଳି, "ନାଲୋ ସେମିତି କିଛି ନୁହଁ, ତା' ଦେହ ଭଲ ଅଛି । କିନ୍ତୁ ତା'ର ଏଇ ଦଶ ଦିନ ଭିତରେ କୋଡିଏ ହଜାର ଟଙ୍କା ଦରକାର । ସେଥିପାଇଁ ଚିନ୍ତାରେ ଅଛି ।" କେମିତି କେଉଁଠୁ ଆଣି ଦେବି । ହଉ, ଏଇ କଥା ତ ! ଚାଲ ଘରକୁ ସେଠି ବସି ଚିନ୍ତା କରିବା । ଗୋକୁଳି ରିକ୍ସାଟିକୁ ଦାଣ୍ଡରେ ରଖି ଗାମୁଛା ଟିକୁ ଝାଡି ଝାଡି ଘର ଭିତରକୁ ପଶିଗଲା । କନକ ଦୌଡିଯାଇ ରୋଷେଇ ଘରକୁ ପଶିଯାଇ, ବେଲାଏ ଭାତ ଓ ଥାଳିଆରେ କଖାରୁ ଶାଗ ଖରଡା ଥୋଇ ଦେଇ ଧାଇଁଗଲା ବାଡିରୁ ଲଙ୍କା ଓ ଚୁଲିମୁଣ୍ଡରୁ ଲୁଣ କାଠୁଆଟା ଆଣି ଖାଇବା ପାଖରେ ଥୋଇଦେଇ ମିଞ୍ଜିମିଞ୍ଜି ଜଳୁଥିବା ଲ୍ୟାମ୍ପଟିକୁ ତେଜିଦେଲା । ପାଟିକରି ଡାକିଲା " ହଇହେ ଶୁଣୁଛ, ଭାତ ବାଢିଲି ପରା, ଆସୁନ ଖାଇବ ।" "ହଁ ଯାଉଛି"- କହି ଗୋକୁଳି ମୁହଁ ହାତ ଧୋଇ ପଖାଳ କଂସା ପାଖରେ ବସିପଡିଲା । ଲୁଣ କାଠୁଆରୁ ଲୁଣ ଟିକେ ପଖାଳରେ ପକାଇ ଗୁଣ୍ଡାଟିଏ ପାଟିକୁ ନେଲା ବେଳକୁ ମନେ ପଡିଗଲା ବାବୁନି କଥା । ପିଲାଟା ବାହାରେ ରହି କଷ୍ଟ କରି ପଢୁଛି ବଡ ହାକିମ ହବ ବୋଲି, ଅଥଚ ମୁଁ ବାପା ହୋଇ ତା'ର ଅଭାବ ଦୂର କରିପାରୁନି । ଧିକ ମୋ' ବାପା ପଣକୁ । ଆଖିରୁ ବୋହିଗଲା ଦୁଇଧାର ଲୁହ । କନକ ବ୍ୟସ୍ତ ହୋଇ ଉଠିଲା । ହଲେଇ ଦେଇ କହିଲା, "କ'ଣ ହେଲା ତୁମର ?" ଏତିକି କହି ନିଜ କାନିରେ ଗୋକୁଳିର ବୋହି ଆସୁଥିବା ଲୁହକୁ ପୋଛିଦେଲା । ନାରୀ ପକୃତରେ ଏଥିପାଇଁ ମହାନୀୟା, ଯେଉଁ ସମ୍ପର୍କରେ ବାନ୍ଧି ହେଉଥାଏ ପଛେ ସେ କିନ୍ତୁ ଜାୟା, ଜନନୀ, ଭଗିନୀ ରୂପରେ ପ୍ରତିଟି କ୍ଷେତ୍ରରେ ଉଭା ହେଇପାରେ । ସେଥିପାଇଁ ତ ସିଏ ନାରୀ ନାରାୟଣୀ । ପକୃତ ଅର୍ଦ୍ଧାଙ୍ଗିନୀ ତାକୁ ହିଁ କୁହାଯାଏ ଯିଏ ସ୍ୱାମୀର ସୁଖର ଦୁଃଖର ସାଥୀ । ଗୋକୁଳି ଖାଇବାକୁ ଚେଷ୍ଟାକରି ମଧ

ଖାଇପାରିଲାନି । ଉଠିପଡି ବାଡି ଦୁଆରକୁ ଯାଇ ମୁହଁ ଧୋଇ ଫେରି ଆସିଲା । ସ୍ୱାମୀ ଯେତେବେଳେ ନ ଖାଇ ଉଠିପଡିଲେ ସେତେବେଳେ ସ୍ତ୍ରୀ କ'ଣ ଖାଇ ପାରିବ ? କନକ ଅଇଁଠା ଗୋଟେଇ ଲୁଣ୍ଡା ବୁଲେଇ ଦେଇ କୁଣ୍ଡ ମୂଳରେ ବାସନ ଗୁଡିକୁ ମାଜିବାରେ ବସିଗଲା, ହେଲେ ମନରେ ଅନେକ ପ୍ରଶ୍ନ ? ଘରେ ବାସନ ଗୁଡିକୁ ସାଇତି କଞ୍ଚିମାରି ଗୋକୁଳି ପାଖକୁ ଚାଲିଆସିଲା କନକ । ଗୋକୁଳି ଆଖିବୁଜି ଶୋଇବାକୁ ଚେଷ୍ଟା କରୁଥିଲା । ହେଲେ କନକ ଆଗରେ ସେ ଅଭିନୟ ଲୁଚି ପାରିଲା ନାହିଁ । କଡ ଲେଉଟାଇ ଶୋଇବାକୁ ଚେଷ୍ଟା କଲା ଗୋକୁଳି । କନକ ସବୁ ଜାଣିଲେ ବି ଆଉ ଗୋକୁଳିକୁ ହଇରାଣ ନ କରି ନିଜେ ମଧ୍ୟ କଡ଼ ଲେଉଟାଇ ଶୋଇବାକୁ ଚେଷ୍ଟାକଲା ।

ରାତି ପାହିଲା । କନକ କଡ ଲେଉଟାଇ ଉଠିଲା ବେଳକୁ ଶେଯରେ ଗୋକୁଳିକୁ ନ ଦେଖି ଛାତିରେ ତା'ର ଛନକା ପଶିଲା । ବଡି ଭୋରରୁ କୁଆଡେ ଗଲେ ? ବାଡ଼ି ଆଡ଼କୁ ଧାଇଁଲା, କାଳେ ପୋଖରୀ ପାଣି ଯାଇଥିବେ । ସେଠି ବି ପାଇଲା ନାହିଁ । ଧାଇଁଗଲା ପଡିଶା ଘରକୁ କେହି ଦେଖିଛନ୍ତି ବୋଲି ପଚାରିବାକୁ । ଦାଣ୍ଡରେ ରିକ୍ସାଟା ବି ନଥିଲା । କନକ ଆହୁରି ବ୍ୟସ୍ତ ହୋଇ ପଡିଲା, ପଚାରି ବୁଝିଲା ଗୋକୁଳି ରିକ୍ସାଟି ନେଇ କାଲି ଅନ୍ଧାରରୁ ଯାଇଛି । ସବୁ ଆଡୁ ଫେରି କନକ ଦାଣ୍ଡରେ ଗୋବର ପାଣି ପକାଇ ଝାଡୁଟେ ଧରି ଦାଣ୍ଡଟା ଓଳାଇ ଦେଇ ପାରଶୁଆ ଟେକି ଘରକୁ ଏବଂ ଦାନ୍ତ କାଠିଟି ପାଟିରେ ଜାକି ଦାଣ୍ଡକୁ ଅନାଇ ବସିଲା ।

ବେଳ ଆସି ଘଡିଏ ହେଲାଣି, ହେଲେ ଗୋକୁଳିର ଦେଖାନାହିଁ । କେତେ ସମୟ ବସିବ, ଘରଟା ଜାକର ବାସି ପାଇଟି ପଡିଛି, ଦାନ୍ତ ଘଷିଦେଇ ଚୁଲିରୁ ପାଉଁଶ କାଢି ବାସନ ମାଜିବା ପାଇଁ କୁଣ୍ଡ ମୂଳକୁ ଗଲା । ଦେଖିଲା କୁଣ୍ଡରେ ପାଣି ନାହିଁ, କୂଅରୁ ପାଣି କାଢି କୁଣ୍ଡରେ ଭାଙ୍ଗିଲା ଏବଂ ଘରେ ପାଣି ପୁରାଇଲା । ତା' ପରେ ବାସନ ମାଜି ବସିଲା । ମାଜିସାରି ବାସନ ଧରି ଘରକୁ ଆସିଲା ବେଳେ ଗୋକୁଳି ଦାଣ୍ଡ ଆଡୁ ମୁହଁ ପୋଛି ପୋଛି ଆସୁଛି । ହଠାତ୍ କନକ ପଚାରିଦେଲା,- "ଏତେ ବେଳ ଯାଏଁ କୁଆଡେ ଯାଇଥିଲ ?" ଗୋକୁଳି କିଛି ନ କହି ପିଣ୍ଡାରେ ଆଉଜି ବସି ପଡିଲା । ପୁଣି କନକ ସେହି କଥାକୁ ଦୋହୋରାଇଲା ବେଳକୁ ଗୋକୁଳି ଅଣ୍ଟାରୁ ଟଙ୍କା ବିଡାଏ କାଢି ଥୋଇଦେଲା । ଏତେ ଗୁଡାଏ ଟଙ୍କା ଦେଖି କନକ ଆଖି ତରାଟି ରହିଗଲା । ଟିକେ ପାଣି ଦେବୁ ପିଇବି ଗୋକୁଳି କନକକୁ ଦେଖି କହିଲା । କନକ ଦଉଡି ଯାଇ ପାଣି ଗିଲାସ

ବଢ଼ାଇ ଦେଲା, ଗୋକୁଳି ଢକ ଢକ କରି ପାଣି ପିଇ ଦେଇ କହିଲା,- "ପୁଅ ପାଇଁ ଟଙ୍କା ଯୋଗାଡ଼ କରିବାକୁ ଯାଇଥିଲି । କନକ ଟଙ୍କାକୁ ରଖିବାକୁ ଯିବାବେଳେ ଦଣ୍ଡକୁ ନଜର ପକେଇଲା ରିକ୍ସାଟା ନ ଦେଖି ସେ ପଚାରିଲା "ଆମ ରିକ୍ସା ?"

—"ସେଇଟା ଟିକେ ଖରାପ ଥିଲା ତ, ସେଥିପାଇଁ ---?"

—"ନା, ତମେ ଏମିତି ଥଙ୍ଗ ଥଙ୍ଗ କରି କହୁଛ ସତ କୁହ ।"

—"ଆରେ ସତ ... "

—"ନା ... "

—"ହଁ, ମୁଁ ସେ ରିକ୍ସାଟା ବିକ୍ରି କରି ୨୦ ହଜାର ଟଙ୍କା ଆଣିଛି ।"

—"ଥମ୍ କିନା ବସି ପଡିଲା, କହିଲା ତମେ ଏ କ'ଣ କଲ ? ଆମେ ---?"

କ'ଣ ଆଉ କରିବି ? ୪/୫ ଦିନ ହେଲା ପୁଅ ଚିଠି ଦେଲାଣି । ସେ ସହରରେ ଏକା ରହିଛି । ତା'ର ପାଠ ପଢାରେ ଟଙ୍କା ଦରକାର । କ'ଣ ଯେ କରୁଥିବ ସେ କଥା ଭାବିଲେ ମୋ' ମୁଣ୍ଡ କ'ଣ ହେଇ ଯାଉଛି । ମୁଁ ତା'ର ବାପା, ତା'ର ସୁବିଧା ଅସୁବିଧା ବୁଝିବା ମୋର କର୍ତ୍ତବ୍ୟ । ଯେତେବେଳେ କେଉଁଆଡୁ ପଇସା ଯୋଗାଡ଼ କରିପାରିଲି ନି ସେତେବେଳେ ମୋ' ରିକ୍ସାକୁ ବିକିବାକୁ ନିଷ୍ପତି ନେଲି । ଆଉ ୨୦ ହଜାର ଟଙ୍କାରେ ବିକିଦେଲି ।

କନକ ଆଖିରୁ ଧାର ଧାର ଲୁହ ବୋହି ଯାଉଥାଏ । ଥରେ ତୁମେ ଭାବିଛ, ଆମେ ଏତେ ଗୁଡିଏ ଟଙ୍କା ତା' ପାଖକୁ ପଠାଉଛେ । ସେ କ'ଣ କରୁଛି ? ବିରକ୍ତ ହୋଇ ଉଠିଲା ଗୋକୁଳି । "ଆମେ ଚଳିବା କେମିତି ?" ଗୋକୁଳି କନକ ପାଖକୁ ଲାଗିଆସି କହିଲା,- ତୁ ବ୍ୟସ୍ତ ହଅନି, ମୁଁ ବଞ୍ଚିଛି । ମୋ' ଏ ବାହୁରେ ଯେ ପର୍ଯ୍ୟନ୍ତ ବଳ ଅଛି ସେ ପର୍ଯ୍ୟନ୍ତ ଆମେ ଖୁସିରେ ଚଳିବା । ଆଖିରୁ ତା'ର ଗାମୁଛାରେ ଲୁହ ପୋଛି ଦେଇ କହିଲେ,- "ଭୋକ ହେଲାଣି କ'ଣ ଦିଟା ଆଣିଲୁ ଖାଇଦେଇ ପୁଣି ଟଙ୍କା ପଠାଇବାକୁ ଯିବି ।" କନକ ମୁଢି ଡାଲାଟିଏ ଓ ନାଲି ଚାରୁ ଗିଲାସେ ଆଣି ଥୋଇଦେଲା । ଗୋକୁଳି ସେତକ ଖାଇ ଉଠି କନକକୁ ଟଙ୍କା ମାଗିଲା

ଏବଂ ସେ ସଙ୍ଗେ ସଙ୍ଗେ ଘର ଭିତରକୁ ଦୌଡିଯାଇ ପେଡ଼ିରୁ ଟଙ୍କାଟା ଆଣି ଦେଲା । ଗୋକୁଳି ଟଙ୍କାଟା ଧରି ବାହାରକୁ ଯିବାକୁ ପାଦ ବଢାଇଛି କି ନାହିଁ, ଗାଁର ଦୁଇଜଣ ଲୋକ ଓ ପୁଲିସି ଗାଡିରୁ ଓହ୍ଲାଇ ଭିତରକୁ ପଶିଆସିଲେ । ପୁଲିସି ବାବୁଙ୍କୁ ଦେଖି ଛାନିଆ ହୋଇଗଲେ ଦୁଇପ୍ରାଣୀ । ପରସ୍ପରକୁ କେବଳ ଚାହିଁଲେ । ଗୋକୁଳିର ଛାତି ଭିତରଟା କାହିଁକି କେଜାଣି ଜୋର୍ ରେ ଧଡ ଧଡ ହେଉଛି । ତଥାପି ସାହାସ କରି ପଚାରିଲା,-

—"କ'ଣ ହେଲା ବାବୁ ?"

—"ତୁମ ପୁଅ ?"

—"ହଁ ବାବୁ ... "

—"କ'ଣ ହେଲାକି ବାବୁ ?

—ତୁମେ ଗୋକୁଳି ବେହେରା ?"

—"ଆଜ୍ଞା ?"

—"ତୁମ ପୁଅ ହରିଶ୍ଚନ୍ଦ୍ର ବେହେରା, ଓରଫ ବାବୁନି ... "

—"ଆଜ୍ଞା ... "

—"ଚାଲ ଗାଡିରେ ବସ ।"

—"କାହିଁକି ବାବୁ, ମୋ' ଦୋଷ କ'ଣ ?"

—"ତୁମ ପୁଅ ସହରରେ ନିଶାଦ୍ରବ୍ୟ ବେପାର କରୁଥିଲା ?"

ଗତକାଲି ରାତିରେ ଦୁଇ ଦଳ ଭିତରେ ଗଣ୍ଡଗୋଳ, ବୋମା ଫିଙ୍ଗାଫିଙ୍ଗିରେ ବାବୁନି ଗୁରୁତର ଆହାତ ହୋଇଛି । ଏ କଥା ଶୁଣି ଗୋକୁଳି ଥମ କରି ବସି ପଡିଲା । "ମୁଣ୍ଡ ଝାଳ ତୁଣ୍ଡେମାରି ପୁଅକୁ ପାଠ ପଢାଇବା ପାଇଁ ସହରରେ

ଛାଡିଲି ଅଥଚ ---!!"

ଗାଁ ଲୋକମାନେ ବି ଚୁପ୍ ଚାପ୍ ହୋଇ କୁହାକୁହି ହେଲେ । ଆହା ଚୁ ଚୁ ହେଉଥାନ୍ତି । ପୁଲିସି ବାବୁଙ୍କୁ ସମସ୍ତେ ଗୋଟିଏ କଥା କହୁଥାନ୍ତି, ପୁଅ ତା'ର ହାକିମ ହେବ ବୋଲି ସେ ଦିନ ରାତି ଏକ କରି ଖଟୁଥିଲା ଗୋକୁଳି ହାତରେ ଧରିଥିବା ୨୦ ହଜାରକୁ ଅନାଉ ଥାଏ । କନକ କାଠ ପରି ଶୁଣୁଥାଏ, ମାଆ ଓ ପୁଅର ଅବସ୍ଥା ଶୁଣି ବାହୁନୁ ଥାଏ ।

ବାବୁଙ୍କ ଗାଡିରେ ବସି ଗୋକୁଳି ସହରକୁ ଗଲା । ସେଠି ପହଞ୍ଚି ଦେଖିଲା ଗୋଟିଏ ଧଳାଲୁଗା ଘୋଡେଇ ହୋଇ ରହିଥିବା ଜଣକୁ ଦେଖାଇ ପୁଲିସ ଗୋକୁଳିକୁ ଚିହ୍ନିବାକୁ କହିଲା । ତାଟକା ହୋଇ ଛିଡା ହୋଇଗଲା ଗୋକୁଳି, ଧିରେଧିରେ ଯାଇ ଧଳା ଲୁଗାଟି ଉଠାଇ ଦେଇ--- ଦାଥ୍ କରି ବସିପଡିଲା । ମୁଣ୍ଡରେ ହାତଦେଇ ବାବୁନି, ବାବୁନି ବୋଲି କହି ତଳେ ଲୋଟିଯାଉଥାଏ । ନିଜକୁ ସମ୍ଭାଳି ବାବୁନିର ମଲା ଶରୀରକୁ ନେଇ ଗାଁକୁ ଆସିଲା । ଗାଁଟା ସାରା ସମସ୍ତେ ଚୁପୁରୁ ଟାପର ହେଉଥାନ୍ତି, କନକ କାନରେ ବି ପଡିଲାଣି । ତଥାପି ପୁଅକୁ ଦେଖିବା ପାଇଁ ବ୍ୟାକୁଳ ମାଆର ହୃଦୟ । ଗାଡି ଆସି ଗୋକୁଳି ଦୁଆରେ ଲାଗିଲା, ନାହିଁ ନଥିବା ଭିଡ଼ । କନକ ଦୌଡି ଆସିଲା ଘର ଭିତରୁ, ଗୋକୁଳି ଧରିନେଇ ବୁଝାଇ ବାକୁ ଚେଷ୍ଟା କଲା । ପୁଅ ଆମର ହାକିମ ହୋଇଥିଲେ ଆମକୁ ଛାଡି ସହରରେ ରହିଥାନ୍ତା, ସେମିତି ପୁଅ ଭଗବାନଙ୍କ ପାଖକୁ ଚାକିରି କରିବାକୁ ଯାଇଛି, ଆଉ ଆମେ--? ପାଗଳଙ୍କ ପରି ଗୋକୁଳି ହସି ଉଠି କହିଲା,- "ଆଲୋ କନକ ଆମେ ପରା ହାକିମଙ୍କ ବାପା ବୋଉ ! ଗାଡିରେ ବସିବା କୋଠାଘରେ ରହିବା, ନରମ ନରମ ଗଦିରେ ବସିବା, ଶୋଇବା । ହେ କନକ ? କନକ ନିଜକୁ ସମ୍ଭାଳି ଗୋକୁଳିକୁ ପ୍ରକୃତିସ୍ଥ କରିବାକୁ ଚାହୁଁଥିଲା । ପରିସ୍ଥିତିକୁ ସମସ୍ତେ ମିଶି ସମ୍ଭାଳିବାକୁ ଚେଷ୍ଟା କରୁଥିଲେ । ଯାହାର କାନ୍ଧରେ ଗୋକୁଳି ମଶାଣିକୁ ଯାଇଥିଲେ ସେ ସ୍ୱର୍ଗପ୍ରାପ୍ତି କରିଥାନ୍ତା, ଏବଂ ତା'ର ପିତୃତ୍ୱ ଶାନ୍ତି ପାଇଥାନ୍ତା ଆଜି ସିଏ ଚିର ନିଦ୍ରାରେ ଶୋଇଯାଇଛି । ଆଉ ବାପା ଆଜି ତା'ର କାନ୍ଧରେ ବଢିଲା ପୁଅକୁ ମଶାଣିକୁ ନେବାକୁ ପ୍ରସ୍ତୁତ ହେଉଛି । ସମୟର ପରିବର୍ତ୍ତନ ସଙ୍ଗେ ସମସ୍ତେ ବଦଳି ଯାଆନ୍ତି । କେତେ ଆଶା, କେତେ ସ୍ୱପ୍ନ ସବୁ ଆଜି ଧୂଳିସାତ ମଶାଣି ଭୁଇଁରେ ଜଳି ଉଠିଲା ଗୋଟିଏ ୨୨/୨୩ ବର୍ଷ ପୁଅର ଚିତା । ଗୋକୁଳି ଗୋଟିଏ ଗଛମୂଳେ ବସି ସେହି ଚିତାକୁ ଏକ ଲୟରେ ଚାହିଁ ରହିଛି, ଆଖିରୁ ବୋହି ଯାଉଛି ଧାର ଧାର ଲୁହ । ତା'ର ଅନ୍ତର ମନ

୩୬ ॥ ଅର୍ଘ୍ୟଥାଳି

ସତେ ଯେମିତି ତା' ଆଗରେ ଛିଡା ହୋଇ ତାକୁ କହୁଛି "ଗୋକୁଳି ୨୦ ହଜାର ଟଙ୍କା ଦେଇ ତୋ' ପୁଅକୁ ହାକିମ କରିବୁ ବୋଲି ନିଜର ଦାନା ପାଣି ଦେଉଥିବା ରିକ୍ସାଟିକୁ ଅନ୍ୟ ହାତକୁ ଟେକିଦେଲୁ, ଥରେ ମନ ପୁରାଇ ଦେଖ ସେ ଚିତାକୁ ତୋର ଲୁହର ମୂଲ୍ୟ ୨୦ ହଜାର କେମିତି ଜଳୁଛି । ଆମେ ଗରିବ । ଆମକୁ ସ୍ୱପ୍ନ ଦେଖିବା ମନା । ଦେଖିଲୁ ପୁଅ ହାକିମ ହେଲା ନା ହାରାମି ହେଲା । ଧିକ୍ ତୋର ବାପା ହେବାକୁ ! ଖରାରେ ରିକ୍ସା ଟାଣି ଟାଣି ନିଜର ବୟସକୁ ସାରିଦେଲୁ । ଶେଷରେ ପାଇଲୁ କ'ଣ ୨୦ ହଜାର ।"

ଭୋ ଭୋ ହୋଇ କାନ୍ଦି ଉଠିଲା ଗୋକୁଳି, ସେଇ ୨୦ ହଜାରକୁ କେବଳ ସେ ଲେଉଟାଇ ଓଲଟାଇ ଦେଖୁଥାଏ । ଏଇତ ସ୍ୱପ୍ନ କଥାରେ ଅଛି -

"କଷ୍ଟ ଅର୍ଜିତ ଯେତେ ଧନ
ସେ ନୁହେଁ ସୁଖେ ପ୍ରୟୋଜନ ।"

■ ■

ଅଭିଶପ୍ତା

ଝରକା ପାଖରେ ଠିଆ ହୋଇ ବାହାରରେ ବିସ୍ତୀର୍ଣ୍ଣ ଆକାଶକୁ ଚାହିଁ ରହିଛି ମେଘା । ଖଣ୍ଡ ଖଣ୍ଡ ବାଦଲ ମିଶି ଗୋଟିଏ ବଡ ମେଘ ସୃଷ୍ଟି ହେଉଛି । କେତେବେଳେ ଯେ ସେ ମେଘ ବରଷି ଯିବ କହି ହେବନି । ଆଜି ପବିତ୍ର ରକ୍ଷା ବନ୍ଧନ । ହାତରେ ରାକ୍ଷୀଟିକୁ ଧରି ମେଘା କେବଳ ସେହି ଆକାଶକୁ ଚାହିଁ ରହିଛି । ଆଉ ଆଖିରୁ ବୋହି ଯାଉଛି ଧାର ଧାର ଲୁହ । ମନେ ପଡି ଯାଉଛି ସେହି ହଜିଯାଇଥିବା ଦିନ ଗୁଡିକ । ଗୋଟିଏ ସୁନ୍ଦର ଗାଁରେ ଏକ ସୁନ୍ଦର ପରିବାରେ ମେଘାର ଜନ୍ମ । ବାପା, ମା' ଓ ଭାଇ ଭଉଣୀ ନେଇ ପରିବାର । ମେଘା ୨ୟ ଶ୍ରେଣୀରେ ପଢିଲା ବେଳକୁ ଭାଇ ମୟଙ୍କ ୧୦ମ ଶ୍ରେଣୀରେ ପଢୁଥାଏ । ହସଖୁସିରେ ସଂସାର ଭିତରେ ଖୁସିରେ କଟି ଯାଉଥିଲା ଜୀବନ। ହଠାତ୍ ଘରର ମୁରବୀ ଅର୍ଥାତ ବାପାଙ୍କ ଦେହ ଦିନକୁ ଦିନ ଅଧିକ ଖରାପ ହେବାକୁ ଲାଗିଲା । ଯାହାବି ପୁଞ୍ଜି ଥିଲା, ସବୁ ବାପାଙ୍କୁ ଭଲ କରିବା ପାଇଁ ଖର୍ଚ୍ଚ ହେଲା । ହେଲେ ଇଶ୍ୱରଙ୍କ ଇଚ୍ଛା ଆଗରେ ସବୁ ଚେଷ୍ଟା ଯେ ନିଷ୍ପଳ ହୁଏ । ଏକଥା ମୋ' ବାପାଙ୍କ ମୃତ୍ୟୁ ପରେ ମୁଁ ହୃଦୟଙ୍ଗମ କଲି । ବାପା ଆରପାରିକୁ ଚାଲିଗଲା ପରେ ଘରେ ରହିଗଲୁ ଆମେ ତିନି ପ୍ରାଣୀ । ଏମିତି ଦୁଃଖରେ ସୁଖରେ ଗତାନୁଗତିକ ଭାବେ ସଂସାର ଗଢି ଚାଲିଥିବା ବେଳେ ପୁଣି ଏକ କଳା ବାଦଲ ଘୋଟି ଆସିଲା ଆମ ଘର ଉପରକୁ । ବାପାଙ୍କୁ ଝୁରି ଝୁରି ବୋଉ ବି ଆର ପାରିକୁ ଚାଲିଗଲା । ଏତେ ବଡ ଦୁନିଆଁରେ ଆମେ ଭାଇ ଭଉଣୀ ଦୁଇଜଣ ହିଁ ରହିଗଲୁ । ଭାଇ କଲେଜରେ ପଢୁଥାଏ । ଏହା ଭିତରେ ମୁଁ ମେଟ୍ରିକ୍ ପରୀକ୍ଷା ଦେଇ ଅକୃତ କାର୍ଯ୍ୟ ହୋଇଥାଏ । ତେଣୁ ମୁଁ ଘରର ସମସ୍ତ ଦାୟିତ୍ୱ ବୁଝିଲା ବେଳେ ଭାଇ ତା'ର ପାଠ ପଢାରେ ବ୍ୟସ୍ତ ଥାଏ । ବାପା ମାଆଙ୍କୁ ହରାଇଲା ପରେ ବି ଆମେ ଦୁଇ ଭାଇ ଭଉଣୀ ନିଜକୁ ପ୍ରତିଦିନର ଚଳଣି ଭିତରେ ହଜି ଯାଇଥିଲୁ । ଦୁଃଖ ସୁଖ ଭିତରେ ଆମର ଜୀବନର ଗତି ଗଡି ଚାଲିଥାଏ । ହେଲେ ନିୟତିର ଅଭିଳାଷକୁ ଜାଣିବା ପାଇଁ

କୌଣସି ମଣିଷ ସଖ୍ୟ ନୁହେଁ । ତେଣୁ ଆମେ ବି ତା'ର ଆଦେଖା ଇଙ୍ଗିତ ଆଗରେ ହାରମାନିଲୁ ।

ସବୁଦିନ ଭଳି ରାତି ପାହି ସକାଳ ହେଲା । ଭାଇର ସାଙ୍ଗମାନଙ୍କ ସହ ପିକନିକ୍ କୁ ଯିବାର ଥିଲା । ତେଣୁ ମୁଁ ସକାଳୁ ଉଠି ଭାଇ ପାଇଁ ଜଳଖିଆ କରିଦେଲି । ଭାଇ ତା'ର ନିତ୍ୟକର୍ମ ସାରି କ'ଣ ଦିଟା ଜଳଖିଆ ଖାଇଦେଇ ବାହାରି ପଡିଲା । ସାଙ୍ଗମାନେ ବି ତା'ର ଡାକିଲେଣି । ତେଣୁ ତର ତର ହୋଇ ଚାଲିଗଲା । ଘରେ ମୁଁ ଏକୁଟିଆ ନିଜ କାମ ସାରି ରୋଷେଇରେ ଲାଗିପଡିଲି । ରୋଷେଇ ସାରି ଗଣ୍ଡେ ଖାଇଦେଇ ଶୋଇପଡିଥିଲି । ନିଦ ଲାଗିଯାଇଥାଏ ହଠାତ୍ ବାହାର କବାଟରେ କେହି ଶବ୍ଦକରିବା ଶୁଣି ନିଦଟା ଭାଙ୍ଗିଗଲା । ହଠାତ୍ ସମୟ କେତେଟା ଜାଣିପାରିଲି ନାହିଁ । ଭାଇ ଆସିଲାଣି ଭାବି ଦଉଡିଯାଇ କବାଟ ଖୋଲି ଦେଖେତ ---?

ଗାଁର ପ୍ରାୟ ଲୋକ ଆମ ଦୁଆରେ । କିଛି ବୁଝିବା ଆଗରୁ ରାମ ମଉସା କହିଲେ "ମା' ମେଘା ! ତୋ ଭାଇର ଆକ୍ସିଡେଣ୍ଟ ହୋଇଯାଇଛି । ଚାଲ ଡାକ୍ତରଖାନା ଯିବା "। ମୋ' ପାଦତଳୁ ମାଟି ଖସିଗଲା, କ'ଣ କରିବି କିଛି ଚିନ୍ତା କରିପାରିଲି ନାହିଁ, ଦୌଡିଲି ଡାକ୍ତର ଖାନାକୁ । ସେଠାରେ ଭାଇର ଅବସ୍ଥା ସଙ୍କଟାପନ୍ନ ଥିଲା । ତାକୁ ଦେଖି ମୋ' ଆଖିର ଲୁହ ବୋଲ ମାନିଲା ନାହିଁ, ତଥାପି ନିଜକୁ ସମ୍ଭାଳି ଭାଇ ବିଷୟରେ ଡାକ୍ତରଙ୍କ ସହ କଥା ହେଇ ଫେରିଲା ବେଳେ ଗାଁ ମୁଣ୍ଡରେ ଥିବା ପ୍ରତ୍ୟକ୍ଷ ଦେବୀ ମା' ମଙ୍ଗଳାଙ୍କ ମନ୍ଦିରରେ ମୁଣ୍ଡ ବାଡେଇ ଭାଇର ଜୀବନ ଭିକ୍ଷା କରିଥିଲି । ଭାଇ ଭଲ ହେଇଗଲେ ଅନେକ ମାନସିକ କରି ଭରସା ରଖି ଫେରିଥିଲି । ପ୍ରତିଦିନ ଭାଇକୁ ଦେଖିବାକୁ ଡାକ୍ତର-ଖାନା ଯାଉଥିଲି ଦିନେ ଡାକ୍ତର ବାବୁ କହିଲେ,- ଅପରେସନ ହେବ ସେଥି ପାଇଁ ଟଙ୍କା ଦରକାର । ହଁ ମାରି ଚାଲି ଆସିଲି । ହେଲେ, ମୋତେ ଚତୁର୍ଦ୍ଦିଗ ଅନ୍ଧାର ଦିଶୁଥିଲା । ବାପାଙ୍କୁ ଠିକ୍ କରିବା ଏବଂ ପରେ ବାପା ବୋଉର ଶୁଦ୍ଧ କ୍ରିୟାରେ ଯାହା ବି ଥିଲା ସବୁ ସରିଯାଇଥିଲା । କ'ଣ କରିବି? ପଞ୍ଚାକ୍ଷରି ମନ୍ତ୍ର ଜପିଲେ ତ ମୋ' ଭାଇ ଭଲ ହୋଇଯିବନି । ଘର ବ୍ୟତୀତ ମୋ' ପାଖରେ ଆଉ କିଛି ନଥିଲା, ମୋ' ଭାଇ ଆଗରେ ଘରର ମୂଲ୍ୟ ବହୁତ ଅଳ୍ପ ଥିଲା । ତେଣୁ ଘରର କାଗଜ ପତ୍ର ଧରି ଗାଁ ସାହୁକାରଙ୍କ ପାଖକୁ ଧାଇଁଲି, ସେଠି ଘର ବନ୍ଧା ପକାଇ ଟଙ୍କା ଆଣିଲି ହେଲେ---। ହେଲେ ସାହୁକାରଙ୍କ ସର୍ତ୍ତ ଥିଲା 'ପ୍ରଥମ ମାସର ସୁଧ ନ ଦେଇ ପାରିଲେ, ଘରଟି ତାଙ୍କ ହେପାଜତରେ ରହିବ' । ହଁ ମାରିବା ଛଡା

ମୋ' ପାଖରେ କିଛି ନଥିଲା । ସେଠାରୁ ଟଙ୍କା ନେଇ ହସପିଟାଲରେ ପହଞ୍ଚିଲି । କାଉଣ୍ଟରରେ ଡିପୋଜିଟ କରି ଭାଇର ଅପରେସନ ପାଇଁ ଅପେକ୍ଷା କଲି । ତହିଁ ପର ଦିନ ଅପରେସନ ହେବାର ଥିଲା । ତେଣୁ ବିଶ୍ୱାସ ଓ ଭକ୍ତିର ସହ ଗାଁ ମୁଣ୍ଡେ ଥିବା ଠାକୁରାଣୀ ପାଖରେ ଭାଇର ମଙ୍ଗଳ ମନାସି ଦୀପଟିଏ ଜାଳି ମୁଣ୍ଡିଆ ମାରି ଘରକୁ ଫେରିଥିଲି । କଷ୍ଟେ ମଷ୍ଟେ କଡ ଲେଉଟାଇ ରାତି ପାହିବାକୁ ଚାହିଁ ରହିଥିଲା ମେଘା । ସତେ ଯେପରି ରାତ୍ରିର କଳା ଚାଦରଟା ଘୁଞ୍ଚିବାକୁ ଚାହୁଁ ନଥିଲା । ମେଘା ମନେପକଉଥିଲା ତା'ର ବାପମାଆଙ୍କୁ ସମାଜ ରୂପକ ନଈକୁ ପାରି ନକରି ତା କୂଳରେ କିପରି ଛାଡିଦେଇ ଚାଲିଗଲେ । ସେ କ'ଣ କରିବ, କେମିତି ତା ଭାଇକୁ ଭଲକରି ଆଣି ପୁଣି ଥରେ ବାନ୍ଧିପାରିବ ରାକ୍ଷୀ । ଏମିତି ଭାବୁ ଭାବୁ କେତେବେଳେ ନିଦ ଆସି ତା ଦୁଇନୟନ ମୁଦି ହୋଇ ଯାଇଛି ସେ ଜାଣି ପାରିନାହିଁ । ବାଡି ଦୁଆରେ ଥିବା ପିଜୁଳି ଗଛ ଉପରେ ଡାମରା କାଉଟା ବସି କା କା ରଡି କଲାରୁ ହଠାତ୍ ତା ନିଦ ଭାଙ୍ଗିଗଲା । ଶେଯ ପାରସୁଆ ଉଠାଇ ଘର ବାରିପଟ ଝାଡୁକରି, ବାସିକାମ ସବୁ ଛିଣ୍ଡାଇ ବାହାରି ପଡିଲା ଡାକ୍ତରଖାନା ! ଭାଇର ଅପରେସନ । ଗଲାବେଳେ ଗାଁ ମୁଣ୍ଡ ଠାକୁରାଣୀଙ୍କ ପାଖେ ଦୀପଟିଏ ଜାଳି ଭାଇର ମଙ୍ଗଳ ମନାସି ଅନେକ କିଛି ଯାଚଞ୍ଚା କରିଦେଲା । ସେଥିପାଇଁ ତ ନାରୀ କେବଳ ଗୋଟିଏ ରୂପରେ ଶୋଭା ପାଏନି । ଗୋଟିଏ ରୂପ ଭିତରେ ଅନେକ ରୂପର ପ୍ରତିଛବି ଦେଖିବାକୁ ମିଳେ । ଜନ୍ମଦାତ୍ରୀ ମା' ଯେପରି ତା'ର ଛୁଆ ମାନଙ୍କ ପାଇଁ ବିକଳ ହୁଏ ସେହିପରି ମେଘା ଆଜି ତା' ଭାଇ ପାଇଁ ମାଆର ପ୍ରତି ରୂପ ନେଇ ତା'ର ଭଲ ପାଇଁ କେତେ ଦେବଦେବୀଙ୍କୁ ଗୁହାରି କରିଛି ।

ଡାକ୍ତରଖାନାରେ ପହଞ୍ଚିଲା ବେଳକୁ ଭାଇ ତା'ର ଓ.ଟି ଭିତରକୁ ଯାଇ ସାରିଥାଏ । ସେ ସେହି ଦୁଆର ମୁହଁରେ ଚାତକିନୀ ପରି କେବଳ ଚାହିଁରହି-ଥାଏ ସେହି ନାଲି ଆଲୁଅକୁ । ତାହା କେତେବେଳେ ସବୁଜ ହେବ । ସମୟ ତା'ର ଗତିପଥ ଗତି କରୁଛି, କାହା ଦୁଃଖରେ ନୁହଁ କି କାହା ସୁଖରେ ସେ କେବେ କାହାପାଇଁ ଅଟକିନି କି ଅଟକିବନି । ତେଣୁ ଘଣ୍ଟା କ'ଣ୍ଟା ଟିକ୍ ଟିକ୍ କରି ଆଗକୁ ଚାଲିଛି ଏବଂ ସୁପ୍ତ ମଣିଷ ମାନଙ୍କୁ ଚେତାଇ ଦେଉଛି "ମୁଁ ଆଗକୁ ଯାଉଛି, ପାରୁଛ ଯଦି ମୋ' ସାଙ୍ଗରେ ଆସ, ନ ହେଲେ--" ଘଣ୍ଟାରେ ୪ଟା ବାଜିଲା ସବୁଜ ଲାଇଟଟି ଧପ୍ କରି ଜଳି ଉଠିଲା । ଡାକ୍ତର ଓ.ଟିର କବାଟ ଖୋଲି ବାହାରକୁ ଆସିଲେ ଏବଂ ମେଘାକୁ ଦେଖି କହିଲେ ଅପରେସନ successful ହୋଇଛି ।

ମେଘାର ଖୁସିର ଅଶ୍ରୁ ଦୁଇଧାର ହୋଇ ବୋହିଗଲା ଏବଂ ହାତ ଦୁଇଟି ମନକୁ ମନ ମାଆଙ୍କ ଉଦ୍ଦେଶ୍ୟରେ ଉଠିଗଲା । ହେଲେ ନିୟତିର ବିଚାର ଭିନ୍ନ ଥିଲା, ସେ କେତେବେଳେ କାହାକୁ ବିଜୁଳିର କ୍ଷଣିକ ଚିକ୍ ମିକ୍ ଆଲୁଅରେ ଆଲୋକିତ କରି ଆନନ୍ଦିତ କଲାପରେ ପରମୁହୂର୍ତ୍ତରେ ପୁଣି ଘୋଟି ଆସେ ଅନ୍ଧାରର ସେହି ଘମାଘୋଟ କଳାବାଦଲ । ଠିକ୍ ସେମିତି ହିଁ ଘଟିଥିଲା ମେଘା ଜୀବନରେ । ଭାଇ ଭଲ ହୋଇଥିବା ଶୁଣି ଧାଇଁ ଆସିଥିଲା ଗାଁ ମୁଣ୍ଡ ଠାକୁରାଣୀଙ୍କ ପାଖକୁ । ମା'ଙ୍କୁ କୃତଜ୍ଞତାର ଘଣ୍ଟିବଜାଇ ତାଙ୍କ ଉପରେ ଏପରି କରୁଣା ରଖିଥାଅ ବୋଲି ମୁଣ୍ଡିଆ ମାରି ଖୁସି ମନରେ ଫେରି ଯାଇଥିଲା ଘରକୁ । ହେଲେ ଠିକ୍ ତା ପଛେ ପଛେ ଯେମିତି ବିପଦ ଗୋଡାଇଲା ଭଳି ମେଘା ଘରେ ପାଦ ଦଉଣୁ ନ ଦଉଣୁ ଡାକ୍ତରଖାନାରୁ ଖବର ଆସିଲା "Mayanka is dead ", ମେଘା ନଥ୍ କରି ବସି ପଡିଲା । ସତେଯେପରି ଶୂନ୍ୟ ଆକାଶଟା ତା' ଉପରେ ପୁଣିଥରେ ଛିଣ୍ଡି ପଡିଲା । କୂଳକିନାରାହୀନ ମେଘା ଥଳକୁଳ ପାଉନଥାଏ । ତା' କପାଳରେ ଭଗବାନ ଏତେବଡ ଦୁଃଖ ଲେଖିଥିଲେ । ଆଉ କିଛି ଭାବି ପାରୁ ନଥିଲା ମେଘା । କାରଣ ବର୍ତ୍ତମାନ ତା'ର ପ୍ରଥମ କର୍ତ୍ତବ୍ୟ ଭାଇର ଶବ ସତ୍କାର କରି ତା'ର ଶୁଦ୍ଧି କ୍ରିୟା କରିବା । ଯନ୍ତ୍ରାରୁଢ ଭାବେ ମେଘା ଗୋଟିକ ପରେ ଗୋଟିଏ କାର୍ଯ୍ୟ ଗୋଟିଏ ଯନ୍ତ୍ର ମାନବ ଭଳି କରି ଯାଉଥାଏ । ସେ ଆଜି ତ୍ରିଶଙ୍କୁ ପାଲଟି ଯାଇଛି, ନା ତା' ପାଇଁ ଗାଁରେ ସ୍ଥାନ ଅଛି; ନା ତା' ପାଇଁ ଅନ୍ୟ କେଉଁଠି ସ୍ଥାନ ଅଛି ? ସେ ରହିବ କେଉଁଠି ?

ଭାଇର ଶୁଦ୍ଧକ୍ରିୟା ସାରି ସେ ତା'ର ପ୍ରିୟ ଜନ୍ମ ମାଟି, ତା'ର ଅତି ଆପଣାର ଗାଁ, ଏକୁଟି ଜଳିଥିବା ଘର ସବୁକୁ ଛାଡିବାକୁ ସେ ବାଧହେଲା କାରଣ ଚୁକ୍ତି ଅନୁସାରେ ସେ ସାହୁକାରଙ୍କୁ ସୁଧ ନ ଦେଇ ପାରିବାରୁ ଘରଟି ତାଙ୍କ ଅକ୍ତିଆର ରହିବ । ଭାଇର ଶୁଦ୍ଧିକ୍ରିୟା ପରେ ମୁଁ ମୋ' ସରଗ ସମାନ ଘରକୁ ଛାଡି ଭୁବନେଶ୍ୱର ଉଦ୍ଦେଶ୍ୟରେ ବାହାରି ପଡିଲି । ଘରର ଦାଣ୍ଡ କବାଟରେ ଚାବି ପକାଇଲା ବେଳେ ଆଖିରୁ ଧାର ଧାର ଲୁହ ବୋହି ଯାଉଥିଲା ମେଘାର ଦାଣ୍ଡ ପଟ ପିଜୁଳି ଗଛଟି ସତେ ଯେପରି ମେଘାର ଏ ନିଷ୍ପତ୍ତିକୁ ବିରୋଧ କରୁଥିଲା । କେତେ ଆଦରରେ ବଉ ତା'ର ଏ ଗଛଟି ଲଗାଇଥିଲା, କେତେ ଫଳ ଖାଇବାକୁ ନ ଦେଇଛି ସତେ । କିନ୍ତୁ ମେଘାକୁ ଯିବାକୁ ପଡିବ । ଏଇ ତ ତା'ର କପାଳ ଲିଖନ । ଜଣ ଜଣ କରି ସମସ୍ତ ଆତ୍ମୀୟ ଆଜି ତା' ଠାରୁ ବିଦାୟ ନେଇ ଯାଇଛନ୍ତି । ତେଣୁ ସେ ତା'ର ଭାଗ୍ୟ ପରୀକ୍ଷା କରିବାକୁ ବାହାରକୁ ଯିବାକୁ ପଡିବ । ସାହୁକାରର ଲୋକଙ୍କ ହାତକୁ ଚାବି କାଠିଟି ବଢାଇ ଦେଇ ଅନିଚ୍ଛାକୃତ

ଭାବେ ସେ ଆଗକୁ ବଢି ଚାଲିଲା । ସତେ ଯେପରି ତା'ର ସ୍ନେହ କାଙ୍ଗାଲୁଣି ମା', ଭଲ ପାଇବା ଭଳି ବାପା ଏବଂ ଭାଇ ତା' ପଛରେ ଗୋଡେଇବାର ପଦ ଧ୍ୱନି ସେ ହୃଦଙ୍ଗମ କରିପାରୁଥିଲା । ସେମାନଙ୍କ ବାରଣ ଓ କରୁଣ କ୍ରନ୍ଦନର ଧ୍ୱନି ମେଘା କାନରେ ପ୍ରତିଧ୍ୱନିତ ହେଉଥିଲା । ହେଲେ, ସେ ଯେଉଁ ଆଗମୁହାଁ ହୋଇ ଚାଲିବାର ସଂକଳ୍ପ ନେଇଥିଲା, ସେଥିରୁ ସେ ପଛଘୁଞ୍ଚା ଦେଇ ପଛକୁ ଚାହିଁନାହିଁ । ପଛରେ ଛାଡି ଆସିଲା ତା'ର ଭିଟାମାଟି ଅତି ଆପଣାର ଜନ୍ମସ୍ଥାନ । ସେ ବସ୍ ରେ ବସିବା ଆଗରୁ ଥରେ ମାତ୍ର ପଛକୁ ଚାହିଁ ତା'ର ସେହି ଆପଣାର ମାଟିକୁ ମୁଣ୍ଡରେ ଲଗାଇ ଚିରଦିନ ପାଇଁ ବିଦାୟ ଦେଇ ଆଗେଇ ଗଲା ଭୁବନେଶ୍ୱର ଉଦ୍ଦେଶ୍ୟରେ । ଜୀବନର ଗୋଟେ ଗୋଟେ ଅଧ୍ୟାୟର ପୂର୍ଣ୍ଣଚ୍ଛେଦ ପଡିଗଲା ମେଘା ଜୀବନରେ ।

ଭୁବନେଶ୍ୱର, ଓଡିଶାର ରାଜଧାନୀ । ଗହଳ ଚହଳ ସହରୀ ସଭ୍ୟତାର ଆଭିଜାତ୍ୟରେ ସମସ୍ତେ ରଙ୍ଗାୟିତ । 'ଭୁବନେଶ୍ୱର', 'ଭୁବନେଶ୍ୱର' ବୋଲି ବସ୍ ର ହେଲପର୍ ପାଟିକରି ଉଠିଲାରୁ ସତେ ଯେମିତି ମେଘାର ଶିରାପ୍ରଶିରାରେ ଏକ ଅଦ୍ଭୁତ ଶିହରଣ ଖେଳିଗଲା । ନିଜର ସମସ୍ତ ଜିନିଷ ପତ୍ର ଧରି ଓହ୍ଲାଇ ବାକୁ ପ୍ରସ୍ତୁତ ହୋଇଗଲା । ବସ୍ ର ଗୋଟିଏ ଗୋଟିଏ ପାହାଚ ଓହ୍ଲାଇବା ପରି ସେ ତା' ଜୀବନର ଗୋଟିଏ ଗୋଟିଏ ସୋପାନକୁ ଅତିକ୍ରମ କରୁଥିଲା । ଶେଷ ପାହାଚରୁ ଗୋଡ଼ ଉଠାଇ ଯେତେବେଳେ ରାଜଧାନୀର ମାଟି ଉପରେ ଥୋଇବା ପାଇଁ ପ୍ରସ୍ତୁତ ହେଉଛି, ସେତେବେଳେ ତା' ଆଖିରୁ ଦୁଇଧାର ଲୁହ ବୋହି ଆସିଲା । କାରଣ ଜୀବନର ଦ୍ୱିତୀୟ ଅଧ୍ୟାୟର ଆରମ୍ଭକୁ ସ୍ୱାଗତ କରିବା ଆଗରୁ ସେ ତା' ଜୀବନର ପ୍ରଥମାର୍ଦ୍ଧକୁ ଧୋଇ ଦେବାକୁ ଚାହିଁଲା । ଅତୀତ ସବୁଦିନ ଅତୀତ ! ସେ ଜୀବନ୍ତ ହୋଇ କେବେ ବି ବର୍ତ୍ତମାନ ହୋଇପାରିବ ନାହିଁ । ସେ ବର୍ତ୍ତମାନ ହେବା ପାଇଁ ଇଚ୍ଛା କାଲେ ବି ତାକୁ କେହି ପୁନର୍ବାର ସେ ଅଧିକାର ଦେଇପାରିବେ ନାହିଁ । ଜୀବନର ପ୍ରତିଟି ସ୍ତରରେ ସମସ୍ତେ ଯେ ଯାହାର ସ୍ଥାନ ଗ୍ରହଣ କରିସାରିଥାନ୍ତି । ତେଣୁ ବର୍ତ୍ତମାନକୁ ହଟାଇ ଅତୀତକୁ ସ୍ଥାନ ଦେବା ଅସମ୍ଭବ । ରାଜଧାନୀର ମାଟିରେ ପାଦଦେଲା ମେଘା ! ଦେହରେ ବାଜିଲା ଚାକଚାକ୍ୟର ସୁଗନ୍ଧିତ ସମୀର । ପାଦରେ ଲାଗିଲା ସହରୀ ମାଟି । ସମସ୍ତେ ଏଠାରେ ବ୍ୟସ୍ତ ! ବସ୍ ଟି ତା'ର ରହଣୀ ସ୍ଥଳକୁ ଚାଲିଗଲା । ମେଘା ଏକୁଟିଆ ଠିଆ ହୋଇ ଚାରିଆଡକୁ ଚାହିଁ ଭାବୁଥାଏ ତା'ର ଗନ୍ତବ୍ୟ ସ୍ଥଳ କେଉଁ ଆଡେ ? ସେ ଏତେ ବଡ ସହରେ, ଅଚିହ୍ନା ଅପରିଚିତ ରାଇଜରେ ସେ କେଉଁଠିକୁ ଯିବ, କାହାର ସାହାଯ୍ୟ ମାଗିବ, ଏମିତି ଭାବି ଭାବି Waiting Roomରେ ଆସି

ବସିଥାଏ । ଆଗରେ ଟଙ୍ଗା ହୋଇଥିବା ଘଣ୍ଟାଟି ଟିକ୍ ଟିକ୍ କରି ଆଗକୁ କେବଳ ଦଉଡ଼ି ଚାଲିଛି । ପଛରେ କ'ଣ ଘଟିଛି ନ ଘଟୁଛି ତାହା ଅନୁଧ୍ୟାନ କରିବାକୁ ତା'ର ଆସକ୍ତି ବି ନାହିଁ । ସେ କେବଳ ଆଗକୁ ଯିବା କାମରେ ବ୍ୟସ୍ତ । ସେହି ଘଣ୍ଟା କଣ୍ଟା ମିନିଟ କଣ୍ଟାକୁ ଦେଖି ମେଘା ମଧ୍ୟ ତା'ର ଦୁଃଖଦ ଅତୀତକୁ ଭୁଲିବାକୁ ଚେଷ୍ଟା କରୁଛି । ଏମିତି କିଛି ସମୟ କଟିଗଲା, ସେହି Waiting Roomରେ ଗୋଟିଏ ସ୍ତ୍ରୀ ଲୋକ କେତେବେଳୁ ମେଘା ଉପରେ ନଜର ରଖିଛି । ଏକଥା ମେଘା ଜାଣିପାରିନାହିଁ । ମନ ଭିତରେ ଅସୁମାରୀ ପ୍ରଶ୍ନର ଉତ୍ତର ଖୋଜିଲେ ବି ମେଘା ସମାଧାନର ଶେଷ ପାହାଚରେ ପହଞ୍ଚି ପାରୁନି । ଏଇ ପେଟ ଚାଖଣ୍-ଡକ ପାଇଁ ଏତେ ସବୁ ନାଟ । ନ ହେଲେ ଗାଁ, ଘରେ ଗାଁ ମାଟିକୁ ଜାବୁଡି ଧରି ପଡିରହିଥାନ୍ତା ମେଘା, ତେଣୁ ମେଘା ବ୍ୟସ୍ତ ହୋଇପଡୁ ଥାଏ । ଏତିକି ବେଳେ ଦୂରରେ ବସିଥିବା ସ୍ତ୍ରୀ ଲୋକଟି ଉଠିଆସି ମେଘା ପାଖରେ ବସିଲା । ସେ ମେଘା ସାଙ୍ଗରେ କଥା ହେବାପାଇଁ ଚେଷ୍ଟା କଲା । ତା' ମନ ଭିତରର ସମସ୍ତ କଥାକୁ ବାହାରକୁ ଆଣିବା ପାଇଁ ପ୍ରୟାସ ଜାରି ରଖିଲା । ପାଣିରେ ବୁଡିଗଲା ବେଳେ ଯେମିତି କୁଟାଖିଅକୁ ଆଶ୍ରା କରାଯାଏ, ସେହିପରି ସ୍ତ୍ରୀ ଲୋକଟିର କଅଁଳିଆ ମାଆ ଡାକରେ ବିମୋହିତ ହୋଇଉଠିଲା ମେଘା । ତାକୁ ଲାଗିଲା ସେ ପୁରରୁ ତା' ମାଆ ଫେରିଆସି ତା' ପାଖରେ ବସିଛନ୍ତି । ଆଖିରୁ ଲୁହର ଧାରା ବହିବାରେ ଲାଗିଥାଏ ।

—"ମାଆରେ କ'ଣ ହେଲା, କୁଆଡୁ ଆସିଲୁ କୁଆଡେ ଯିବୁ ?"

—ନୀରବ ହୋଇ କେବଳ ମେଘା ଶୁଣୁଥାଏ ।

—ମେଘା ଆଖିରୁ ବହି ଯାଉଥିବା ଲୁହକୁ ପୋଛିଦେଲେ ସେ ସ୍ତ୍ରୀ ଲୋକ ଜଣକ । ମେଘା ପ୍ରକୃତିସ୍ଥ ହୋଇଗଲା । ଅଜଣାରେ ତା' ମୁଣ୍ଡଟି ଆଉଜି ହୋଇ ପଡିଲା ସେ ସ୍ତ୍ରୀ ଲୋକର ଛାତିରେ ।

—ତା' ପାଟିରୁ ବାହାରି ଆସିଲା, ସେହି ସୁମଧୂର ଡାକ 'ମାଆ' ।

—ମାଆରେ 'ମାଆ' ବୋଲି ଡାକୁଛୁ ! ଅଥଚ ଦୁଃଖ ବଖାଣିବାକୁ ସଙ୍କୋଚ କରୁଛୁ !! କହିଦେ, ମୋ' ଦ୍ୱାରା ଯେତିକି ସମ୍ଭବ ମୁଁ କରିବି । ଆଶ୍ୱସ୍ତି ପାଇବା ପରେ ମେଘା ତା' ଜୀବନର ଗୋଟି ଗୋଟି କଥା କହିଗଲା ଅତି ବିଶ୍ୱାସରେ ।

ସବୁ ଶୁଣିବା ପରେ ସ୍ତ୍ରୀ ଲୋକଟି ମେଘା ଉପରେ ହାତ ରଖି କହିଲେ,"କେତେ ବଡ଼ ଦୁଃଖିନୀଟିଏ ! ହଉ ସାଙ୍ଗରେ ଚାଲ । ସେ ଉଠିପଡିଲେ ।

ଯନ୍ତ୍ରଚାଳିତ ମାନବ ଭଳି ସ୍ତ୍ରୀ ଲୋକଟିର କଥାରେ ମନ୍ତ୍ରମୁଗ୍ଧ ହେଲାପରି ଉଠି ତା' ପଛରେ ଚାଲିବାକୁ ଲାଗିଲା । ସେମାନେ ଯାଇ ଗୋଟିଏ ବସ୍ତିରେ ପହଞ୍ଚିଲେ । ମେଘାକୁ ଅଜବ ଲାଗୁଥିଲା । ଚାରିଆଡ଼େ ମାଳମାଳ ସ୍ତ୍ରୀ ଲୋକ, ମୁହଁ ସଞ୍ଜ ହୋଇ ଆସୁଥାଏ । ଝିଅକୁ ସ୍ତ୍ରୀ ଲୋକ ସମସ୍ତେ ଅଜବ ବେଶରେ ସଜବାଜ ହୋଇ ଦାଣ୍ଡ ଦୁଆର ବନ୍ଧରେ ଗୋଟିଏ ଆଲୋକ ଜଳାଇ ଠିଆ ହୋଇ ଅନ୍ୟମାନଙ୍କ ଆଗରେ ଦେଖେଇ ହେଉଥିଲେ । ରାତି ଯେତିକି ଯେତିକି ଘନ ହୋଇ ଆସୁଛି ସେତିକି ପୁରୁଷ ସଂଖ୍ୟା ବଢି ଯାଉଛି । ଏ ସବୁ ଦେଖି ମେଘା ନିଜକୁ ଅସୁରକ୍ଷିତ ମନେ କରୁଥିଲା । ଏହି ଜାଗାର ଚାଲି ଚଳଣି କେମିତି ଅସ୍ୱାଭିବକ ଲାଗୁଥିଲା । ମାଆ ବି କିଛି ଲୁଚାଇ ନଥିଲେ । ସେ ମେଘାକୁ ପାଖରେ ବସାଇ ସବୁ କହିଲେ ଏ ଜାଗା ହେଉଛି ଦେହ ଜୀବିଙ୍କ ବସ୍ତି ! ଏଠାରେ ଅନେକ ଝିଅ ଅଛନ୍ତି ଯେଉଁମାନେ ସମାଜରେ ପୀଡ଼ିତା, ଅବଞ୍ଚିତା, ଅଦରକାରୀ ! ସେମାନେ ଧାଇଁ ଆସନ୍ତି ଏହି ବସ୍ତିକୁ, ଆଉ ଥରେ ଯିଏ ଏହି ବସ୍ତିକୁ ଆସେ, ସେ କେବେ ଆଉ ସମାଜର ପୁଣ୍ୟ ସ୍ରୋତକୁ ଫେରିଯାଇ ପାରେ ନାହିଁ । ସେ ସମାଜ ଆଖିରେ କଳଙ୍କିତା । ଦେହଜୀବୀର ଆଖ୍ୟା ନେଇ ବଞ୍ଚିବାରେ ହିଁ ଶ୍ରେୟଃମଣେ । କାରଣ ସେହି ନାରୀମାନେ ହିଁ ସମାଜ ଠାରୁ ନିର୍ଯ୍ୟାତିତା ହୋଇ ଜୀବନ ହାରନ୍ତି ବା ଏଠାକୁ ଧାଇଁ ଆସନ୍ତି ।

—"ଗୋଟିଏ କଥା ତୋତେ କହିବି ...!"

—ମେଘା ଚୁପ୍ ରହିଥିଲା ।

—ତାକୁ ହଲାଇ ଦେଲେ ମାଆ ...

—ପ୍ରକୃତିସ୍ଥ ହେଲା ମେଘା ।

—"ହଁ, କ'ଣ କହୁଥିଲ ?"

—ହଁ, ମୋତେ ଖରାପ ଭାବିବୁ ନାହିଁ । ତୁ ବି ନିରାଶ୍ରୟ ! ଏଇ ସମାଜ

ତୋତେ ଯେତେବେଳେ ଜାଣିବ, ତୁ ଏକୁଟିଆ, ସେତେବେଳେ ଶାଗୁଣା ମାନେ ତୋ କୋମଳ ମାଂସକୁ ଝୁଣି ଝୁଣି ଖାଇବାକୁ ଟିକେ ବି ପଛେଇବେ ନାହିଁ । ତେଣୁ ତୁ କ'ଣ ଚାହୁଁଛୁ, ବଞ୍ଚିବା ପାଇଁ ଏହି ବସ୍ତିରେ ରହି ଏମାନଙ୍କ ସହ ମିଶି ଏଇ ପୁରୁଷ ଜାତିକୁ ନଚାଇବୁ ନା ଶାଗୁଣା ପଲଙ୍କ ମଝିକୁ ଚାଲିଯିବୁ ? ତୋ ଇଚ୍ଛା...!

ମେଘା ପାଇଁ ଏହାର ଉତ୍ତର ବହୁତ କାଠିକାର ପାଠ । ଆଗରେ ମରଣର ଘାଇ ପଛରେ ମୃତ୍ୟୁର ଯନ୍ତା । ସେ କାହାକୁ ଆପଣେଇବ ଏବଂ କାହାକୁ ଦୂରେଇବ । ଅନେକ ଭାବିଚିନ୍ତି ନିଷ୍ପତ୍ତି ନେଲା ସେ ଏଇଠାରେ ହିଁ ରହିବ । ଏଠିକାର ଚଳଣିକୁ ସେ ନିଜର କରିନେବ ବୋଲି ସେ ମାଆଙ୍କୁ ଜଣାଇ ଦେଲା । ଆଖିରୁ ବୋହି ଚାଲିଥିଲା ଧାର ଧାର ହୋଇ ଲୁହ । ଏ ନିଷ୍ପତ୍ତି ତା ପାଇଁ ସହଜ ନ ଥିଲା । ଯେଉଁ ନିଷ୍ପତ୍ତି ସେ ନେଇଛି ତାହାବି ଠିକ୍ କି ଭୁଲ୍ ତା ସେ ଜାଣିନି । କ'ଣ କରିବ ? ଯେଉଁମାନେ ବାଟ ଦେଖାନ୍ତି, ସେମାନେ ତ ତା' ଠାରୁ ବହୁଦୂରରେ ଅଫେରା ରାଇଜରେ ! ତା' ବହି ଯାଉଥିବା ଲୁହକୁ ମାଆ ତାଙ୍କର ଦୁଇ ହାତରେ ପୋଛିଦେଲେ ଏବଂ ସାନ୍ତ୍ୱନା ଦେଇ କହିଲେ, "ମାଆରେ, ମନ ଦୁଃଖ କରନା । ମୁଁ ବଞ୍ଚି ଥାଉ ଥାଉ ତୋର କେବେ ଅମଙ୍ଗଳ କରିବି ନାହିଁ । କଉ ଜନ୍ମରେ କି ଦୋଷ କରିଥିଲି ବୋଲି ତ ଗଣିକା ହେଲି ନା ସଂସାର କରିପାରିଲି ନା ଜାୟା, ଜନନୀ, ଭଗନୀର ରୂପକୁ ଚରିତାର୍ଥ କରିପାରିଲି । ଧର୍ମ ଯଦି ଆଜି ତୋତେ ମୋ' ଝିଅ ଭାବରେ ପହଞ୍ଚାଇଛି, ସେତେବେଳେ ମୁଁ ମୋର ଧର୍ମକୁ କଷ୍ଟ କରିବି ନାହିଁ ।

ଶୁଣ ମାଆ, ତୁ ଏ ଜାଗାରେ ରହିବୁ ନାହିଁ । ଏଇ ଦଲଦଲ ପଙ୍କ ଭିତରେ ଲଟପଟ ହେବାକୁ ମୁଁ କେବେ ବି ତୋତେ ଛାଡି ପାରିବି ନାହିଁ । ହଁ, ସମାଜର ଶାଗୁଣା ପଲଙ୍କ ଭିତରକୁ ମଧ୍ୟ ତୋତେ ଛାଡିବିନି । ମୁଁ ତୋ ପାଇଁ ଏମିତି ଗୋଟିଏ ଜାଗାକୁ ଯୋଗାଯୋଗ କରିଛି, ଯେଉଁଠି ତୁ ନିରାପଦ ଭାବରେ ତୋ' ଜୀବନ ଅତି ବାହିତ କରିପାରିବୁ । ଯେଉଁଦିନ ଏ ସମାଜର ମୁଖ୍ୟ ସ୍ରୋତରେ ସାମିଲ ହୋଇ ନୂଆଁ ଜୀବନ ଗଢିବୁ, ସେ ଦିନ ତୋ' ମାଆ ତୋ' ପାଖରେ ନଥିଲେ ବି ମନେ ପକେଇବୁ । ମୁଁ ଯେଉଁଠି ଥିଲେ ବି ମୋ' ଆର୍ଶିବାଦ ତୋ' ସାଙ୍ଗରେ ଥିବ ।

ମେଘା ମାଆଙ୍କ କଥା କିଛି ବୁଝିପାରୁ ନଥାଏ । ତା' ମନରେ ଅନେକ ପ୍ରଶ୍ନ ।

ହେଲେ, କିଛି କହିପାରୁ ନଥାଏ । ଏହି ସମୟରେ ଗୋଟିଏ ଗାଡି ଆସି ମାଆଙ୍କ ଘର ଆଗରେ ଠିଆ ହେଲା । ତିନି ଚାରିଜଣ ମହିଳା ଓହ୍ଲାଇ ଆସିଲେ । ଏବଂ ମାଆ ତାଙ୍କୁ ନମସ୍କାର କଲେ । ମେଘା ଆଡକୁ ଅନାଇ କହିଲେ ଏମାନେ ପତିତା ଉଦ୍ଧାରକାରୀ ସଂସ୍ଥା । ଏହି ମାମ୍ ମାନେ ତୋତେ ନେଇ ଭଲରେ ରଖିବେ । ସରକାରଙ୍କ ସମସ୍ତ ସୁବିଧା ପାଇବୁ, ସେମାନେ ପାଠ ପଢାଇବେ, ମଣିଷ କରିବେ । ଛୋଟ କଢିଟିଏ ତୁ ! ଫୁଟିବା ଆଗରୁ ଝଡ଼ି ନ ପଡ଼, ଏହା ହିଁ ମୋର ଇଛା । ଏତିକି କହି ମେଘାକୁ ଧରି କାନ୍ଦି ପକେଇଲେ ଏବଂ ଗାଡିରେ ନେଇ ବସେଇ ଦେଲେ ।

***

ସେହିଦିନ ଠାରୁ ଆସିଛି ଯେ କେବେ ମାଆଙ୍କୁ ଆଉ ଥରେ ଦେଖିବାର ସୁଯୋଗ ପାଇନି, ଆଜି କିନ୍ତୁ ରାକ୍ଷୀପୂର୍ଣ୍ଣମୀ, ସେଥିପାଇଁ ପୁରୁଣା ଦିନର ପୁରୁଣା କଥା ଗୁଡିକ ଗୋଟି ଗୋଟି ହୋଇ ମନେପଡି ଯାଉଛି । "ସତରେ ମୁଁ କ'ଣ ଅଭିଶପ୍ତା, ନା ସାତତାଳ ପାଣି ତଳେ ସାତ କବାଟ ଭିତରେ ଥିବା ସୌଭାଗ୍ୟବତୀ ରାଜକୁମାରୀ ! ମୁଁ କ'ଣ ସେକଥା କେବେଳ ମୋ' ଜୀବନ ହିଁ କହିବ ।"

ମେଘା ଭବିଚାଲିଛି ! ଝରକାର ରେଲିଂବାଟେ ଅନେଇ ରାଇଛି ନୀଳ ଅଥଚ ମେଘାଚ୍ଛାନ୍ନ ଆକାଶକୁ ।

■ ■

ତୁଳସୀ

ଆମର ସଂସ୍କୃତିକୁ ଧରି ରଖିବା ପାଇଁ ଆମେ ଅନେକ ପଦକ୍ଷେପ ନେଇଥାଉ । ସେ ପଦକ୍ଷେପ ଭଲ ଲାଗୁ ବା ନ ଲାଗୁ, ଆମେ ତାକୁ ପାଳନ କରିବାକୁ କେବେ ବି ପଛଘୁଞ୍ଚା ଦେଇ ନଥାଉ । ଯାହା ଘଟି ଯାଇଛି ଆଜି ତୁଳସୀ ଜୀବନରେ ।

ମଧୁପୁର ଗାଁର ମାଳତି ସାହୁ ଓ ଦିବାକର ସାହୁଙ୍କ ଘର । ସବୁ ଥାଇ ମଧ୍ୟ ସ୍ୱାମୀ ସ୍ତ୍ରୀ ମନରେ ଖୁସି ନ ଥିଲା । ସଂସାର କରିବାର ଦୀର୍ଘ ବର୍ଷ କଟିଗଲେ ବି ଗୋଟିଏ ଛୁଆର ବାପା ମାଆ ହେଇପାରିଲେ ନାହିଁ । ସ୍ୱାମୀ ସ୍ତ୍ରୀ ଦୁଇ ଜଣଯାକ ମନ ଭିତରେ ଜାଳ ଯାଇଥାନ୍ତି । ଗାଁ ଗହଳିରେ କାହିଁ କେଉଁ କାଳରୁ ଚାଲି ଆସୁଥିବା ଅନ୍ଧ ବିଶ୍ୱାସ ଯେ କେତେ କଷ୍ଟ ଦିଏ, ସେ କଥା ଯିଏ ଅନୁଭବ କରିଥାଏ ସେ ହିଁ ଜାଣେ । ଗାଁ କୂଅରୁ ପାଣି ଆଣିବାକୁ ଗଲେ ବାଞ୍ଝ କହି ମାଳତୀକୁ ଦୂର ଦୂର କରନ୍ତି । ସକାଳୁ ଯଦି ତାକୁ କେହି ଦେଖିଦିଏ, ତେବେ ସେ ଦିନଟି ଭଲ ଯିବନି କହି ଶୋଧାବକା କରନ୍ତି । ସତରେ ଏ ସମାଜ କେତେ ନିଷ୍ଠୁର । ନାରୀଟିଏ ପାଇଁ ସମସ୍ତ ବାଧା ବନ୍ଧନ ଓ ପ୍ରତିବନ୍ଧ । ତେଣୁ ଡର ଡର ହୋଇ ମାଳତୀ ସକାଳୁ କବାଟ ଖୋଲି ବାହାରକୁ ଯାଇ ନିତ୍ୟନୈମିତ୍ତିକ କାମ କରିବାକୁ ବଦଳେଇ ଦେଇଛି । ଦିନ ଆସି ଘଡିଏ ହେଲେ ସେ ବାହାରିବ ତା କାମ ପାଇଁ । ଏମିତି ଏକ ଅଭିଶପ୍ତ ଜୀବନ ବିତାଉଥିବା ଦମ୍ପତିକୁ ସୁଯୋଗ ମିଳିଲା ପୁରୀ ଯିବାପାଇଁ । ଆନନ୍ଦ ଉଲ୍ଲାସରେ ପ୍ରସ୍ତୁତ ହେଲେ ଦୁହେଁ ଜଗତର ନାଥ ଜଗନ୍ନାଥଙ୍କୁ ଦର୍ଶନ କରିବେ ଏବଂ ସେମାନଙ୍କର ଦୁଃଖକୁ ତାଙ୍କୁ ଜଣାଇ ।

ପୁରୀରେ ପହଞ୍ଚି ନରେନ୍ଦ୍ରରେ ସ୍ନାନ କରି ସସ୍ତ୍ରୀକ ବଡଦେଉଳ ଅରୁଣ

ସ୍ତମ୍ଭ ପାଖରେ ପହଞ୍ଚିଲେ । ତା' ପରେ ଯାଉଁଳି ବେତ ପାହାର ଖାଇ ବାଇଶି ପାହାଚରେ ଚଢିଲେ । ମନରେ ଅନେକ ଉତ୍କଣ୍ଠା, ଜାଗାକୁ ଦେଖିବେ, ଯେଉଁ କାଳିଆ ସମସ୍ତଙ୍କ ମନ ବୁଝି ତାଙ୍କୁ ଫଳ ଦିଏ । ସେହି କାଳିଆ ଆଜି ତାଙ୍କୁ କେବେ ନିରାଶ କରି ଫେରିବାକୁ ଦେବନି । ଯେଉଁ କାଳିଆ ତା'ର ଭକ୍ତ ସାଲବେଗଙ୍କୁ ରୋଗ ମୁକ୍ତ କରିଛି । ଶୂଦ୍ର ବଳରାମ ଦାସଙ୍କ ବାଲି ରଥରେ ଉଭା ହୋଇଛି । ଦାସୀଆ ବାଉରୀ ହାତରୁ ଶ୍ରୀଫଳ ନେଇଛି ସେ କାଳିଆ ନିଶ୍ଚୟ ସେମାନଙ୍କ ଦୁଃଖ ମଧ୍ୟ ଦୂର କରିବ ବୋଲି ଆଶାରଖି ମନ୍ଦିରର ବେଢା ବୁଲି ଗରୁଡ ସ୍ତମ୍ଭ ପାଖରେ ପହଞ୍ଚିଲେ । ଆଖିରୁ ବୋହି ଯାଉଥିଲା ଧାର ଧାର ଅଶ୍ରୁର ଧାର । ଲୋକ ଗହଳିର ପେଲାପେଲି ଭିତରେ ସେମାନେ ସେବାୟତଙ୍କୁ କହି ଠାକୁରଙ୍କୁ ଦେଖିବା ପାଇଁ ଜଗାର ସିଂହାସନ ପାଖରେ ପହଞ୍ଚିଲେ । ସେଠି ମାଳତୀ ଲମ୍ବ ହୋଇ ଅଳି କଲା । ପୁଅଟିଏ ହେଲେ ତୁମ ବାଇଶି ପାହାଚରେ ଗଡ଼େଇବି । ଆଉ ଯଦି ଝିଅ ହୁଏ ତୁମ ପାଖରେ ଦେବଦାସୀ କରିଦେବି । ହଠାତ୍ ଜଗନ୍ନାଥଙ୍କ ମୁଣ୍ଡ ଉପରେ ଥିବା ତୁଳସୀ ଖସି ମାଳତୀ କାନିରେ ପଡିଲା । ପତେଇ ଥିବା କାନି ତା'ର ପୂର୍ଣ୍ଣ ହୋଇଗଲା । ସମସ୍ତେ ଧନ୍ୟ ଧନ୍ୟ କହିଲେ । ଜଗାର ଆଶୀର୍ବାଦ ନେଇ ସେ ଦୁହେଁ ଫେରି ଆସିଲେ ଗାଁକୁ । ମନରେ ଆଶାର ଲହଡି ପିଟୁଛି । ପ୍ରଭୁ ତାଙ୍କୁ ଆଶୀର୍ବାଦ ଦେଇଛନ୍ତି ।

ସମୟ ଆଗେଇ ଚାଲିଲା । ମଳତୀର ଗର୍ଭ ସଂଚାର ହେଲା । ଦଶମାସ ଦଶଦିନ ଗଲା । ଆଷାଢ ମାସ ଶୁକ୍ଳପକ୍ଷ ଦ୍ୱିତୀୟା ଦିନ ଭୂମିଷ୍ଠ ହେଲା ଗୋଟିଏ କନ୍ୟା । ଜଗନ୍ନାଥଙ୍କ ରଥର ଛେରା ପହଁରା ସାରି ରାଜା ଫେରି ଆସୁଥିବା ଟିଭିରେ ଦେଖାଇବା ବେଳେ କନ୍ୟାଟି ଜନ୍ମ ନେଲା । ଖୁସିରେ ଗଦ୍ ଗଦ୍ ହୋଇଗଲେ ବାପ ମାଆ । ଏକୁଡି ସାରି ଏକୋଇଶା ଦିନ ବ୍ରାହ୍ମଣ ପଚାରିଲେ ଝିଅର ନାମ କ'ଣ ? ମାଳତୀ ଚଟକରି କହିଲା "ତୁଳସୀ"। ଯେଉଁ ତୁଳସୀ ତା' କାନିରେ ପଡି ତା' ଉଜୁଡା କୋଳକୁ ସଜାଡି ଦେଇଛି, ତା' ବ୍ୟତୀତ ଆଉ କ'ଣ ନାମ ସେ ଦେବ । ଭଗବାନଙ୍କ ମଠରେ ଲାଗି ହେଉଥିବା ସେହି ପବିତ୍ର ତୁଳସୀ ତ ଆଜି ତା ଘରକୁ ଆସିଛି । ଧିରେ ଧିରେ ବଡ ହେଲା ତୁଳସୀ । ହେଲେ ମାଳତୀ ଘୁଣ ଖାଇଲା ପରି ମନେମନେ ଝୁରି ହେଉଥାନ୍ତି । ନିଜେ ଭଗବାନ ଙ୍କ ପାଖରେ କରିଥିବା କଥାକୁ ମାନେ ପକାଇ ଅନୁତାପ କରୁଥାନ୍ତି । ହେଲେ ପାଟିରୁ ବାହାରି ଯାଇଥିବା କଥା ଆଉ ଧନୁରୁ ବାହାରି ଯାଇଥିବା ଶର କେବେ ଫେରି ଆସେ ନାହିଁ । ନିଜ କଥା ମନେମନେ ଗୁଣି ହେଉଥାନ୍ତି । ତୁଳସୀ ଯେତିକି ବଡ ହେଉଥାଏ ମା' ମାଳତୀ ମନ ସେତିକି ବିଚଳିତ ହେଉଥାଏ ।

ଧିରେ ଧିରେ ତୁଳସୀ ବାଲ୍ୟ ଚପଳତାରୁ ବାହାରିବାକୁ ଲାଗିଲା । ଦାଣ୍ଡରେ ଧୂଳିରେ ଘର କରି ଶଢେଇରେ ଭାତ, ଡାଲି ରାନ୍ଧି ସାଙ୍ଗ ମାନଙ୍କ ସାଙ୍ଗରେ ଖେଳିବାକୁ ଲାଗିଲା । ମା'ଟିଏ ଅନ୍ତଫାଡି ଜନ୍ମ ଦେଇଛି । ତା' ଆଖି ସାମ୍ନାରେ ସେ ଦେଖିବାକୁ ଚାହିଁଥିଲା ଝିଅର ବାଲ୍ୟ, କୈଶୋର ଓ ଯୌବନ; ତାପରେ ଝିଅକୁ ବିବାହ ଦେବ -- ଇତ୍ୟାଦି ଇତ୍ୟାଦି ଅନେକ ସ୍ୱପ୍ନ । ମାଳତୀ ବୁଝୁଛି ଜଗନ୍ନାଥଙ୍କ ଠାରୁ କିଏ ଆଉ ଭଲ ସ୍ୱାମୀ ହୋଇପାରିବ ? ତେବେ ବି ମନ ବୁଝୁନି, କାରଣ ଥରେ ଝିଅକୁ ଛାଡିଦେଲେ ସେ ଆଉ କେବେ ଫେରିବନି । ଏଇ ଦୁଃଖଟା ତାକୁ ଖାଇ ଯାଉଛି । ସେ ସବୁଦିନ ତା' ଠାରୁ ଦୂରେଇ ଯିବ । ମନର ଚଞ୍ଚଳତାରେ ଦୌଡିଗଲା ଦାଣ୍ଡକୁ । ମିଛି ମିଛିକା ବାଲିଘର କରି ବରକନିଆଁ ସାଜି ଖେଳୁଥିବା ତୁଳସୀକୁ ଟେକିଆଣି ନିଜ ଛାତିରେ ଜାବୁଡି ଧରିଲା । ମାଆର ଅତୃପ୍ତ ମନଟା ଶାନ୍ତି ହୋଇଗଲା ।

ସମୟର ଚକ ତା'ର କକ୍ଷ ପଥରେ ନୀରବଚ୍ଛିନ୍ନ ଭାବେ ବୁଲୁଥାଏ । ସେ କାହା ଦୁଃଖରେ ଭାଗି ହୁଏନି କି କାହା ଖୁସିରେ ସାମିଲ ହୁଏନି । ସେ ତା'ର କର୍ତ୍ତବ୍ୟରେ ଲାଗିଥାଏ । ତୁଳସୀ ୭ ବର୍ଷରେ ପାଦଦେଲା । ସମସ୍ତଙ୍କ ମତ ନେଇ ପୁରୀକୁ ଯିବା ପାଇଁ ପ୍ରସ୍ତୁତ ହେଲେ ମାତାପିତା । ତୁଳସୀ ମଧ୍ୟ ପୁରୀ ଯିବ ବୋଲି ତା ସାଙ୍ଗ ସାଥୀଙ୍କୁ ମଧ୍ୟ କହିଦେଇଥିଲା । ସେମାନଙ୍କ ପାଇଁ କେତେ କ'ଣ ଆଣିବ ବୋଲି ଖୁସିରେ କହିବୁଲୁଥିଲା ତୁଳସୀ, ମନ ଭିତରେ କୋହକୁ ଚାପିଧାରି ପିତା ମାତା ଦୁଇଜଣ ବାହାରିଲେ ପୁରୀ । ସାଙ୍ଗରେ ତୁଳସୀକୁ ଧରି ଫଟା ହୃଦୟରେ ବି ହସି ହସି ସମସ୍ତଙ୍କ ଠାରୁ ବିଦାୟ ନେଇ ଆଗକୁ ଗଲେ । ଅନେକ ଲୋକଙ୍କ କଥା ଶୁଣି ଶୁଣି ଯେତେବେଳେ ବଞ୍ଚିବାଟା ଦୁର୍ବିସହ ହୋଇ ଯାଇଥିଲା । ସେତେବେଳେ ପଙ୍କରେ ପଦ୍ମ ଫୁଟିଲା ପରି ଜଗନ୍ନାଥଙ୍କ ଆଶୀର୍ବାଦରୁ କୋଳକୁ ଆସିଥିଲା ତୁଳସୀ; ହେଲେ ଆଜି--! ପୁଣି ଥରେ ସେହି କୋଳ ଖାଲି ହୋଇଯିବାକୁ ଯାଉଛି । ଶୁଣିବାକୁ ମିଳିବନି ଆଉ ତା'ର ସେଇ ସୁମଧୁର ଗୀତ । ଯେଉଁ ଗୀତ ପାଇଁ ଗାଁର ଘରେ ଘରେ ତୁଳସୀ ପରିଚିତ ଆଜି ପରଠୁ ସେ ସବୁ ଶୁଣିବା ଏ ଜନ୍ମ ପାଇଁ ଆଉ ସମ୍ଭବ ନୁହେଁ । ମାଳତୀ ସବୁ ପରେ ବି ନିଜକୁ ନିଜେ ଦୋଷ ଦେବା କେବେ ଭୁଲି ପାରୁନି । ସେ ଏତେ ସନ୍ତାନ ପାଇଁ ବ୍ୟାକୁଳ ଥିଲା ଯେ ତା' ପାଟିରୁ ଯାହା ବାହାରିଲା ତାହା କହିଦେଲା । ହେଲେ ଆଗପଛ ବିଚାର କରି ନ ପାରି ସେ କହିଦେଇଥିଲା । ଭାବି ଭାବି ମାଳତୀ ଆଖିରୁ ବହିଚାଲିଥାଏ ଅଶ୍ରୁ । ପୁରୀର ସେ ପାବନ ପୀଠ ଯେତିକି ଯେତିକି ପାଖକୁ ଆସୁଥାଏ, ମାଳତୀର ହୃଦସ୍ପନ୍ଦନ ସେତିକି ବଢ଼ି ବଢ଼ି ଚାଲିଥାଏ ।

ଯାହାର ଗୁଲୁଗୁଲିଆ କଥାରେ ଘରଟି ପୁରି ଉଠୁଥିଲା । ତା'ର ସ୍ୱରରେ ଗୁଞ୍ଜରି ଉଠୁଥିଲା ସାହି ପଡିଶାଠୁ ଗାଁ ଦାଣ୍ଡ । ବସ୍ ଯାଇ ଲାଗିଲା ପୁରୀରେ । ପୁରୀ... ପୁରୀ... ବୋଲି ବସ୍ ହେଲପର୍ ପାଟିରେ ଉଠି ପଡିଲେ ମାଳତୀ ଓ ଦିବାକର । ଭାବନା ଭିତରେ ମଜ୍ଜି ଯାଇ ସେମାନେ କେତେବେଳେ ଶୋଇ-ଯାଇଛନ୍ତି, ସେମାନେ ଜାଣିପାରିନଥିଲେ । ବାପାମାଆ ଦୁଇଜଣଙ୍କ ଛାତିରେ ଛନକା ପଶିଲା । ମାଆ କୋଳରେ ଖୁବ୍ ଶାନ୍ତିରେ ଶୋଇଯାଇଛି ତୁଳସୀ । ତାର ସେ ଡଉଲ ଡାଉଲ ଗୁଲୁଗୁଲିଆ ମୁହଁଟି ଦେଖି ଆଖିରୁ ଦୁଇ ଟୋପା ଲୁହ ଗଡ଼ି ଆସିଲା । ଦୁଃଖରେ ବି ଖୁସିରେ ବି । ହରାଇବାର ଦୁଃଖ ଆଉ ଜଗନ୍ନାଥଙ୍କୁ ଜୋଇଁ କରିବାର ଖୁସି । ତୁଳସୀକୁ କାନ୍ଧରେ ପକାଇ ବାପମାଆ ଦୁଇ ଜଣ ବଡ଼ଦାଣ୍ଡରେ ଚାଲୁଥାନ୍ତି ମନ୍ଦିରକୁ । ମନ୍ଦିରରେ ପହଞ୍ଚି ସେବାୟତଙ୍କୁ ତାଙ୍କ ଆସିବାର ଉଦ୍ଦେଶ୍ୟ ଜଣାଇଲେ, ମନ୍ଦିରରେ ରହିବାର ବ୍ୟବସ୍ଥା କରାଗଲା ଏବଂ ସମୟ ଶୁଭବେଳା ଦେଖି ତୁଳସୀ ଜଗନ୍ନାଥ ପାଖରେ ଶାଢୀ ବାନ୍ଧି ବିବାହ କାର୍ଯ୍ୟ ସମାପ୍ତ ହେଲା। ସବୁଦିନ ପାଇଁ ତୁଳସୀ ହୋଇଗଲା ଜଗନ୍ନାଥଙ୍କର । ବାପା ମାଆ ଝିଅକୁ ଛାଡିବା ବେଳ ହୋଇଗଲା, ତୁଳସୀକୁ ବୁଝାଇ ସୁଝାଇ ଫେରି ଆସିଲେ ବି ଝିଅର କାନ୍ଦୁରୀ ମୁହଁଟା ମନେ ପଡୁଥାଏ ।

ତୁଳସୀ ଗୋଟିଏ ସାଧାରଣ ଝିଅ ଠାରୁ ବଦଳି ଦେବଦାସୀର ଆଖ୍ୟା ନେଇ ବଞ୍ଚିଲା । ବାଲ୍ୟର ଚପଳତା ପରେ ଧିରେ ଧିରେ କୈଶୋର ଛୁଇଁଲା । ସେ ନିଜକୁ ଜଗନ୍ନାଥଙ୍କ ଚରଣରେ ପୂର୍ଣ୍ଣ ସମର୍ପିତା କରିଦେଲା । ତୁଳସୀ କଣ୍ଠର ମାଧୁର୍ଯ୍ୟରେ ସମସ୍ତେ ମନ୍ତ୍ରମୁଗ୍ଧ ହୋଇଯାଉଥିଲେ । ସତେ ଯେମିତି ମା' ବୀଣାପାଣି ତୁଳସୀ କଣ୍ଠରେ ବିରାଜିତା । ତୁଳସୀ ମଧ୍ୟ ଧିରେ ଧିରେ ବଡ଼ହେଲା, କୈଶୋର ଯାଇ ଯୌବନରେ ପାଦ ଦେଲା । ତାର ବୟସର ବୃଦ୍ଧି ସଙ୍ଗେ ସଙ୍ଗେ ଗଳାର ପରପକ୍ୱତା ମଧ୍ୟ ଆସିଯାଇଥାଏ । ରାତ୍ରିର ପହଡ଼ ପଡ଼ିବା ଆଗରୁ ଜଗନ୍ନାଥ ଅପେକ୍ଷା କରିଥାନ୍ତି ତାଙ୍କ ପ୍ରିୟ ଦେଶବାସୀଙ୍କ କଣ୍ଠରୁ ଜୟଦେବଙ୍କ ଗୀତଗୋବିନ୍ଦ ଶୁଣିବା ପାଇଁ, ନ ହେଲେ ଜଗନ୍ନାଥ ଶୟନକୁ ଯାଇପରନ୍ତି ନାହିଁ । ଜଗନ୍ନାଥଙ୍କ ବିଭିନ୍ନ ପର୍ବପର୍ବାଣୀରେ ତୁଳସୀର ଗୀତ ସମସ୍ତଙ୍କୁ ମନ୍ତ୍ରମୁଗ୍ଧ କରିଦେଇଥିଲା ।

ତୁଳସୀ ପୂର୍ଣ୍ଣ ଯୌବନବତୀ, ମନରେ ଚଞ୍ଚଳତା ଆସିବା ତ ସାଧାରଣ କଥା । ତା' ଗୀତରେ ଯେତେବେଳେ ସେ ବାହା ବାହା ପାଏ ସେତେବେଳେ ତା ମନ ବହୁଦୂରକୁ ଉଡ଼ିଯାଏ । ଅନେକ ସ୍ୱପ୍ନ ଦେଖେ ଚଳଚ୍ଚିତ୍ର, ଦୂରଦର୍ଶନ, ରେଡିଓ

ଇତ୍ୟାଦିରେ ସେ ଗୀତ ଗାଇ ଆହୁରି ନାଁ କରନ୍ତା । ସେ ଜଗନ୍ନାଥଙ୍କ ପତ୍ନୀ, ତାଙ୍କ ବିନା ଅନ୍ୟ ପୁରୁଷ କଥା ଚିନ୍ତା କରିବା ପାପ । ସେ ଏ କଥା ବହୁ ଭଲଭାବରେ ଜାଣିଛି । ତେଣୁ, ସେ ପାଦ ଖସେଇବା ପାଇଁ ଚାହୁଁନାହିଁ । କେବଳ ଗୀତକୁ ନେଇ ସେ ଲୋକ ପ୍ରିୟତା ହେବାକୁ ଚାହୁଁଛି । ହେଲେ --- ଆମ ସଂସ୍କୃତିରେ ସ୍ତ୍ରୀ ଏକା ସ୍ୱାମୀର, ତେଣୁ ଜଗନ୍ନାଥଙ୍କ ମନ ଖୁସି କରିବା କେବଳ ତୁଳସୀର ଧର୍ମ, ଅନ୍ୟ ସବୁ ତା' ପାଇଁ ଭୁଲ୍, ହେଲେ ତୁଳସୀ ଭୁଲ୍ କରିବା ପାଇଁ ଚିନ୍ତା କରୁଥିଲା,ଏ କଥା ଯେତେ ମନ୍ଦିରର ସେବାୟତ ମୁଦିରଥ ବଡପଣ୍ଡା ପ୍ରଭୃତି ଜାଣିଲେ ସେତେବେଳେ ମନ୍ଦିର ଭିତରେ ଏକ ଚାପା ଗୁଞ୍ଜରଣ ଖେଳିଗଲା । ଜଗନ୍ନାଥ ସଂସ୍କୃତିର ବିପକ୍ଷରେ ଦେବଦାସୀ ତୁଳସୀଙ୍କ ଚିନ୍ତାଧାରାକୁ କେହି ଗ୍ରହଣ କରିପାରିଲେ ନାହିଁ । ବିପକ୍ଷର ସ୍ୱର ତୀବ୍ର ହୋଇ ଉଠିଲା, ଦେବଦାସୀ ତୁଳସୀଙ୍କୁ ନଜର ବନ୍ଦୀ ରଖାଗଲା । ଏସବୁରେ ଅତିଷ୍ଠ ହୋଇ ଉଠିଲେ ତୁଳସୀ । କାନ୍ଦି କାନ୍ଦି ସେହି ସ୍ୱାମୀ ଜଗନ୍ନାଥଙ୍କ ପାଖରେ ପ୍ରାର୍ଥନା କରୁଥାନ୍ତି, - "ହେ ପ୍ରଭୁ ! ମୁଁ ତ କେବଳ ତୋର ସଂସ୍କୃତି, ଧର୍ମ, ପରମ୍ପରାକୁ ସମସ୍ତଙ୍କ ପାଖରେ ପହଞ୍ଚାଇବା ପାଇଁ ତ ଉଦ୍ୟମ କରୁଥିଲି । କହି କହି ତଳେ ଲୋଟି ପଡୁଥାନ୍ତି । ଯୁଗେ ଯୁଗେ ଭକ୍ତର ଭଗବାନ ଭାବେ ଚିର ପରିଚିତ । ଭକ୍ତି ଡୋରିରେ ବନ୍ଧା ତ ଭାବଗ୍ରାହୀ । ତେଣୁ, ଭକ୍ତ ତୁଳସୀର ଆକୁଳ ବେଦନାକୁ ସେ କେମିତି ବା ଅଗ୍ରାହ୍ୟ କରିପାରିଥାନ୍ତେ ?

ଜଗନ୍ନାଥଙ୍କ ପହଡ଼ ମେଲା ହେଲା ମାତ୍ର ରାଜାଙ୍କ ନଅରରୁ ଖବର ଆସିଲା ଯେ ଶ୍ରୀ ଶ୍ରୀ ଗଜପତି ଦେଉଳକୁ ବିଜେ କରୁଛନ୍ତି । ଅଚାନକ ରାଜାଙ୍କ ଡାକରା ପାଇ ସମସ୍ତେ ସ୍ତମ୍ଭୀଭୂତ । କ'ଣ ପାଇଁ ମହାରାଜା ଗଜପତି ଦେଉଳକୁ ବିଜେ କରୁଛନ୍ତି ? ଏମିତି କ'ଣ ଗୋଟିଏ ଘଟଣା ଘଟିଛି ଯେ ନିଜେ ଗଜପତି ମହା ପ୍ରଭୁଙ୍କ ପାଖକୁ ବିଜେ କରୁଛନ୍ତି ? ସେହି ସମୟରେ ବାଜି ଉଠିଲା ବୀର ଚଉରୀ, ପୁଙ୍ଗା ବାଜି ଉଠିଲା, ତାମଜାମରେ ଆସି ପହଞ୍ଚି ଗଲେ ରାଜା । ହାତ ଯୋଡିଥାନ୍ତି ଆଖିରୁ ବୋହି ଯାଉଥାଏ ଧାର ଧାର ଅଶ୍ରୁ । ଗରୁଡ ସ୍ତମ୍ଭ ପାଖରୁ ଜୟ ଜଗନ୍ନାଥ ଜଗନ୍ନାଥ କହି ଲମ୍ବ ହୋଇ ପଡିଗଲେ ରତ୍ନ ସିଂହାସନ ପାଖରେ । ସମସ୍ତେ ଚାହିଁଥାନ୍ତି ସେହି ମୁହୂର୍ତ୍ତକୁ । କେତେବେଳେ ରାଜା ସେହି କଥାଟିକୁ କହିବେ ଯାହାକୁ ଶୁଣିବା ପାଇଁ ସମସ୍ତେ ସେବାୟତ ଚାହିଁ ରହିଛନ୍ତି । ହଠାତ୍ ଜଗନ୍ନାଥଙ୍କ ମୁଣ୍ଡରୁ ତୁଳସୀ ଖସି ରାଜାଙ୍କ ପାଖରେ ପଡିଲା । ଆଶ୍ଚର୍ଯ୍ୟ ହୋଇଗଲେ । ଏକ ସ୍ୱରରେ 'ଜୟ ଜଗନ୍ନାଥ' ଧ୍ୱନିରେ କମ୍ପି ଉଠିଲା ଗମ୍ଭୀରା । ରାଜାଙ୍କ ଆଖିରୁ ବହି ଚାଲିଥିଲା ଧାର ଧାର ଅଶ୍ରୁର ଧାର ହୋଇ ତୁଳସୀକୁ ଧରିଲା ବେଳକୁ ପାଟିରୁ

ତାଙ୍କର ସ୍ୱତଃସ୍ଫୂର୍ତ୍ତ ଭାବରେ ବାହାର ଆସିଲା "ଭକ୍ତର ଭଗବାନ"। ସମସ୍ତଙ୍କ ପ୍ରଶ୍ନିଳ ଆଖିକୁ ଦେଖି ରାତିରେ ଦେଖିବାକୁ ସ୍ୱପ୍ନର ଗୋଟି ଗୋଟି ବର୍ଣ୍ଣନା କରି କହିଗଲେ । ଏ କଳି ଯୁଗରେ ଭକ୍ତ ପାଇଁ ଭଗବାନ ସମସ୍ତ ନୀତି ନିୟମକୁ ଭାଙ୍ଗିବା ପାଇଁ ନିର୍ଦ୍ଦେଶ ଦେବା ସ୍ତବ୍ଧ ହୋଇଗଲେ ଉପସ୍ଥିତ ସେବାୟତମାନେ । ଠାକୁରଙ୍କ ପାଖରେ ସମର୍ପିତା ଯେ ବାହାରେ ଜଗନ୍ନାଥ ସଂସ୍କୃତିର ପ୍ରଚାରକ ହେବ, ଏହା ଦେବନୀତିର ବିରୋଧ ବୋଲି ଅନେକ କହୁଥିଲେ ବି ମହାପ୍ରଭୁଙ୍କ ନିର୍ଦ୍ଦେଶ ଆଗରେ ସମସ୍ତେ ଚୁପ୍ ହୋଇଗଲେ । ରାଜାଙ୍କ ଆଦେଶରେ ତୁଳସୀକୁ ଆଦେଶ ଦିଆହେଲା ଉପସ୍ଥିତ ହେବାପାଇଁ ।

ତୁଳସୀ ନିଜର ଇହକାଳ ପରକାଳର ଦେବତା ରୂପେ ଯାହାକୁ ବରଣ କରିଛି, ତାଙ୍କରି ଆଗରେ ଅଭିମାନ କରି ଗୁହାରି କରୁଛି । ସ୍ୱାମୀ ହୋଇ ସ୍ତ୍ରୀର ମନକଥା ବୁଝିବା ତାଙ୍କର କର୍ତ୍ତବ୍ୟ । ହେଲେ କାହିଁକି ସେ ନୀରବ ହୋଇ ଯାଇଛନ୍ତି ! ଯେଉଁଠି ସ୍ୱାମୀ ହୋଇ ସ୍ତ୍ରୀର ମନକଥା ବୁଝି ପାରୁନାହାନ୍ତି, ସେଠି ଅନ୍ୟମାନେ କ'ଣ ବୁଝିବେ ? ନିଜକୁ ବାୟାଣୀ ସଜେଇ ଦେଇଛି । ସେ ତ ତା' ସ୍ୱାର୍ଥ ଚାହୁଁନି । ସେ ସାଜିବାକୁ ଚାହୁଁଛି ମୀରା । ଏକତାରା ଧରି ନିଜ ସ୍ୱାମୀ, ଆରାଧ୍ୟ ପ୍ରଭୁଙ୍କ ଯଶଗାନ କରି ପ୍ରଚାର କରିବାକୁ ଚାହେଁ ଭକ୍ତିର ଭାବଧାରା, ଯେଉଁ ଭକ୍ତିର ସ୍ରୋତସ୍ୱିନୀରେ ଏ କଳୁଷିତ ସମାଜର ପ୍ରତ୍ୟେକ ମାନବ ବୁଡ଼ ପକାଇ ନିଜର ପାପରୁ ଉଦ୍ଧାର ପାଇ ଧର୍ମର ମାର୍ଗରେ ଆଗେଇ ଚାଲିବେ । ସମସ୍ତଙ୍କ ପାଖରେ ଭଗବତ ପ୍ରେମକୁ ପହଞ୍ଚାଇବା ପାଇଁ ତ ସେ ଚାହୁଁଛି, ସେ କୌଣସି ପରମ୍ପରାକୁ ଭାଙ୍ଗିବାକୁ ଚାହୁଁନି, ବରଂ ଓଡିଆ ସଂସ୍କୃତିକୁ ଦେଶ ଓ ବିଦେଶ ବାହାରେ କୋଣେ ଅନୁକୋଣରେ ପହଞ୍ଚାଇବାକୁ ଚାହୁଁଛି । ମୀରା ଯେପରି କୃଷ୍ଣଙ୍କର ଥିଲେ, ଠିକ୍ ସେପରି ତୁଳସୀ ତ କେବଳ ଜଗନ୍ନାଥଙ୍କର । ସେ ତ ତାଙ୍କର ଛଡା ଫୁଲ । ଥରେ ଯେତେବେଳେ ମହାପ୍ରଭୁଙ୍କ ପାଦତଳେ ଆଶ୍ରୟ ପାଇସାରିଛି । ସେତେବେଳେ ଦୁନିଆଁର କୌଣସି ମୋହମାୟା ତାକୁ ଦୂରେଇ ପାରିବନି । ଖବର ପହଞ୍ଚିଗଲା ରାଜା ଡାକି ପଠାଇଛନ୍ତି ଶୀଘ୍ର ହାଜର ହେବାପାଇଁ । ତୁଳସୀ ଆଶ୍ଚର୍ଯ୍ୟ ହେଲାନି କାରଣ ସେ ଜାଣିଥିଲା, ତା'ର ମତ ଉପରେ ଯେତେବେଳେ ସମସ୍ତେ ବିଦ୍ରୋହ କରୁଛନ୍ତି, ଏ କଥା ରାଜାଙ୍କ କାନରେ ନିଶ୍ଚୟ ପଡିଥିବ । ତେଣୁ ସେ ବହି ଯାଉଥିବା ଲୁହକୁ ପୋଛି ଦେଇ ସେହି ବେଶରେ ରାଜାଙ୍କ ସମ୍ମୁଖରେ ଉପସ୍ଥିତ ହେବାପାଇଁ ଚାଲିଲା । ମୁକୁଳିତ କେଶ, ଅସ୍ତବ୍ୟସ୍ତ ବ୍ୟସନ, ସେଥିପ୍ରତି ତାଙ୍କର ନିଘା ନଥାଏ । 'ହଜୁର', କହି ପ୍ରଣାମ ଜଣାଇଲେ, ଏବଂ ନତମସ୍ତକ ହୋଇ ରାଜାଙ୍କ ଆଦେଶକୁ ଅପେକ୍ଷା କରି ନୀରବ ହୋଇ ଠିଆ ହୋଇ ତାଙ୍କର

ଆଦେଶକୁ ଅପେକ୍ଷା କରିଥିଲା ହେଲେ ---। ଏ କ'ଣ ? ରାଜା ଆନନ୍ଦରେ ଗଦଗଦ ହୋଇ ତୁଳସୀ ପାଖକୁ ଆସି କହିଲେ,- "ଧନ୍ୟ ତୁମେ ଭକ୍ତିମୟୀ ତୁଳସୀ" ତୁମର ଭକ୍ତି ଭଗବାନଙ୍କୁ ମଧ୍ୟ ତରଳାଇ ଦେଲା, ଯୁଗେ ଯୁଗେ ଭଗବାନ କେବଳ ଭକ୍ତର ଏ ଆଖ୍ୟାୟିକାକୁ ତୁମେ ସତ ବୋଲି ପ୍ରତିପାଦନ କରିପାରିଛ । ଭକ୍ତର ଭକ୍ତି ଆଗରେ ସମସ୍ତ ନୀତି ନିୟମ ପରମ୍ପରା ଭାଙ୍ଗିଦିଅନ୍ତି ଭଗବାନ । ସେ ତ ଭକ୍ତର ଭକ୍ତି ଡୋରିରେ ବନ୍ଧା । ତୁମେ ଜିତି ଯାଇଛ ତୁଳସୀ । ଭଗବାନ ଜଗନ୍ନାଥ ତୁମର କଥାକୁ ମାନି ନେଇଛନ୍ତି । ଯୁଗଯୁଗର ପରମ୍ପରାକୁ ଭାଙ୍ଗିବା ପାଇଁ ସ୍ୱୟଂ ଜଗନ୍ନାଥ ମୋତେ ସ୍ୱପ୍ନାଦେଶ ଦେଇଛନ୍ତି । ତୁଳସୀ ନିଜକୁ ବିଶ୍ୱାସ କରିପାରିଲା ନାହିଁ । ପ୍ରଭୁ ତା'ର ଗୁହାରି ଶୁଣିଛନ୍ତି । ଆନନ୍ଦରେ ଅଧିରା ହୋଇଗଲା ତୁଳସୀ ଆଖିରୁ ବହି ଚାଲିଥିଲା ଆନନ୍ଦର ଅଶ୍ରୁ, ତାକୁ ରୋକିବାକୁ ଚେଷ୍ଟା କରି ମଧ୍ୟ ରୋକି ପାରୁନଥିଲା । ଦଉଡି ଯାଇ ରତ୍ନ ସିଂହାସନ ତଳେ ଲମ୍ବ ହୋଇପଡିଗଲା । ସ୍ତ୍ରୀର ମନର କଥାକୁ ତା'ର ସ୍ୱାମୀ ଜଗତର ନାଥ ଜଗନ୍ନାଥ ବୁଝିପାରିଛନ୍ତି । ଚାରିଆଡେ ଜୟ ଜଗନ୍ନାଥ ଧ୍ୱନିରେ ମନ୍ଦିର ଭିତରେ ପ୍ରକମ୍ପିତ ହୋଇ ଉଠୁଥାଏ । ତୁଳସୀ ଫେରିଆସିଲା ତା'ର ବାସକୁ ।

ଚଳି ଆସୁଥିବା ନୀତି ପରମ୍ପରାକୁ ଭଲ ଉଦ୍ଦେଶ୍ୟରେ ଭାଙ୍ଗିବା ପାଇଁ ଭଗବାନ ଙ୍କର ସହମତି ମଧ୍ୟ ମିଳିଲା ପରେ ତୁଳସୀ ଆଉ କେବେ ପଛକୁ ଚାହିଁନି । ଜଗନ୍ନାଥ ସଂସ୍କୃତିର ପ୍ରଚାର ପ୍ରସାର ପାଇଁ ସେ ନିଜକୁ ତିଳ ତିଳ କରି ଜାଳି ଦେଉଥିଲା । ଗୋଟେ ସ୍ତ୍ରୀ ଆଉ କ'ଣ ଚାହେଁ ! ତା' ସ୍ୱାମୀର ଜୟଗାନ ହିଁ ତା ମଥାର ସିନ୍ଦୁର କୁ ଆହୁରି ଉଜ୍ଜ୍ୱଳ କରେ । ତୁଳସୀ ଜନ୍ମ ତ କେବଳ ଜଗନ୍ନାଥଙ୍କ ପାଇଁ, ସେ ତାଙ୍କ ବିନା ନିସ୍ତାର ନାହିଁ । ଜୀବନର ଶେଷ ପର୍ଯ୍ୟନ୍ତ ତାଙ୍କର ବିପ୍ଳବ ଜାରି ରଖି, ଓଡ଼ିଶାକୁ ବିଶ୍ୱ ଦରବାରରେ ପ୍ରତିଷ୍ଠା କରିବାର ସଂକଳ୍ପ ପୂରଣ କରିଥିଲା । ଶେଷ ନିଶ୍ୱାସ ଯାଏଁ ସେ ଭଗବାନଙ୍କ ଚରଣରେ ଦାସୀ ହୋଇ ରହି ଶେଷରେ ଇହଲୀଳା ସମ୍ବରଣ କରି ବୈକୁଣ୍ଠ ପ୍ରାପ୍ତି ହେଲେ ।

[ଏହା ସଂପୂର୍ଣ୍ଣ କାଳ୍ପନିକ]

■ ■

ଶେଷ ଇଚ୍ଛା

କାନ୍ଥରେ ଟଙ୍ଗା ହୋଇଥିବା ପେଣ୍ଡୁଲୋମ୍ ଘଣ୍ଟାରେ ସକାଳ ୭ଟା ବାଜିବାର ସୂଚନା ଦେଲା । ଶୀତଦିନ ବାହାରେ କାକର ତା'ର ହୀରାନୀଳା ଖଚିତ ପଣତଟିରେ ଘୋଡେଇ ଦେଇଛି । ତା'ର ସେଇ ପଣତକୁ ଡେଇଁ ସୂର୍ଯ୍ୟଙ୍କ କିରଣ ଆଗକୁ ଯାଇପାରୁନି କି ତା'ର ପ୍ରେୟସୀ ପଦ୍ମକୁ ଆଲିଙ୍ଗନ କରିପାରୁନି । ହଠାତ୍ ଝରକା କବାଟଟି ଖୋଲିଗଲା । ସୁଲୁସୁଲୁ ଥଣ୍ଡା ପବନ ଦଲକାଏ ଘର ଭିତରକୁ ପଶିଆସିଲା । ସାଗର ଘୋଡିହୋଇ ଶୋଇଥିବା ବେଡସିଟଟା ଉଡିଗଲା ସାଗର ଉପରୁ । ଅନ୍ୟପଟେ କାନ୍ଥରେ ଟଙ୍ଗା ହୋଇଥିବା କ୍ୟାଲେଣ୍ଡର ପୃଷ୍ଠା ଗୁଡିକ ପବନରେ ଉଡି କାନ୍ଥରେ ବାଡେଇ ହୋଇ ସାଗରର ଶୋଇଥିବା ତକିଆ ପାଖରେ ପଡିରହିଲା । ସାଗର ହଠାତ୍ ମୁହଁ ବୁଲାଇ ଅନାଇ ଦେଲା ବେଳକୁ କ୍ୟାଲେଣ୍ଡର ଉପରେ ନଜର ପଡିଗଲା । ତତକ୍ଷଣାତ୍ ବେଡ୍ ଉପରେ ଉଠି ବସିପଡିଲା ସାଗର ସତେ ଯେମିତି ସେ ଏକ ଖରାପ ସ୍ୱପ୍ନ ଦେଖି ବା କୌଣସି ଗୁରୁତ୍ୱପୂର୍ଣ୍ଣ କଥା ମନେ ପଡିଯିବାରୁ ଯେମିତି ଚମକି ଉଠି ପଡନ୍ତି, ଠିକ୍ ସେମିତି ସାଗରର ବ୍ୟବହାରରୁ ଜଣାପଡୁଥିଲା । କ'ଣ ଥିଲା କେଜାଣି କ୍ୟାଲେଣ୍ଡରଟିକୁ ଉଠାଇ ମୋବାଇଲରେ ତାରିଖଟି ଦେଖି ଚମକିପଡିଲେ, ହଠାତ୍ ଚିତ୍କାର କରି ଘରର ସରଭେଣ୍ଟକୁ ଡାକିଲେ — "କାକା, କାକା !"

—"ଆଜ୍ଞା ଛୁଆବାବୁ ... !"

—"ଆଜି କ'ଣ, ତୁମେ ଜାଣିନ ?"

—"ନା' ମନେ ପଡୁନି ... !"

—ହଉ ଠିକ୍ ଅଛି । ମୋର ଏଇ ରୁମ୍ କୁ ଲାଲ ଗୋଲାପ ଫୁଲରେ ସଜାଇ

ଦିଅ । ଚାରିଆଡେ ଦେଖିଲେ ଯେମିତି ପ୍ରେମର ରତୁଭଳି ଜଣାପଡୁଥିବ । ମୋ' ଢେଉ ଯେଉଁଠିବି ଥାଉ ନା କାହିଁକି ଦେଖି ଖୁସି ହେବ । ଆଜି ଆମର "Anneversary" ବୋଲି । ଢେଉର ଫୋଟଟିକୁ ଛାତିରେ ଜାକିଧରି ସାଗର ତା' ଦେହରେ ଉଷ୍ଣତା ସହିତ ଢେଉକୁ ମିଶାଇ ଦେବାକୁ ଚାହୁଁଥିଲା । କିଛି କ୍ଷଣ ପାଇଁ ଏକ ହୋଇଯିବା ପାଇଁ ଆଖିବୁଜି ସାଗର ଢେଉକୁ ଅନୁଭବ କରୁଥିଲା । ପ୍ରକୃତିସ୍ଥ ହୋଇଗଲା, କାରଣ ଖୋଲାଥିବା ଝରକାବାଟେ ଦଲକାଏ ଥଣ୍ଡା ପବନ ସାଗରରେ ଦେହରେ ଥଣ୍ଡାର ଶିହରଣ ସୃଷ୍ଟିକଲା । ସତେ ଯେମିତି ଢେଉ ସାଗରର ଚିବୁକରେ ଆଙ୍କିଦେଲା ଏକ ପ୍ରେମର ଚୁମ୍ବନ । ଧିରେ ଧିରେ ସାଗର ଫେରି ଯାଉଥିଲା ସେହି ଅତୀତକୁ, ଯେଉଁ ଅତୀତର ପାଦଚିହ୍ନ ତା'ର ହୃଦୟରେ ରହିଯାଇଛି, ଯାହାକୁ ଡେଇଁ ସେ ଆଗକୁ ଯାଇପାରୁ ନାହିଁ ।

ଏକ ଅପରାହ୍ନରେ ସାଗର ସମୁଦ୍ର କୂଳରେ ବୁଲୁବୁଲୁ ଦେଖିଲା ଏକ ଶୁନଶାନ ନିଛାଟିଆ ଜାଗାରେ ଝିଅଟିଏ ବସିଛି । କିନ୍ତୁ କାହିଁକି କେଜାଣି ଝିଅଟିର ବ୍ୟବହାର ଦେଖିଲେ ମନେହେଉଥିଲା ସମାଜର ବଡପଣ୍ଡାଙ୍କ ଦ୍ୱାରା ନିର୍ଯ୍ୟାତିତା ହୋଇ ଆଜି ଚାଲିଆସିଛି କୋଳାହଳ ଠାରୁ ବହୁଦୂରକୁ । ମନର ଉଦବେଗ ଓ ଝିଅଟିକୁ ସାହାର୍ଯ୍ୟ କରିବାର ଆଗ୍ରହ ସାଗରକୁ ଭିଡିଦେଲା ସେହି ଝିଅଟି ପାଖକୁ । ଧିରେ ଧିରେ ସାଗର ଯାଇ ଝିଅଟି ପାଖରେ ଛିଡାହେଲା । ହେଲେ ଝିଅଟି ଏକ ଲୟରେ ଚାହିଁ ରହିଥାଏ ସେହି ସୁଦୀର୍ଘ ବିସ୍ତାରି ସମୁଦ୍ରକୁ । ଆଉ ଆଖିରୁ ବହି ଚାଲିଛି ଧାର ଧାର ଲୁହ । ଏତେ ଭାଙ୍ଗିପଡିଥିଲା ଝିଅଟି, ସେ ସାଗରର ଉପସ୍ଥିତିକୁ ଅନୁଭବ କରିପାରିଲା ନାହିଁ । ସାଗର ଚୁପ୍ ଚାପ୍ ଝିଅଟିର ପାଖରେ ବସିଲା ଏବଂ ସେ ତା' ଆଖିରୁ ବହିଯାଉଥିବା ଲୁହକୁ ପୋଛିଦେଲା । ପ୍ରକୃତିସ୍ଥ ହୋଇ ଗଲା ଝିଅଟି । ଆଶ୍ଚର୍ଯ୍ୟ ହୋଇ ଚାହିଁଲା, ବୁଝିବାକୁ ଚେଷ୍ଟା କରୁଥିଲା କିଏ ତା'ର ଏଇ ବହି ଯାଉଥିବା ଲୁହକୁ ପୋଛିଦେଲେ, ପଚାରିଲା କିଏ ଆପଣ ?

—"ମୁଁ ସାଗର !"

ଝିଅଟି ଆଉ କିଛି ପଚାରିବା ପୂର୍ବରୁ ସାଗର କହିଲ, ମୁଁ ଆପଣଙ୍କୁ ଏକୁଟିଆ ବସିଥିବାର ଦେଖି ଆସିଲି । କ'ଣ ହେଇଛି ଆପଣଙ୍କର? କାହିଁକି ଭାଙ୍ଗି ପଡିଛନ୍ତି?, ନିଜର ଏକ ହିତାକାଂକ୍ଷୀ ଭାବି ମୋତେ କହିପାରିବେ, କିଛି ସମୟ ଚୁପ୍ ରହିଲା ଝିଅଟି, ଏକ ଅଚିହ୍ନା ଅଜଣା ଆଗନ୍ତୁକକୁ କ'ଣ ବିଶ୍ୱାସ କରାଯାଇ ପାରେ ? ଏହି ଚିନ୍ତାରେ ବ୍ୟସ୍ତ ବିବ୍ରତ ହୋଇପଡୁଥାଏ ଝିଅଟି । ବୁଡିଗଲା

ବେଳେ କୁଟା ଖିଅକୁ ଆଶ୍ରା କଲାଭଳି ସାଗରଙ୍କ ପିନ୍ଧା ଉଢା, ଆଚାର ବ୍ୟ-ବହାରରେ ଝିଅଟିର ମନରେ ବିଶ୍ୱାସ ଆସିଯାଉ ଥିଲା । କହିଲା, "ମୁଁ ଢେଉ, ପବନର ଉତ୍ତାଳ ତରଙ୍ଗରେ ଭାସି ଯାଉଥିବା ଢେଉ ।"

—ସାଗର ଆଶ୍ୱାସନା ଦେଇ ପଢିବାକୁ ଚେଷ୍ଟା କରୁଥିଲା ଢେଉ ମନର ପୃଷ୍ଠାକୁ । ଶାନ୍ତ ସୁନ୍ଦର ଶିକ୍ଷିତ ଝିଅଟି କାହିଁକି ଆଜି ମାନସିକ ତା'ର ଅମା ଅନ୍ଧାର ଭିତରକୁ ଚାଲିଯାଉଛି ? କ'ଣ ଅଛି ତା ମନର ଖେଦ? ଏମିତି ଅନେକ ପ୍ରଶ୍ନ ତା' ମନଭିତରେ ଗୋଳେଇ ଘାଣ୍ଟି ହେଉଥିଲା । ହଠାତ୍ ଢେଉ ବାଲି ଉପରୁ ଉଠିପଡି ଘରକୁ ଯିବାକୁ ବାହାରିଲା, ସାଗର କିଛି କହିବା ଆଗରୁ - "ମୁଁ ଯାଉଛି"- କହି ଢେଉ ଆଗକୁ ପାଦ ବଢାଇଲା ।

—"excuse me ..!"

—ଅଟକି ଗଲା ଢେଉ ।

—"ଆପଣଙ୍କର ଫୋନ ନମ୍ବରଟି ଦେବେ କି ?"

—ଢେଉ ଭାବିବାକୁ ଲାଗିଲା କ'ଣ କରିବ ...

—ଢେଉର ଅନିଶ୍ଚିତତା ଦେଖି ସାଗର କହିଲା, "ଯଦି ଆପଣ ଚାହୁଁଛନ୍ତି ଦିଅନ୍ତୁ, ନହେଲେ -"

ହଠାତ୍ ଢେଉ ନମ୍ବରଟି ଲେଖିବା ପାଇଁ କହି ଡାକିଦେଲା । ଧିରେ ଧିରେ ଚାଲିଗଲା ଢେଉ ।

ସାଗର ତା'ର ଯିବା ବାଟକୁ ଚାହିଁଥାଏ । ନିଜକୁ ନିଜେ ସବୁ ପ୍ରଶ୍ନର ସମାଧାନ କରିବାକୁ ଚେଷ୍ଟାକରୁଥାଏ ।"

ଏମିତି କିଛି ଦିନ ବିତିଗଲା । ସାଗର ପ୍ରତିଦିନ ସେହି ବେଳାଭୂମିକୁ ଆସି ଢେଉକୁ ଅପେକ୍ଷା କରିଥାଏ । କିନ୍ତୁ ଢେଉକୁ ନ ପାଇବା ପରେ ସେ ଭାବିଲା ଫୋନ କରିବା ପାଇଁ । ହୁଏତ ସାଗର ମନ ଭିତରେ ଢେଉ ଘର କରି ସାରିଥାଏ । ପ୍ରେମର ଉଚ୍ଛୁଳା ନଈରେ ସାଗର ପଶି ସାରିଥାଏ । ତେଣୁ ଢେଉକୁ ଫୋନ କଲା, ଅପର ପଟରେ Ring ହେଉଛି, ହେଲେ କେହି ଉଠାଉ ନାହାନ୍ତି । ତେଣୁ ଚିନ୍ତାରେ ପଡିଗଲା ସାଗର । କ'ଣ ଅଘଟଣ ଘଟିଲାକି ? ଏମିତି ଚିନ୍ତାରେ

ଥିବା ବେଳେ ଅନ୍ଧାର ରାତିରେ ବା ଅମାବାସ୍ୟାରେ ଚନ୍ଦ୍ର ଉଦୟର ଶୁଭ ସୂଚନା ଦେଲା । ହଠାତ୍ ଢେଉର ଫୋନ କଲ ଦେଖି ସାଗର ନିଜକୁ ବିଶ୍ୱାସ କରି ପାରିଲାନି, ସତରେ--- ଆଉ କିଛି ନ ଭାବି ସେ ଫୋନ ରିସିଭ୍ କଲା । ଢେଉର କେବେଳ ଗୋଟିଏ ପଦ କଥା ଥିଲା "ସେଇ ଜାଗାରେ ଅପେକ୍ଷା କରିଥିବ ।" ଫୋନ କଟିଗଲା । ବ୍ୟସ୍ତତା ଭିତରେ ଖୁସିର ଅନୁଭବଟା ମନ ଭିତରେ ଡୁହାଇ ଡୁହାଇ ନାଚି ଯାଉଥାଏ ।

ସାଗର ଦୌଡିଗଲା ଦର୍ପଣ ଆଗକୁ । ଆମର ପ୍ରକୃତି ଆମେ ଆମର ମନକଥା କେବଳ ଦର୍ପଣ ସାଙ୍ଗରେ ସେୟାର କରୁ । କାରଣ, ସେ କେବେ ମିଛ କହେନି ଏବଂ ନିଜକୁ ଫେରାଇ ଦିଏ । ସେଥି ପାଇଁ ତ ତା' ଆଗରେ ଦୁଃଖ ସୁଖ ବାଣ୍ଟି ହୁଏ ବୋଲି ତ ଦୁଃଖରେ ବି ତା ଆଗରେ ବ୍ୟକ୍ତି ଛିଡା ହୁଏ । ଆଉ ଅତି ଖୁସିରେ ଛିଡା ହୁଏ । ଯେମିତି ଆଜି ସାଗର ଠିଆ ହୋଇଛି । ନିଜକୁ ଭଲଭାବରେ ସଜେଇ ଦେଲା । ଦାମିକିଆ ପରଫ୍ୟୁମ୍ ରୁ ଟିକିଏ ପକାଇବାକୁ ମଧ୍ୟ ଭୁଲି ନଥିଲା, ସତେ ଯେପରି ସେ ଆଜି ବିଜୟ ତିଳକ ମୁଣ୍ଡରେ ଲାଗାଇବାର ଖୁସିରେ ଆତ୍ମହରା । ନିର୍ଦ୍ଧିଷ୍ଟ ସମୟର ବହୁ ପୂର୍ବରୁ ସେ ପହଞ୍ଚି ଯାଇଥିଲା ସେଠାରେ, ଆଉ ଚାହିଁ ରହିଥିଲା ଢେଉ । ଏହା ଭିତରେ ସାଗରର ହୃଦୟରେ ବି ଢେଉ ଘର କରି ସାରିଥିଲା । ତେଣୁ ସେ ତା'ର ଉପସ୍ଥିତି ଟା ସବୁବେଳେ ଚାହୁଁଥିଲା । ପ୍ରିୟା ବିନା ପ୍ରିୟ କ'ଣ ରହିପାରେ ! ସାଗର ଅସ୍ତବ୍ୟସ୍ତ ହୋଇ ଏପଟୁ ସେପଟ ବୁଲୁଥାଏ ଏବଂ ବାରମ୍ବାର ଘଣ୍ଟାଟିକୁ ଦେଖୁଥାଏ । ହଠାତ୍ ଏତିକି ବେଳେ ଦଲକାଏ ପବନ ଆସି ସାଗର ଦେହରେ ମାଡ ହେଲା । ଆଉ ସେହି ପବନ ଚେତେଇ ଦେଲା- ଢେଉର ଉପସ୍ଥିତି ବୁଲି ପଡିଲା ବେଳକୁ ଢେଉ ଧିରେ ଧିରେ ବାଲି ଉପରେ ପାଦ ଥାପି ଥାପି ଆସୁଛି । ହେଲେ ଏ କ'ଣ?, ଢେଉର ଆଜି ଏ କି ଅବସ୍ଥା ! ଆଖି ତଳ ଗୁଡିକ କଳା ପଡିଯାଇଛି । ସଜଫୁଟା ଫୁଲଟା ମଉଳି ଯାଇଛି । ଚେହେରାରେ ସେ ମହକ ନାହିଁ । ସତେ ଯେମିତି କାହିଁ କେଉଁ କାଳରୁ ରୋଗ ଶଯ୍ୟାରୁ ଉଠି ଆସିଛି । ବିସ୍ମିତ ହୋଇଗଲା ସାଗର । ଯେଉଁ ଢେଉର ରୂପକୁ ସେ ଏଇ ଦିନ ହେଲା ଦେଖିଥିଲା, ତାହାର ଆଜି ଏ କି ପରିବର୍ତ୍ତନ । ଢେଉ ବସୁ ବସୁ ପଡିଯାଉଥିଲା କିନ୍ତୁ ସାଗର ତାକୁ ଧରିନେଲା ।

ସାଗର ନିଜକୁ ଆଉ ସମ୍ଭାଳି ନପାରି ପଚାରିଦେଲା- "ଢେଉ ତୁମର କ'ଣ ହୋଇଛି? ଏତେ ପରିବର୍ତ୍ତନ ??"

ବୁନୀ ତ୍ରିପାଠୀ ॥ ୫୭

"ନା କିଛି ନାହିଁ ! ଆପଣ ମୋତେ ଅନେକ ଥର ଫୋନ କରିଥିଲେ ମୁଁ କିନ୍ତୁ ରିସିଭ୍ କରିପାରି ନଥିଲି । ମୋ' ପାଖରେ କ'ଣ କାମ ଥିଲା?" ପାଟିରୁ କଥା ସରିଛି କି ନାହିଁ ହଠାତ୍ କାଶି କାଶି ବେଦମ ହୋଇଗଲା । ଆଉ ତା'ପରେ -- ତା'ପରେ ଦଲକାଏ ରକ୍ତ ବାହାରି ଆସିଲା, ସାଗର ଆଶ୍ଚର୍ଯ୍ୟ ହୋଇଗଲା, ସତ କହିବାକୁ ଢେଉକୁ ବାଧ୍ୟ କଲା ।

ଆଉ --- ଆଉ ଢେଉ ଯାହା କହିଲା ସେଥିରେ ସାଗରର ପାଦ ତଳୁ ମାଟି ଖସିଗଲା । ଢେଉକୁ କ୍ୟାନ୍ସର୍! ଢେଉ କିଛି କହିବାକୁ ଚେଷ୍ଟାକରୁଥିଲା, ହେଲେ ପାରିଲାନି । ଖଣ୍ଡ ଖଣ୍ଡ ରକ୍ତ ସତେ ଯେମିତି ତା'ର ଶରୀର ତ୍ୟାଗ କରିବାକୁ ପ୍ରସ୍ତୁତ ହେଲେଣି । ଟିକିଏ କ'ଣ କହିବାକୁ ଚେଷ୍ଟାକଲେ ନାଲି ସଂକେତ ସ୍ୱରୂପ ଦଲକାଏ ରକ୍ତ ବାହାରି ଆସୁଛି । ଧିରେ ଧିରେ ଢେଉ ବେହୋସ୍ ହୋଇ ସାଗର କୋଳରେ ଶୋଇପଡିଲା । ତତକ୍ଷଣାତ୍ ସାଗର ଢେଉକୁ ଦୁଇ ହାତରେ ଟେକି ଡାକ୍ତରଖାନାକୁ ଗଲା । ସେଠାରେ ଢେଉକୁ ଆଡମିଟ୍ କରିଦେଇ ତାଙ୍କ ଘରକୁ ଖବର ଦେବାପାଇଁ ବାଧ୍ୟ ହୋଇ ଢେଉର ଭ୍ୟାନିଟି ବ୍ୟାଗ୍ ଖୋଲି ପରିଚୟ ଖୋଜିବାକୁ ଲାଗିଲା । ହଠାତ୍ ଏକ ଭିଜିଟିଙ୍ଗ୍ କାର୍ଡ ପାଇଲା । ତାକୁ ପଢି ସାଗର ଚମକି ପଡିଲା - ଏ ସହରର ବିଶିଷ୍ଟ ଶିଳ୍ପପତି ଚନ୍ଦ୍ରଭାନୁ ସାମନ୍ତରାୟଙ୍କ ଝିଅ ଢେଉ । ନିଜକୁ ସାଗର କ'ଣ ଭାବୁଥିଲା କେଜାଣି । ତଥାପି ଢେଉର ଜୀବନ ଆଜି ବିପିନ୍ନ ତେଣୁ ତା' ପାଇଁ ସେ ସବୁ କରିପାରିବ ସେହି ଫୋନ ନମ୍ବରରେ କଲ୍ କରି ପ୍ରତିଟି କଥା କହିଲା ଓ ଶୀଘ୍ର ଆସି ଡାକ୍ତରଖାନାରେ ପହଞ୍ଚିବାକୁ କହିଲା । ସାଗର ରିସିଭର ରଖି କ'ଣ କରିବ ନ କରିବ ଭାବି ଯାଇ ଆଇସିୟୁ ପାଖରେ ଅପେକ୍ଷା କରିଥିଲା । ମିଷ୍ଟର୍ ଚନ୍ଦ୍ରଭାନୁ ସାମନ୍ତରାୟଙ୍କୁ । ଅଳ୍ପ ସମୟରେ ପହଞ୍ଚିଗଲେ । ସାଗର ପ୍ରଣାମ ଜଣାଇ ସବୁକଥା ଗୋଟି ଗୋଟି କହି ଦେଇଥିଲା । "ପିତା ମାତାଙ୍କ ଠାରୁ ବଡ ସନ୍ତାନ ପାଇଁ ଆଉ କେହି ନୁହନ୍ତି । ସନ୍ତାନର କଷ୍ଟ ଆଗରେ ପିତାମାତାଙ୍କର ରାଗ ଅଭିମାନ ହାର ମାନିଯାଏ । ଶିଳ୍ପପତି ଚନ୍ଦ୍ରଭାନୁ ଟଙ୍କାର ପାହାଡ ଉପରେ ଠିଆ ହେଲେ ବି ନିଜର ଏକ ମାତ୍ର ଝିଅ ପାଇଁ ସେ ଡାକ୍ତରଙ୍କ ପାଖରେ ଭିକ୍ଷାର ଝୁଲା ଧରି ଠିଆ ହୋଇ-ଛନ୍ତି । ଢେଉର ଘର ଲୋକ ଆସିବା ପରେ ସାଗର ସେଠାରେ ନିଜକୁ ଅପ-ରିଚିତ ମନେ କଲା । ତେଣୁ ସେମାନଙ୍କୁ କହି ସେ ଫେରିଆସିଲା । ଜୀବନର ପ୍ରଥମ ଭଲପାଇବାକୁ ନେଇ ସାଗର ବହୁତ ଖୁସିଥିଲା । ସାଗର ଆଉ ଢେଉ ପରସ୍ପର ପରସ୍ପରର ପରିପୂରକ ଥିଲେ । ହେଲେ ନିୟତିର ଏ କ୍ରୁର ନିଷ୍ପତ୍ତିକୁ ସେ ମାନିପାରୁନାହିଁ । ମଣିଷର ଶେଷ ଆଶ୍ରା ଭଗବାନ । ଯେଉଁଠି ମଣିଷ ହାରିଯାଏ,

ସେ ହାତ ଟେକିଦିଏ । ସବୁ କିଛି ଛାଡିଦିଏ ସେହି ପରଂବ୍ରହ୍ମଙ୍କ ଉପରେ । ସେ ମଧ୍ୟ ମନ୍ଦିରକୁ ଯାଇ ଢେଉର ଜୀବନ ପାଇଁ ଗୁହାରି କଲା । ଏଇ ଅଳ୍ପ ଦିନର ପରିଚୟକୁ ଲିଭିବାକୁ ନ ଦେବା ପାଇଁ ଭଗବାନଙ୍କ ପାଖରେ ଅଳି କଲା । ଠାକୁରଙ୍କ ପାଖରେ ଢେଉ ନାମରେ ଗୋଟିଏ ଦୀପ ଜାଳି ଫେରି ଆସିଲା ସାଗର ।

ରାତିରେ ଭଲ ନିଦ ହୋଇ ନ ଥିବାରୁ ସାଗର ଶୋଇରହିଛି । କେହି ତାକୁ ନ ଉଠାଇବା ପାଇଁ ତାଗିଦ୍ ମଧ୍ୟ କରିଦେଇଛି । ହଠାତ୍ ମୋବାଇଲ ଫୋନ୍ ଟା ରିଙ୍ଗ ହେଲା । ସାଗର ଶୁଣି ନ ଶୁଣିଲା ପରି ଶୋଇ ରହିଲା । କିନ୍ତୁ ବାରମ୍ବାର ରିଙ୍ଗ ହେବାରୁ ବିରକ୍ତ ହୋଇ ଉଠି ପ୍ରଥମେ ଘଣ୍ଟାକୁ ଦେଖିଲା ସମୟ ୨.୩୦ । ବିରକ୍ତ ହୋଇଗଲା ଏତେ ରାତିରେ କିଏ ରିଙ୍ଗ କରିଛି ଭାବି ମୋବାଇଲ ଦେଖିଲେ ଏକ ଅଜଣା ନମ୍ବରରୁ ୭/୮ ଥର କଲ ଆସିଲାଣି । ସାଗର ରାଗି କଲ୍ ବ୍ୟାକ୍ କଲା । ଅପର ପକ୍ଷର କଥାଶୁଣି ସେ ହତଚକିତ ହୋଇଗଲା । ଯାଉଛି... ଯାଉଛି... ଅଙ୍କଲ କହି ଗୋଟେ ଡିଆଁରେ ଖଟତଳେ ଫୋନଟିକୁ ରଖିଦେଇ ନିଜର ନିତ୍ୟକର୍ମ ସାରିବା ପାଇଁ ୱାସ ରୁମ୍ ଭିତରେ ପଶିଲା ଶୀଘ୍ର ଶୀଘ୍ର ସବୁକାମ ସାରିଦେଇ ନିଜର ଡ୍ରେସ ପିନ୍ଧି ବାହାରି ପଡିଲା । ଡାଇନିଙ୍ଗ୍ ଟେବୁଲ ଉପରେ ବ୍ରେକଫାଷ୍ଟ ଥୁଆ ହୋଇଛି । "ଖାଇକରି ଯା', ପଛେ ପଛେ କାକା ଦୌଡୁଥିଲେ । ହେଲେ ସାଗର କିଛି ଶୁଣିବା ପରିସ୍ଥିତିରେ ନଥିଲ । ସେ ବାଇକ ଷ୍ଟାର୍ଟ୍ କରି ଯଥାଶୀଘ୍ର ଡାକ୍ତର ଖାନାରେ ପହଞ୍ଚିବା ପାଇଁ ଚାଲିଗଲେ । ତାଙ୍କ ଯିବା ବାଟକୁ ଚାହିଁ କାକା ଠିଆ ହୋଇଥାନ୍ତି ।

ସାଗର ଡାକ୍ତର ଖାନା କେବିନ ନଂ ୨୩ରେ ପହଞ୍ଚି ଗଲେ, ଢେଉ ନାକରେ ଅକ୍ସିଜେନ ଲାଗିଥାଏ । ବାପା ଚନ୍ଦ୍ରଭାନୁ, ମାଆ, ଅନ୍ୟମାନେ ତାଙ୍କ ଚାରିପଟେ ଠିଆ ହୋଇଥାନ୍ତି । ହଠାତ୍ ଚନ୍ଦ୍ରଭାନୁଙ୍କ ନଜର ସାଗର ଉପରେ ପଡ଼ିଲା । ତୁମେ ଆସିଲ ସାଗର !! କହୁଥିବା ବେଳେ ତାଙ୍କ ଅନ୍ତର ତଳର ଦୁଃଖଟା ଜଣା ପଡ଼ିଯାଉଥାଏ ।

"ଆଜ୍ଞା ହଁ ।"

ତମକୁ ଢେଉ ବହୁତ ଖୋଜୁଥିଲା, "ହଁ ସେ କ'ଣ ଗୋଟେ ଲେଖି ଦେଇଛି", କହି ପକେଟରୁ ଏକ ଚାରିଭାଙ୍ଗର କାଗଜ ବାହାର କରି ସାଗର ହାତକୁ

ଧରାଇ ଦେଲେ । ଆଖିରୁ ବହିଯାଉଥିବା ଲୁହକୁ ପୋଛି କହିଲେ । "ସାଗର ଢେଉ ପାଖରେ ଆଉ ଅଳ୍ପ ସମୟ ଅଛି, କେତେବେଳେ କ'ଣ ହୋଇଯିବ କହି ହେବନି," କହି ଭୋ ଭୋ ହୋଇ କାନ୍ଦି ଉଠିଲେ । ସାଗର ଚନ୍ଦ୍ରଭାନୁଙ୍କୁ ଆଶ୍ୱସ୍ତି ଦେଇ ଏକ ଚେୟାରରେ ବସାଇ ଦେଲା । ଏବଂ ଲେଖାଟି ପଢିବା ପାଇଁ କାଗଜଟିକୁ ଖୋଲିଲା, ଆଉ ସେଥିରେ ---

"ସାଗର !"

"ତୁମେ ମୋତେ କ'ଣ ଭାବ ଜାଣିନି, ଯେଉଦିନ ଜାଣିଲି ତୁମ ନାଁ ସାଗର, ସେହି ଦିନଠୁ ମୁଁ ତୁମର ହୋଇସାରିଛି । ଢେଉ ବିନା ସାଗରର ଅସ୍ତିତ୍ୱ କ'ଣ?, ନା ସାଗର ନ ଥାଇ ଢେଉର ମୂଲ୍ୟ କ'ଣ?, ତେଣୁ ବହୁତ ଇଚ୍ଛା ଥିଲା ବଧୂ ବେଶରେ ବେଦୀ ତୁମ ବାମା ହୋଇ ବସିବାକୁ । ମୋ' ମୁଣ୍ଡରେ ତୁମ ହାତରେ ସିନ୍ଦୂର ପିନ୍ଧାଇ, ମୋ' ଗଳାରେ ମଙ୍ଗଳ ସୁତ୍ରକୁ ବାନ୍ଧି ଦେଇଥାନ୍ତ । ହେଲେ ---, ସବୁ କିଛି ଆଜି ବଦଳି ଯାଇଛି, ନିୟତିର ଇଙ୍ଗିତ ଆଗରେ ମୁଁ ମଥାନତ କରୁଛି । ମୁଁ ଆଉ ଅଳ୍ପ ଦିନର କୁଣିଆ ମୁଁ ତୁମକୁ ଏକା ଛାଡି, ଶୂନ୍ୟ ସୀମନ୍ତ ନେଇ ଚାଲିଯିବି ବହୁ ଦୂରକୁ, ଯେଉଁଠୁ କେହି କେବେ ଫେରେ ନି । ସାଗର ତୁମକୁ ନେଇ ସ୍ୱପ୍ନ ଦେଖିଥିଲି । ଜାଣିଥିଲି ମୁଁ ଜଣେ କର୍କଟ ରୋଗୀ ତଥାପି ବଞ୍ଚିବାର ମୋହ ତୁମ ସାଙ୍ଗେ ରହିବାର ଆଗ୍ରହ ମୋତେ ସ୍ୱପ୍ନ ଦେଖିବାକୁ ବାଧ କରି ଦେଇଥିଲା । ଆଉ ଲେଖି ପାରୁନି, ରହୁଛି । Love you ..."

"ଇତି !"

"ଢେଉ !"

ଚିଠିଟି ଏକ ରକମ ଭିଜି ଯାଇଥିଲା ସାଗରର ଲୁହରେ । ଭଗବାନଙ୍କ ଉପରେ ଅଭିମାନ କରିବାକୁ ଇଚ୍ଛା ହେଉଥିଲା । କାହିଁକି ଆଜି ଢେଉକୁ ତା' ଠାରୁ ଛଡାଇ ନେଉଛି । ଆଖିରୁ ଲୁହକୁ ପୋଛି ଚିଠିଟି ନେଇ ଚନ୍ଦ୍ରଭାନୁଙ୍କୁ ଦେଖାଇଲା ସାଗର ଏବଂ ଢେଉର ଶେଷ ଇଚ୍ଛା ପୂରଣ କରିବାକୁ ଇଚ୍ଛା ପ୍ରକାଶ କଲା । ଆଶ୍ଚର୍ଯ୍ୟ ହେଇଗଲେ ଚନ୍ଦ୍ରଭାନୁ ! ଏ କଳିଯୁଗରେ ଏମିତି ବି ପିଲା ଅଛନ୍ତି, ଯିଏ ଅନ୍ୟକୁ ଆନନ୍ଦ ଦେବାପାଇଁ ନିଜ ଖୁସିକୁ ଜଳାଞ୍ଜଳି ଦେବାପାଇଁ ପ୍ରସ୍ତୁତ ଅଛନ୍ତି । ସାଗର ମୁଣ୍ଡରେ ହାତ ବୁଲାଇ ଚନ୍ଦ୍ରଭାନୁ କହିଲେ ଯାଅ ବାବା ।

ସେପଟେ ଢେଉର ଚେତା ଫେରୁଥାଏ ଏବଂ ତା'ର ସେଇ ଖୋଜିଲା

ଖୋଜିଲା ଆଖି କେବେଳ ଖୋଜି ବୁଲୁଥାଏ ତା'ର ଅତି ଆପଣାର ଲୋକକୁ । ଏହି ସମୟରେ ଚନ୍ଦ୍ରଭାନୁ ଆସି ଢେଉର ମୁଣ୍ଡ ପାଖରେ ବସି କହିଲେ- "ମା' ରେ ! ତୋର ଆଜି ବାହାଘର ହେବ !" ଏ କଥା ଶୁଣି ଢେଉ ତାଙ୍କ ମୁହଁକୁ ଚାହିଁ ରହିଲା । ହଁ ରେ ମାଆ ତୋର ଆପଣାର ସାଗର ସହିତ ।" ଲାଜେଇ ଗଲା ଢେଉ । ସମସ୍ତେ ମିଶି ଢେଉକୁ ବୋହୂ ବେଶରେ ସଜେଇ ଦେଲେ । ନାଲି ପାଟ ଶାଢୀ ସାଙ୍ଗକୁ ହାତରେ ନାଲି ଶଙ୍ଖା । ପାଦରେ ଅଳତା, କପାଳରେ ଚନ୍ଦନର ଚିତା ଏବଂ ମଥାରେ ନାଲି ସିନ୍ଦୂରର ଟୀକା ବହୁ ସୁନ୍ଦର ଦିଶୁଥାଏ ଢେଉ । ସୁନା ଅଳଙ୍କାରରେ ସଜେଇ ଦେଇଥାନ୍ତି ଢେଉକୁ, ସଜେଇ ହୋଇ ଢେଉ ଅପେକ୍ଷା କରିଥାଏ ସାଗରକୁ । ସାଗର ଆସିଲା ବର ବେଶରେ ବହୁତ ସୁନ୍ଦର ଦିଶୁଥାଏ । ବେଡ ଉପରେ ବସିଥାଏ ଢେଉ । ବ୍ରାହ୍ମଣ ମନ୍ତ୍ରପାଠ ଆରମ୍ଭ ହେଲା । ସାଗର ଓ ଢେଉର ପରସ୍ପର ଫୁଲ ମାଳ ବଦଳ କଲେ । ସାଗର ଢେଉ ସୀମାନ୍ତରେ ସିନ୍ଦୂର ଲଗାଇ ମଙ୍ଗଳ ସୂତ୍ରକୁ ବାନ୍ଧିଦେଲା ଢେଉର ଗଳାରେ । ଖୁସିରେ ଢେଉ ଆଖିରୁ ଦୁଇଧାର ଲୁହ ବହିଗଲା । ସ୍ୱପ୍ନ ତା'ର ସତ ହେଲା, ଏଥର ସେ ସାଗରରୁ ବିଦାୟ ନେଲେ ବି ଦୁଃଖ ଲାଗିବନି ବୋଲି ନିଜକୁ ନିଜେ କହିଲା ।

ବାପା ଚନ୍ଦ୍ରଭାନୁ ଯେହେତୁ ଜଣେ ଶିଳ୍ପପତି, ତେଣୁ ସେ ଜଣେ ମାନ୍ୟଗଣ୍ୟ ବ୍ୟକ୍ତି ହୋଇଥିବାରୁ ଡାକ୍ତରଖାନାରେ କହି କେବିନ ଟିକୁ ସଜେଇ ଦେଲେ ଚଉଠି ପାଇଁ । ପୁଅ ବା ଝିଅ ଜୀବନରେ ସ୍ୱପ୍ନର ରାତି, ଦୁଇଟି ମନ, ତନୁ ଏକାଠି ହୋଇ ଏକ ହୋଇଯିବାର ରାତି । ରାତି ବଢିଲା । ଢେଉ ଓଢଣା ଟାଣି ବସିଥିଲା, ସାଗରର ଅପେକ୍ଷାରେ । ସାଗର ଆସିଲା; ଖଟ ଉପରେ ବସି ପତ୍ନୀ ଢେଉର ଓଢଣା ଟେକିବାକୁ ହାତ ବଢାଇଛି ହଠାତ୍ ଢେଉ ଥରି ଉଠିଲା ଏବଂ ଭକ୍ କିନା ଦଲକାଏ ରକ୍ତ ବାହାରି ଆସିଲା ପାଟିବାଟେ । ସାଗର ବ୍ୟସ୍ତ ହୋଇ ଉଠିଲା । ଢେଉର ମୁଣ୍ଡକୁ କୋଳ ଉପରେ ରଖିବା ପୂର୍ବରୁ କେବିନ୍ ର କାଚଟି ଖୋଲି "ଡକ୍ଟର, ଡକ୍ଟର" ଚିତ୍କାର କରି ଢେଉର ମୁଣ୍ଡଟି ନିଜ କୋଳରେ ଧରି ବସିଥିଲା । ଢେଉ କଥା କହିବା ପାଇଁ ଶକ୍ତି ନ ଥିଲା । ହେଲେ ଆଖି ଦୁଇଟି କେବଳ ସାଗରକୁ ଚାହିଁଥାଏ, ଢେଉର ହାତ ସାଗରର ଦେହରୁ ମୁଣ୍ଡ ଯାଏଁ ବୁଲିଗଲା ଆଉ ତା' ଉପରେ । ଆଖି ଦୁଇଟି ସବୁଦିନ ପାଇଁ ବନ୍ଦ ହୋଇଗଲା । ସାଗର "ଢେଉ, ଢେଉ", "କିଛି ହେବନି"- ବୋଲି କହିଲେ ବି ହୃଦୟ ମାନୁ ନ ଥାଏ । ଆଖିରୁ ବହି ଚାଲିଥାଏ ଧାର ଧାର ଲୁହ । ଶେଷରେ ଡାକ୍ତର ଘୋଷଣା କଲେ "she is dead", ଏ କଥା ଶୁଣି ମୁଣ୍ଡ ବାଡେଇ ଦେଇଥିଲା ସାଗର ।

ହଠାତ୍ ଫେରି ଆସିଲା, ଅତୀତରୁ ବର୍ତ୍ତମାନ । ଆଜି ତା'ର ବାହାଘର ପ୍ରଥମ Anneversary । କେମିତି ଭୁଲିଯିବ ତା'ର ପ୍ରାଣ ପ୍ରିୟା ଢେଉକୁ । ହଠାତ୍ ଢେଉ ଫୋଟୋରେ ଦିଆ ହୋଇଥିବା ଗୋଲାପ ଫୁଲଟି ସାଗର ଉପରେ ପଡିଲା । ସାଗର ଖୁସିରେ ଆତ୍ମ ବିଭୋର ହୋଇଗଲା । ସେ ଢେଉର ଫୋଟକୁ ଛାତିରେ ଜାକି କହିଲା, "ମୁଁ ଜାଣେ ତୁମେ ମୋ' ପାଖରେ ସବୁବେଳେ ଅଛ । ତୁମେ କେବଳ ମୋର ଥିଲ ନା ଢେଉ ! ସାଗର କ'ଣ ଢେଉକୁ ଭୁଲିପାରେ ।" ଏତକ କହି ସାଗର କେକ୍ କାଟି ତା'ର Anneversary ପାଳନ କରିଥିଲା । ହଠାତ୍ ସବୁ ସରିଲା ପରେ ଝରକା କବାଟ ସବୁ ବାଡେଇ ହୋଇ ବନ୍ଦ ହୋଇଗଲା । ସାଗର ଦଉଡି ଗଲା ବାହାରକୁ । "ଢେଉ--- ଢେଉ--- ଢେଉ" ବୋଲି ଚିତ୍କାର କରି ଶେଷରେ ନିର୍ବାକ ହୋଇଗଲା । ସାଗରରେ ଉତ୍ତାଙ୍ଗ ତରଙ୍ଗ ସତେ କି ଶିଥିଳ ହୋଇ ପଡ଼ିଲା । ଆଖିରୁ ଦୁଇ ବୁନ୍ଦା ଅଶ୍ରୁ । ଚାରି ଆଡ଼େ ନୀରବ ନିସ୍ତବ୍ଧ... ।

■ ■

ବୟସର ଦୋଷ

ସମୟର ପରିବର୍ତ୍ତନ ସାଙ୍ଗକୁ ମଣିଷ ଜୀବନର ପରିବର୍ତ୍ତନ ମଧ୍ୟ ଆସେ । ମଣିଷ ଭୁଲ କଲା ବେଳେ ଜାଣିପାରେନି କିନ୍ତୁ ଯେତେବେଳେ ପରେ ଜାଣେ, ସେତେବେଳେ ଲେଡି ଗୁଡ କହୁଣିକୁ ବୋହିଯାଇଥାଏ । ଠିକ୍ ଯେପରି ଆଜି ପ୍ରକାଶ ଜୀବନରେ ଘଟିଛି, ଗାଁ, ଗଣ୍ଡା, ଏପରିକି ନିଜ ପରିବାରଠାରୁ ବିଚ୍ଛିନ୍ନ ହୋଇ ସେ ଅନୁତାପର ଅଗ୍ନିରେ ଜଳି ଯାଉଛି । ମଣିଷ ଅନୁତାପ କରେ ନିଜ ଭୁଲ ଉପରେ ହେଲେ ଭୁଲକୁ ଠିକ୍ କରିପାରେନି । ଆଜି ପ୍ରକାଶର ଗୋଟିଏ ବୋଲି ଅଲି ଅଳି ଭଉଣୀର ବାହାଘର, ଆଉ ସିଏ--- ? ସିଏ ଆଜି ଅଲୋଡା ଆଖୋଜା ହୋଇ ରହିଯାଇଛି । ତା'ର ଭୁଲ ତା'କୁ କେତେ ଯେ ଅଲୋଡା କରିଦେଇଛି ସେ ଆଜି ନିରବରେ ବସି ବୁଝି ପାରିଛି । ବିଶ୍ଳେଷଣ କରୁଥିଲା ତା'ର ଭୁଲକୁ ମନେ ପଡିଯାଉଥିଲା, ତା' ଭୁଲ୍ ର ପ୍ରଥମ ସୋପାନ ।

ଗୋଟିଏ ଗରିବ ପରିବାରରେ ଜନ୍ମ ନେଇଥିଲା ପ୍ରକାଶ । ଦୁଇ ଭାଇ ଓ ଭଉଣୀ ଏବଂ ବାପ ମାଆଙ୍କୁ ନେଇ ପାଞ୍ଚ ପ୍ରାଣୀ କୁଟୁମ୍ବର ଛୋଟ ପରିବାରଟିଏ । ବାପା ମାନସିକ ବିକାର ଗ୍ରସ୍ତ ହେବାରୁ ବଡ଼ ପୁଅ ତା' କାନ୍ଧରେ ସଂସାରର ବୋଝକୁ ବୋହିବାକୁ ସଂକଳ୍ପ ନେଲା । ସଂସାରଟି ତା'ର ଠିକ୍ ଠାକ୍ ଚାଲି ଥିବା ବେଳେ ଅଦିନିଆ ଝଡରେ ଛିନ୍ନଭିନ୍ନ ହେଇଗଲା ତା' ଜୀବନ । ତାଙ୍କ ଚାଳ ଘରକୁ ଲାଗି ଆଉ ଜଣକର ଘର । ସାହିପଡିଶାରେ ପ୍ରକାଶ ତାଙ୍କ ଘରେ କୋଠିଆ ରୂପେ କାମ କରୁଥିଲା । ତାଙ୍କର ବାପା ମାଆଙ୍କୁ ବଡବାପା ବଡମାଆ ଡାକିବା ସହ ତାଙ୍କ ପୁଅକୁ ଭାଇ ଓ ତାଙ୍କ ସ୍ତ୍ରୀକୁ ଭାଉଜ ଡାକୁଥିଲା, ଭାଇ ଭାଉଜଙ୍କ ତିନୋଟି ଛୁଆ । ପ୍ରକାଶ କେବେ ବି ତାଙ୍କ ସହିତ ନିଜକୁ ସମତୁଲ କରି ନଥିଲା କାରଣ ସେ ଜାଣିଥିଲା ସେ କେଉଁ ଘରର ପିଲା ଓ ସେ କି କାମ କରୁଛି । ଭାଉଜ ପ୍ରୀତି କିନ୍ତୁ ପ୍ରକାଶ ଠାରୁ ବୟସରେ ବଡ ହେଲେ ବି ଦିଅର ଭାଉଜର ସମ୍ପର୍କ ନେଇ ଥଟା ପରିହାସ କରନ୍ତି । ପ୍ରକାଶ କିନ୍ତୁ ଭାଉଜ ମାଆ ସମାନ ଭାବି

ସେ ତା' ଲକ୍ଷ୍ମଣ ରେଖା ଡେଇଁବାକୁ ଚେଷ୍ଟା କରୁ ନ ଥିଲା, କିନ୍ତୁ ଭାଉଜ ପ୍ରୀତି ---? ସ୍ୱାମୀଙ୍କ ଅନୁପସ୍ଥିତ ତା'କୁ କଷ୍ଟ ଦେଉଥିଲା, ବିଲେଇ କପାଳକୁ ଶିକା ଛିଡିଲା ପରି ପ୍ରକାଶର ସବୁଦିନ ଯିବା ଆସିବା ତାଙ୍କପାଇଁ ଖୋରାକର ବାଟ ଦେଖାଇଲା । ନାରୀ, ଜନନୀ, ଜାୟା, ଭଗିନୀ ରୂପରେ ସବୁବେଳେ ପୂଜନୀୟା, କିନ୍ତୁ କଥାରେ କହନ୍ତି -

"ଅମୃତ ଭାଣ୍ଡ ପୁରିଥାଇ
ସୁରା ଟୋପାରେ ନାଶ ଯାଇ ।"

ମାତୃ ଜାତି ଆଜି କଳଙ୍କିତା ହେଇଯାଇଛି । ପ୍ରୀତି ଭଳି କେତେ ଜଣ ମହିଳା ମାନଙ୍କ ପାଇଁ । ଘରେ ନ ଥିବାରୁ ସୁଯୋଗ ନେଇ ବାହାନାରେ ନିଜ ବେଡରୁମ୍ ଭିତରକୁ ଡାକି ବାଧ୍ୟ କଲା କୁକର୍ମ କରିବା ପାଇଁ । ଭାଉଜ ଦିଅର ବା ମା' ପୁଅର ସମ୍ପର୍କର ସୂତା ଖିଅକୁ ଛିଣ୍ଡାଇ ଦେବାପାଇଁ ଅହରହ ଚେଷ୍ଟିତ ଥିଲେ ପ୍ରୀତି ଭାଉଜ । ନିଆଁ ପାଖରେ ଘିଅ କେତେ ସମୟ ରହିବ, ପ୍ରକାଶ ଆଗରେ ଟଣାଯାଇଥିବ ଲକ୍ଷ୍ମଣ ରେଖାକୁ ଡେଇଁ ସୀତା ହରଣରେ ମତ୍ତ ହୋଇଗଲା । ଭୁଲିଗଲା ମାନବିକତା, ଶିଷ୍ଟାଚାର, ହିନ୍ଦୁ ଧର୍ମର ପରମ୍ପରା । ଦୁଇଟି ଶରୀର ଏକ ହୋଇ ନିଜର ଆତ୍ମତୃପ୍ତି ପରେ ଫେରି ଆସିଲା ପ୍ରକାଶ, ଧନ୍ୟରେ ପୁରୁଷ, ନିଜ କାମନା ବାସନା ଚାରିତାର୍ଥ ପାଇଁ ସେ ମାଆ, ଭଉଣୀ, ଭାଉଜ ସମସ୍ତଙ୍କ ସହିତ ଖେଳିପାରେ ।

ଆଉ ସେପଟେ ପ୍ରୀତି ଭାଉଜ ନିଜ ଦେହର ଭୋକ ମେଣ୍ଟାଇ ସାରି ଖୁସିରେ ବିଭୋର ହୋଇଯାଉଥିଲେ । ଧନ୍ୟରେ ନାରୀ, ଯେଉଁ ଦେଶରେ ସୀତା, ସାବିତ୍ରୀ, ଶକୁନ୍ତଳା ଭଳି ନାରୀ ଜନ୍ମ ହୋଇ ପତି ପାଇଁ ଅଗ୍ନି ପରୀକ୍ଷା ଦେଇଛନ୍ତି, ଯମ ସହିତ ଲଢି ମରଣ ମୁହଁରୁ ପତିକୁ ଫେରାଇ ଆଣିଛନ୍ତି, ସ୍ୱାମୀଙ୍କ ପଦାଙ୍କକୁ ଧ୍ୟାନ କରି ନିଜ ପୁତ୍ରକୁ ଉପଯୁକ୍ତ ଭାବେ ଗଢି ତୋଳିଲେ, ସେ ଦେଶରେ ପ୍ରୀତି ଭାଉଜ ପରି ଚରିତ୍ର ହୀନା ସ୍ତ୍ରୀ ଲୋକବି ଅଛନ୍ତି । କଥାରେ କହନ୍ତି "ମା' ମରିଗଲେ ବାପ ସାବତ", କିନ୍ତୁ ଏ କଥାକୁ ମିଛ ବୋଲି ପ୍ରମାଣ କରିଦେଲେ ପ୍ରୀତି ଭାଉଜ । ଦଶମାସ ଦଶଦିନ ଧରି ଜନ୍ମ କରିଥିବା ପୁଅ ଝିଅଙ୍କୁ ଭୁଲି ନିଜ ଶରୀରର ଭୋକ ମେଣ୍ଟାଇବା ପାଇଁ ଏତେ ତଳକୁ ଖସିଗଲେ, ଯାହା ଗୋଟିଏ ନାରୀ ପାଇଁ ଅନୁଚିତ ।

ଭୋକିଲା କୁକୁର ଥରେ ଖାଇବା ପରେ ବାରମ୍ବାର ସେ ଜାଗାକୁ ଖାଇବା ଲାଳସାରେ ଯିବା ତ ଏକ ସ୍ୱାଭାବିକ କଥା । ପ୍ରକାଶର ଯୁବା ବୟସ ନମାଗିଲା ଜିନିଷ ଯେତେବେଳେ ହାତ ପାହାନ୍ତାରେ ମିଳୁଛି, ସେତେବେଳେ ---, ପ୍ରକାଶ ସକାଳୁ ଉଠି ଚାଲିଯାଏ ଭାଉଜଙ୍କ ଘରକୁ କାମକରିବା ପାଇଁ, କିନ୍ତୁ ଏହା ଗୋଟିଏ ବାହାନା, ପ୍ରୀତି ଭାଉଜଙ୍କ ଭୋକିଲା ଦେହଟା ତା'ର ବାର ବାର ମନେ ପଡିଯାଉଥିଲା । ଆଉ ପ୍ରୀତି ଭାଉଜ, ସେ କଉ କମ୍ ଥିଲେ, ଘର ଖାଲି ଥିବାର ସୁଯୋଗରେ ଦୁଇ ଜଣ ଖେଳି ଚାଲୁଥିଲେ ଅନୈତିକ ଖେଳ, ଆଉ ଭୁଲି ଯାଇଥିଲେ ସମାଜର ବାଧା ବନ୍ଧନକୁ । ଦୁଇ ଜଣଙ୍କର ମିଳାମିଶା ଗାଁରେ ଗଡି, ହାଟରେ ପଡିଲା । ଗାଁ ପୋଖରୀ ତୁଠରୁ ଆରମ୍ଭ କରି ଛକ ପାନ ଦୋକାନରେ ପଡିଲା । ତୁଣ୍ଡ ବାଇଦ ସହସ୍ର କୋଶ, ତେଣୁ ଟୁପୁରୁ ଟାପର କଥା ପ୍ରୀତିର ସ୍ୱାମୀଙ୍କ କାନରେ ପଡିଲା । ଏପରିକି ମା' ଚରିତ୍ର ସଂହାରର କଥା ମଧ୍ୟ ପିଲା-ମାନଙ୍କୁ ଶୁଣିବାକୁ ପଡିଲା । ସ୍ୱାମୀଙ୍କର କଡା ତାଗିଦା, ଓ ପିଲାମାନଙ୍କର ଶୁଖିଲା ମୁହଁ କିଛି ବି ପ୍ରଭାବ ପକାଇ ପାରିଲା ନାହିଁ ।

ତେଣେ ପ୍ରକାଶକୁ ମଧ୍ୟ ମା' ବାରଣ କଲେ । ଚେତେଇ ଦେଇଥିଲେ ପର ନାରୀକୁ ହରଣ କରିବା କେତେ ପାପ, ତଥାପି କିଛି ପ୍ରଭାବ ପଡିନଥିଲା ତା' ଉପରେ । ଦୁହେଁ ଶିଉଳିର ଖସଡା ପଥରେ ବାଟ ଖସାଇ ଏତେ ପାଦ ଆଗକୁ ଯାଇଥିଲେ ଯେ, ସେମାନ ଙ୍କୁ ଆଉ କିଛି ବି ଅନୁଭବ ହେଉ ନ ଥିଲା । କାମନା ବାସନାରେ ଅନ୍ଧପୁତୁଳି ସେମାନ ଙ୍କ ଆଖିରେ ଏମିତି ବନ୍ଧା ଯାଇଥିଲା ଯେ ଯିଏ ଯାହା କହୁଥିଲା ସେ ତାଙ୍କ ପାଇଁ ଶତ୍ରୁ ପାଲଟି ଯାଉଥିଲା । ଘରର କୁଳ ଲକ୍ଷ୍ମୀ ଯଦି କୁଳଟା ହୁଏ, ତେବେ ନାରୀ ଜାତିକୁ କେହି ମାତୃ ଜାତି ବୋଲି ପୂଜା କରିବେନି ।ନାରୀ ନିଜର ସୀମା ନିଜେ ନିର୍ଦ୍ଧାରଣ କରେ ତା'ର ଆଗରେ ପରମ୍ପରାର ଏକ ଲକ୍ଷ୍ମଣ ରେଖା ଟଣାଯାଇଥାଏ ତାକୁ ଡେଇଁବାକୁ ସାଧାରଣତଃ କୁଳବଧୂ ଡରେ, କାରଣ ଅଗ୍ନିକୁ ସାକ୍ଷି ରଖି ସେ ସାତଜନ୍ମ ପାଇଁ ସାଥୀ ହୋଇଛି । ସେହି ପତି ପାଇଁ ସେ ମାତୃତ୍ୱ ଲାଭ କରିଛି ହେଲେ ତା' ପିଠି ପଛରେ ତା'କୁ ଛୁରା ମାରିବାକୁ ଏ କଳୁଷିତ ନାରୀ ଟିକେ ବି ପଛାଏ ନାହିଁ । ଘରେ ବନ୍ଦ ହେବା ପରେ ଦୁହିଁଙ୍କର ସାକ୍ଷାତରେ ବାଧା ଉପୁଜିଲା, ତେଣୁ ସେମାନେ ବିଭିନ୍ନ ପନ୍ଥା ଅବଲମ୍ବନ କଲେ । ପ୍ରେମର ଅନ୍ୟ ନାମ ତ୍ୟାଗ, କିନ୍ତୁ କାମନାର ଅନ୍ୟନାମ ବାସନାର ପଥ । ଗୋଟିଏ ବାଟ ବନ୍ଦ ହେଲେ ଅନ୍ୟ ବାଟ ଖୋଜି ତାକୁ ପ୍ରୟୋଗ କରନ୍ତି । ସେମିତି ପ୍ରୀତି ଓ ପ୍ରକାଶ ଖୋଜି ପାଇଲେ । ପ୍ରକାଶ, ପ୍ରୀତିଘର ବାରିପଟେ ବସି ନିର୍ଦ୍ଧିଷ୍ଟ ସମୟକୁ ଅପେକ୍ଷା କରିଥିବା ବେଳେ ପ୍ରୀତି ଶାଶୁ, ଶଶୁର ଓ ସ୍ୱାମୀଙ୍କ

ଆଖିରେ ଧୂଳି ଦେଇ ରାତିରେ ଖାଦ୍ୟ ଧରି ପିଲା ଗୋଟିକୁ ସାଙ୍ଗରେ ନେଇ ବାହାରି ପଡେ ସ୍ୱଚ୍ଛ ହେବା ବାହାନାରେ, ଆଉ ଲଜ୍ୟାବିହୀନ ଦୁହେଁ ପିଲାଟି ଆଗରେ ---, ସତରେ ମଣିଷ ଯେତେବେଳେ ତଳକୁ ଖସିଯାଏ ସେତେବେଳେ ସେ ସବୁ କିଛିକୁ ଭୁଲିଯାଏ । ଚୋର ଘର ସବୁଦିନ ଅନ୍ଧାର ନଥାଏ । ସେମାନ ଙ୍କର ଏ କଥାବି ପଦାକୁ ଆସିଲା । ତେଣୁ ପ୍ରୀତିକୁ ତା'ର ସ୍ୱାମୀ ବାଡେଇ ସବୁ ବନ୍ଦ କରି ଏକ ପ୍ରକାର ବନ୍ଦିନୀ କରିଦେଲେ ।

ସେପଟେ ପ୍ରକାଶର କରନାମା ଦିନକୁ ଦିନ ବଢିବାରେ ଲାଗିଲା । ପ୍ରୀତିର ପରିବାରକୁ ଭଦ୍ର ଅଭଦ୍ରରେ ଗାଳିଗୁଲଜ କରିବା ସହିତ ଉଗ୍ର ହୋଇ ଉଠିଲା । ଏକ ରକମ କହିଲେ ପାଗଳ, ବିଲର ଗୋଳିଆ ପାଣି ପିଇବା ଏମିତିକି ହାତ କାଟି ପ୍ରୀତିକୁ ଦେଖାଇବାକୁ ଚେଷ୍ଟା କଲା "ତା' ପାଇଁ ସିଏ ମରିପାରେ",ଗରିବ ମା' ଓ ସାନଭାଇ ତାକୁ ନେଇ ଡାକ୍ତର ଖାନାରେ ଭର୍ତ୍ତିକରି ଭଲ କଲେ । କିନ୍ତୁ ସବୁବଳେ ତା'ର ଖାଲି ପ୍ରୀତି ଦରକାର ଥିଲା । ଶରୀର ସୁଖରେ ସେ ପାଗଳ ହୋଇଯାଇଥିଲା କିନ୍ତୁ ସେ କହୁଥିଲା ମୁଁ ପ୍ରୀତିକୁ ଭଲ ପାଉଛି । ଗୋଟିଏ ପରସ୍ତ୍ରୀ ସାଙ୍ଗରେ କୁକର୍ମକୁ କେବେ କ'ଣ ଭଲପାଇବାର ଆଖ୍ୟା ଦିଆଯାଇ ପାରିବ ? ସେ ତ ଇନ୍ଦ୍ରିୟ ସୁଖ । ଯେଉଁ ପ୍ରେମରେ ତ୍ୟାଗ ଥାଏ ସେ ପ୍ରେମ ଅମର, ପ୍ରେମ ମାନେ ନୁହେଁ ବିବାହ କରିବା, ତାହାତ ଏକ ବଳିଦାନ । ପ୍ରକାଶ ଓ ପ୍ରୀତି ଏକଥାକୁ ବୁଝିବା ଅବସ୍ଥାରେ ନଥିଲେ, ବଧା ବନ୍ଧନକୁ ମଧ୍ୟ ଖାତିର ନ କରି ସେମାନେ ସୃଷ୍ଟି କରୁଥିଲେ ଏକ ନିଆରା ପରମ୍ପରା ।

କେତେ ଆଉ ସହିଥାନ୍ତେ ପରିବାର ଲୋକେ । କୂଳବଧୂ ଯଦି କୁଳଟା ହେଲା ତେବେ ଘରର ବାକି ସଦସ୍ୟ କେଉଁଠାରେ ମୁହଁ ଦେଖେଇବାକୁ ବି ସମର୍ଥ ନୁହନ୍ତି । ସ୍ୱାମୀ ରାଜିବ ସ୍ତ୍ରୀ ପ୍ରୀତିର ଏ ବ୍ୟବହାରରେ ମର୍ମାହତ ହୋଇ ଦିନରାତି ନିଶାରେ ବୁଡି ରହିବାକୁ ଶ୍ରେୟ ମନେ କଲେ । ମାଆ ଠାରୁ ସ୍ନେହ-ମମତା ନ ପାଇ ପିଲାମାନେ ବି ନିଃସଙ୍ଗ ଜୀବନ ବିତାଇଲା ପରି ବଞ୍ଚିଲେ । କେତେ ଆଉ ସହିଥାନ୍ତା ପରିବାର । ଗାଁ, ସାହି ଲୋକଙ୍କ ଟାହି ଟାପରା, ଛି ଛାକରା ସହି ସହି ପ୍ରୀତିର ଶଶୁର ଅତିଷ୍ଠ ହୋଇପଡିଲେ, ଶେଷରେ ଏକ କଠୋର ନିଷ୍ପତ୍ତି ନେଲେ । ଦିନେ ପ୍ରୀତିର ଶଶୁର ଶେଷଥର ପାଇଁ ପ୍ରୀତିକୁ ଭୁଲ ବାଟରୁ ଫେରିଆସିବାକୁ କହିଲେ, ଏବଂ ନିଜ ସ୍ୱାମୀ ଓ ପିଲାଙ୍କ ମୁଣ୍ଡରେ ହାତ ରଖି ବଜ୍ର ଶପଥ ନେବାକୁ ବାଧ କଲେ, କିନ୍ତୁ ପ୍ରୀତି --- । ଚୁପ ଚାପ ଠିଆ ହୋଇଥାନ୍ତି ଦାରୁ ଭୁତ ମୁରାରୀ ପରି । ବାରମ୍ବାର କହିବା ସତ୍ତ୍ୱେ ବି ଯେତେବେଳେ ପ୍ରୀତି ପକ୍ଷରୁ

କୌଣସି ସକରାତ୍ମକ ଉତ୍ତର ନ ମିଳିଲା, ସେତେବେଳେ ଶଶୁର ଓ ସ୍ୱାମୀ ରାଜିବ ତଣ୍ଟିଆ ମାରି ପ୍ରୀତିକୁ ଘରୁ ବାହାର କରିଦେଲେ । ପ୍ରୀତି ଆଖିରୁ ଧାର ଧାର ଲୁହ ବୋହି ଯାଉଥାଏ, ହେଲେ ପିଲାମାନେ ---। ପିଲାମାନେ ମାଆ ଉପରେ ଏତେ ବିମୁଖ ହୋଇଯାଇଥିଲେ ଯେ ମାଆ ଉପରେ ହେଉଥିବା ଅତ୍ୟାଚାରର କୌଣସି ବିରୋଧ କଲେନି । ଧନ୍ୟରେ ଦୁନିଆଁ ଯେଉଁ ମାଆ ଦଶମାସ ଗର୍ଭରେ ଧରି ଜନ୍ମ ଦେଇଛି, ସେହି ମାଆକୁ ଏତେ ଘୃଣା ? କିନ୍ତୁ ପିଲାଙ୍କ ମନସ୍ତତ୍ତ୍ୱକୁ ଯଦି ଆମେ ବୁଝିବାକୁ ଗଲେ ଯାଣିବା "ମାଆ ଓ ବାପା ଏ ଦୁଇ ଜଣ କେବଳ ପିଲାଙ୍କର, କିନ୍ତୁ ସେହି ମାଆ ଗୋଟିଏ ପର ପୁରୁଷ ସାଙ୍ଗରେ ଖରାପ କାମ କରିବା ଓ ପିଲା ମାନଙ୍କୁ ତାଙ୍କ ମାଆଙ୍କ ବିଷୟରେ ଲୋକମାନଙ୍କ ଠାରୁ ଖରାପ ଟିପ୍ପଣୀ ପାଇବା, ତାହା କ'ଣ କେବେ କୌଣସି ପିଲା ସହିପାରିବେ ?

ସବୁ ଦିନ ପାଇଁ ପ୍ରୀତିର ଶାଶୁଘରୁ ସମ୍ପର୍କ ଛିଣ୍ଡିଗଲା । ଝିଅଟିଏ ବିବାହ କରି ଯେତେବେଳେ ବାପଘର ଏରୁଣ୍ଡି ଡେଇଁ ଆସେ ସେତେବେଳେ ତାକୁ କୁହାଯାଇଥାଏ ଯେଉଁ ଏରୁଣ୍ଡି ଡେଇଁ ଶାଶୁଘର ଭିତରେ ପାଦ ଦେବୁ, ସେହି ଏରୁଣ୍ଡି ଡେଇଁ ତୋ ଶବ ବାହାରିବ, ତା' ଆଗରୁ ସେ ଏରୁଣ୍ଡି ଡେଇଁବାକୁ ଚେଷ୍ଟା କରିବୁନି । କିନ୍ତୁ ଏ କ'ଣ ହେଲା, ହାତରେ ଶଙ୍ଖା, ପାଦରେ ଅଳତା, ମଥାରେ ସିନ୍ଦୁର ନାଇ ହାତେ ଓଢଣା ପକାଇ ଯେଉଁ ଘରକୁ ବୋହୂ ହୋଇ ଆସିଥିଲା, ସେ ଘର ପାଇଁ ଆଜି ସେ ଅଲୋଡା, ଅନ୍ତଫାଡି ଯେଉଁମାନଙ୍କୁ ସଂସାରର ଆଲୁଅ ଦେଖାଇଲି ସେମାନଙ୍କ ପାଇଁ ବି ଆଖୋଜା । ପ୍ରୀତି ବାହାରିକି ଆସିଲା ବେଳେ ତା'ର କେତେ ଖଣ୍ଡ ଶାଢୀ ତା' ଉପରକୁ ଫୋପାଡି ଦେଇଥିଲେ । ଗାଁଟା ସାରା ଲୋକ ଠିଆ ହୋଇ ଏ ଦୃଶ୍ୟ ଦେଖୁଥାନ୍ତି । କିନ୍ତୁ ପ୍ରୀତି ତା' ସାଙ୍ଗରେ କିଛି ପଇସା ଆଣିଥିଲା । ଦାଣ୍ଡରେ ଚାଲି ବସ୍ ଷ୍ଟାଣ୍ଡ ଆଡକୁ ଆସିଲା ବେଳେ ଗାଁର ଛୁଆମାନେ ବି କହିବାକୁ ଭୁଲି ନଥିଲେ । ସମସ୍ତଙ୍କ ଠାରୁ ତିରସ୍କାର ପାଇ ନିଜକୁ ସେଦିନ ବହୁତ ଘୃଣା କରିଥିଲା ନିଜକୁ । ମାଆ ସାଆନ୍ତାଣି ପରି ପୁରନ୍ତା ଲକ୍ଷ୍ମୀ ଘରେ ଜାୟା ଜନନୀ ହୋଇ ବଞ୍ଚିଥିଲା । କେତେ ସମ୍ମାନ ପାଉ ନଥିଲା ସତେ ? ସେ ଦିନର ଅନୁତାପ ବହୁତ ଡେରି ହୋଇଯାଇଥିଲା । ବସ୍ ଷ୍ଟାଣ୍ଡରେ ପହଞ୍ଚି ପ୍ରକାଶକୁ କଲ କଲା ଓ ତା ପରିସ୍ଥିତି ବିଷୟରେ କହିଲା ଏବଂ ପ୍ରକାଶକୁ କହିଲା ମୁଁ ତୁମ ସାଙ୍ଗରେ ଯିବାକୁ ଚାହୁଁଛି, ପ୍ରକାଶ ତ ଏଇ ସୁଯୋଗକୁ ଅପେକ୍ଷା କରିଥିଲା, ଚଟାପଟ ନିଜର ବାଇକ ଧରି ପହଞ୍ଚିଗଲା ନିର୍ଦ୍ଦିଷ୍ଟ ସ୍ଥାନରେ । ତାପରେ ସେହି ଦିନଠାରୁ ପ୍ରକାଶ ତା'ର ଗାଁ ଗଣ୍ଡା, ସାହି ପଡିଶା, ବନ୍ଧୁ ପରିଜନ ଏମିତି କି ପିତା ମାତାଙ୍କୁ ଛାଡି ଆସିଛି ଯେ ଆସିଛି ।

ତାଙ୍କ ଗାଁ ଠାରୁ ବହୁ ଦୂରରେ ଥିବା ଏକ ଗାଁରେ ଘର ଭଡା ନେଇ ଦୁଇ ଜଣ ରହିଲେ, ହେଲେ--- ପ୍ରକାଶର ଭଲପାଇବା ପ୍ରୀତିକୁ ବାନ୍ଧି ପାରୁନି । ନୂଆ ନୂଆ ଭାରି ଆଦର, ପୁରୁଣା ହେଲେ କିଏ ପଚାରେ, ସେହିପରି ଚୋରା ପୀରତି ଭାରି ଭଲ ଲାଗୁଥିଲା, କିନ୍ତୁ ପାଖରେ ପାଇଲା ପରେ ଏବଂ ଲୋଭ ସରିଯିବା ପରେ ମନରେ ବିରକ୍ତି ବୋଧ ହୁଏ, ପ୍ରୀତି ଏକ ମାଆ, ପ୍ରୀତି ବିବାହିତା, ତେଣୁ ଭୋକ ମେଣ୍ଟିସାରିବା ପରେ ଆଉ ଇଚ୍ଛା ନଥିଲା, କିନ୍ତୁ ପ୍ରକାଶ ଯୁବକ ସେ କିଛି ପାଇବାକୁ ଚାହୁଁଥିଲା । ସେ ପ୍ରୀତି ପାଇଁ ସବୁ କିଛି କରିବାକୁ ପ୍ରସ୍ତୁତ ଥିଲେ ବି ପ୍ରୀତି ସନ୍ତୁଷ୍ଟ ହୋଇପାରୁ ନଥିଲା । ତା'ର ଆନ୍ତରିକତା ଧିରେ ଧିରେ କମି କମି ଆସୁଥିଲା । ପ୍ରୀତି ରାଜିବର ବିଶ୍ୱାସି ହୋଇପାରିଲା ନା ପ୍ରକାଶର ବିଶ୍ୱାସି ହୋଇରହିପାରିଲା । ପ୍ରୀତି ଏପରି ଏକ ଉପାଦାନରେ ଗଢା ହୋଇଥିଲା ସେ କେବଳ ବେଇମାନି କରି ଜାଣେ, କାହାର ସବୁଦିନ ପାଇଁ ନିଜର ହେବାକୁ ଇଚ୍ଛା ନାହିଁ ।

ପ୍ରକାଶ ଆଖିରେ ଆଖିଏ ସ୍ୱପ୍ନ, ପ୍ରୀତି ତା'ର ପୂର୍ବ ସ୍ୱାମୀକୁ ଛାଡପତ୍ର ଦେବ ଆଉ ତା'କୁ ବିବାହ କରିବ । ବରବେଶ ହୋଇ ବାଣ ରୋଷଣୀ ବଜାଇବ ପାରୁ କୋର୍ଟରେ ସେ ବିବାହ କରିବ, ପ୍ରୀତି ମଥାରେ ସିନ୍ଦୁର ପିନ୍ଧାଇଦେବ, ଆଉ ପ୍ରୀତି ତା ପାଇଁ ଶଙ୍ଖା, ସିନ୍ଦୂର ପିନ୍ଧିବ, ସାବିତ୍ରୀ କରିବ ଆଶା ତ ଅସୁମାରୀ, କିନ୍ତୁ ହାଏ --- ବିଚରା ପ୍ରକାଶ । ପ୍ରୀତିର ଉଗ୍ର ରୂପ ପାଖରେ ହାର ମାନିଯାଏ, ସମୟ ଗଡ଼ିବା ସହ ତା'ର ବିବାହର ସ୍ୱପ୍ନ ମଧ୍ୟ ଧିରେ ଧିରେ ଦୂରେଇ ଯାଉଛି । ପ୍ରୀତିର ଟାଣ ଟାଣ କଥା ତା' ମନକୁ ଛିନ୍ନଭିନ୍ନ କରିଦେଉଛି, ସେ ନୀରବରେ ଅନୁତାପ କରେ ସେ କ'ଣ ପାଇଲା, ନା ବିବାହ କରିପାରିଲା, ନା ପିତା ହେଇପାରିଲା, ନା ବୃଦ୍ଧ କାଳରେ ପିତାଙ୍କର ଯତ୍ନ ନେଇପାରିଲା, ତଥାପି ସେ ତା ପଥରୁ ଓହରି ଯାଇନି, ଆଜି ବି ପ୍ରୀତିକୁ ସେହି ସ୍ନେହ, ଶ୍ରଦ୍ଧା, ଭଲପାଇବା ଦେଇ ରଖିଛି, ହେଲେ ପ୍ରୀତି--- ।

ପ୍ରକାଶ ଆଖିରୁ ଧାର ଧାର ଲୁହ ଝରି ପଡୁଛି, ଅଲିଅଳି ଭଉଣୀର ବାହାଘରକୁ ଯାଇପାରିଲାନି, କାଳେ ସେ ଗଲେ ତା'ର ଅପକର୍ମ ପାଇଁ ତା' ଭଉଣୀର ବାହାଘର ଭାଙ୍ଗିଯିବ, ସେହି ଡରରେ ସେ ଦୂରରେ ଥାଇ କେବଳ ପ୍ରାର୍ଥନା କରୁଛି ତା ଭଉଣୀ ଭଲରେ ରହୁ । ପ୍ରୀତିକୁ ନ୍ୟାୟ ଦେବାକୁ ଯାଇ କେତେ ଜଣକୁ ଅନ୍ୟାୟର ଅମା ଅନ୍ଧକାର ଭିତରକୁ ଠେଲି ଦେଇଛି । କ'ଣ ପାଇଲା ଜୀବନରେ । କାହାକୁ ଜଣକୁ ବି ସେ ସନ୍ତୁଷ୍ଟ କରି ପାରିଲା ନାହିଁ,

କେବଳ ହା ହୁତାଶମୟ ଜୀବନ ଭିତରେ ତିଳ ତିଳ ହୋଇ ଜଳିଯାଉଛି ସିନା ହେଲେ ଆଲୁଅର ସନ୍ଧାନ ଦୂର ଦୂର ତକ ପାଉନାହିଁ । ଭଉଣୀର ବର ଆସିବା ବାଣ ଶବ୍ଦରେ ଗଗନ ପବନ ପ୍ରକମ୍ପିତ ହେଉଥିଲା। ବେଳେ ସେ ପ୍ରୀତିର ବାକ୍ୟ ବାଣରେ କ୍ଷତାକ୍ତ, ପ୍ରତିଟି କାମ ଆଗରୁ ଯଦି ଠାରେ ଆଗପଛ ବିଚାରି ପ୍ରକାଶ ବାଟ ଚାଲିଥାନ୍ତା, ତେବେ ଆଜି ସେ ଜଣେ ସୁନା ଭାଇ, ସୁନା ପୁଅ ଓ ଭଲ ସ୍ୱାମୀ ହୋଇ ଛାତି ଫୁଲେଇ ବାଟ ଚାଲିଥାନ୍ତା । ଭୁଲ କରିଛି ବୋଲି ଆଜି ଛାତି ଫଟେଇ କାନ୍ଦୁଛି, ହେଲେ ପାଖରେ କେହି ନାହାନ୍ତି ବୁଝିବାକୁ ।

■ ■

ପଳାସ ଫୁଲ

ଭାଉଜ ଆଜି ମୁଁ ମରଣ ଶଯ୍ୟାରେ । ଜୀବନର ପ୍ରତିଟି ମୂହୁର୍ତ୍ତ ମୁଁ ମୃତ୍ୟୁ ସହିତ ସଂଗ୍ରାମ କରୁଛି । ଜାଣେ ନା କେତେବେଳେ ଏ ମାଟିପିଣ୍ଡରୁ ପ୍ରାଣପକ୍ଷୀଟି ଉଡିଯିବ, ତଥାପି ଯିବା ପୂର୍ବରୁ ତୁମ ମନରେ ଥିବା ଅସନ୍ତୋଷକୁ ଏଇ ପତ୍ର ମାଧ୍ୟମରେ ଦୂର କରିବା ପାଇଁ ଚେଷ୍ଟା କରିଛି ।

ଏଇ ସରକାରୀ ଡାକ୍ତରଖାନାର ମାଗଣା ୱାର୍ଡ଼ରେ, ମୁଁ ଏକ ଅନାଥିନୀ ପରି ଚିକିତ୍ସିତ ହେଉଛି । ରୋଗିଣୀ ମୁଁ ଅନେକ ଲୋକଙ୍କୁ ଦେଖିବାର ଦୁର୍ବାର ଆଶା ମନରେ ଆସିଲେ ବି ମୋ' ପାଖକୁ ଆଜି କେହି ବି ଆସୁ ନାହାନ୍ତି । କିନ୍ତୁ ଜାଣ ଭାଉଜ, ସବୁଠୁ ବେଶୀ ମନେପଡନ୍ତି ଶୁଭ ଭାଇ, ତୁମର ଇହ କାଳର ପରକାଳର ଦେବତା । କିନ୍ତୁ ହାଏ --- । ରୋଗିଣୀଟିର ମୁହଁର ଏକ ଦୀର୍ଘନିଶ୍ୱାସ ବାହାରି ଆସିଲା । ତା'ର ଶିରା ପ୍ରଶିରା କଙ୍କାଳସାର ହାତ କଲମ ଉଠାଇବାକୁ ଶକ୍ତି ନ ଥିଲେ ବି ସେ ସିଷ୍ଟରଙ୍କ ଠାରୁ କାଗଜ କଲମ ମାଗି ଜୀବନର ଶେଷ ଚିଠି ଲେଖୁଛି । ମନ ଭିତରେ ଚାପିହୋଇ ରହିଥିବା ବେଦନାକୁ ଆଜି ସେ କାଗଜ କଲମରେ ରୂପ ଦେଉଛି । ଖାଲି ପଡିଥିବା ଏଇ କାଗଜ ରୂପି କାନଭାସ୍ ଉପରେ ତା'ର ଜୀବନର ଅତି ଅନ୍ତରଙ୍ଗ ଲୋକଟିର ଅଭୁଲା ସ୍ମୃତିକୁ ଆଙ୍କିବାକୁ ସେ ଚେଷ୍ଟାକରୁଛି, କିନ୍ତୁ ସେ କିନ୍ତୁ ଜାଣେନା ସେହି ଶୂନ୍ୟ କାନଭାସ ଉପରେ ଆଙ୍କୁଥିବା ଚିତ୍ରଟିକୁ ସେ ପୁରଣ କରିପାରିବ କି ନା ??

—ହଁ ଭାଉଜ, ଶୁଭଭାଇ ଆଜି ତୁମର ସ୍ୱାମୀ, କିନ୍ତୁ ଦିନଥିଲା ଯେତେବେଳେ ଶୁଭ ଭାଇ ଓ ପିଙ୍କି ଗୋଟିଏ ବୃନ୍ତର ଦୁଇଟି ଫୁଲ ହୋଇ ଫୁଟିଥିଲେ, ପରସ୍ପରକୁ ଭଲ ପାଇଥିଲେ । ଯେତେବେଳେ ମୁଁ କିଶୋରୀଟିଏ ଥିଲି । ସେତେବେଳେ ଶୁଭଭାଇ ଯୌବନରେ ପାଦ ଦେଇଥିଲେ । ହଁ ଭାଉଜ ତୁମ ଆଗରେ ମୋ' ଜୀବନର ପ୍ରତିଟି ଗୋପନ କାହାଣୀ ଖୋଲି ଦେଇଛି । ଭାବୁଛି ତୁମେ କ୍ଷମା

କରିଦେବ, ରୁକ୍ମିଣୀ ସାଜି ତୁମେ ଆଜି ଛଡାଇ ନେଇଛ ରାଧାର କୃଷ୍ଣଙ୍କୁ, ହେଲେ ରାଧା କ'ଣ କେବେ ରୁକ୍ମିଣୀ ଉପରେ ରାଗିପାରେ ? କିଶୋରର ପ୍ରଥମ ପାହାଚରେ ଛିଡା ହୋଇ ଯେତେବେଳେ ଉପରକୁ ଉଠିବାର କଳ୍ପନା କରୁଥିଲି । ଠିକ୍ ସେତିକିବେଳେ ଶୁଭ ଭାଇ ତାଙ୍କର ପ୍ରଥମ ହାତର ସ୍ପର୍ଶ ଦେଇଥିଲେ । ପୁରୁଷ ହାତର ପ୍ରଥମ ଛୁଆଁ ମୋ' ଦେହରେ ଓ ମନରେ ଶିହରଣ ଖେଳେଇ ଦେଇଥିଲା, ଆଉ ତା'ପରେ ସେ ଓ ମୁଁ ଦୁଇ ଜଣ ମିଶି ଯାଇ ହୋଇଯାଇଥିଲୁ, ଆମର ସ୍ୱପ୍ନ ଏକ ଥିଲା, ଭବିଷ୍ୟତର ତାଜମହଲ ଗଢିବା ପାଇଁ ସେ ମୋ' ପାଇଁ ଶାହାଜାହାନ ପାଲଟି ଯାଇଥିଲେ, ହେଲେ ନିୟତିର ଏ କି ନିଷ୍ଠୁର ପରିହାସ, ମୁଁ କିନ୍ତୁ ତାଙ୍କ ପାଇଁ ମମତାଜ ହୋଇପାରିଲି ନାହିଁ ।

ହେଲେ ତୁମେ ଜାଣିଛ, ଚନ୍ଦ୍ରରେ ଯେପରି କଳଙ୍କ ଅଛି ସେହିପରି ମୁଁ ସମସ୍ତଙ୍କ ପାଖରେ କଳଙ୍କିତ ହୋଇଗଲି । ଚନ୍ଦ୍ରର ଶୀତଳ ଜୋଛନା ରାତିକୁ ସମସ୍ତେ ଭଲ ପାଇଲେ ବି ଚୋର କେବେ ଜହ୍ନ ରାତିକୁ ସହିପାରେ ନାହିଁ । ଠିକ୍ ସେହିପରି ତାଙ୍କ ଘରଲୋକ ଆମ ଭଲପାଇବାକୁ ଭଲ ଦୃଷ୍ଟିରେ ଦେଖୁନଥିଲେ । ମୁଁ ତାଙ୍କ ପୁଅକୁ ରୂପର ଜାଲରେ ବାନ୍ଧି ଦେଇଛି, ହେଲେ ଥରେ ହେଲେ ବୁଝିଲେନି ଦୁଇଟି ମନ ଏକ ହୋଇଯିବା ପରେ ସେଠି ରୂପର ଚର୍ଚ୍ଚା ନ ଥାଏ ବା ଧନ ଦୌଲତର ହିସାବ ନ ଥାଏ, ମୋ' ପାଇଁ ଶୁଭ ଭାଇ କ'ଣ ଥିଲେ ସେ କଥା ତୁମକୁ ବା କ'ଣ ଲେଖିବି ଭାଉଜ ?

ଜୀବନର ଶେଷ ପାହାଚରେ ଠିଆ ହୋଇ ତୁମ ପାଖକୁ କିଛି ଆଶ୍ୱାସନା ପାଇବା ଆଶାରେ ମୋ' ଜୀବନର ଖୋଲା ଚିଠି ତୁମ ପାଖରେ ପଢି ଦେଉଛି । ଏ ଦୁନିଆ ଆଖିରେ ମୁଁ ଏକ ଚରିତ୍ରହୀନା ଝିଅ । ମୁଁ ପୁଅମାନଙ୍କୁ ଏପରି ପ୍ରେମର ଜାଲରେ ଛନ୍ଦି ତାଙ୍କଠାରୁ ସୁବିଧା ହାସଲ କରେ ବୋଲି ସମସ୍ତେ ମତ ଦିଅନ୍ତି । ତୁମେ ବୋଧେ ଜାଣିନାହଁ ଶୁଭ ଭାଇଙ୍କ ମାଆ ଥରେ ମୋତେ କେତେ ତିରସ୍କାର କରିଥିଲେ । ମୋ' ଜୀବନ ସମସ୍ତଙ୍କ ପାଇଁ ଏକ ଅଲୋଡା ଥିଲା । ସେ ମୋ' ମୃତ୍ୟୁ ପାଇଁ ବାଟ ବତାଇ ଦେଇଥିଲେ "ରାସ୍ତାରେ ଗାଡି ତଳେ ଶାନ୍ତିରେ ଶୋଇଯିବା ପାଇଁ", ଅନେକ ଲୋକଙ୍କଠାରୁ ଅନେକ କଥା ସହି ସହି ମୁଁ ପଥର ହୋଇ ଯାଇଛି । ନାରୀ ତୁମେ, ତେଣୁ ଗୋଟିଏ ନାରୀର ଦରଦ ବୋଳା କଥା ତୁମେ ଠିକ୍ ବୁଝିପାରୁଥିବ ।

ଭାଉଜ, ତୁମେ ପଳାସ ଫୁଲ ଦେଖିଛ ? ରୂପ ଅଛି, ରଙ୍ଗ ଅଛି ହେଲେ

ଗନ୍ଧ ନାହିଁ, କେବେ କୌଣସି ଠାକୁରଙ୍କ ମୁଣ୍ଡରେ ଚଢିବାର ଭାଗ୍ୟ ତା'ର ନାହିଁ, ଠିକ୍ ସେହିପରି ମୋର ରୂପ ଥିଲେ ବି ମୁଁ ଅଲୋଡା, କୌଣସି ଠାକୁରଙ୍କର ମସ୍ତକରେ ଶୋଭା ପାଇବାର ଭାଗ୍ୟ ମୋର ନ ଥିଲା । ପାଦରେ ଦଳା ଫୁଲ କେବେ କ'ଣ ଠାକୁରଙ୍କ ପାଖକୁ ଯାଇପାରେ ? ମୁଁ ଏକ ଅଲୋଡା ଜୀବନ, ମୋ' ଭାଗ୍ୟରେ ନାହିଁ କାହା ଘରର ଫୁଲ ଦାନୀରେ ଶୋଭା ବଢାଇବାର ଭାଗ୍ୟ । ତୁମେ କହିପାରିବ ଏ ସମାଜ ମତେ ଚରିତ୍ରହୀନା କହି କାହିଁକି ଡେଙ୍ଗୁରା ପିଟୁଛି । ଜୀବନରେ ମୁଁ ତ ସେମିତି କିଛି ଭୁଲ କରିନାହିଁ, ରାଧା ମୁଁ କୃଷ୍ଣଙ୍କୁ ଭଲପାଇବା ଏହା ତ ଅନାଦି କାଳର ସୃଷ୍ଟି । ବଂଶର ମାନ ମର୍ଯ୍ୟଦା ସବୁକୁ ଭୁଲି ମୁଁ କୃଷ୍ଣଙ୍କୁ ଭଲପାଇଲି । ସେଦିନ ଯେମିତି କୃଷ୍ଣଙ୍କ ପାଇଁ ରାଧା ବଦନାମର ବୋଝରେ ଭାଙ୍ଗିପଡିଥିଲେ, ଆଜି ମୁଁ ସେମିତି ଭାଙ୍ଗି ପଡିଛି । ସେହି କୃଷ୍ଣ କିନ୍ତୁ ରାଧାର ପ୍ରେମକୁ ଭୁଲି ରୁକ୍ମଣୀ ପ୍ରେମରେ ପାଗଳ ସାଜି ତାଙ୍କୁ ଅଷ୍ଟ ପାଟରାଣୀ ଭିତରୁ ଜଣେ କରି ପରିଚିତ ଦେଲେ ।

ତୁମେ ବାହା ହୋଇ ଆସିଲ, ସାଙ୍ଗରେ ସ୍ୱପ୍ନର ଭଣ୍ଡାର ନେଇ ଆସିଲ । ଶୁଭ ଭାଇ ତୁମ ମୁଣ୍ଡରେ ସିନ୍ଦୂର ଓ ହାତରେ ଶଙ୍ଖା ପିନ୍ଧାଇ ଦୁନିଆ ଦାଣ୍ଡରେ ସ୍ତ୍ରୀ ହେବାର ଗୌରବ ତୁମକୁ ଦେଲେ, ଯେଉଁ ଦିନ ପ୍ରଥମ ଥର ଶୁଣିଲି ଶୁଭ ଭାଇଙ୍କ ନିର୍ବନ୍ଧ ହୋଇଯାଇଛି, ସେଦିନ ମୋର ସବୁ ଆଶା ବିଶ୍ୱାସ କାଚର ଟୁକୁଡା ପରି ଭାଙ୍ଗି ଛିନ୍ନଭିନ୍ନ ହୋଇଗଲା । ଯେଉଁ ସ୍ୱପ୍ନ ଦେଖିବାର ଅଧିକାର ମୋର ଥିଲା ସେ ସ୍ୱପ୍ନ ଛଡାଇ ନିଆଗଲା । ତା' ପରର ଦିନ ମୋ' ପାଇଁ ଗୋଟିଏ ଗୋଟିଏ ଯୁଗ ହୋଇଯାଇଛି, ଦ୍ରୌପଦୀ ଆଖିର ଲୁହରେ କୁରୁକୁଳ ଧ୍ୱଂସ ହୋଇଯାଇଥିଲା । ଦେବୀ ଜାନକୀଙ୍କ ତତଲା ଲୁହରେ ସୁନାର ଲଙ୍କା ଧ୍ୱଂସ ହୋଇଯାଇଛି, ଆଜି ସେହି ପରି ମୋ' ଆଖିରୁ ବୋହି ଚାଲିଛି ଧାର ଧାର ଲହୁ, ଏହା ଅନ୍ୟମାନଙ୍କ ପାଇଁ ଲୁହ ହେଲେ ବି ମୋ' ପାଇଁ ଲୁହରେ ପରିଣତ ହୋଇଛି । ତୁମେ ଗୋଟିଏ ଝିଅ ତେଣୁ ତୁମେ ଏ ପ୍ରଶ୍ନର ଉତ୍ତର ଦେଇପାରିବ । ମୁଁ ଚରିତ୍ରହୀନା ହେବା ପଛରେ ଶୁଭ ଭାଇଙ୍କ ହାତ ନ ଥିଲା ? ଶୁଭ ଭାଇ ସତରେ କ'ଣ ନିର୍ଦ୍ଦୋଷ ? ଥରେ ହେଲେ ତ ଭାବିଲେ ନାହିଁ କିଶୋର ଜୀବନରୁ ଯାହାର ହାତଧରି ଏହି କଳଙ୍କିତ ପଥରେ ଆଗେଇ ଆଣିଥିଲେ, ତାକୁ ଜୀବନର ଦୋଛକିରେ ଛାଡିଦେବା କ'ଣ ତାଙ୍କ ପାଇଁ ଠିକ୍ ଥିଲା ? ମୋ' ଜୀବନରେ ଦୋଛକିରେ ଠିଆ ହୋଇ ମୁଁ ଏକ ପ୍ରଶ୍ନବାଚୀ ହୋଇ ଯାଇଛି, ମୋ' ସ୍ୱପ୍ନର ମୀନାର ଭାଙ୍ଗି ସେ ଆଉ ଜଣକୁ ଦେଲେ ଏଇଟା କ'ଣ ତାଙ୍କ ପାଇଁ ଭୁଲ ନ ଥିଲା ।

ନାରୀ ମୁଁ, ଭଲପାବାର ଫଲଗୁ ବୁହାଇପାରେ, ଆଉ ମଧ୍ୟ ପ୍ରତିଶୋଧର ଅଗ୍ନି ଜଳାଇ ପାରେ, ତଥାପି ମୁଁ ଶୁଭଭାଇଙ୍କର ଅମଙ୍ଗଳ କେବେ ଚାହିଁନାହିଁ କି ତୁମର ମଧ୍ୟ ନୁହେଁ । କିନ୍ତୁ ଯେଉଁମାନେ ଆଜି ମୋତେ ଏ ଅବସ୍ଥାରେ ପହଞ୍ଚାଇଛନ୍ତି ସେମାନଙ୍କୁ ମୁଁ କେବେ ବି କ୍ଷମା ଦେଇପାରିବି ନାହିଁ । ମୁଁ ସୀତା ସାବିତ୍ରୀ ଦେଶର ଝିଅ, ତେଣୁ ସେମାନଙ୍କ ପରି ହେବା ପାଇଁ ଚାହିଁ ଥିଲି, ନିଷ୍କଳଙ୍କ ଭାବେ ମୁଣ୍ଡ ଟେକି ଦୁନିଆଁରେ ଚାଲିବା ପାଇଁ ମୁଁ ବି ଚାହିଁଥିଲି । ଆଉ ମଧ୍ୟ ମୁଁ ବି ତୁମ ପରି ବଧୂ ବେଶେ ସାଜି ଅନ୍ୟର ହେବାପାଇଁ ସ୍ୱପ୍ନ ଦେଖିପାରି-ଥାନ୍ତି । ଜାୟା ଜନନୀ ହୋଇ ମୋର ନାରୀ ଜୀବନକୁ ଚରିତାର୍ଥ କରିବା ପାଇଁ ହେଲେ ଏ ସବୁର ଅନ୍ତରାୟ ହୋଇ ଛିଡା ହୋଇଛନ୍ତି ତୁମର ସ୍ୱାମୀ । ବାର ଆଡେ ନାନାପ୍ରକାର କୁତ୍ସାରଟନା କରି ମୋତେ ଅବିବାହିତା ହୋଇ ରହିବାକୁ ବାଧ୍ୟ କରିଦେଲେ । ନାରୀ ଯୁଗେ ଯୁଗେ ପୁରୁଷର କ୍ରିଡାର ସାମଗ୍ରୀ, ତେଣୁ ତୁମର ସ୍ୱାମୀ ତାଙ୍କର ଯୌବନକୁ ଉପଭୋଗ କରିବା ପାଇଁ ମୋ' ଭଳି ଗୋଟିଏ ଝିଅର ଜୀବନକୁ ଖେଳି ଦେଲେ ହଉ ---, ତଥାପି ମୁଁ ତାଙ୍କୁ କ୍ଷମା କରି ଦେଇଛି ।

ଶେଷରେ ଏତିକି ଅନୁରୋଧ ଏହା ପାଇଲା ପରେ ଥରେ ତୁମେମାନେ ମୋତେ ଦେଖିବାକୁ ଆସିବ, ତୁମକୁ ଦେଖିଲେ ମୁଁ ଟିକେ ଶାନ୍ତି ପାଇବି ଯେ ତୁମେ ମୋତେ କ୍ଷମା କରିଦେଇଛ । ମୋର ଜୀବନ ପକ୍ଷୀଟି ଛଟପଟ ହେଲାଣି ଦୂର ଦିଗବଳୟକୁ ଉଡିଯିବା ପାଇଁ, ଆଉ ପାରୁନି ।

ଇତି

ପିଙ୍କି

ରୋଗିଣୀଟି ଅତି ମୁମୁର୍ଷୁ ହୋଇ ଉଠିଲା, ଲେଖିବାର ଶକ୍ତି ତା'ର ଆଉ ନଥିଲା । ତା'ର ଥରିଲା ହାତରେ ଚିଠିଟି ସିଷ୍ଟରଙ୍କ ହାତକୁ ବଢାଇ ଦେଲା । ଅତି କଷ୍ଟରେ ଦୁଇହାତ ଟେକି ବିନମ୍ର ଅନୁରୋଧ କଲା ଚିଠିଟି ପଠାଇ ଦେବା ପାଇଁ । ପଠାଇ ଦେବାର ପ୍ରତିଶ୍ରୁତି ମଧ୍ୟ ଦେଇ ସିଷ୍ଟର ଚିଠିଟିକୁ ଗ୍ରହଣ କଲେ । ରୋଗିଣୀଟି ଶାନ୍ତିରେ ନିଶ୍ୱାସ ମାରିଲା, ସତେ ଯେମିତି ତା' ମୁଣ୍ଡ ଉପରେ ଲଦା ଯାଇଥିବା ବୋଝଟି ହାଲକା ହୋଇଗଲା ।

***

ଏହି ପରି ଦିନ ପରେ ଦିନ ବିତିଯାଉଥାଏ, ରୋଗିଣୀଟିର ଆବସ୍ଥା ଦିନକୁ ଦିନ ଖରାପ ଆଡକୁ ଗତି କରୁଥାଏ, ହେଲେ ତା'ର ସେଇ ଖୋଜିଲା ଖୋଜିଲା ଆଖି କାହାର ଆଗମନକୁ ଯେପରି ଅପେକ୍ଷା କରିଛି । ସେମାନଙ୍କୁ ନ ଦେଖିବା ପର୍ଯ୍ୟନ୍ତ ତା'ର ମୁକ୍ତି ନାହିଁ । ଏମିତି ଦିନଟିଏ ଆସିଲା, ରୋଗିଣୀଟି ସଙ୍କଟାପର୍ଣ୍ଣ ହୋଇ ବ୍ୟାକୁଳିତ ହେଉଥାଏ, କେତେବେଳେ ତା'ର ପ୍ରାଣ ପକ୍ଷୀଟି ଉଡିଯିବ ତା'ର ଭରସା ନାହିଁ । ଏହି ସମୟରେ ସିଷ୍ଟର୍ ଆସି ଖବର ଦେଲେ ତୁମକୁ ଦେଖିବାକୁ ଦୁଇ ଜଣ ଆସିଛନ୍ତି । ରୋଗିଣୀଟିର ମୁଦି ହୋଇଯାଇଥିବା ଆଖି ଆସ୍ତେ ଆସ୍ତେ ଖୋଲିଥିଲା, ଏତିକି ବେଳେ ତା' କାନରେ ସେଇ ହଜିଲା ସ୍ୱରରେ ଶୁଭିଲା - 'ପିଙ୍କି... ପିଙ୍କି...' ଏ ଡାକ କାନରେ ବାଜିଲା ମାତ୍ରେ ଅନୁଭବ ହେଲା ମୃତ୍ୟୁ ସଞ୍ଜିବନୀ ମନ୍ତ୍ରରେ ତା' ଦେହର ରୋଗ ଦୂରେଇ ଯାଉଛି । ସଞ୍ଜିବନୀ ସ୍ପର୍ଶରେ ତା'ର ମୃତ୍ୟୁ ମଧ୍ୟ ତାକୁ ଭୟ କରିଗଲା । ସଙ୍ଗେ ସଙ୍ଗେ ଆଖିପତା ଦୁଇଟି ଖୋଲିଗଲା । ଆଉ ଆଖିରୁ ବୋହି ଚାଲିଥିଲା ଅଶ୍ରୁର ଧାର, ସେଦିନ ଶୁଭ ଭାଇ କାନ୍ଦୁଥିଲେ । ଆଉ ଦେଖି ଅନୁଭବ କରୁଥିଲେ ଆଦ୍ୟ ଯୌବନର ସାଥୀ ତାଙ୍କର କି ମୁମୂର୍ଷୁ ଅବସ୍ଥାରେ ପଡିଛି । ପାଖରେ ନୀରବଦ୍ରଷ୍ଟା ଭାବେ ଛିଡା ହୋଇ ଥିଲେ ଭାଉଜ । ସେ ମଧ୍ୟ କାନ୍ଦୁଥିଲେ ଏବଂ ଅନୁଭବ କରୁଥିଲେ ଅନାବିଳ ଭଲପାଇବାକୁ । ସେ ପିଙ୍କିର ହାତ ଧରି କହିଲେ, "ପିଙ୍କି ! ତୁମ ଭଲପାଇବା ମୁଁ କେବେ ଦେଇପାରିବି ନାହିଁ, ସେ ତୁମକୁ ଆଜି ବି ଭୁଲି ନାହାନ୍ତି, ମୁଁ ତୁମକୁ କେବେ ଖରାପ ଭାବିନି, ଭାବୁଛି ତୁମର ମହାନ ଭଲପାଇବାକୁ ।" ପିଙ୍କିର ମୁଖ ମଣ୍ଡଳ ଉଜ୍ଜ୍ୱଳ ଦିଶିଲା, ସତେ ଯେପରି ଏଇ କେଇପଦ କଥା ଶୁଣିବା ପାଇଁ ରୋଗିଣୀଟି ଚାହିଁ ରହିଥିଲା । ଧିରେ ଧିରେ ପିଙ୍କି ଶୁଭଭାଇଙ୍କ ହାତରେ ଭାଉଜଙ୍କ ହାତକୁ ଧରାଇ ଦେଇ ଖନେଇ ଖନେଇ ରୋଗିଣୀ କହିଲେ "ଏତେଦିନ ଯାଏଁ ମୁଁ ମୋ' ପଣତ କାନିରେ ଶୁଭଭାଇଙ୍କୁ ବାନ୍ଧିଥିଲି, କିନ୍ତୁ ଆଜି ମୁଁ ମୋ' ଜୀବନର ସବୁଠୁ ଦୁର୍ଲଭ ଜିନିଷ ତୁମକୁ ଦେଉଛି । ତୁମେ ତୁମ ପଣତରେ ଅତି ଯତ୍ନରେ ତାଙ୍କୁ ବାନ୍ଧିଥିବ ।" ଏତିକି କହି ପିଙ୍କି ଭୋ ଭୋ କରି କାନ୍ଦି ଉଠିଲା, ଶେଷରେ ମୃତ୍ୟୁର ଘଣ୍ଟି ବାଜି ଉଠିଲା । ହେକା ଉଠିବାରୁ ଶୁଭ ବାବୁ ପିଙ୍କି ମୁଣ୍ଡ ତାଙ୍କ କୋଳକୁ ଟେକିନେଲେ, ଆଉ ତାପରେ --- ଉଡିଗଲା ପକ୍ଷୀ ସେହି ମୁକ୍ତ ଗଗନକୁ ।

ଶୁଭ ବାବୁଙ୍କ ଆଖିରୁ ପ୍ରଥମ ଥର ପାଇଁ ଲୁହ ବୋହିବାର କିଏ ଦେଖିଥିଲା । ତାଙ୍କର ପ୍ରେୟସୀ ଚାଲିଗଲା ଅନେକ ଦୂରକୁ ତାଙ୍କ ଉପରେ ଅଭିମାନ କରି, ଡାକ୍ତରଙ୍କ ପରାମର୍ଶ କ୍ରମେ ପିଙ୍କିର ନିଶ୍ଚଳ ଶରୀରକୁ ସାଙ୍ଗରେ ନେଇ ଆସିଲେ ।

ନିଜ ଗାଁ ମଶାଣିରେ କାଠର ଶେଯରେ ଶୁଆଇ ଦେଲେ ଅତି ଆପଣାର ପିଙ୍କିକୁ । ଦିନେ ସିନା ଫୁଲର ଶେଯରେ ଶୁଆଇ ପାରିଲେ ନାହିଁ, ଆଜି କିନ୍ତୁ ଅତି ଯତ୍ନରେ ପିଙ୍କି ପାଇଁ ଗଢିଛନ୍ତି ତା' ବାସର ରାତିର କାଠ ଶେଯ । ଯେଉଁ ଶେଯରେ ଥରେ ଶୋଇଲେ ଆଉ ସେ ଉଠିବ ନାହିଁ । ବାସର ରାତିର ଫୁଲର ଶେଯରେ ଶୁଆଇ ପୋଡା ନଡିଆ ଖୁଆଇବାର ସ୍ୱପ୍ନ ଦେଖାଇ ଥିଲି କିନ୍ତୁ ବାସ୍ତବରେ ଶୁଭବାବୁ ହତଭାଗ୍ୟ, ସ୍ୱପ୍ନ ପୁରା କରିପାରିଲେ ନାହିଁ । ଆଜି କିନ୍ତୁ ତାଙ୍କ ମାନସୀକୁ ପୋଡା ନଡିଆ ବଦଳରେ ଜଳନ୍ତା ନିଆଁ ଦେଉଛନ୍ତି, ହୁତୁ ହୁତୁ ହୋଇ ଜଳି ଉଠିଲା ନିଆଁ, ଜାଳିଦେଲା ତାଙ୍କ ଅତୀତର ସମସ୍ତ ସ୍ମୃତିକୁ । ଶୁଭ ବାବୁ ପାରିଲେ ନାହିଁ, ଏତେ ଜନ ସମାଗମ ଭିତରେ ବି ସେ ଭୋ ଭୋ ହୋଇ କାନ୍ଦି ଉଠିଲେ, ପିଙ୍କି ଶୂନ୍ୟରେ ଥାଇ ମଧ୍ୟ ଖୁସି ଥିଲା କାରଣ ତା'ର ଏଇ ଅଲୋଡା ଶରୀରଟା କେଉଁ ବିଲୁଆ କୁକୁରଙ୍କର ଆହାର ହୋଇଥାନ୍ତା । କିନ୍ତୁ ସେମିତି କିଛି ହେଲା ନାହିଁ, ଶୁଭ ଭାଇ ତା'ର ଚିତାରେ ଅଗ୍ନି ଦେଲେ, ତା' ଆତ୍ମା ମୋକ୍ଷ ହୋଇଗଲା ।

ଠିକ୍ ଯେମିତି ବର୍ଷକ ମଧ୍ୟରେ ପଳାସ ଫୁଲ ଦେବ ମୁଣ୍ଡରେ ଚଢି ପୂଜାପାଏ, ଆଜି ସିଏ ଶୁଭ ଭାଇଙ୍କ ହାତରେ କାଠ ଶେଯରେ ଶୋଇଛି ଏବଂ ତାଙ୍କରି କୋଳରେ ଶେଷ ନିଶ୍ୱାସ ତ୍ୟାଗ କରିଛି ।

ପିଙ୍କିର ଆତ୍ମା ଧିରେ ଧିରେ ଚାଲିଯାଉଥିଲା ଶୁଭ ଭାଇଙ୍କ ଠାରୁ ଦୂରକୁ --- ଦୂରକୁ --- ବହୁଦୂରକୁ ।

■ ■

ଅମ୍ଳାନ ପ୍ରେମ

ହଠାତ୍ ବିଳିବିଳେଇ ଉଠିଲେ ଉମାକାନ୍ତ ବାବୁ । ରୋଷେଇ ଘରୁ ଧାଇଁ ଆସିଲେ ଶ୍ରୀମତୀ, ପୁଅଝିଅ ଦୁଇଜଣବି ଦୌଡି ଆସିଲେ ବ୍ୟସ୍ତହୋଇ ଉମାକାନ୍ତ ବାବୁଙ୍କ ମୁହଁକୁ ପାଣି ଛାଟି ପ୍ରକୃତିସ୍ଥ କଲାପରେ, ଝିଅ ହାତରୁ ପାଣି ଗିଲାସଟା ନେଇ ଢକ ଢକ କରି ଏକା ନିଶ୍ୱାସେ ପିଇଦେଲେ । ଶ୍ରୀମତୀ ପଚାରିଲେ କ'ଣ ସ୍ୱପ୍ନ ଦେଖିଲ ଯେ ଏମିତି ଚିତ୍କାର କଲ, ଉମାକାନ୍ତ କିଛି ସମୟ ନିରବ ହୋଇଗଲେ, ତାପରେ ପିଲାମାନଙ୍କର ଚିନ୍ତିତ ମୁହଁ ଦେଖି ପରିସ୍ଥିତିକୁ ହାଲକା କରିବା ପାଇଁ ହସିଦେଇ କହିଲେ ନାରେ କିଛି ନାହିଁ ଏମିତି ଗୋଟିଏ ସ୍ୱପ୍ନ ଦେଖିଲି ତ ।

ସମସ୍ତେ ଯିଏ ଯାହା କାମରେ ଚାଲିଗଲେ । ପରିବେଶଟା ଏକାନ୍ତ ହୋଇଗଲା, ଆଉ ଉମାକାନ୍ତ ବାବୁ ଭାବୁଥିଲେ ଦେଖିଥିବା ସ୍ୱପ୍ନ ବିଷୟରେ । ସତରେ କ'ଣ ଏହା ଘଟିଥିବ, ତାକୁ ମାରି ଅଖାରେ ପୁରାଇ ନଷ୍ଟ କରିଦେଇଥିବେ ? ସେ ଆଉ ଆଗକୁ ଭାବିପାରିଲେ ନି, ହଜିଲା ଅତିତ ପୁଣି ଥରେ ଉଜ୍ଜିବିତ ହୋଇଉଠିଲା ।

ଉମାକାନ୍ତ ବାବୁ ୧୭/୧୮ ବର୍ଷର ଯୁବକ ଥିଲେ । ପିତା ଚାଲିଯିବା ପରେ ମା ଉପରେ ବୋଝ ନ ହେବା ପାଇଁ ଭଉଣୀ ଭିଣୋଇଙ୍କ ସାଙ୍ଗରେ ପଢାପଢି କରୁଥିଲେ । ସେହି ସମୟରେ ଭଉଣୀ ପାଇଁ ପାଣି ଆଣିବାକୁ କଳକୁ ଯାଇଥିଲେ, ଗହଳି ଠେଲା ପେଲା ଭିତରେ ଗୋଟିଏ ୧୫ ବର୍ଷର ଶ୍ୟାମଳୀ ଝିଅଟିଏ ଚୁପ୍ ଚାପ୍ ହୋଇ ଅପେକ୍ଷା କରିଥାଏ ତା'ର ପାଳିକୁ । ଉମାକାନ୍ତ ଙ୍କ ନଜର ତା' ଉପରେ ପଡିଲା । କାହିଁକି କେଜାଣି ଝିଅଟିର ନରମ ଚାହାଣି ଓ ନିରିମାଖି ଚେହେରା ବହୁତ ଭଲଲାଗିଥିଲା । ସେ ସେଦିନ ଚାଲିଆସିଥିଲେ, କିନ୍ତୁ ତା' ପରର ପ୍ରତିଟି ମୁହୂର୍ତ୍ତ କେବଳ ସେହି ନିରୀହ ଆଖି ଦୁଇଟି ଉମାକାନ୍ତଙ୍କ

ମନରୁ ଲିଭୁ ନଥିଲା । ଭଲପାଇବାରେ ଏପରି ଏକ ଶକ୍ତି ଥାଏ ଯେଉଁଥିରେ କୋଟି କୋଟି ଲୋକଙ୍କ ମଧ୍ୟରୁ ଖୋଜିପାରେ । ପ୍ରେମ ଏକ ସ୍ୱର୍ଗୀୟ ଅନୁଭୂତି, ଆକର୍ଷଣ ଯେଉଁଥିରେ କିଛି ପାଇବାର ଆଗ୍ରହ ନ ଥାଏ କି କିଛି ହରାଇବାର ଦୁଃଖ ନ ଥାଏ, ତାହା ହିଁ ତ ପ୍ରେମ, ଯାହା ଘଟିଥିଲା ଉମାକାନ୍ତଙ୍କ ଜୀବନରେ ନିଜ ଘର ଦାଣ୍ଡ ଦୁଆରେ ଠିଆ ହୋଇ ପ୍ରତିଦିନ ସେହି ସମୟକୁ ଅପେକ୍ଷା କରି-ଥାନ୍ତି । ଝିଅଟି ଆସେ ସେ ତା'ର ପାଣି ନେଇ ଚାଲିଯାଏ । ଏମିତି ଅନେକ ଦିନ କଟିଗଲା ।

ଉମାକାନ୍ତ ଚେଷ୍ଟା କଲେ ଝିଅଟିର ପରିଚୟ ପାଇଁ, ଅନେକ ଖୋଜାଖୋଜି ପରେ ମିଳିଗଲା ଖୋଜୁଥିବା ଜିନିଷଟି ଅର୍ଥାତ ଝିଅଟିର ପରିଚୟ । ଝିଅଟି ଥିଲା ବାଙ୍ଗଲା ଦେଶୀ ରିଫୁଜି, ଗୋଟିଏ ଛୋଟିଆ ନୂଆଁଣିଆ ଘରେ ବାପମାଆ ଭାଇ ଭଉଣୀ ସହ ରହୁଥିଲେ । ବାପା ଖଟିଖିଆ ମଜୁରିଆ; ଝିଅଟିର ନାଁ ସନ୍ଧ୍ୟା, ଉମାକାନ୍ତ ସନ୍ଧ୍ୟାର ପରିଚୟ ପାଇ ଖୁସି ଥିଲେ ବି କହିବାର ସାହାସ ନଥିଲା । ଭିଣୋଇ ତାଙ୍କର ରେଲୱେର ବଡ ଅଫିସର ତେଣୁ କିଛି କରିବା ଆଗରୁ ମନେପଡିଯାଉଥିଲା ଭିଣୋଇଙ୍କର ସେହି ନାଲି ଆଖି ।

ମନର ପ୍ରେମକୁ ମନରେ ରଖି କେବଳ ଫୁଲର ସୌନ୍ଦର୍ଯ୍ୟରେ ମତୁଆଲା ଥିଲେ । ହେଲେ ସନ୍ଧ୍ୟା ଏ ବିଷୟରେ କିଛି ବି ଜାଣି ନ ଥିଲା । ସେ ବା କେମିତି ଜାଣିବ ଭ୍ରମରଟିଏ ତା ରୂପରେ ମତୁଆଲା । ଅନ୍ୟମାନଙ୍କ ପାଇ ସନ୍ଧ୍ୟା ଗୋଟିଏ ସାଧାରଣ ଝିଅ ଥିଲା, ହେଲେ ଉମାକାନ୍ତଙ୍କ ପାଇଁ ସେ ସ୍ୱର୍ଗର ଅପସରି ଠାରୁ କମ୍ ନ ଥିଲା, ଏହା ଭିତରେ ଉମାକାନ୍ତ ପାଠପଢା ସାରି ମେଡିକାଲରେ ଯୋଗଦେଲେ, ତେଣୁ ତାଙ୍କ ବିବାହ ପାଇଁ ଯୋରସୋର ଖୋଜା ଚାଲିଲା । ଏସବୁକୁ ସହ୍ୟ କରିପାରୁ ନ ଥିଲେ ଉମାକାନ୍ତ, ସେ ବାଧ ହୋଇ ଭଉଣୀଙ୍କୁ ସବୁକଥା କହିଲେ । ହେଲେ ଭଉଣୀ ସବୁ ଶୁଣି ନାସ୍ତିବାକେ ଶବ୍ଦ ଶୁଣାଇଲେ, ଉମାକାନ୍ତ କିନ୍ତୁ ହାରିଯାଇ ନଥିଲେ । ରୋକଠୋକ ଶୁଣାଇ ଦେଇଥିଲେ "ସନ୍ଧ୍ୟାର ବିବାହ ପରେ ସେ ବିବାହ କରିବେ ।"

ଉମାକାନ୍ତ ତାଙ୍କର ଚାକିରୀ ଉପରେ ଥାଆନ୍ତି, ହେଲେ ବି ସେହି ନିରୀହ ଚାହାଣି, ଲମ୍ବା ନାକ, ଲମ୍ବା ଆଖିକୁ ଭୁଲିପାରି ନାହାନ୍ତି । ପ୍ରତି ମୁହୂର୍ତ୍ତରେ ଚାଲିଆସେ ଆଖି ଆଗକୁ, ହୃଦୟଟା ଯେଉଁଠାରେ ବନ୍ଧା ପଡ଼ିଥାଏ, ସେଠାରେ ତା' କଥା ତା ଶୟନେ ସପନେ ଆସିବ ହିଁ ଆସିବ । ଉମାକାନ୍ତ ହଠାତ୍ ଦିନେ

ସ୍ୱପ୍ନ ଦେଖିଲେ ସନ୍ଧ୍ୟାର ବିବାହ ହୋଇ ଯାଇଛି, ଆଉ ସିଏ ତା' ଶାଶୁ ଘରକୁ ଚାଲି ଯାଇଛି । ବିଶ୍ୱାସ କରିପାରିଲେନି, ସ୍ୱପ୍ନ କେବେ କ'ଣ ସତ ହୁଏ, ସେ ଛୁଟିନେଇ ପହଞ୍ଚିଲେ ଭଉଣୀ ଘରେ କାରଣ ସତ୍ୟାସତ୍ୟଟା ଜାଣିବେ, ସେହି ସମୟକୁ ଅପେକ୍ଷା କରିଥିଲେ, ଯେଉଁ ମଧୁର ମୁହୂର୍ତ୍ତରେ ଚନ୍ଦ୍ର କୁମୁଦିନୀକୁ ଚାହିଁଥାଏ, ଚାତକ ଚାହିଁଥାଏ ମେଘକୁ, ହେଲେ --- ନିରାଶର ଅମା ଅନ୍ଧାରରେ ଛଟପଟ ହେଲେ ଉମାକାନ୍ତ । ବାରମ୍ବାର ମନକୁ ଆସୁଥାଏ ' ସ୍ୱପ୍ନଟା କ'ଣ ସତ'? କଥା ଛଳରେ ଭଉଣୀ ପାଖରୁ ବୁଝିବାକୁ ଚେଷ୍ଟା କଲେ, ଆଉ ଯାହା ଶୁଣିଲେ, ସେଥିରେ ସେ ହତବାକ୍ ହୋଇଗଲେ । ପ୍ରକୃତରେ ସନ୍ଧ୍ୟାର ବିବାହ ସରିଛି, ସେ ତା ଶାଶୁ ଘରକୁ ଚାଲିଯାଇଛି । ପ୍ରେମର ଅନ୍ୟ ନାମ ତ୍ୟାଗ, ତେଣୁ ଦୁଃଖ ହେଲେ ବି ସେ ହଳାହଳ ବିଷକୁ ନୀଳକଣ୍ଠ ପରି ପିଇଯାଇଥିଲେ । ପ୍ରେମ ହୃଦୟ କାଗଜର ଅଲିଭା ଦାଗ, ତାକୁ ରବର ଲିଭାଇ ପାରିବ ନାହିଁ, ହଁ ଲିଭିବ ସେହି ମଶାଣିର ହୁତୁହୁତୁ ନିଆଁରେ । ଉମାକାନ୍ତ ଭଗବାନଙ୍କ ପାଖରେ ପ୍ରାର୍ଥନା କଲେ ସନ୍ଧ୍ୟା ଯେଉଁଠି ରହୁ ଭଲରେ ରହୁ । ସେ ମଧ୍ୟ ବିବାହ ପାଇଁ ରାଜି ହୋଇଗଲେ, ଅନେକ ଖୋଜାଖୋଜି ପରେ "ରମା" ସହିତ ତାଙ୍କର ବିବାହ ହେଲା, ଦୁଇଟି ଅପରିଚିତ ମଣିଷ ହୋମ ନିଆଁରେ ଶପଥ ନେଇ ଏକ ହେଲେ ସତ, ହେଲେ ---, ସତରେ କ'ଣ ମିଶିପାରିଲା ତାଙ୍କ ମନ ?

ଝିଅଟିଏ ବିବାହ କରି ଶାଶୁ ଘରକୁ ଆସିଲେ ସାଙ୍ଗରେ ଆଣିଥାଏ ଅନେକ ସ୍ୱପ୍ନ, ଅଭିଳାଷ, ପ୍ରେମ, ଭଲପାଇବା, ଯାହା ସମସ୍ତଙ୍କ ମଧ୍ୟରେ ବାଣ୍ଟି ସେ ନିଜର କରି ପାରିବ ଆଉ ତା ସ୍ୱପ୍ନକୁ ସୁନ୍ଦର ଭାବେ ରଙ୍ଗ ଦେଇ ସଜେଇ ପାରିବ । ସୀମନ୍ତରେ ସିନ୍ଦୂର, ହାତରେ ଶଙ୍ଖା, ମୁଣ୍ଡରେ ଓଢଣା, ପାଦରେ ଅଳତା ସାଙ୍ଗକୁ ରୁଣୁଝୁଣୁ ପାଉଜି ପିନ୍ଧି ବୋହୂର କର୍ତ୍ତବ୍ୟ କରିବାକୁ ରମା ବି ଆଗେଇ ଆସିଥିଲା । ଏ ସବୁ କରିବା ପଛରେ କିନ୍ତୁ ଜଣଙ୍କର ଭଲପାଇବା ଥିବା ଦରକାର, ସେ ହେଲେ ଯାହାର ହାତଧରି ବାପଘର ଏରୁଣ୍ଡି ବନ୍ଧ ଡେଇଁ ଶାଶୁ ଘରେ ପ୍ରଥମେ ବାମ ପାଦ ପକାଇ ପ୍ରବେଶ କରେ । କୁମାରୀ ଜୀବନକୁ ବିନା ଦ୍ୱିଧାରେ ଯା' ପାଖରେ ସମର୍ପି ଦିଏ, ହେଲେ --, ଯେଉଁ ସ୍ନେହ ମମତା ଭଲପାଇବାର କାଙ୍ଗାଳୁନୀ ସାଜି ଆସିଥିବ, ସେତକ ଯଦି ସେ ନ ପାଇଲା ---?? ଠିକ୍ ସେପରି ରମା ଜୀବନରେ ଘଟିଲା । ବାହା ହୋଇ ଆସିଲା ସତ, ହେଲେ ତା'ର ଝୋଲି ପୁରିଲା ନାହିଁ, ସିଏ ଯେଉଁ ଭିକାରିକୁ ସେହି ଭିକାରୁଣୀ ନଦୀର ପାଣି ସୁଅରେ କାଠିକୁଟା ଭାସିଗଲା ପରି ସମୟର କାଳ ସ୍ରୋତରେ ରମା ଭାସି ଯାଉଥିଲା," ଅଷ୍ଟମଙ୍ଗଳା" ଗୋଟେ ନବବଧୂ ହାତରୁ ମେହେନ୍ଦି ଲିଭିନଥାଏ ସେହି ଦିନ ଠାରୁ

ରମା ଉପରେ ଉମାକାନ୍ତଙ୍କର ଅତ୍ୟାଚାର ଆରମ୍ଭ ହୋଇଯାଇଥିଲା, ମାଡ ଗାଳି ସହି ସହି ଏକ ପ୍ରକାର ପଥର ପାଲଟି ଯାଇଥିଲା । ପୁଅର ଅତ୍ୟାଚାର ଦେଖି ଶାଶୁ ମଧ୍ୟ ସାହାସ ପାଇଯାଇଥିଲେ । ସେ ମଧ୍ୟ ପଛେଇ ନ ଥିଲେ । ନାରୀ ସହନଶୀଳାର ଅନ୍ୟ ଏକ ରୂପ, ସେ ଧରିତ୍ରୀ, ସେ ସର୍ବଂସହା, ପତି ତା'ର ପାଇଁ ଦେବତା, ତାଙ୍କ ଚରଣ ତଳେ ତା'ର ମୁକ୍ତି, ସେ ନିର୍ଯ୍ୟାତିତା ହେଲେବି ସ୍ୱାମୀ ହାତରେ ମରିବାକୁ ଶ୍ରେୟଃ ମଣେ । ରମା ଉମାକାନ୍ତଙ୍କର ପ୍ରତିଟି ଆକ୍ରୋଶକୁ ମୁଣ୍ଡ ପାତି ସହିଯାଉଥିଲା କାରଣ, ସେ ସୀତା, ସାବିତ୍ରୀ, ଶକୁନ୍ତଳା ଦେଶର ନାରୀ, ପ୍ରତିବାଦ କରିବା ତା ରକ୍ତରେ ଲେଖା ନାହିଁ । ତା'ର ଭୁଲ ସେ ସନ୍ଧ୍ୟା ନୁହେଁ, ସେ ରମା । ସ୍ୱାମୀଙ୍କର ପ୍ରତିଟି ଆକ୍ଷେପ ତାକୁ ବାଧୁଥିଲେ ବି ସେ ସହି ଯାଉଥିଲା, ରମାର ଆଖି, କାନ, ନାକ ଏପରିକି ତା'ର ତ ବ୍ୟବହାରର ଖୁଣ ଦେଖାଇ ସନ୍ଧ୍ୟା ସହିତ ତୁଳନା କରିବା ବହୁତ କଷ୍ଟ ଦିଏ ରମାକୁ, ଗୋଟିଏ ନାରୀ ସହିତ ଅନ୍ୟ ଗୋଟିଏ ନାରୀର ତୁଳନା କେବେ ସହି ହୁଏ ନାହିଁ । ବିଶେଷତଃ ମନ ମନ୍ଦିରରେ ଦେବତା ଭାବେ ଯାହାକୁ ବସାଇ ପୂଜା କରୁଥିବ, ତା'ର ପୂଜାରିଣୀ ତୁମେ ବୋଲି ଚିନ୍ତା କରୁଥିବ ତା ପାଟିରୁ ଅନ୍ୟ ଜଣଙ୍କର ପ୍ରଶଂସା ଶୁଣିବା ହୃଦୟକୁ କେତେ କଷ୍ଟ ଦିଏ ତାହା ଅନୁଭବି ହିଁ ଅନୁଭବ କରିପାରିବ । ନଇର ପାଣି ସୀମା ଲଙ୍ଘନ କଲେ ବନ୍ୟାରେ ଚାରିଆଡ କ୍ଷତିଗ୍ରସ୍ତ ହୁଏ, ରମାଟ ସାଧାରଣ ମଣିଷ, କେତେ ସହିବ ତେଣୁ ବେଳେ ବେଳେ ଉମାକାନ୍ତକୁ ପ୍ରଶ୍ନ କରେ "ତୁମେ ଯଦି ସନ୍ଧ୍ୟାକୁ ଏତେ ଭଲ ପାଉଥିଲା ତାକୁ ବିବାହ କଲନି କାହିଁକି ?" ଏହାର ଉତ୍ତରରେ ଉମାକାନ୍ତ ନିଜ ପରିବାରକୁ ଦୋଷ ଦିଅନ୍ତି, ପରିବାରର ବାରଣର ଶିକାର ଗୋଟିଏ ନିରୀହ ଝିଅ ଯୂପ କାଠରେ ବନ୍ଦୀ ପଡିବାକୁ ଯାଉଛି ।

ସମୟ ସ୍ରୋତ ସହ ଖାପଖୁଆଇ ଦୁଇ ଜଣ ଆଗକୁ ଚାଲିଥାନ୍ତି, ସେମାନଙ୍କ କୋଳ ମଣ୍ଡନ କରି ଆସିଲେ ଝିଅଟିଏ ଓ ପୁଅ । ସଂସାରର ଗତି ସୁରୁଖୁରୁରେ ଚାଲିଥିବା ବେଳେ ପୁଣି ଏକ ସ୍ୱପ୍ନ ଦେଖିଲେ ଉମାକାନ୍ତ," ସନ୍ଧ୍ୟା ବିଧବା ହୋଇଯାଇଛି ।" ଏହା ଦେଖି ନିଜକୁ ସମ୍ଭାଳି ପାରିଲେ ନି ଉମାକାନ୍ତ, ତହିଁ ପରଦିନ ଚାଲିଲେ ସନ୍ଧ୍ୟାର ଖବର ନେବାପାଇଁ । ଧନ୍ୟରେ ପ୍ରେମ, ଯେଉଁଠି କିଛି ପାଇବାର ନ ଥାଏ ସେଠି ପ୍ରେମର ରଜ୍ଜୁ ଦୃଢ ହୋଇଥାଏ, ଆଉ ଯେଉଁଠି ସବୁ ପାଇବାର ସମ୍ଭାବନା ଥାଏ । ତ୍ୟାଗର ପ୍ରତିମୂର୍ତ୍ତି ନିଜ ପାଖରେ ଉଭା ହୋଇଥିଲେ ମଧ୍ୟ ସେଠି ପ୍ରେମ ଢିଲା ପଡିଯାଏ, ମଣିଷର ଚିନ୍ତା ଚେତନାର ଗତି ଯେ ଭିନ୍ନ ଏଥିରୁ ସ୍ପଷ୍ଟ ଅନୁମାନ କରିହୁଏ । ଉମାକାନ୍ତ ସନ୍ଧ୍ୟାର ଖୋଜ

ବୁନୀ ତ୍ରିପାଠୀ ॥ ୭୯

ଖବର ନେବାପରେ ଜାଣିଲେ ସେ ଯେଉଁ ସ୍ୱପ୍ନ ଦେଖିଛନ୍ତି ତାହା ସତ, ତାଙ୍କ ମନର ନାୟିକା ରଙ୍ଗିନ ହେବା ବଦଳରେ ଶ୍ୱେତ ବସ୍ତ୍ରରେ ଆବୃତ ହୋଇଛି । ଜୀବନର ପ୍ରତିଟି ଝଡଝଞ୍ଜାକୁ ସେ ସହ୍ୟ କରି ଚାଲିଛି, ହେଲେ ସେ ଜାଣିପାରି-ନାହିଁ ତାକୁ କିଏ ପାଗଳ ଭଲ ପାଉଛି । ସବୁବେଳେ ପ୍ରେମ ଲୋକଲୋଚନକୁ ଯେ ଆସିପାରେ ଏହା ଠିକ୍ ନୁହେଁ, ହୃଦୟ କନ୍ଦରରେ ସବୁ ଦିନ ପାଇଁ ଲୁଚି ରହିଯାଏ, ତାକୁ ପରିପ୍ରକାଶ କରିବାକୁ ଅବକାଶ ମିଳେନି ।

ସେଦିନ ନିରାଶ ହୋଇ ଘରକୁ ଫେରିଥିଲେ ଉମାକାନ୍ତ, ସତେ ଯେମିତି ସତେଜ ଥିବା ଫୁଲ ଗଛଟି ଆଜି ମୁର୍ଚ୍ଛାଇ ଯାଇଛି । ରମା ସବୁ ଦେଖି ଅନୁମାନ କରିପାରିଥିଲେ, ହେଲେ ସାହାସ ପାଉ ନଥିଲେ ପଚାରିବାକୁ, ଉମାକାନ୍ତର ଝାଉଁଳା ମୁହଁ ଓ ଗୁମ୍ ସୁମ ଚେହେରା ଦେଖି ନିଜକୁ ସମ୍ଭାଳି ପାରିଲେ ନି ରମା କାରଣ ସେ ଅର୍ଦ୍ଧାଙ୍ଗିନୀ ସ୍ୱାମୀର ସୁଖ ଦୁଃଖ ସବୁର ସେ ଅଧା ଭାଗିଦାର । ସତୀ ଅନୁଶୟାଙ୍କ ପରି ବିପଥଗାମୀ ସ୍ୱାମୀଙ୍କୁ ତାଙ୍କର ଖୁସି ପାଇଁ ସବୁ କଷ୍ଟକୁ ହଳାହଳ ବିଷ ପରି ପିଇଯିବା ତ ଗୋଟେ ସତୀ ସ୍ତ୍ରୀର ଧର୍ମ । ସ୍ୱାମୀ ଯେଉଁଥିରେ ଖୁସି ହେବେ ସେହି ଅନୁମାର୍ଗରେ ଯିବାତ ରମାର କର୍ତ୍ତବ୍ୟ । ସେ ଡରି ଡରି ସବୁ ପଚାରିଲା, ଆଉ ସୁନାପିଲାଟି ପରି ଉମାକାନ୍ତ ଗୋଟି ଗୋଟି କହିଯାଇଥିଲେ ପ୍ରତ୍ୟେକ ଘଟଣା । ସବୁଶୁଣି ରମା ତାଙ୍କୁ ବୁଝାଇବାକୁ ଚେଷ୍ଟା କଲା," ଭାଗ୍ୟର ଲିଖନ କେ କରିବ ଆନ "ଏହା ତ ଆମର ପୂର୍ବ ପୁରୁଷ କହିଛନ୍ତି, ସନ୍ଧ୍ୟାଙ୍କ ଭାଗ୍ୟରେ ଯାହା ଘଟିବାର ଥିଲା ତାହା ଘଟି ସାରିଛି, ଚାହିଁ ଥିଲେବି ତୁମେ ରଖିପାରି ନଥାନ୍ତ । ଚାଲ ନିଜକୁ ଦେଖ କେମିତି ଦେଖା ଯାଉଛ, ଉମାକାନ୍ତଙ୍କ ଉପରେ କିଛି ପ୍ରଭାବ ପଡିଲା ପରି ଲାଗିଲା ।

ନିୟତିର ନିର୍ଦ୍ଦେଶରେ ସମୟର ପରିବର୍ତ୍ତନ ହେଉଛି, ସବୁକିଛି ଠିକ୍ ଠାକ୍ ଚାଲିଥିଲା, ପିଲାମାନେ ବି ବଡ ହୋଇ କଲେଜରେ ପଢିଲେଣି । ହଠାତ୍ ଦିନେ ଦ୍ୱିପହରରେ ଅଚିହ୍ନା ଆଗନ୍ତୁକ କବାଟ ବାଡେଇଲେ, ରମା ଉଠିଯାଇ କବାଟ ଖୋଲି କ'ଣ ବୋଲି ପଚାରିଲା ବେଳେ ସେ ଯାହା କହିଲେ ରମାର ପାଦ ତଳର ମାଟି ଖସିଗଲା ପରି ଲାଗିଲା । ବାଟରେ ଯାଉଥିବା ବେଳେ ଏକ ଅଚିହ୍ନା ଗାଡି ଧକ୍କାରେ ସେ ରାସ୍ତାରେ ପଡିଥିଲେ, ଭଦ୍ରବ୍ୟକ୍ତି ଜଣଙ୍କ ଦେବଦୂତ ସାଜି ତାଙ୍କୁ ମେଡିକାଲରେ ଭର୍ତ୍ତିକରି ତାଙ୍କ ଠାରୁ ଘର ଠିକଣା ଆଣି ରମାକୁ ଖବର ଦେବା ପାଇଁ ଆସିଥିଲେ । ରମା ତତକ୍ଷଣାତ୍ ତାଙ୍କ ସାଙ୍ଗରେ ମେଡିକାଲକୁ ବାହାରି ପଡିଲେ, ପିଲାମାନଙ୍କୁ ଘରେ ଥିବାପାଇଁ ତାଗିଦ୍ କରି,

ତାଙ୍କର ଚିକିତ୍ସା ଚାଲିଥାଏ ଏବଂ ୫/୬ ଦିନ ପରେ ସେ ଘରକୁ ଆସିଲେ କିନ୍ତୁ ପୁରା ସୁସ୍ଥ ହୋଇ ନଥିଲେ । ରମାର ଆର୍ଥିକ ସ୍ଥିତି ବି ଏତେ ଭଲ ନଥିଲା ଉମାକାନ୍ତ ବାବୁଙ୍କ ଧନ ସମ୍ପତ୍ତି ଏତେ ନ ଥିବାରୁ ତାଙ୍କ ବନ୍ଧୁ ବାନ୍ଧବ ତାଙ୍କୁ ଭଲ ଆଖିରେ ଦେଖନ୍ତି ନାହିଁ । ତଥାପି ଯଥାସାଧ୍ୟ ଚେଷ୍ଟାକରି ଉମାକାନ୍ତଙ୍କୁ ଭଲ କରିବାକୁ ଚେଷ୍ଟା ଜାରି ରଖିଥିଲା ରମା ।

ଉମାକାନ୍ତ ବାବୁ ଧିରେ ଧିରେ ସୁସ୍ଥ ହେଲେ, ତାଙ୍କ ଚାକିରୀରେ ଯୋଗ ଦେଲେ । ପିଲାମାନଙ୍କୁ ନିଜ ସାଧ୍ୟ ମତେ ଭଲ ରଖିବାକୁ ଚେଷ୍ଟା କରନ୍ତି । ପିଲାମାନଙ୍କୁ ଘରେ ଛାଡି ସେ ବାହାରେ ରହୁଥିଲେ, କାଳେ ପିଲାମାନଙ୍କର ଚଳିବାରେ ଟଙ୍କା ବାଧକ ହେବ ସେଥିପାଇଁ ସେ ଦିନରାତି ଚୂଡା ଖାଇ ରହୁଥିଲେ । ବନବାସୀର ଜୀବନ ଠାରୁ ଆହୁରି କଠୋର ତପସ୍ୱୀର ଜୀବନ ଅତିବାହିତ କରୁଥିଲେ । ପିଲାମାନଙ୍କୁ ନିଜ ଗୋଡରେ ଠିଆ କରିବା ପାଇଁ ନିଜର ସୁଖ ସ୍ୱଚ୍ଛନ୍ଦକୁ ଜଳାଞ୍ଜଳି ଦେଇଥିଲେ । ନା ଭଲ ପିନ୍ଧୁ ଥିଲେ ନା ଖାଉଥିଲେ, ସତରେ ସେ ଗୋଟିଏ ମହାନ ପିତା ଭାବେ ନିଜକୁ ଯୋଗ୍ୟ କରି ପାରିଥିଲେ । ହଁ, ଏକଥା ସତ ଉମାକାନ୍ତ ବାବୁ ପ୍ରବଳ ରାଗିଥିଲେ, ହେଲେ ତାଙ୍କ ମନ ଭିତରେ କୋଉଠି ନା କୋଉଠି ସ୍ନେହର ମନ୍ଦାକିନୀ ଟିଏ ପ୍ରବାହିତ ହେଉଥିଲା ।

ପୁଣି, ଆଉଥରେ ପୁନରା ବୃତ୍ତି ହେଲା ସେହି ସ୍ୱପ୍ନର, ସେ ସ୍ୱପ୍ନ ଦେଖିଲେ ସନ୍ଧ୍ୟାକୁ ମାରି ଅଖାରେ ବାନ୍ଧି ଫୋପାଡି ଦେଇଛନ୍ତି । ଅତିକ୍ରାନ୍ତ ବୟସରେ ବି ସେ ସ୍ୱପନାରୁ ମୁକୁଳି ପାରି ନଥିଲେ, ସେହି ଚିନ୍ତାରେ ମଗ୍ନ ଥିଲେ ହଠାତ୍ ପୁଅ ଡାକିଲା ବାପା କ'ଣ ହେଲା । ପ୍ରକୃତିସ୍ଥ ହୋଇଗଲେ ଉମାକାନ୍ତ, ବାହାରି ପଡିଲେ ଖୋଜିବା ପାଇଁ । ଉମାକାନ୍ତ ବାବୁ ସ୍ୱପ୍ନରେ ରେଲୱେ ଷ୍ଟେସନ ପାଖରେ ଅଖା ଥୁଆ ହୋଇଥିବାର ଦେଖିବାରୁ ଓଡିଶାର ପ୍ରତ୍ୟେକଟି ଷ୍ଟେସନକୁ ତନ୍ନ ତନ୍ନ କରି ଖୋଜିଗଲେ, ହେଲେ ଏଥର ସେ ସତ୍ୟର ଲେଶ ମାତ୍ର ଚିହ୍ନ ପାଇ ପାରିଲେ ନାହିଁ । ଆଖିରେ ଥିଲା ତାଙ୍କର ଆଖିଏ ସ୍ୱପ୍ନ । ସ୍ୱପ୍ନ ଦେଖିବା ଆଗରୁ ସେ ଝିଅକୁ କହିଥିଲେ ସେ ବିଧବା ହୋଇ କଷ୍ଟ ପାଉଥିବ ଏଠି ଆସି ତା ଶେଷ ଜୀବନ କଟାଇବ", କିନ୍ତୁ ସ୍ୱପ୍ନ ସ୍ୱପ୍ନରେ ରହିଗଲା । ଖୋଜି ଖୋଜି ନିରାଶ ହୋଇ ସେ ଫେରି ଆସିଲେ, କିନ୍ତୁ ମନଟା ରହିଗଲା ସନ୍ଧ୍ୟା ପାଖରେ ।

ଉମାକାନ୍ତ ବାବୁ ତା' ପରଠୁ ଆଉ କେବେ ସ୍ୱପ୍ନ ଦେଖି ନାହାନ୍ତି । ଭଲ ପାଇବାର ଅନାମିକ ବନ୍ଧନ ଦୂରରେ ଥିଲେ ବି ବାନ୍ଧିଦେଇଥିଲା ଆଉ ପ୍ରତିଟି

ମୂହୁର୍ତ୍ତର ଖବର ଗୋଟିଏ ଆମ୍ଭାକୁ ଅବଗତ କରାଇ ଦେଉଥିଲା । ଧନ୍ୟ ସେ ଭଲପାଇବା, ଯେଉଁ ଭଲପାଇବାରେ ନ ଥିଲା ଆବିଳତା, କୁଭାବନା ବା କିଛି ପାଇବାର ଆଶା ନାହିଁ ବରଂ ମନର ଆଶକ୍ତି, ଲୋଭ, ଭଲପାଇବାକୁ ମନରେ ଚାପିଧରି ଜୀବନର ଶେଷ ପର୍ଯ୍ୟନ୍ତ ଉମାକାନ୍ତ ବାବୁ ନିଜର ଭଲପାଇବାକୁ ସାଇତି ରଖିଥିଲେ । ସନ୍ଧ୍ୟା ଯେ କେବଳ ଉମାକାନ୍ତ ବାବୁଙ୍କର ଏହା ଭଗବାନ ଦର୍ଶାଇ ଦେଲେ, ସେହି ଅମ୍ଳାନ ପ୍ରେମକୁ ଜୀବନର ଶେଷ ଯାଏଁ ଜାବୁଡି ଧରି ରଖିଥିଲେ ଆଉ ଉମାକାନ୍ତଙ୍କର ସ୍ୱପ୍ନ --- ।

■ ■

ରଙ୍ଗୀନ ଦୁନିଆଁ

ନାରୀ ଏପରି ଏକ ଶବ୍ଦ, ଯାହାକୁ ଶୁଣିଲେ ମନରେ ସ୍ୱତଃ ଭକ୍ତି ଆସେ କାରଣ ସେ ଜାୟା, ଜନନୀ, ଭଗିନୀ, ପୁରୁଷ ସହିତ ପାଦ ମିଳାଇ ଆଜି ଯିଏ ତା'ର ସମକକ୍ଷ ହୋଇପାରିଛି ସେ କେବଳ ପ୍ରକୃତି ସ୍ୱରୂପିଣୀ "ନାରୀ", ଅଥଚ ଏକବିଂଶତମ ଶତାବ୍ଦୀରେ ପାଦ ଦେଲା ବୋଲି ଯେ "ନାରୀ ଆଜି ନାରକୀ" ହୋଇଯିବ ଏ କଥା କ'ଣ ବିଶ୍ୱାସ ଯୋଗ୍ୟ ।

ମମତା'ର ପଣତ ତଳେ ପର ଆପଣାର ଭେଦା ଭେଦ ଭୁଲି ନାରୀଟିଏ ସମସ୍ତଙ୍କୁ ତା'ର ବୁକୁକୁ ଆଉଜାଇ ନିଏ । ମନତଳେ ଯେତେ ଦୁଃଖର ଲେଲିହାନ ଜଳୁଥିଲେ ମଧ୍ୟ ମାଆର ମମତା ଦେବାକୁ ସେ କେବେ ପଛଘୁଞ୍ଚା ଦିଏନାହିଁ, ଅଥଚ ସେହି ନାରୀ ମମତା'ର ଆଢୁଆଳରେ ତା'ର ମୃତ୍ୟୁର ଯମଦୂତ ସାଜି ପାରୁଛି କିପରି ? ବୀଣା ଓ ଶାଳିନୀ ଏକ ନିମ୍ନ ମଧ୍ୟବିତ୍ତ ପରିବାରରେ ଜନ୍ମ ହୋଇଥିଲେ ସତ, ହେଲେ ବ ସେମାନଙ୍କ ଅଳିଅର୍ଦ୍ଦଳୀକୁ ପୂରଣ କରିବା ପାଇଁ ପିତା ତାଙ୍କର ଯତ୍ ପରୋନାସ୍ତି ଚେଷ୍ଟା କରିଥିଲେ । ପରଘରେ କାମ କରି ଯାହା ଆଣୁଥିଲେ ସେଥିରେ ନିଜର ସକ୍ଷମତେ ସେମାନଙ୍କୁ ଭଲରେ ରଖିବାକୁ ଆପ୍ରାଣ ଚେଷ୍ଟା କରୁଥିଲେ । ହେଲେ ସମୟର ବିଡମ୍ବନା ଚାକଚକ୍ୟ ଦେଖି ଝିଅ ଦୁହେଁ ଏତେ ଅନୁପ୍ରାଣିତ ହୋଇଯାଇଥିଲେ ଯେ ବାପା ଙ୍କର ସ୍ୱଳ୍ପ ରୋଜଗାରରେ ସନ୍ତୁଷ୍ଟ ହୋଇପାରୁ ନ ଥିଲେ । ଅନ୍ୟକୁ ଦେଖି ନିଜକୁ ସେହିପରି ଭାବେ ଗଢି ତୋଳିବାର ନିଶା ସେମାନଙ୍କ ମୁଣ୍ଡରେ ସବାର ହୋଇଥିଲା, ଆଉ ସେମାନଙ୍କୁ ଏ ସବୁ କାମରେ ସାହାଯ୍ୟ କରୁଥିଲା ତା'ର ମାଆ । ସାଧାରଣତଃ କୁହାଯାଏ ପିଲାଟିର ପ୍ରଥମ ଶିକ୍ଷକ ହେଉଛି ମାଆ, ତେଣୁ ଶିକ୍ଷକ ଯେପରି ଶିକ୍ଷା ଦେବ ଛାତ୍ରଛାତ୍ରୀ ବି ସେପରି ଶିକ୍ଷା ଗ୍ରହଣ କରିବେ, ମାଆର କୁଶିକ୍ଷା ହେଉ ବା ସୁଶିକ୍ଷା ହେଉ ପିଲାଟିର ଅବଚେତନ ମନରେ ଖୁବ୍ ପ୍ରଭାବ ପକାଇ ଥାଏ । ସେହି କୁପ୍ରଭାବର ବଶବର୍ତ୍ତୀ ହୋଇ ପିଲା ଦୁଇଟି ଦିନକୁ ଦିନ ଖରାପ ହେବାରେ

ଲାଗିଲେ । ଆଜିକାଲିର ଫେସନ ଦୁନିଆଁ ସେଇମାନଙ୍କୁ ନିମନ୍ତ୍ରଣ କରେ ଯେଉଁ ମାନେ ଫେସନ ନାଁରେ ଅଧା ଫୁଙ୍ଗୁଳା ଦେହକୁ ଦେଖାଇ ପାରନ୍ତି କାରଣ ସମାଜରେ ସେମାନଙ୍କର ପ୍ରତିପତ୍ତି ଅଛି । ଆଜିକାଲିର ଚାକଚକ୍ୟ ଦୁନିଆଁରେ ସେମାନେ ହେଉଛନ୍ତି ଜଣେ ଜଣେ ମାର୍ଗଦର୍ଶୀ ପୂଜାପଣ୍ଡା, ତେଣୁ ସେମାନେ ବା ତାଙ୍କର ପୁଅ ଝିଅ ଯାହା କଲେ ବି ସେଗୁଡିକର ମର୍ଡ଼ର୍ଣ୍ଣ ଫେସନର ଅନ୍ତଃଭୁକ୍ତ । ଗୋଟିଏ ନିମ୍ନ ମଧ୍ୟବିତ୍ତ ପରିବାର ପାଇଁ ଏଗୁଡିକ ଚାହିଁବା ଅର୍ଥ ଏକ ଅଦେଖା କଳା ବାଦଲର ଭୟଙ୍କର ରୂପକୁ ନିମନ୍ତ୍ରଣ କରିବା ସହିତ ସମାନ । ଧୀରେ ଧୀରେ ଝିଅ ଦୁଇଟି ବଡ ହେଲେ, ପାଠ ଦି ଅକ୍ଷର ପଢିବା ପାଇଁ ବାପାଙ୍କର ଇଛା ଥିଲା ଏବଂ ସେ ଚେଷ୍ଟା ମଧ୍ୟ କରିଥିଲେ । ହେଲେ ଦୁଇ ଭଉଣୀ ଙ୍କର ସେ ଗୁଡିକରେ ଇଛା ନଥିଲା । ସେମାନେ କେବଳ ନିଜକୁ ସଜେଇ ଅନ୍ୟ ମାନଙ୍କୁ ଦେଖେଇ ହେବେ ଏହା ଥିଲା ସେମାନଙ୍କର ପ୍ରଥମ ଓ ପ୍ରଧାନ କାମ, ସମୟ ସହିତ ତାଳ ଦେଇ ସେମାନେ ବି ଧିରେଧିରେ ବଢିବାକୁ ଲାଗିଲେ । ବାଲ୍ୟ କୈଶୋର ଟପି ଯୌବନରେ ପାଦ ଦେଲେ, ଗରିବ ହେଉ କି ଧନୀ ସବୁ ପିତା ମାତା ଯୌବନ ପ୍ରାପ୍ତ ଝିଅ ମାନଙ୍କ ପାଇଁ ବରପାତ୍ର ଖୋଜିଥାନ୍ତି, ସେଥିରୁ ଏମାନଙ୍କ ବାପା ବା କିପରି ବାଦ ଯାଇଥାନ୍ତେ । ସେ ମଧ୍ୟ ଦୁଇଝିଅଙ୍କ ପାଇଁ ବରପାତ୍ର ଖୋଜୁଥିଲେ । ଦିନକୁ ଦିନ ବଢୁଥିବା ଝିଅ ମାନଙ୍କର ଉଦ୍ଧତାମିକୁ ପିଲାଳିଆମି ବୋଲି କ୍ଷମା କରି ଦେଉଥିଲେ, ଭାବୁଥିଲେ ବିବାହ ପରେ ସବୁଠିକ୍ ହୋଇଯିବ ।

ସମୟ ଆସିଲା ଘରେ ମଙ୍ଗଳମହୁରୀ ବାଜିଲା । ଶଙ୍ଖ ହୁଳହୁଳିରେ ପୁରି ଉଠିଲା ଘର । ନାଲି ଟୁକୁଟୁକୁ ସାଧବ ବୋହୁର ବେଶରେ ବେଶ୍ ସୁନ୍ଦର ଦିଶୁଥିଲା ବୀଣା; ହାତେ ଲମ୍ବର ଓଢଣା ଦେଇ ସାତଜନ୍ମ ପାଇଁ ସାଥୀ ହୋଇଥିବା ଏକ ଅଚିହ୍ନା ଯୁବକର ହାତଧରି ଏକ ନୂତନ ସଂସାର ଗଢିବା ପାଇଁ ଆଗେଇଗଲା । ନୂତନ ପରିବେଶ ଓ ନୂତନ ଲୋକ ମାନଙ୍କ ସହିତ ମିଶି ବେଶ କିଛିଦିନ ହସି ଉଠିଲା ତା'ର ସଂସାର । ବୀଣାର ସୌନ୍ଦର୍ଯ୍ୟକୁ ଅକ୍ଷୁର୍ଣ୍ଣ ରଖିବା ପାଇଁ ସ୍ୱମୀ ସବୁ ସବୁ ପ୍ରକାର ସଜାଉଥିଲେ ଏବଂ ଆହୁରି ଆକର୍ଷଣୀୟ କରିବା ପାଇଁ ଯତ୍ନ ମଧ୍ୟ ନେଉଥିଲେ । ବୀଣା ମଧ୍ୟ ଗୋଟିଏ ଗୁଲାମ – କି- ଟିକା ପାଇ ବେଶ୍ ଖୁସିଥିଲା, ହେଲେ ଧିରେଧିରେ ସବୁ ପୁରୁଣା ହେଲା । ନୂତନର ଆଦର ପୁରାତନରେ କମି କମି ଆସିଲା, ଏସବୁ କିନ୍ତୁ ବୀଣାକୁ ସୁହାଇ ନଥିଲା । ସେ ଏମିତି ଘିସାପିଟା ଜୀବନରେ ବିରକ୍ତ ହୋଇ ଯାଇଥିଲା, ଘରେ ଅଶାନ୍ତିର ବାତାବରଣ ସୃଷ୍ଟି ହେଲା । କଳହ ମାଡପିଟ କ୍ରମେ ଯୋରଦାର ହେଲା ।

ଫଳରେ, ସ୍ୱାମୀ ତା'ର ମଦ ପିଇବା ଆରମ୍ଭ କରିଦେଲା । ପୁରୁଷ ମାନଙ୍କ ପାଇଁ ମଦ ହେଉଛି ସମସ୍ତ ମାନସିକତାରୁ ମୁକ୍ତି । ସେଥିପାଇଁ ପେଟେ ମଦ ପିଇଦେଇ ଘରକୁ ଫେରିଲେ ସବୁ ଅଶାନ୍ତିର ପରି ସମାପ୍ତି ଘଟେ ବୋଲି ଘୃଣ୍ୟ ମାନସିକତା ନେଇ ପୁରୁଷ ବଞ୍ଚିଛି, ଶେଷରେ ବୀଣା ନିଜର ଶଶୁର ଘର ଛାଡି ବାପଘରକୁ ଚାଲିଆସିଲା ।

ଏହା ଭିତରେ ସାନଝିଅ ଶାଳିନୀର ମଧ୍ୟ ବିବାହ ସାରି ଦେଇଥାନ୍ତି ପିତା । ଦୁଇ ଝିଅଙ୍କୁ ବିଦା କରିସାରିବା ପରେ ପିତା ଟିକେ ଶାନ୍ତିରେ ନିଶ୍ୱାସ ମାରିଥିଲେ । ହେଲେ ତାଙ୍କର ସେ ଶାନ୍ତି ବେଶୀ ଦିନ ରହିପାରିଲା ନାହିଁ ବଡଝିଅ ଶଶୁର ଘରୁ ବିତାଡିତ ହୋଇ ଆସିଲା ପରେ ପିତା ତାଙ୍କର ଟିକେ ମାତ୍ରାରେ ଟହଲି ଯାଇଥିଲେ । ହେଲେ ସେ ଦିନ ସେ ପୁରା ଭାଙ୍ଗିଗଲେ ଯେଉଁ ଦିନ ସାନଝିଅ ବି ଶଶୁର ଘରୁ ତଡା ଖାଇ ବାପଘରେ ପହଞ୍ଚିଲା ସେହି ଧକ୍କାରେ ସେ କତରାଲଗା ହେଲେ ଯେ ଆଉ ଉଠିଲେ ନି, ଚାଲିଗଲେ ସେପାରିକୁ । ନଈର ବନ୍ଧ ଭାଙ୍ଗି ଗଲେ ସେ ଯେପରି ଫୁଲି ଉଠି ଉଶୃଙ୍ଖଳ ହୋଇଉଠେ ଠିକ୍ ସେହିପରି ଦୁଇଝିଅ ଓ ମା' ତିନି ଜଣ ମିଶି ସମସ୍ତ ସୀମାକୁ ଲଙ୍ଘନ କରି ସାରିଥିଲେ ।

ତାଙ୍କର ଚହଟ ଚିକ୍କ'ଣ ବ୍ୟବହାରକୁ ଆହୁରୀ ଫେସନବୁଲ କରିବା ପାଇଁ ଉପାୟ ବାଛିଲେ । ଚୋରି କରିବେ, ପକେଟମାର କରିବେ ଫଳରେ ତାଙ୍କ ପାଖକୁ ବହୁତ ପଇସା ଆସିବ । ଏଥିପାଇଁ କାର୍ଯ୍ୟନିର୍ଦ୍ଧିଷ୍ଟ ମଧ୍ୟ ପ୍ରସ୍ତୁତକଲେ । ପିତାର ମୃତ୍ୟୁ କନ୍ୟା ମାନଙ୍କ ଉପରେ କିଛି ବି ପ୍ରଭାବ ପକାଇ ପାରିଲେନି ଏମିତି କି ସ୍ୱାମୀର ମୃତ୍ୟୁକୁ ସହଜ ଭାବରେ ଗ୍ରହଣ ଲରିନେଲେ ଦୁଇ ଝିଅଙ୍କ ମାଆ । ପ୍ରଥମେ ପ୍ରଥମେ ଚୋରି କରି ଧରା ପଡିଲେ, ତେଣୁ ଚିନ୍ତାକଲେ ଆଉ କ'ଣ କରାଯିବ, ନାରୀ ପାଇଁ ମମତା'ର ମୂଲ୍ୟ ନାହିଁ, ସ୍ନେହ କାଙ୍ଗାଳୁଣୀ ନାରୀଟିଏ ପାଇଁ ନିଜର ପରର ବାଛ ବିଚାର ନଥାଏ, ଶିଶୁଟିର ଦରଟି ଅଧରରୁ ଗୁଲୁଗୁଲିଆ କଥା ଶୁଣିବାକୁ ତା' ମନ ଆକୁଳିତ ହୋଇ ଉଠେ, ତେଣୁ ଛୋଟ ଛୁଆଟିକୁ ଦେଖିଲେ ନାରୀ ମନରୁ ସ୍ୱତଃ ସ୍ନେହର ନିର୍ଝରିଣୀ ଝରେ, କିନ୍ତୁ ହାଏରେ ନାରୀ, ମନ୍ଥରା ପରି ନାରୀ ଚରିତ୍ର ପାଇଁ ଘୃଣିତ କୈକେୟୀ । ଠିକ ଯେପରି ମା ଓ ଦୁଇ ଝିଅ । ଆଧୁନିକ ସମାଜରେ ଉଗ୍ର ଆଧୁନିକ ହେବାପାଇଁ ସମାଜର ସବୁବାଧା ବନ୍ଧନକୁ ଛିଣ୍ଡାଇ ମୁକ୍ତ ଆକାଶ ବିହଙ୍ଗ ହୋଇ ଉଡି ବୁଲିଲେ ।

ଧନୀ ପୁଅମାନଙ୍କୁ ନିଜ ଆଡ଼କୁ ଆକର୍ଷିତ କରି ସେମାନଙ୍କ ଠାରୁ ପଇସା

ଝଡ଼ାଇବା ସେମାନଙ୍କର ଏକ ସୌକ ହୋଇଗଲା । ଭଲ ପାଇବାର ଛଳନାରେ ସୁନ୍ଦର ଚେହେରାରେ ମୁଗ୍ଧ ହୋଇ ଅନେକ ଫସିଗଲେ ତାଙ୍କ ପାଲରେ, ଯେମିତି ମୂଷାକୁ ଶୁଖୁଆ ଦେଇ ଯନ୍ତା ଭିତରେ ପଶିବା ପାଇଁ ଆମନ୍ତ୍ରଣ କରାଯାଏ, ବିଚରା ମୂଷାଟି ଜାଣିପାରେନି ଆଗରେ ଥିବା ଯନ୍ତା ଭିତରେ ଥରେ ପଶିଲେ ଆଉ ବାହାରି ହେବନି, କିନ୍ତୁ ଖାଇବା ଲୋଭରେ ପଡ଼ିଯାଏ ଯନ୍ତା ଭିତରେ । ସେହିପରି ଧନୀ ଯୁବକମାନେ ସୁନ୍ଦର ଚେହେରା ପଛରେ ଥିବା ଅସଲ ଚେହେରାଟିକୁ ଦେଖି ନପାରି ପଡିଯାଆନ୍ତି ସେମାନଙ୍କ ମାୟା ଜାଲରେ । ଯେତେବେଳେ ବୁଝନ୍ତି ସେତେବେଳେ ଅନେକ ଡେରି ହୋଇଯାଇଥାଏ । ଅନେକ ଯୁବକଙ୍କୁ ଏପରି କରିବା ଫଳରେ ଗାଁ ଲୋକ ମାନଙ୍କ ର ଆକ୍ରୋଶର ଶିକାର ହେଲେ । ମା' ଝିଅ ଏତେ ବଦନାମ ହେଲେ ଯେ ଶେଷରେ ପୋଲିସ ଷ୍ଟେସନରେ ବି ନାଁ ରହିଲା ।

ଗାଁ ଲୋକମାନେ ତାଙ୍କ ଗାଁରୁ ବାହାରି ଯିବାକୁ କଡା ଚେତାବନି ଦେଲେ । ସେମାନଙ୍କ ପାଇଁ ତାଙ୍କ ଗାଁ ର ବୋହୂ ଝିଅମାନେ ବଦନାମ ହେଉଛନ୍ତି ବୋଲି ଆରୋପ ଲଗାଇଲେ । କଥାରେ ଅଛି ଗାଁ ମେଳିକୁ ରାଜମେଳି ପାରିନି, ତେଣୁ ଏକଜୁଟ୍ ଗାଁ ଆଗରେ ବେଶୀ ସମୟ ମୁଣ୍ଡଟେକି ରହି ପାରିଲେନି ମା ଝିଅ ତିନିଜଣ । ଘର ଭିଟା ମାଟିକୁ ବିକି ଚାଲିଗଲେ ନୂଆଁ ସ୍ଥାନର ସନ୍ଧାନରେ ।

ଏକ ନୂଆଁ ଜାଗା ଦେଖି ରହିଲେ। ଯେଉଁଠାରେ ନଥିବ ପ୍ରତିବନ୍ଧକ ସଜେଇ ହେବାର ବାସନା,ବଡ ଲୋକିର କାମନା ଧନ୍ୟରେ ନାରୀ । ଯେଉଁ ଦେଶର ନାରୀ ସୀତା,ଶକୁନ୍ତଳା,ବୋଲି ପୁରାଣ ନିଜକୁ ଗର୍ବିତ ମନେ କରେ ଇତିହାସ ମଧ୍ୟ ଗର୍ବ କରେ ରାଣୀ ଲକ୍ଷ୍ମୀବାଇ,ପଦ୍ମିନୀ ଓ ରେଜିୟା ସୁଲତାନଙ୍କୁ ନେଇ ସେହି ଦେଶର ନାରୀ ବୀଣା ଓ ଶାଳିନୀ ନିଜକୁ ସଜେଇ ଯୌବନକୁ ବାନ୍ଧି ରଖିବାର ଆପ୍ରାଣ ପ୍ରୟାସ । ନାରୀ ଆଖିରେ ଯେତେବେଳେ ଟଙ୍କାର ମୋହ ଲାଗିଯାଏ, ସେତେବେଳେ ସେ ଅତି ତଳ ସ୍ତରକୁ ଓହ୍ଲାଇ ଯାଏ । ଭୁଲିଯାଏ ସମାଜର ବାଧା ବନ୍ଧନ, ପରମ୍ପରାକୁ ତା ଆଗରେ ଟଣା ହୋଇଥିବା ଲକ୍ଷ୍ମଣ ରେଖାକୁ ମଧ୍ୟ ଡେଇଁବାକୁ ଟିକିଏ ବି ପଶ୍ଚାତ ପଦ ହୁଏ ନାହିଁ ।

ତାହାହିଁ ଘଟିଲା ଏଇ ଦୁଇ ଭଉଣୀଙ୍କ କ୍ଷେତ୍ରରେ । ଧନର ଅନ୍ଧ ପୁଟୁଳି ଏପରି ବନ୍ଧା ହୋଇଥିଲା ଯେ ସେମାନେ ନିଜ ଦେହକୁ ବଜାରରେ ବିକିବାକୁ ମଧ୍ୟ ପଛେଇଲେ ନି, ଆଉ ଏସବୁ କାମରେ ତାଙ୍କ ହଁ ରେ ହଁ ମିଶାଉ ଥିଲେ ତାଙ୍କ ମଆ । ଧନ୍ୟରେ ଜନନୀ, ଜନନୀ କହିଲେ ସମସ୍ତ ମାତୃ ଜାତିକୁ ନିନ୍ଦା ହେବ

କାରଣ ଏଇ ଥିଲେ ମହାଭାରତର ସେହି ଶକୁନି ନିଜର ପ୍ରତିଶୋଧ ପୁରଣ ପାଇଁ ପଶା କାଠିର ସାହାଯ୍ୟରେ କୁରୁ କୁଳକୁ ଧ୍ୱଂସାରି ମୁଖ୍ କରାଇବାର ମୁଖ୍ୟ କାର୍ପରଦାର । ଦୁଇ ଝିଅ ଗରାଖକୁ ନେଇ ବିନା ସଙ୍କୋଚରେ ନିଜ ଦେହକୁ ପଣ୍ୟ କରି ଦେଉଥିଲେ । ଧିରେ ଧିରେ ଧନ ଦୌଲତ ବଢି ବାରେ ଲାଗିଲା, ଏପଟେ ସେମାନେ ଉଦ୍ଧତର ଶେଷ ସୀମାରେ ପହଞ୍ଚିଗଲେ।

ମାଆ ବୟସାଧିକ ହୋଇ ନାନା ରୋଗରେ ପିଡୀତ ହେଲେ, ତେଣୁ ସେ ସବୁବେଳେ ପିଲାମାନଙ୍କର ଉପସ୍ଥିତି ଚାହୁଁଥିଲେ । ଲୋକମାନେ ସନ୍ତାନ ସନ୍ତତି ଚାହାନ୍ତି କେବଳ ନିଜର ବାର୍ଦ୍ଧକ୍ୟ ବେଳେ ସେମାନଙ୍କ ତୁଣ୍ଡରେ ପାଣି ଟୋପାଏ ଦେବ। ତାଙ୍କର ସେବା ଯତ୍ନ କରିବ, ହେଲେ--- ବୀଣା ଆଉ ଶାଳିନୀଙ୍କୁ ତ ଫୁରୁସତ ଥିଲେ, ସେମାନେ ତ ରଙ୍ଗିନ ପ୍ରଜାପତି ପରି ଉଡି ବୁଲୁଥିଲେ ଗରାଖର ସନ୍ଧାନରେ । ମାଆ ବୁଢୀଟି ଘରେ ରୋଗ ଶଯ୍ୟାରେ ପଡି କେବଳ ମୃତ୍ୟୁକୁ ଅପେକ୍ଷା କରିଥିଲା, ଆଉ ଭାବୁଥିଲା ଏବଂ ଅନୁଭବ କରୁଥିଲା ସେ ସତରେ କେତେବଡ଼ ଭୁଲ କରିଦେଲା । ଅନ୍ଧ ଦୁନିଆଁର ଚାକଚକ୍ୟରେ ଏମିତି ଭାସିଗଲା ଯେ ନିଜେ ସ୍ୱାମୀଙ୍କୁ ଅବହେଳା କଲା ଓ ତାଙ୍କ ମୃତ୍ୟୁକୁ ବରଦାନ ବୋଲି ଭାବିଲା । ତତ୍ ସହିତ ପିଲା ଦୁଇଟିକୁ ମଧ୍ୟ ସେହି ନର୍କର ପଥକୁ ଭିଡିନେଇ ନର୍କ ପଥର ଯାତ୍ରୀ କରାଇଦେଲା । ଆଜି ଅନୁତାପର ଅଗ୍ନିରେ ନିଜେ ଜଳି ଯାଉଛି, ହେଲେ ବର୍ତ୍ତମାନ ନେଡି ଗୁଡ଼ ତ କହୁଣୀକୁ ବୋହି ସାରିଛି ପରିସ୍ଥିତି ଏତେ ଅଣାୟତ ହୋଇଯାଇଛି ଯେ ଆୟତ କରିବାକୁ ଚାହିଁଲେ ବି କରି ପାରିବ ନାହିଁ । ଏମିତି ଭାବି ଭାବି ଔଷଧ ଟିକକ ପାଇଁ ଡହଳ ବିକଳ ହୋଇ କତରାଲଗା ହୋଇଗଲା। କଥାରେ ଅଛି ସୁଖେ ଅର୍ଜିତ ଯେତେଧନ, ସେ ନୁହେଁ ଦୁଃଖେ ପ୍ରୟୋଜନ । ଦେହ ବିକି ଅର୍ଜନ କରିଥିବା ସୁଖ ସ୍ୱଚ୍ଛନ୍ଦ ବୁଢୀଟାକୁ ମରଣ ମୁହଁରୁ ଫେରାଇ ଆଣି ପାରିଲା ନାହିଁ,ସେ ଚାଲିଗଲା ଆରପାରିକୁ। ଦୁଇ ଭଉଣୀ ଆହୁରି ଖୁସି ହୋଇଗଲେ, ଯାହା ହେଉ ମାଆ ବୁଢୀଟା ଥିଲା ଯେ ସବୁବେଳେ ଭଲମନ୍ଦ କହୁଥିଲା, ମୁଣ୍ଡରେ ଗୋଟେ ବୋଝ ଥିଲା, ସେ ଯିବାରୁ ସେମାନେ ବୋଝରୁ ହାଲୁକା ହେଇଗଲେ । ନଈ, ନାଳ, ବଣ ପାହାଡ଼ ଡେଇଁ ଯେପରି ପକ୍ଷୀଟିଏ ତା'ର ଖାଦ୍ୟ ଅନ୍ୱେଷଣ ପାଇଁ ଉଡ଼ିବୁଲେ ଏ ଦୁଇ ଭଉଣୀ ମଧ୍ୟ ଉଡି ବୁଲିଲେ ନିଜ ଦେହର କ୍ଷୁଧା ମେଣ୍ଟାଇବା ସହ ଟଙ୍କା ରୋଜଗାର ପାଇଁ । ମଣିଷ ଜନ୍ମ ହୋଇଛି ମାନେ ପ୍ରକୃତିର ନିୟମ ମାନିବାକୁ ବାଧ । ପ୍ରକୃତି ତା'ର ନିୟମ ପ୍ରଣୟନ ପାଇଁ ଅଧିକାର ବା ସ୍ୱୀକୃତି ମାଗେ ନାହିଁ । ସେ ତା'ର ନିୟମକୁ ତୁମ ଉପରେ ଲାଗୁକରି ଦିଏ । ଠିକ ସେହିପରି ଧିରେ ଧିରେ ଯୌବନ ସରିବାକୁ

ବସିଲା, ତଥାପି ସେମାନଙ୍କ ମୁଣ୍ଡରେ ଚେତା ପଶିଲା ନାହିଁ ।

ହଠାତ ଦିନେ ଜଣାପଡିଲା ବୀଣା କର୍କଟ ରୋଗରେ ପିଡିତା । ତା' ମୁଣ୍ଡରେ ଚଡକ ପଡିଲା ସେ ନିଜକୁ ଯେତେ ସୁସ୍ଥ ବୋଲି ପରିଚୟ ଦେଲେ ବି କର୍କଟ ରୂପି ରାକ୍ଷାସ ତା'ର କବଳରେ ଧିରେ ଧିରେ କବଳିତ କଲା । ଡାକ୍ତର ମଧ ଚେତାବନି ଦେଲେ, ଏହା ରୋଗର ଶେଷ ଅବସ୍ଥା । କିଂ କର୍ତ୍ତବ୍ୟ ବିମୁଢ ପରି ଠିଆ ହୋଇ ରହିଲା ବୀଣା । ବୀଣାର ବାହାରକୁ ଯିବା ଆସିବା ଏକ ପ୍ରକାର ବନ୍ଧ ହୋଇଗଲା । ଯେଉଁ ସୁନ୍ଦରତାକୁ ନେଇ ଏତେ ଗର୍ବ କରୁଥିଲା ସେବି ସୁନ୍ଦରତାଧିରେ ଧିରେ କ୍ଷୟ ହେବାକୁ ଲାଗିଲା । ବିଭିନ୍ନ ଫେସନର ଡ୍ରେସ ପିନ୍ଧିବା, ସଜେଇ ହେବା ଯାହାର ସୌକ ଥିଲା ଆଜି ସିଏ ଦାରୁଭୁତ ମୁରାରୀ ପରି ଗୋଟିଏ ଜାଗାରେ ଉପବିତ । ଭଗବାନ ଦଣ୍ଡ ମଲା ପରେ ଦିଅନ୍ତି ନାହିଁ ସେ ତ ଦଣ୍ଡ ଏଇଠି ଏଇ ପୃଥିବୀ ଉପରେ ଦିଅନ୍ତି, ଯିଏ ଯେମିତି କର୍ମ କରିବ ସେ ସେହି ପ୍ରକାର ଶାସ୍ତିର ଭାଗିଦାର ବୋଲି ଭଗବାନ ବାରମ୍ବାର ଚେତାଇ ଦିଅନ୍ତି । ବୀଣା ରୋଗାଶଯ୍ୟାରେ ପଡି ଛଟପଟ ହେଉଥାଏ ଆଉ ସେପଟେ ଶାଳିନୀ ପୁରୁଷ ବନ୍ଧୁମାନଙ୍କ ସହ ସୁରା ସାକିରେ ମସଗୁଲ ଥାଏ । ବୀଣା ଶେଯରେ ପଡି ଛଟପଟ ହେଉଥାଏ, ତାଙ୍କର ଚିହ୍ନା ପରିଚିତ ବନ୍ଧୁମାନଙ୍କୁ ଫୋନ କଲେ ସେମାନେ ବିଭିନ୍ନ ଆଳ ଦେଖାଇ ରହିଯାଆନ୍ତି । କିନ୍ତୁ ଶାଳିନୀର ଏସବୁ ପ୍ରତି ନିଘା ନାହିଁ, ସେ ଆନନ୍ଦରେ ବିଭୋର ହୋଇ ସମୟକୁ ବାନ୍ଧି ରଖିବାକୁ ଚେଷ୍ଟା କରୁଥିଲା, ଦିନ ଦିନ ରାତି ରାତି ସେ ଘରକୁ ଆସେନି କି କେବେ ବି ତା ମନରେ ବୀଣା ପ୍ରତି ଭଲ ପାଇବା ବା ଚିନ୍ତା କରିବା ନଥିଲା । ସେ କେବଳ ନିଜକୁ ହିଁ ଚିହ୍ନିଥିଲା । ବୀଣା କେତେ ଯେ ରାତି ଏକୁଟିଆ ବିତାଉଛି ତା'ର ହିସାବ ନାହିଁ । ଔଷଧ ପାଇଁ ବାହାରକୁ ଯିବାର ଶକ୍ତି ନାହିଁ କି କାହାକୁ କହିବାର ମୁହଁ ନଥିଲା । ସମସ୍ତଙ୍କ ମୁହଁରେ ତ ଚୁନକାଳୀ ବୋଲିଛି, ସାହି ପଡିସା କାହା ସାଙ୍ଗରେ ସେ ମିଶେନି କି ଏମାନଙ୍କ କାମ ଯୋଗୁଁ ଏମାନଙ୍କ ସହ ମିଶିବାକୁ କାହାର ଇଛା ନାହିଁ, ସମସ୍ତେ ଘୃଣା କରନ୍ତି, ତାଙ୍କର କର୍ମ ପାଇଁ ।

ଆଉ ସେପଟେ ଶାଳିନୀ ବଡ଼ ଭଉଣୀ ବୀଣାର ଅନୁପସ୍ଥିତିରେ ସେ ନିଜକୁ ଅଧୀଶ୍ୱର ବୋଲି ମନେ କରୁଛି । ନିଜକୁ ରମ୍ଭା ଉର୍ବଶୀ ଠାରୁ କେଉଁ ଗୁଣରେ ନିଜକୁ କମ୍ ବୋଲି ଭାବୁ ନାହିଁ । ଧନ ଯେ ମଣିଷକୁ ମଣିଷତାର ଭୁଲେଇ ଦିଏ ଶାଳିନୀ ଠାରୁ ଯାଣିବାକୁ ପଡିବ । ଘରେ ରୋଗିଣୀ ଭଉଣୀ, ହେଲେ ତା କଥା ବୁଝିବା ପାଇଁ ତା ପାଖରେ ସମୟ ନାହିଁ ।

ଅନେକ ଦିନର ବ୍ୟବଧାନରେ ଶାଳିନୀ ଘରକୁ ଫେରିଥିଲା । ଘରସବୁ ଅସ୍ତବ୍ୟସ୍ତ ହୋଇ ପଡିଥିବାର ଦେଖି ବିରକ୍ତ ହେଲା ବୀଣା ଉପରେ । ବୀଣା ଘୋଷାରି ଓଟାରି ବିଛଣା ଉପରୁ ଉଠି କହିଲା ତୁ ଏମିତି ରାଗୁଛୁ କାହିଁକି ? ମୁଁ ତ ପାରୁନି ।

--- କାହିଁ ଯେଉଁମାନେ କାମ କରିବାକୁ ରହିଥିଲେ ସେମାନେ କୁଆଡେ ଗଲେ ? ବୋଲି ଶାଳିନୀ ପ୍ରଶ୍ନ କଲା ।

--- ନା, ସେମାନଙ୍କୁ ସମସ୍ତେ ମିଶି ଆସିବାକୁ ମନାକଲେ, ତେଣୁ ସେମାନେ ଆଉ ଆସୁ ନାହାନ୍ତି । ବୀଣା କହିଲା ।

ବୀଣାର ଉତ୍ତର ଶୁଣି କରି ଫଁ ଫଁ ହେଲା । ତା ହେଲେ ତୁ କରିଦେ । ହେଲେ ବୀଣା ତ ମୃତ୍ୟୁ ପଥର ଯାତ୍ରୀ । ସେ କହିଲା ମୁଁ ଆଉ ପାରୁନି, ତୁ କ'ଣ ମୋ' କଥା ଜାଣିନୁ, ମୁଁ ରୋଗିଣୀ, କ'ଣ କରି ପାରିବି ? ଜୀବନର ଚଲା ପଥରେ କେତେ ତୋତେ ସାହାଯ୍ୟ କରିଛି ସବୁ କ'ଣ ଭୁଲିଗଲୁ ! ନା ଭୁଲିବି କାହିଁକି, ତୋରି ପାଇଁ ମୋର ଏ ଅବସ୍ଥା କହିଲା ଶାଳିନୀ । ସଜେଇ ହେବା, ଦେଖେଇ ହେବାରେ ନିଜେ ମସଗୁଲ ରହି ମୋତେ ବି ସେ ପଙ୍କ ଭିତରକୁ ଭିଡ଼ିନେଲୁ । ଧିରେ ଧିରେ ମୁଁ ମଧ୍ୟ ଧସେଇ ଧସେଇ ସେହି ପଙ୍କ ଭିତରେ ପଶିଗଲି । ଆଉ ତା'ର ପରିଣତି କ'ଣ ହେଉଛି ତୁ ତ ଅନୁଭବ କରୁଥିବୁ । ଆଉ ସହିପାରିଲାନି ବୀଣା ଭୋ ଭୋ ହୋଇ କାନ୍ଦି ଉଠିଲା, ଆଉ କହିଲା ତୋର କ'ଣ ଇଚ୍ଛା ନଥିଲା ---। ହଁ ହଁ ମୋର ବି ଇଚ୍ଛା ଥିଲା ହେଲେ ବଡ଼ ଯେଉଁ ବାଟରେ ଯିବ ସାନ ବି ସେ ବାଟରେ ଯିବ ନା ତୋର ପୁରୁଷ ବନ୍ଧୁ ମାନେ ମୋ' ଉପରେ ନଜର ପକାଇଲେ, ପଇସାର ଲୋଭ ଦେଖାଇଲେ, ତେଣୁ ନାରୀ ଧର୍ମକୁ ଭୁଲି ମୁଁ ମଧ୍ୟ ସେହି କୁ ପଥର ବାଟୋଇ ହେଲି । ବୀଣା ହୃଦୟ ଖଣ୍ଡ ଖଣ୍ଡ ହେଇ ଯାଉଥିଲା । କ'ଣ ହେଲା ଜୀବନରେ ସେ କେତେବଡ଼ ଭୁଲ କଲା, ଆଉ ତା' ଭୁଲକୁ ପ୍ରଶୟ ଦେଲେ ତା'ର ମାଆ । ସେ ସେତେବେଳେ ଆକଟ କରିଥାନ୍ତେ ତେବେ ବୋଧହୁଏ ଆଜି ଏହା ଶୁଣିବାକୁ ପଡିନଥାନ୍ତା । ଆଉ ସହି ପାରିଲାନି ପେଟ ଭିତରେ କ୍ଷିପ୍ର ଗତିରେ ଏକ ଅଗ୍ନି ପିଣ୍ଡୁଳା ଯେପରି କ୍ରୁର ହୋଇ ଅଗ୍ନି ସ୍ଫୁଲିଙ୍ଗ ବର୍ଷା କରୁଛି, ଛଟପଟ ହୋଇ ଉଠିଲା ବୀଣା ଆଃ କହି ବସି ପଡ଼ିଲା ---।

ରାଗ ତମ ତମ ହୋଇ ଶାଳିନୀ ବାହାରିଗଲା ବାହାରକୁ ନିଜକୁ ଅପରୂପ

ବେଶରେ ସଜାଇ ନିଜ ପୁରୁଷ ବନ୍ଧୁଙ୍କ ସହ ଚାଲିଗଲା । ଥରେ ମାତ୍ର ବୀଣାକୁ ଆଶ୍ୱାସନା ଦେବା କି ତା ମୁଣ୍ଡକୁ ଆଉଁସି ଦେବା ଉଚିତ୍ ମନେ କଲା ନାହିଁ । ଗଲାବେଳେ କହିଦେଇ ଯାଇଛି ଫେରିବାକୁ ଡେରିହେବ । ତା'ର ବାଟକୁ ଶେଷଥର ପାଇଁ ଚାହିଁ ବସି ପଡ଼ିଲା ବୀଣା ।

ଏମିତି ୪/୫ ଦିନ ବିତିଗଲା । ବୀଣା ଦିନକୁ ଦିନ ଆହୁରି ଖରାପ ଆଡକୁ ଗତି କରୁଛି । ତଥାପି ନିଜକୁ ଘୋଷାରି ଘୋଷାରି ଯାହା ପାରୁଛି କରୁଛି । ମଣିଷ ତା'ର କର୍ମ ଘେନି ବନ୍ଧୁ ପାଇଥାଏ, ଯଦି ଭଲ କର୍ମ କରିଥାନ୍ତା ଆଜି ସମସ୍ତେ ତା' ପାଖରେ ଥାନ୍ତେ । ଆଜି ତା ସ୍ୱାମୀଙ୍କ କଥା ବେଶୀ ମନେ ପଡୁଛି, ହେଲେ ଦୁହିତା ଦୁଇ କୁଳକୁ ହିତା ପର' ସେ ତ ଦୁଇ ହାତରେ ତା'ର ସଂସାର ଭାଙ୍ଗି ଦେଇ ଆସିଛି । ଦୀର୍ଘ ଶ୍ୱାସ ଟିଏ ପକାଇବା ଛଡା ଆଉ ତା' ପାଖରେ କ'ଣ ଅଛି । ହଠାତ୍ ଜଣେ ଲୋକ ଆସି ଯେଉଁ ସମ୍ବାଦ ଦେଇଗଲା ତା'ର ପାଦତଳୁ ମାଟି ଖସିଗଲା । ଶାଳିନୀର ଆକ୍ସିଡେଣ୍ଟ ହୋଇ ଯାଇଛି, ଆଉ ସିଏ ବର୍ତ୍ତମାନ କୋମାରେ । କ'ଣ କରିବ ବୀଣା ସେ ତ ଯିବା ଭଳି ନୁହେଁ । ଆଉ ତା ପରେ ବୀଣା ଖଟକୁ ଆଉଜି ବସିଛି ଯେ ବସିଛି ସକାଳ ଯାଇ ସନ୍ଧ୍ୟା ହେଲା --

ଆଉ ସେପଟେ ଶାଳିନୀ କୋମାରେ, ତା ଚାରିପାଖର ଖବର ତା' ପାଖରେ ନାହିଁ।

ନିୟତିର ନିର୍ଦ୍ଦେଶ ଆଗରେ ଆମେ ବାକ୍ୟ ହିନ, କର୍ମହୀନ । ବୀଣା କର୍କଟ ରୋଗରେ ଶଯ୍ୟାଶାୟୀ, ଆଉ ସେପଟେ ଶାଳିନୀ କୋମାରେ କେବେ ଫେରିବ ସେ କଥାର ହିସାବ କାହା ପାଖରେ ନାହିଁ । ଦୁଇ ଭଉଣୀ କିପରି ନିଜକୁ ବଞ୍ଚାଇ ପାରିବେ ନା ହଜିଯିବେ କାଳର କରାଳ ସ୍ରୋତରେ ସେ କଥା ---।

■ ■

ଉର୍ମିଳା

ଅଯୋଧ୍ୟା ଆଜି ଶୋକ ସାଗରରେ ବୁଡି ଯାଇଛି । ରାତି ପାହିଥିଲେ ଯେଉଁ ରାମ ରାଜା ହୋଇଥାନ୍ତେ, ସେ ଆଜି ବନକୁ ଯିବେ । ପୁଣି ସାଥୀରେ ପତ୍ନୀ ଜନକ ନନ୍ଦିନୀ ସୀତା ଓ ସାନଭାଇ ସୁମିତ୍ରା ନନ୍ଦନ ଲକ୍ଷ୍ମଣ ବି ଯିବେ । ପିତା ଦଶରଥ ଦୁଃଖରେ ମ୍ରିୟମାଣ । ବେଳେବେଳେ ନିଜର ଲୋକମାନେ ହିଁ ବିପଦଗାମୀକରିଦିଅନ୍ତି ।କୈକେୟୀଙ୍କରକୁମନ୍ତ୍ରଣାରଶିକାରଆଜିସ୍ୱୟଂଦଶରଥ। ସୁନ୍ଦରୀ ବୋଲି ବେଶି ଭଲ ପାଉଥିଲେ ଦଶରଥ । ହେଲେ ହେଲା କ'ଣ ? ଯାହାକୁ ଅତି ନିଜର ବୋଲି ଭାବୁଥିବ ବେଳେବେଳେ ସେ ହିଁ ତୁମକୁ ବିପଦର ଗର୍ତ୍ତ ଭିତରକୁ ଠେଲି ଦେବ, ଯାହାକି ଆଉ କେବେ ଗର୍ତ୍ତରୁ ବାହାରି ପାରିବ ନାହିଁ ।

ପିତାଙ୍କ ବଚନ ରକ୍ଷା କରିବା ପାଇଁ ରାମ, ସୀତା ଓ ଲକ୍ଷ୍ମଣ ବାହାରି ଥାଆନ୍ତି । ଲକ୍ଷ୍ମଣ ୧୪ ବର୍ଷ ପାଇଁ ଉର୍ମିଳାଙ୍କଠାରୁ ବିଦାୟ ନେବାକୁ ଗଲେ, ହେଲେ ଉର୍ମିଳା -- । ସୀତାଙ୍କ ପରି ସେ ମଧ୍ୟ ପତିଙ୍କ ସହ ବନରେ ରହିବାକୁ ଇଚ୍ଛା କରନ୍ତି । ଲକ୍ଷ୍ମଣ ଜଣେ ଆଦର୍ଶ ପୁତ୍ର, ଭ୍ରାତା ଓ ପତି । ସେ ତେଣୁ ଉର୍ମିଳାଙ୍କୁ ବୁଝାଇ ଦେଇଛନ୍ତି । ସେ ବଣରେ ଭାଇ ଭାଉଜଙ୍କ ସେବା କରିବାକୁ ଯାଉଛନ୍ତି, ତେଣୁ ଯଦି ଉର୍ମିଳା ପତିବ୍ରତା ତେବେ ତାଙ୍କର ଆଜ୍ଞା ହେଲା ଆଖିରୁ ଲୁହ ପୋଛି ତିନି ମାତାଙ୍କର ସେବାରେ ବ୍ରତୀ ହୁଅ । ସ୍ତ୍ରୀ ପାଇଁ ସ୍ୱାମୀ ହିଁ ଦେବତା, ତାଙ୍କ ଆଜ୍ଞା ବିନା କୌଣସି କାମ କରିବା ଅନୁଚିତ । ତା' ପରେବି ଉର୍ମିଳାଙ୍କ ଆଖିରୁ ଧାର ଧାର ବୋହି ଯାଉଥିଲା । ଲକ୍ଷ୍ମଣ ଅତି ସ୍ନେହରେ ଲୁହ ଧାରକୁ ପୋଛି ଦେଇ କହିଲେ ଆରେ ପାଗେଳି ମା' ସୁମିତ୍ରା କ'ଣ କହିଲେ ଶୁଣି ପାରିଲ ନାହିଁ, ଭାଇ ଭାଉଜ ରାତିରେ ଶୋଇବା ସମୟରେ ମୁଁ ବାହାରେ ରହି ତାଙ୍କୁ ପହରା ଦେବି । ମୁଁ କେବେ ଶୋଇ ପାରିବି ନାହିଁ; ଯେଉଁ ପର୍ଯ୍ୟନ୍ତ ଭାଇ କି ଭାଉଜ ମୋତେ ଖାଦ୍ୟ ନ ଯାଚିଛନ୍ତି, ମୁଁ ସେପର୍ଯ୍ୟନ୍ତ ଖାଇପାରିବି ନାହିଁ । ତୁମେ କ'ଣ ଏତେ

କଷ୍ଟ ସହି ପାରିବ ?

ଉର୍ମିଳା ସ୍ୱାମୀଙ୍କୁ ଆଉ ବାଧ କରିପାରି ନଥିଲେ, ତାଙ୍କ ପାଦତଳେ ପ୍ରଣାମ କରି ତାଙ୍କ ପାଦଧୂଳି ନେଇ ସୀମନ୍ତରେ ଲଗାଇ ସ୍ୱାମୀଙ୍କୁ ବିଦାୟ ଦେଇଥିଲେ ।

ରାମାୟଣରେ ସବୁ ନାରୀ ଚରିତ୍ର ମଧ୍ୟରୁ ଉର୍ମିଳା ଏକ ବୈଶିଷ୍ଟ ଅଛି । ସତୀ ସ୍ୱାଧ୍ୱି ପତିବ୍ରତା ଭାବେ ସେ ନାମସ୍ୟା ।

ଉର୍ମିଳା ଭିତରେ ଭିତରେ ଭାଙ୍ଗି ପଡ଼ିଥିଲେ । ସୀତା ତାଙ୍କ ବଡ଼ ଭଉଣୀ, ତେଣୁ ତାଙ୍କୁ ବି ବିଦାୟ ଦେବାକୁ ହେବ ଏବଂ ଶେଷଥର ପାଇଁ ଦେଖା କରିବାର ସୁଯୋଗକୁ ହାତଛଡା କରିନଥିଲେ ଉର୍ମିଳା । ଉର୍ମିଳା ସୀତାଙ୍କ ପାଖରେ ପହଁଚିଲେ, ସେତେବେଳେ ସୀତା ସମସ୍ତ ରାଜ ଭୂଷଣ ତ୍ୟାଗ କରି ଋଷି ପତ୍ନୀ ବା ବନବାସୀର ବସ୍ତ୍ରରେ ଆଚ୍ଛାଦିତ ହୋଇଥାନ୍ତି, ଉର୍ମିଳାଙ୍କୁ ଦେଖି ପାଖକୁ ଡାକି ବସାଇଲେ । ଉର୍ମିଳାଙ୍କ ଆଖିରୁ ବୋହି ଯାଉଥାଏ ଅଶ୍ରୁର ଧାରା, ତାକୁ ପୋଛି କହିଲେ ମୁଁ ଜାଣେ ସବୁଠାରୁ କଷ୍ଟ ତତେ ହେଉଛି, ନବ ବିବାହିତ ପତ୍ନୀ ପାଖରୁ ସ୍ୱାମୀ ଯଦି ଚାଲିଯାଏ ତାକୁ କେତେ କଷ୍ଟ ହୁଏ ।

ଉର୍ମିଳା କହିଲେ -- ଦିଦି, ତାଙ୍କୁ ମୁଁ ମନ ପୁରାଇ ଦେଖିନି, ସ୍ୱାମୀ ବୋଲି ଭଲରେ ଚିହ୍ନିନି, ଆଉ ଆଜି ---। ସେଥିରେ ସ୍ୱାମୀଙ୍କର ନିର୍ଦ୍ଦେଶ ମାତାମାନଙ୍କର ଯତ୍ନ ନେବି, ନିଜର ଓ ଅନ୍ୟ ମାନଙ୍କର ଦେଖାଶୁଣା କରିବି । ତୁମେ କୁହ ଦିଦି ମୁଁ ଏକା ସାଙ୍ଗରେ ଏତେ କାମ କିପରି କରିବି ?

ଏହା ଶୁଣି ସୀତା ଟିକେ ହସିଦେଲେ, ତାପରେ ଉର୍ମିଳାଙ୍କ ମୁଣ୍ଡ ଉପରେ ହାତରଖି କହିଲେ "ତୋତେ ମୁଁ ଆଶ୍ରିବାଦ କରୁଛି କି ତୁ ଏକ ସାଙ୍ଗରେ ତିନୋଟି ଜାଗାରେ ତିନୋଟି କାମ କରିପାରିବୁ । ଯେଉଁ କାମ ଅନ୍ୟର ଉପକାର ପାଇଁ ହେବ ସେହି ସମୟରେ ମୋର ବର ତୋତେ ସାହାଯ୍ୟ କରିବ ।" ଉର୍ମିଳା ସୀତାଙ୍କ ପାଦତଳେ ପ୍ରଣାମ କରି ଅଶ୍ରୁଳ ନୟନରେ ସମସ୍ତଙ୍କୁ ଚଉଦ ବର୍ଷ ପାଇଁ ବିଦାୟ ଦେଲେ । ସେମିତି ରାଜ ପାସାଦର ରାଣୀ ଉଆସରେ ଠିଆ ହୋଇ ଚାହିଁ ରହିଥିଲେ । ଆଖିରୁ ଲୋତକର ଧାର ବୋହି ଯାଉଥାଏ । ମନେ ପଡି ଯାଉଥିଲା ଏଇ ଅଳ୍ପ ଦିନର କଥା ଯେଉଁ ମେହେନ୍ଦୀ ଏ ପର୍ଯ୍ୟନ୍ତ ଲିଭିନାହିଁ ---।

* * *

ମିଥିଳା ଆଜି ଉତ୍ସବ ମୁଖର । ଜ୍ୟେଷ୍ଠ ରାଜ କୁମାରୀ ସୀତାଙ୍କର ସ୍ୱୟମ୍ବର, ବିଭିନ୍ନ ଦେଶର ରାଜା ମହାରାଜା ମାନେ ଉପସ୍ଥିତ ହୋଇଛନ୍ତି, ଯିଏ ଶିବଧନୁ ଭାଙ୍ଗିବ ସେ ସୀତାଙ୍କୁ ବିବାହ କରିବ।

ଏ ଖବର ଋଷି ବିଶ୍ୱାମିତ୍ରଙ୍କ ପାଖରେ ପହଞ୍ଚିବା କ୍ଷଣି ତାଙ୍କ ପାଖରେ ଥିବା ଦଶରଥ କୁମର ରାମ ଓ ଲକ୍ଷଣଙ୍କୁ ସାଙ୍ଗରେ ଧରି ଜନକ ପୁରି ଆସିବାକୁ ଚିନ୍ତା କଲେ । ଅସୁରମାନଙ୍କ ଦୌରାତ୍ମ୍ୟରୁ ନିଜ ତପସ୍ୟା ଓ ଯଜ୍ଞାନୁଷ୍ଠାନ ବଞ୍ଚାଇବା ପାଇଁ ସେ ଦଶରଥଙ୍କୁ କହି ରାମ ଲକ୍ଷଣଙ୍କ ସାଙ୍ଗରେ ଆଣି ଥିଲେ । ଅସୁରମାନଙ୍କୁ ମାରି ବନଚାରୀ ଋଷିମାନଙ୍କୁ ଆସ୍ୱସ୍ତି ଦେଇଥିଲେ ରାମ ।

ବିଶ୍ୱାମିତ୍ରଙ୍କ ଆଜ୍ଞାରେ ରାମ ଲକ୍ଷ୍ମଣ ଜନକ ରାଜାଙ୍କ ପାଖକୁ ବାହାରିଲେ । ମିଥିଳାରେ ପ୍ରବେଶ ହୋଇ ବିଶ୍ୱାମିତ୍ରଙ୍କ ସହ ରାଜପ୍ରସାଦକୁ ଯିବା ବାଟରେ ଏକ ପୁଷ୍ପ ବାଟିକାରେ ସୀତା, ଉର୍ମିଳା, ମାଣ୍ଡବୀ ଓ ଶ୍ରୁତିରେଖା ଚାରି ଭଉଣୀ ତାଙ୍କ ସହଚରି ମାନଙ୍କ ସହ ପୁଷ୍ପ ତୋଳି ଗୌରୀ ମନ୍ଦିରକୁ ଗମନ କରୁଥିଲେ । ଏହି ସମୟରେ ରାମଙ୍କ ନଜର ସୀତାଙ୍କ ଉପରେ ପଡ଼ିଲା, ଚାରି ଚକ୍ଷୁର ମିଳନ ହେଲା । ପ୍ରେମର ପ୍ରଥମ ସଂକେତ ଆଖି, ଆଖିରେ ଆଖିରେ ହୃଦୟର କଥା ପ୍ରକଟିତ ହୁଏ, ତେଣେ ଉର୍ମିଳାଙ୍କ ନଜର ସୁନ୍ଦର ସୁଠାମ ଧନୁର୍ଦ୍ଧାରୀ ଲକ୍ଷ୍ମଣଙ୍କ ଉପରେ ପଡ଼ିଲା, ଲକ୍ଷ୍ମଣଙ୍କ ସୁନ୍ଦର ଚେହେରା, ସୁଠାମ ଶରୀର ଓ ସର୍ବଶ୍ରେଷ୍ଠ ବିଶ୍ୱାମିତ୍ରଙ୍କ ଶିଷ୍ୟ ଏହାପରେ ଉର୍ମିଳା ଲକ୍ଷ୍ମଣଙ୍କ ଉପରୁ ହଟାଇ ପାରିଲେନି । ମନେ ମନେ ପତି ଭାବେ ତାଙ୍କୁ ବରି ନେଇଥିଲେ ।

ରାମ ଓ ସୀତା ଏମିତି ହଜି ଯାଇଥିଲେ ପରସ୍ପର ଭିତରେ ଯେ ତାଙ୍କ ଚାରି ପାଖରେ କ'ଣ ଘଟୁଛି କିଏ ଅଛନ୍ତି ଭୁଲି ଯାଇଥିଲେ । ଲକ୍ଷ୍ମଣଙ୍କ ଡାକରେ ପ୍ରକୃତିସ୍ଥ ହୋଇ ମୁନିବରଙ୍କ ସହ ରାଜ ସଭାରେ ଉପସ୍ଥିତ ହେଲେ । ବିଶ୍ୱାମିତ୍ର ରାମ ଲକ୍ଷ୍ମଣଙ୍କ ପରିଚୟ ଜନକ ନରେଶଙ୍କୁ ପ୍ରଦାନ କରି ଆସନ ଗ୍ରହଣ କଲେ । ସ୍ୱୟମ୍ବର ଆରମ୍ଭ ହେଲା । ଜଣ ଜଣ କରି ସବୁ ରାଜା ମହାରାଜାମାନେ ପରାଜୟ ସ୍ୱୀକାର କରି ପଳାୟନ ପନ୍ଥି ହେଲାବେଳେ ବିଶ୍ୱାମିତ୍ରଙ୍କ ନିର୍ଦ୍ଦେଶରେ ଅଯୋଧ୍ୟାର ଦଶରଥ କୁମର ଶ୍ରୀରାମ ଗଲେ ଶିବଧନୁ ଭଙ୍ଗ କରିବା ଉଦ୍ଦେଶରେ ଏବଂ ଅକ୍ଳେଶରେ ଶିବଧନୁକୁ ଦୁଇ ଖଣ୍ଡ କରି ସୀତାଙ୍କ ବରଣ ମାଳାର ଯୋଗ୍ୟ ହେଲେ । ରାମଚନ୍ଦ୍ର, ଲକ୍ଷ୍ମଣ, ଭରତ, ଶତ୍ରୁଘ୍ନଙ୍କୁ ମିଥିଳା ୪ ରାଜ କୁମାରୀ ସୀତା, ଉର୍ମିଳା, ମାଣ୍ଡବି, ଶ୍ରୁତିରେଖା ବିବାହ କଲେ । ବରବଧୂ ସମସ୍ତେ ଅଯୋଧ୍ୟାକୁ

ଆସିଲେ ।

ଉର୍ମିଳାଙ୍କ ସ୍ୱପ୍ନ ସତ ହୋଇଥିଲା, ସେ ମନେ ମନେ ଯାହାକୁ ପତିରୂପେ ସ୍ୱୀକାର କରିଥିଲେ । ତାଙ୍କରି ବେକରେ ବରଣ ମାଳା ଗଳାଇ ଜୀବନର ଶେଷ ପର୍ଯ୍ୟନ୍ତ ତାଙ୍କ ପାଦତଳ ଦାସୀ ହୋଇ ରହିବେ ବୋଲି ଅଗ୍ନିକୁ ସାକ୍ଷୀ ରଖି ଶପଥ ନେଲେ । ହେଲେ ଆଜି ---ମାତା ସୁମିତ୍ରାଙ୍କ ଡାକରେ ପ୍ରକୃତିସ୍ଥ ହେଲେ ଉର୍ମିଳା ।

ସ୍ୱାମୀଙ୍କ ଆଜ୍ଞା ପାଳନ କରିବା ତାଙ୍କର କର୍ତ୍ତବ୍ୟ, ହେଲେ--- ମନ ଭିତରେ ତାଙ୍କର ଏକ ପ୍ରଶ୍ନବାଚୀ । ସ୍ୱାମୀ ଲକ୍ଷ୍ମଣ ଚଉଦ ବର୍ଷ ଅନିଦ୍ରା ରହିବେ କିପରି ? ଉର୍ମିଳା ସତୀ ସାଧ୍ୱୀ ଥିବାରୁ ତାଙ୍କ ସ୍ମରଣ ମାତ୍ରକେ ନିଦ୍ରାଦେବୀ ଆସି ଉପସ୍ଥିତ ହେଲେ । ଉର୍ମିଳା ସାଷ୍ଟାଙ୍ଗ ପ୍ରଣିପାତ କରି ଦେବୀଙ୍କୁ ନିବେଦନ କଲେ । "ସ୍ୱାମୀ ତାଙ୍କ କର୍ତ୍ତବ୍ୟରେ ଅବହେଳା ନ କରିବେ ସେଥିପାଇଁ ତାଙ୍କର ଚଉଦ ବର୍ଷର ନିଦ ତାଙ୍କୁ ଦିଆଯାଉ । ନିଦ୍ରା ଦେବୀ ଚିନ୍ତିତ ହୋଇ ପଡିଲେ କାରଣ ପୃଥିବୀରେ ବାସ କରୁଥିବା ପ୍ରତ୍ୟେକ ନିଦ୍ରାରେ ବଶୀଭୂତ ସେ ସଂସାର ନିୟମକୁ ଉଲଂଘନ କିପରି କରିବେ ?

ଉର୍ମିଳା ତାଙ୍କ ମନର ଅନ୍ତଃଦ୍ୱନ୍ଦ୍ୱରେ ଜାଣିପାରି କହିଲେ, "ଦେବୀ ମୋ' ସ୍ୱାମୀ ଯଦି ତାଙ୍କ କର୍ତ୍ତବ୍ୟ କରି ନ ପାରିବେ, ସେ ଲଜ୍ଜିତ ଲାଞ୍ଛିତ ହେବେ, ତେବେ ମୋ' ପରି ସ୍ତ୍ରୀ ବଞ୍ଚି ରହି ଲାଭ କ'ଣ ? ତେଣୁ ମୁଁ ମୋ' ଜୀବନ ବିସର୍ଜନ କରିବି । ଅନ୍ୟ ଉପାୟ କିଛି ନ ପାଇ ନିଦ୍ରାଦେବୀ ତାଙ୍କ ସର୍ତ୍ତରେ ରାଜି ହେଲେ କିନ୍ତୁ ସେ ମଧ୍ୟ ଗୋଟିଏ ସର୍ତ୍ତ ରଖିଲେ । ଲକ୍ଷ୍ମଣ ଯେଉଁ ଦିନ ଫେରି ଆସିବେ ଏବଂ ସେ ଉର୍ମିଳାଙ୍କ ନିଦ୍ରା ଭଙ୍ଗ କରିବେ ସେ ହିଁ ସେଠାରେ ଶୋଇ ରହିବେ । ନିଦ୍ରାଦେବୀଙ୍କ ସର୍ତ୍ତରେ ଉର୍ମିଳା ରାଜି ହେଲେ, ନିଦ୍ରାଦେବୀ ତଥାସ୍ତୁ କହି ସେଠାରୁ ଚାଲିଗଲେ । ସେହିଦିନ ଠାରୁ ଉର୍ମିଳା ନିଜ କକ୍ଷର ନିଦ୍ରା ଦେବୀଙ୍କ କୋଳରେ ଆଶ୍ରୟ ନେଲେ ।

ଉର୍ମିଳା ସତୀ ନାରୀଙ୍କ ମଧ୍ୟରୁ ଜଣେ । ସ୍ୱାମୀ ତାଙ୍କପାଇଁ ଦେବତା, ତେଣୁ ତାଙ୍କ କଥା ବା ସେ କେମିତି ଅମାନ୍ୟ କରି ପାରନ୍ତେ । ସ୍ୱାମୀଙ୍କର ବାର ବାର ନିର୍ଦ୍ଦେଶ ଥିଲା ମାତାମାନଙ୍କର ଯତ୍ନ ନେବା, ସେମାନେ ଯେମିତି କଷ୍ଟ ନ ପାଆନ୍ତି କିମ୍ବା ଦୁଃଖ ନ କରନ୍ତି, ତେଣୁ ଉର୍ମିଳା ତାଙ୍କ ଦାୟିତ୍ୱ ମଧ୍ୟ ଠିକ ଭାବରେ

ସମାପନ କରୁଥିଲେ । ସୀତା ଦେଇଥିବା ବର ଯୋଗୁଁ ସେ ଏକା ସଙ୍ଗରେ ତିନୋଟି ସ୍ଥାନରେ ତିନୋଟି କାମ କରିପାରିବେ । ମାତ୍ର କୌଶଲ୍ୟାଙ୍କର ସେ ଥିଲେ ସବୁଠୁ ଆପଣାର । ସେ କେବେ କୌଶଲ୍ୟା ମାତାଙ୍କୁ ଜଣାଇବାକୁ ଦେଇ ନାହାନ୍ତି ତାଙ୍କର ପୁତ୍ର ଓ ପୁତ୍ରବଧୂ ବନକୁ ଯାଇଛନ୍ତି ବୋଲି । ପ୍ରତିଟି ମୁହୂର୍ତ୍ତର ତଦାରଖ ସେ ରଖୁଥିଲେ । ଭଗବାନ ନାରୀକୁ ଏପରି ଭାବରେ ଗଢିଛନ୍ତି ସେ ତା'ର ସହନଶୀଳତା, ମଧୁରତା ସହନଶୀଳତା ଓ ସିଷ୍ଟାଚାର ବ୍ୟବହାର ଏ ଦୁନିଆକୁ ବଶ କରିପାରିବ । ଯେଉଁ ନାରୀ ତା'ର ଗୁଣ ଦ୍ୱାରା ଶତ୍ରୁକୁ ବି ଆପଣାର କରି ନ ପାରିଲା ତେବେ ତା'ର ନାରୀ ଜନ୍ମ ବୃଥା ।

ରାମାୟଣରେ ସମସ୍ତ ନାରୀ ଚରିତ୍ରକୁ ବିଶ୍ଳେଷଣ କଲେ । ଜାଣି ପାରିବ ତ୍ୟାଗର ପ୍ରତିମୂର୍ତ୍ତି ଉର୍ମିଳା, ସୀତା ନୁହେଁ । ସୀତା ତ ସ୍ୱାମୀଙ୍କ ସାଙ୍ଗରେ ରହିଲେ, ସମସ୍ତ ଦୁଃଖ ସୁଖରେ ସ୍ୱାମୀଙ୍କ ସହଚାର୍ଯ୍ୟ ପାଇଲେ । ହେଲେ ଉର୍ମିଳା ---! ସ୍ୱପ୍ନର ଭଣ୍ଡାର ନେଇ ସେ ବାପ ଘରୁ ଶାଶୁ ଘରକୁ ଆସିଥିଲେ, ସ୍ୱାମୀଙ୍କ ସହିତ ସହଭାଗି ହେବେ, ଭଲ ପାଇବାର ଫଲଗୁ ବୁହାଇ ସ୍ୱାମୀ ଓ ପରିବାରକୁ ନିଜର କରିବେ, ହସି ଉଠିବ ତାଙ୍କ ସଂସାର, ହେଲେ ନିୟତିର ବିଚାର ଅନ୍ୟପ୍ରକାର ଥିଲା । ମଥାର କୁଙ୍କୁମ ଟିପା, ପାଦର ଅଳତା,ହାତର ମେହେନ୍ଦି ନ ଲିଭୁଣୁ ସେ ସ୍ୱାମୀଠାରୁ ଅଲଗା ହେଲେ । ସ୍ୱାମୀର ଭଲପାଇବା ଆଗରୁ ସେ ବିରହ ଜ୍ୱାଳାରେ ଛଟପଟ ହେଲେ । ନିଜର ନିଃସଙ୍ଗତାକୁ ସେ ଗୁମୁରି ଗୁମୁରି ଝୁରୁଥିଲେ । ଶୟନ ଶଯ୍ୟାକୁ ଗଲାବେଳେ ଶଯ୍ୟାରେ ଥିବା ଫୁ-ଲଗୁଡ଼ିକ ମଧ୍ୟ ତାଙ୍କୁ ଉପହାସ କରୁଥିଲେ କ'ଣ କରିବେ ଏତେ ବଡ଼ ତ୍ୟାଗ ଯେଉଁ ନାରୀ ଦେଇ ପାରୁଛି ସେ ତ ନିଶ୍ଚୟ ମହିୟସୀ ।

ସ୍ୱାମୀ ଲକ୍ଷ୍ମଣ କିପରି ବନରେ ନିଜର ବଡଭାଇ ଭାଉଜଙ୍କ ସେବା ଠିକ ଭାବରେ କରିପାରିବେ ସେଥିପାଇଁ ଉର୍ମିଳା ଚିନ୍ତିତ ହୋଇ ଚଉଦ ବର୍ଷର ନିଦ୍ରାକୁ ସେ ଆପଣେଇ ନେଲେ । ସ୍ୱାମୀଙ୍କ କର୍ତ୍ତବ୍ୟ ବୋଧତା, କର୍ମଠତାକୁ ସେ ଭଲପାଇଥିଲେ । ତେଣୁ ଉର୍ମିଳା ଏକ ଅନନ୍ୟ ଚରିତ୍ର ଭାବେ ଗଣାହେବ । ସେ ଶାଶୁଘରେ ଗୋଟିଏ ଆଦର୍ଶ ନୀତିବାନ ବୋହୂ ଭାବରେ ଚିର ପରିଚିତ ।

ବର୍ତ୍ତମାନର ନାରୀମାନେ ରାମାୟାଣରୁ ଉର୍ମିଳାଙ୍କ ଚରିତ୍ରକୁ ବିଶ୍ଳେଷଣ କରି ଯଦି କାମରେ ଲଗାଇ ପାରନ୍ତେ ତେବେ ପ୍ରତ୍ୟେକ ଟି ନାରୀ ନିଜକୁ ଉପଯୁକ୍ତ ଭାବରେ ସମାଜ ଆଗରେ ନିଜକୁ ଗଢି ଚାଲନ୍ତେ । ଉର୍ମିଳା ଥିଲେ ଆଦର୍ଶ କନ୍ୟା,

ଆଦର୍ଶ ବୋହୂ ଓ ସର୍ବୋପରି ଆଦର୍ଶ ପତ୍ନୀ । ଆମ ପରମ୍ପରାର ଏକ ମାର୍ଗ ନିର୍ଦ୍ଦେଶିକା ।

■ ■

ଡିବିରି

ସଞ୍ଜ ନଇଁ ନଇଁ ଆସିଲାଣି, ସୂର୍ଯ୍ୟ ତାଙ୍କ ମଆ କୋଳକୁ ଯାଇସାରିଲେଣି ପକ୍ଷୀ ମାନେ କଳକଳ ହୋଇ ନିଜ ନୀଡ଼କୁ ଫେରିଲେଣି, ନଈ କୂଳରେ ଛୋଟିଆ ଗାଁଟିଏ । ଗାଁ ଶେଷ ମୁଣ୍ଡରେ ଗୋଟିଏ ନୁଆଁଣିଆ ଚାଳ ଘର, ସଭ୍ୟ ସମାଜ ଠାରୁ ବହୁ ଦୂରରେ ଥିଲା ପରି ଅନୁଭୂତି ହୁଏ । ଘର ଭିତରକୁ ପଶିଗଲା କୋକିଳ, ଆଉ ଦେଖିଲା ଚାରିଆଡ଼ ଅନ୍ଧାର, ପାଟିକରି ଉଠିଲା " ହଇଲୋ ଝୁନି, ଡିବିରିଟା ଟିକେ ଲଗେଇନୁ, ବୁଡ଼ିଗଲାଣି ।

ଘର ଭିତରୁ ଝୁନି ପାଟିକରି କହିଲା ଲଗାଉଛି ଲୋ ମା' କହି ଡିବିରିଟା ଧରି ପଦାକୁ ଆସିଲା । ସତେ ଯେମିତି ଏଇ ଅନ୍ଧକାରକୁ ଦୂର କରିବା ପାଇଁ ଡିବିରିର ଜନ୍ମ, ତା' ବିନା ଗରିବ ଘର ଯେପରି ଅନ୍ଧାର ସେ ହିଁ ତାଙ୍କ ପାଇଁ ସବୁ । ଛୋଟିଆ ଗାଁଟିଏ ହେଲେ ବି ଗାଁ ମଝିରେ ଭାଗବତ ଟୁଙ୍ଗିଟିଏ ଅଛି । ସନ୍ଧ୍ୟା ହେଲେ ଲଣ୍ଠନଟିଏ ଲଗାଇ ସେଠି ଭାଗବତ ଚର୍ଚ୍ଚାହୁଏ । ଗାଁରେ ମାଇପି ମରଦ ଜମା ହୁଅନ୍ତି ।

କୋକିଳ ବି ଯାଏ ଆଜି ତା' ଡିବିରେ କିରାସିନି ସରି ଯାଇଛି, କେମିତି ଯିବ ଭାବୁଛି, ଘରସାରା ଦରାଣ୍ଡିଲା ମାଟିତେଲ ଯେଉଁ ବୋତଲରେ ଥୁଆ ହୋଇଥିଲା । ସବୁଥିରୁ ନିଗାଡି କରି ଯେତିକି ବାହାରିଲା ସେତକ ଡିବିରିରେ ପକାଇ ଦିଆସିଲିଟିଏ ମାରି ସେ ଭାଗବତ ଟୁଙ୍ଗିକୁ ଗଲା ।

ଝୁନି ଦିନସାରା ଗାଁର ତୋଟା ଓଳେଇ ଯେତିକି ପତର ଗୋଟେଇ ଆଣିଥିଲା ତାକୁ ଚୁଲି ଜଳାଇ ଚାଉଳ ଦିଟା ଫୁଟାଇବା ପାଇଁ ଭାତ ହାଣ୍ଡିଟା ବସେଇଛି । ସେଇ ପତର ନିଆଁରେ ଯେତିକି ଆଲୁଅ ହେଉଛି, ଆଉତ ମାଟିତେଲ ନାହିଁ, ତେଣୁ ଡିବିରି ଲଗେଇବ କେମିତି । ଲିଭି ଯାଉଥିବା ପତରକୁ ଗୋଟିଏ କାଠିରେ ଠେଲି ଠେଲି ନିଆଁ ଜଳାଇ ଭାତପାଣି ଫୁଟାଇଛି ଦୌଡ଼ିଗଲା ଘର ଭିତରକୁ,- ଗୋଟିଏ ବେଲାରେ ଚାଉଳ ଆଣି ଧୋଇ ପକେଇ ଦେଲା । ପୁଣି ବସିପଡି ଚୁଲି

ଜାଳିବ । ରୋଷେଇଟା ହେଇଗଲେ ମାଆ ଆସି ଖାଇବ,ପୁଣି ସକାଳ ହେଲେ କାମକୁ ଯିବ । ଝୁନି ତା'ର ସେଇ ଅନ୍ଧାରରେ ସବୁ କାମ ସାରି ଚାହିଁ ରହିଛି ମାଆକୁ ଘର ପାଖ ବାରଣ୍ଡାକୁ ଦିଟା ଝାଟି ପୋତି ଆବୋରି ଦେଇ ୪ ଟା ଛେଳି ରଖିଛନ୍ତି, ସେମାନଙ୍କର ମେଁ ମେଁ ଶବ୍ଦ ସେହି ଅନ୍ଧାର ବୁକୁ ଚିରିଲା ଭଳି ଶୁଭୁଛି ।

ଭାଗବତ ସରିଲା, ହାଉଳେ ହାଉଳେ ପବନ ହେଉଛି । କୋକିଳ ଡିବିଟିକୁ ଧରି ପବନକୁ ଆଢୁଆଳ କରି ଘରକୁ ଫେରୁଛି । ପବନରେ ଡିବିରିର ଶିଖାଟି କେତେବେଳେ ହଲିଯାଉଛି ତ କେତେବେଳେ ଦିକିଦିକି ହୋଇ ଜଳୁଛି । କୋକିଳ ଭଗବାନଙ୍କ ନାମକୁ ଜପି ଜପି ଘର ମୁହାଁ ହେଉଛି, ମନରେ ଝୁନି ଚିନ୍ତା, ଘରେ ମାଟିତେଲ ନଥିଲା, ତା' ବାହାଘର ବେଳର ଡିବିରିଟା ଥୁଆ ହେଇଛି, ହେଲେ କ'ଣ ହେବ ? ସେହି ଡିବିରିଟା ପାଇଁ ତା' ବା' ପାଖରେ କାନ୍ଦି ଗଡି ଯାଇଥିଲା ବା' ତା'ର ଧାନ ଦି ଗଉଣୀ ବିକି ତା' ପାଇଁ କିଣି ଦେଇଥିଲା । ଆଉ ଯେତେବେଳେ ସେ ବାହା ହେଇ ଆଇଲା ତା' ବା' ସେଇ ଡିବିରିଟା ତାକୁ ଦେଇଥିଲା, ସେ ପେଡିରେ ପୁରାଇ ସାଇତିକି ରଖିଛି, ପିତଳ ଡିବିରିଟା ଦେଖିବାକୁ ଭାରି ସୁନ୍ଦର । ଏମିତି ଭାବି ଭାବି ଘରେ ପହଞ୍ଚି ଗଲା । ହଠାତ କେଉଁଠି ପବନଟା ଥିଲା ଡିବିରିଟା ଲିଭିଗଲା । ଅଣ୍ଡାଳି ଅଣ୍ଡାଳି ଘର ଭିତରେ ପଶିଗଲା କୋକିଳ । ଝୁନି ଝୁନି ବୋଲି ପାଟି କରି ଫଟେଇ ଦେଲା, ଆଉ ତା' ସାଙ୍ଗକୁ ଛେଳି ପଲଙ୍କ ମେଁ ମେଁ ଡାକ ମିଶିଯାଉଥାଏ ।

ହେଁସଟିଏ ପକେଇ ଗଡି ପଡିଥିଲା ଝୁନି, ଉଠିପଡ଼ି ମାଚିସ ପେଡାକୁ ଖୋଜି ଖୋଜି ଚୁଲି ମୁଣ୍ଡରୁ ପାଇଲା ନାହିଁ, ମାଆ ହାତରୁ ଡିବିରିଟା ନେଇ ସେ ଲଗେଇ ଦେଲା ତେଲ ସରି ସରି ଆସୁଥାଏ । ଡିବିରିର ଶିଖାଟି ଧିରେ ଧିରେ ଛୋଟ ଛୋଟ ହୋଇ ଯାଉଥାଏ । ଏ ମାଆ ଚାଲ ଖାଇଦେବା, ଡିବିରିଟା ଲିଭିଯିବ କହି ଝୁନି ଚୁଲି ମୁଣ୍ଡକୁ ଯାଇ ଦି'ଟା ଥାଳିରେ ଭାତ ଆଉ ସଂତୁଳା ବାଢି ଆଣିଲା । ମାଆ ଝିଅଙ୍କର ଖାଇବା ସରିବା ବେଳକୁ ଡିବିରିଟା ବି ଲିଭି ଲିଭି ଆସୁଥାଏ । ଅଇଁଠା ଉଠେଇ ଲୁଣ୍ଡା ମାରି ହେଁସ ଉପରେ ଶୋଇଗଲେ ମାଆ ଝିଅ ।

ଆଉ ତେଣେ ଡିବିରିଟା ବି ଦିକିଦିକି ହୋଇ ଲିଭିଗଲା, ସତେ ଯେମିତି ସେ ସଂକେତ ପାଇଲା ସେମାନେ ସୋଇଗଲେଣି । ତୁ ଚାହୁଁଚୁ କାହିଁକି, ତୁ ବି ଶୋଇଯା, ଡିବିରି ବି ଶୋଇଗଲା ।

ବାଡ଼ି ପଟ ସଜନା ଗଛରେ ବସି କାଉଟା କା କା ରାବ ଦେଲା । ସିନ୍ଦୂରା ଫାଟିଲା, ମାଆ କୋଳରୁ ସୂର୍ଯ୍ୟ ଉଠି ତାଙ୍କ ସ୍ଥାନକୁ ଆସିବାକୁ ପ୍ରସ୍ତୁତ ହେଲେଣି । ସୂର୍ଯ୍ୟଙ୍କ ବାଳ କିରଣର ଆଭା ପଡିବା କ୍ଷଣି ଛେଳି ଗୁଡିକ ମେଁ ମେଁ ଶବ୍ଦ କଲେଣି । ପକ୍ଷୀ ଗୁଡିକ କିଚିରି ମିଚିରି ହୋଇ ଖାଦ୍ୟ ଅନ୍ୱେଷଣ ପାଇଁ ପ୍ରସ୍ତୁତ ହେଲେଣି, ହଠାତ ନିଦ ଭାଙ୍ଗି ଗଲା କୋକିଳର, ଅଳସ ଭାଙ୍ଗି ବାହାରକୁ ଆସି ଦେଖେତ ଅଗଣାରେ ଖରା ପଡ଼ିଲାଣି । ଦଉଡିଯାଇ ଘର ଭିତରକୁ ଝିଅକୁ ଗୋଇଠାଟା ପକାଇ ଉଠେଇ କହିଲେ ଏତବେଳ ହେଲାଣି ନିଦ ଭାଙ୍ଗୁନାହିଁ । ଯା' ବାସି ପାଇଟି ସାରିବୁ । ଇଚ୍ଛା ନଥିଲେବି ଚୁଲିରୁ ପାଉଁଶ କାଢି ଲିପି, ବାଡ଼ି ଖରକେଇବାକୁ ଗଲା । ରାତିରେ ଥୁଆ ହୋଇଥିବା ବାସି ବାସନକୁ କୁଣ୍ଡ ମୂଳରେ ଥୋଇ ଦାଣ୍ଡ କୂଅକୁ ପାଣି ଆଣିବାକୁ ଗଲା । ପାଣି ଆଣିସାରି ବାସନ ମାଜି ରୋଷେଇ କରିବା ପାଇଁ ତୋଟାକୁ ଯିବା ବେଳେ ସାଥୀରେ ଛେଳିଙ୍କୁ ନେଇଗଲା ।

କୋକିଳ ସକାଳୁ ବାହାରି ପଡେ କାମକୁ ବିଭିନ୍ନ ଜାଗାରେ କାମ କରି ଯାହା ପାଏ ସେଥିରେ ଦୁଇପ୍ରାଣୀ ଚଳି ଯାଆନ୍ତି । ବାତ୍ୟା ଯୋଗୁଁ ଘରଛପର ଉଡିଯାଇଛି କାମ ନାହିଁ, ସକାଳୁ ବୁଲି ବୁଲି ଆସିଲାଣି ହେଲେ କାମ ନାହିଁ । ହଁ ଡାକ ବାଜି ଯନ୍ତ୍ର ବୁଲି ବୁଲି କହୁଥିଲା ଚାଉଳ, ପଲଥିନି, ଟଙ୍କା ମିଳିବ ବୋଲି, କେଜାଣି କେବେ ମିଳିବ ? ଘର ଭିତରକୁ ଯାଇ ମାଠିଆରୁ ପେଟେ ପାଣି ପିଇ କ'ଣ ଦିଟା ଫୁଟାଇବା ପାଇଁ ଭାବିଲା । ଝିଅଟା ଯାଇଛି ଯେ ଆସିନି ପିଲା ଲୋକଟା କେତେ କରିବ । ଭାତ ବସେଇବା ପାଇଁ ଠେକିକୁ ଅଣ୍ଡାଳିଲା ବେଳକୁ ଚାଉଳ ନାହିଁ । କ'ଣ କରିବ ଭାବି ପାରିଲାନି, ଦଉଡିଗଲା ଘର ଭିତରକୁ, ପେଢୀରେ ଥୁଆ ହୋଇଥିବା ଡିବିରିକୁ ବାହାର କରି ଗାଁ ସାହୁକାର ପାଖକୁ ଯିବାକୁ ବାହାରିଲା । ଡିବିରିଟିକୁ ଦେଖୁ ଦେଖୁ ଆଖିରୁ ଲୁହ ବୋହିଗଲା । କେତେ ଯତ୍ନରେ ବାହାଘରର ସନ୍ତକକୁ ସାଇତି ରଖିଥିଲା । ଡିବିରି ଦେଖିଲେ ଝୁନି ବାପାଙ୍କ କଥା ମନେପଡେ ।

ହଟ୍ଟା କଟା କଳା ମଚମଚ ଲୋକଟାଏ ହାତଦିଟା ତା'ର ପୁରିଲା ପୁରିଲା ଥିଲା, ଗୋଟେ ଦିନରେ ଏକରେ ବିଲରେ ଧାନ ରୋଇ ଦେଉଥିଲା । ଯେତେବେଳେ ନେତେରା କାମରେ ଲାଗିଥାଏ ତାକୁ ଭୋକ ଶୋଷ ଲାଗେନି, କୋକିଳ ଭାତ ନେଇ ବିଲ ମୁଣ୍ଡକୁ ଯାଇ ଡାକ ପକାଏ ଖାଇବା ପାଇଁ, ଆଉ ନେତେରା ଆସିଲେ ନିଜ କାନିରେ ତା'ର ବୋହି ଯାଉଥିବା ଝାଳକୁ ପୋଛି

ଦେଇ ଖାଇବା ପାଇଁ ଥୋଇ ଦିଏ ନେଇଥିବା ଖାଦ୍ୟ । ଖାଇସାରି ନେଡେରା ପଶି ଯାଏ ବିଲ ଭିତରେ ଆଉ କୋକିଳ ଫେରିଆସେ ଘରକୁ । ବାହାଘର ଦି ବରଷ ପରେ ଝୁନିର ଜନମ, କେତେ ଅଳି କରୁଥିଲା ବାପା ପାଖରେ । ନେଡେରା ଭଲ କାମ କରେ ବୋଲି ତା'ର ବଡ଼ ଖାଦି ଥାଏ । ସକାଳ ହେଲା ବେଳକୁ ଲୋକଙ୍କର ପାରୁଆନା ଆସିଯାଏ । ମାଟିର ପୁଅ ସେ ମାଟି ସଙ୍ଗେ ମାଟି ହୋଇ ଖଟିବାରେ ତା'ର ଆନନ୍ଦ ।

ସବୁଦିନ ପରି ସେ ଦିନ ବି ସକାଳୁ ପଖାଳ କଂସାଏ ଖାଇଦେଇ କାମକୁ ବାହାରି ପଡିଲା । ମୁଣ୍ଡରେ ଠେକ ବାନ୍ଧିବା ପାଇଁ ଘର ଭିତରକୁ ଗାମୁଛାଟେ ଆଣି ଆସିଲା ବେଳକୁ ତା ଗୋଡ଼ରେ ବାଜି ଡିବିରିଟା ପଡିଗଲା । ଡିବିରି ଭିତରେ ଥିବା ଯେତେ ମାଟି ତେଲ ବୋହିଗଲା, ଡିବିରିଟା ଉଠାଇ ଥୋଇଲା ନେଡେରା ଆଉ ଗର ଗର ହୋଇ କୋକିଳକୁ କେତେକଥା ଶୁଣାଇ ଦେଲା । କୋକିଳ ସବୁ ଗାଳି ଶୁଣିକି ବି ନେଡେରାକୁ ଅନୁନୟ କଲା କାମକୁ ନ ଯିବା ପାଇଁ । କୋକିଳ କହୁଥାଏ, ଡିବିରିକୁ ଝୁଣ୍ଟିଲ, ତେଲ ତକ ଅଜାଡ଼ି ହେଲା, କାହିଁ ମୋ' ମନକୁ ପାପ ଛୁଉଁଛି,ଆଜି କାମକୁ ଯାଅନି ।"

ହେଲେ ନେଡେରା ବାଜେ କଥା କହି ଘରୁ ଗୋଡ଼ କାଢି ଚାଲିଗଲା । ଯେ ---। କୋକିଳ ଦ୍ୱିପହରରେ ଖାଇବାକୁ ନେଇ ବିଲ ମୁଣ୍ଡକୁ ଯାଇଥିଲା । ହସ ଖୁସିରେ ନେଡେରା ଖାଇଲା । ସେଠି ବି କୋକିଳ ନେଡେରାକୁ ବାଧ କରିଥିଲା । ଚାଲ ଘରକୁ ଯିବା କାଲି ଆସିଲେ କରିବ; ହେଲେ ଅବୁଝା ଲୋକକୁ ବୁଝାଇବା କିଏ?, ତା'ର କାମ ଭଲ ତ ସିଏ ଭଲ । କୋକିଳ ନିରାଶ ହୋଇ ଫେରି ଆସିଲା । କୋକିଳ ଘରେ ପାଦ ଦେଇଛି କି ନାହିଁ କୁଆଡେ ଥିଲା ମେଘ ପବନ ମାଡି ଆସିଲା । ଆକାଶରେ ଘଡ଼ ଘଡି ବିଜୁଳି ସତେ ଯେମିତି ପୃଥିବୀ ଏବେ ଧ୍ୱଂସ ହୋଇଯିବ । କୋକିଳ ଛୁଆଟାକୁ କୋଳରେ ପୁରାଇ ଭଗବାନଙ୍କୁ ଡାକୁଥାଏ । କେମିତି ନେଡେରା ଭଲରେ ଭଲରେ ଘରକୁ ଫେରି ଆସିବ । ମେଘ ପବନ ଯେମିତି ଆସିଥିଲା ସେମିତି ତା ବାଟରେ ଚାଲିଗଲା ହେଲେ ପୃଥିବୀ ବକ୍ଷରେ ଛାଡ଼ିଗଲା ତା' ସ୍ୱାକ୍ଷର । ଯେଉଁ ସ୍ୱାକ୍ଷର କି କେତେ ଘର ଉଜାଡ଼ି ଦେଲା ତେଲ ଲୁଣର ସଂସାର ଅଦିନିଆ ଝଡ଼ ହୋଇ ପଶି ଲିଭେଇ ଦେଲା ସେ ସଂସାରର ଆଶାର ପ୍ରଦୀପକୁ ।

ବର୍ଷା ପବନ ଛାଡ଼ିଗଲା, ଆକାଶରେ ପୂର୍ଣ୍ଣମୀର ଜହ୍ନଟା ଦାଉ ଦାଉ ହୋଇ

ଜଳୁଛି । ସତେ ଯେମିତି ସେ କହୁଛି ଅଶାନ୍ତ ଥମି ଗଲାଣି ତୁମେ ଚାଲିଆସ । ମୋର ଶୀତଳ ଜ୍ୟୋତ୍ସ୍ନାରେ ନାରେ ନିଜକୁ ଶାନ୍ତ କରିଦିଅ, ହେଲେ କୋକିଳର ମନ ଅସ୍ଥିର ହେଉଛି, ଘରୁ ବାହାର, ବାହାରରୁ ଘର କେବଳ ହେଉଛି । ମନଟା ତା'ର ପାପ ଛୁଉଁଛି, ମେଘ ଛାଡିବାର ଅନେକ ସମୟ ହେଲାଣି, ହେଲେ ନେତେରାର ଦେଖା ନାହିଁ । ଯାହାକୁ ସାହାଯ୍ୟ ପାଇଁ କହିଲା ସମସ୍ତେ କହିଲେ ଅପେକ୍ଷା କର ଆସିଯିବ । ହେଲେ ଅପେକ୍ଷାର ଗୋଟେ ସମୟ ଥାଏ, ତଥାପି କୋକିଳ ଡିବିରିଟାକୁ ଲଗାଇ ଦେଇ ଛୁଆଟାକୁ ଗୋଟେ ସ୍ତନରୁ ଝୁଣିବାକୁ ଦେଇ ସେ ଏକ ଲୟରେ ଚାହିଁ ବସିଛି ନେତେରାର ଫେରିବା ବାଟକୁ । ଗାଁ ଦେଇ ଯାଇଥିବା ସରୁ ହିଡ କଟା ବାଟକୁ ଚାହିଁ ବସିଛି । ରାତି ବଢି ଚାଲିଛି, ଡିବିରିଟା ସତେ ଯେମିତି ଶିଖା ଟେକି ନେତେନାର ବାଟକୁ ଚାହିଁଛି । ଗାଁ ତୋଟାରୁ ବିଲୁଆର ହୁକେ ହୋ ଶବ୍ଦ ସାଙ୍ଗକୁ ଝିଙ୍କାରୀର ଝିଁ ଝିଁ ଶବ୍ଦ ରାତିକୁ ଆହୁରି ଭୟଙ୍କର କରି ଦଉଛି । ଗାଁ ତୋଟା ଗଛ ଗୁଡିକରୁ ନିଶବ୍ଦ ରାତିରେ ବିଭିନ୍ନ ପ୍ରକାର ଶବ୍ଦ ଗୁଞ୍ଜୁରୀ ଉଠୁଛି, ହେଲେ ଆଜି କୋକିଳର ଛାତି ଡରରେ ଉଠ ପଡ ହେଉନି, ତା'ର ମନ ଆଖି ସବୁ ତ ଜଣଙ୍କ ବାଟକୁ ଚାହିଁଛି ।

ଡିବିରିରୁ ମଧ୍ୟ ତେଲ ସରି ସରି ଆସିଲାଣି ଛୁଆଟା ଗୋଟେ ପଟ ଝୁଣି ସାରିବା ପରେ କୋକିଳ ଆର ସ୍ତନକୁ ଧରେଇ ଦେଇଛି ଛୁଆଟା ଝୁଣି ଝୁଣି ଶୋଇ ପଡିବ ବୋଲି । ଡିବିରିର ଲିଭିବା ସମୟ ଆସି ଗଲାଣି, ହେଲେ ଡିବିରିଟା କୋକିଳର ଚିର ସାଥୀ, ତେଣୁ ନିଜକୁ ନିଜେ ଭିଡି ଓଟାରି ହୋଇ ଆଉ କିଛି ସମୟ ଜଳିବା ପାଇଁ ପ୍ରଚେଷ୍ଟାରତ । ଡିବିରିଟାର ବି ତ କିଛି କର୍ତ୍ତବ୍ୟ ଅଛି, ସେ ମଣିଷ ମାନଙ୍କ ପରି ଏତେ ବେଇମାନ ନୁହେଁ । ଯିଏ ତାକୁ ଏତେ ଭଲ ପାଉଛି ସନ୍ଧ୍ୟା ହେଲେ ତା' ପେଟରେ ଆହାର ଟିକକ ପକାଉଛି, ତାକୁ ସେ ଶେଷ ନିଶ୍ୱାସ ଯାଏଁ ସେବା କରୁଥିବ । ଡିବିରିର ସଳିତାଟା ବି ଧିରେ ଧିରେ ଜଳି ଜଳି ଲିଭିବାର ଉପକ୍ରମ କଲା । ଚାରିଆଡେ ଅନ୍ଧାର, ମଶାମାନଙ୍କର ଗୁଣୁ ଗୁଣୁ ଶବ୍ଦ ବି ଏକ ଅସ୍ୱାଭିବିକ ବାତାବରଣ ସୃଷ୍ଟି କରୁଛି । ଛୁଆଟା ଝୁଣି ସାରି କେତେବେଳୁ ଶୋଇ ଗଲାଣି । ହେଁସଟେ ପାଖରେ ପକେଇ ଦେଇ ଦିଖଣ୍ଡ ପିନ୍ଧା ଲୁଗା ଭାଙ୍ଗି ପକେଇ ଦେଇ ତା' ଉପରେ ଛୁଆଟାକୁ ଶୁଆଇ ଦେଲା । ଆଉ କୋକିଳ ନିଜ ପଣତ କାନିଟାକୁ ଛୁଆଟିକୁ ଘୋଡେଇ ଦେଇ ହାତ ହଲେଇ ମଶା ଉଡେଇ ବାରେ ଚେଷ୍ଟା କରୁଥାଏ । କ'ଣ କରିବ ସେ? ଗୋଟେ ପଟେ ମାଆ ଓ ଅନ୍ୟ ପଟେ ଜଣେ ପତ୍ନୀ ଦୁଇଜଣଙ୍କୁ ସମାନ ଅଧିକାର ମିଳିବା ଜରୁରୀ । ଦୁଆର ବନ୍ଧକୁ ଆଉଜି ହୋଇ ବସିଥାଏ କୋକିଳ ଆଉ ଆଖିରୁ ବୋହିଯାଉଥାଏ

ଧାରଧାର ଅଶ୍ରୁ । କେବଳ ପ୍ରତୀକ୍ଷା କରିଥାଏ କେତେବେଳେ ରାତି ପାହିବ ସେ ନେତେରାକୁ ଖୋଜିବାକୁ ଯିବ । ଚାହିଁ ଚାହିଁ ବସିବା ଭିତରେ କେତେବେଳେ ଆଖି ପତା ମାଡିଯାଇଛି । ସେ ଜାଣି ପାରିନାହିଁ। ହଠାତ୍ ସୂର୍ଯ୍ୟଙ୍କର ପହିଲି କିରଣ ଛିଟା ଯେତେବେଳେ କୋକିଳ ମୁହଁରେ ପଡିଲା ହଠାତ ତା'ର ନିଦ ଭାଙ୍ଗିଗଲା । ଶୋଇଲା ଛୁଆକୁ କାଖରେ ଜାକି ସେ ଦୌଡ଼ିଲା ସେହି ଗହୀରକୁ । ସେ ଏକା ନିଶ୍ୱାସେ ଧାଇଁ ଥାଏ ତାକୁ ଲାଗୁଥାଏ ସତେ ଯେମିତି ବାଟ ବଢି ଯାଇଛି । ସାରିବାର ନାମ ନିଶାନ ଧରୁନି ଶେଷରେ ପହଂଚିଗଲା, ହେଲେ କାହିଁ ନେତେରା, ଚାରିଆଡ଼ ଖୋଜିଲା ହେଲେ ପାଇଲା ନାହିଁ ।

ଥମ୍ କରି ବସି ପଡ଼ିଲା କୋକିଳ, କୁଆଡେ ଖୋଜିବ, ଚାରିଆଡ଼କୁ ଚାହିଁଲା, ଦେଖିଲା ଗହୀର ସେ ମୁଣ୍ଡରେ ଗୋଟିଏ ଗଛ ପାଖରେ କୁକୁର ଗୁଡାକ ଭୁ.. ଭା.. ହେଉଛନ୍ତି । ଆଉ ଆକାଶରେ ପଲ ପଲ କାଉ ସାଗୁଣା ଉଡୁଛନ୍ତି । ମନକୁ ପାପ ଛୁଇଁଲା, ଆଉ ଯାହା ଦେଖିଲା ସେଥିରେ ତା'ର ପାଦ ତଳର ମାଟି ଖସି ଗଲା ପରି ଲାଗିଲା । ନେତେରା ଚିତ୍ ପଟାଙ୍ଗ ହୋଇ ପଡିଛି । ଗାମୁଛାଟି ବୋଧେ ମୁଣ୍ଡରେ ଦେଇଥିଲା ତାହା ମୁହଁଟିକୁ ଘୋଡାଇ ଦେଇଛି । ବର୍ଷା ବିଜୁଳୀରୁ ରକ୍ଷା ପାଇବା ପାଇଁ ଗଛ ମୂଳକୁ ଚାଲି ଆସିଛି, ହେଲେ ଗଛକୁ ବଜ୍ର ବେଶୀ ମାରେ, ତେଣୁ ବଜ୍ର ମାରିବା ଫଳରେ ସେ ମରିଯାଇଛି । କୁକୁର ମାନେ ତା ହାତରୁ ପୁଳାଏ ଓ ଗୋଡ଼ରୁ ପୁଳାଏ ମାଂସ ବାହାର କରି ଦେଇଛନ୍ତି । ଏସବୁ ଦେଖି କୋକିଳ ଆଉ ଧର୍ଯ୍ୟ ଧରି ରହି ପାରିଲା ନାହିଁ । ସେଇଠି ମୁଣ୍ଡ ବାଡେଇ ଦେଲା, ଛୋଟ ଛୁଆଟା କିଛି ଜାଣିପାରୁ ନଥାଏ କେବଳ ବଲ ବଲ କରି ଚାହିଁ ଥାଏ । ଗାଁ ସାରା ପ୍ରଚାର ହୋଇଗଲାଣି ନେତେରାକୁ ବଜ୍ର ମାରିଛି ଓ ସେ ମରି ପଡିଛି । ସାଙ୍ଗେ ସାଙ୍ଗେ ଲୋକ ଗହଳି ହୋଇଗଲେ । କୋକିଳକୁ ଦୁଇ ଜଣ ଧରି ଘରକୁ ଆସିଲେ ଏବଂ ନେତେରାର ମଲା ଶରୀରଟା ବି ବୋହି ଘରକୁ ଆଣିଲେ ।

ନେତେରାର ଶୁଦ୍ଧି କ୍ରିୟା ଯେନତେନ ପ୍ରକାର ସରିଲା । ବଜ୍ରରେ ମରିଛି ବୋଲି ସରକାର ସାହାର୍ଯ୍ୟ କରିବେ ବୋଲି କହିଥିଲେ । ହେଲେ ଝିଅ ଆସି ୧୦ ବରଷର ହେଲାଣି ପଛେ କିଛି ମିଳିଲାନି । ଘରର ରୋଜଗାରିଆ ଯଦି ଚାଲିଯାଏ ଘରର ଅବସ୍ଥା ଯାହା ହେବାର ହେଉଛି । ଘରର ଚାଳ ଉଡ଼ିଗଲାଣି ବାତ୍ୟା ପାଇଁ ପଲଥିନିଟିଏ ମିଳିଥିଲା ତା'କୁ ହିଁ ଉପରେ ପକାଇ ଏ ସନ ମୁଣ୍ଡ ଗୁଞ୍ଜି ଦେଇଛୁ, ଏସନ ସାହୁକାର ଘରୁ ପାଳକକୁ ଛେଳି ଦିଟା ଆଣିଥିଲି ଯେ ଦିଟା ଛୁଆ ଦେଇଛି । ସାହୁକାର ନେଇଯିବ ଯାହା ମୋତେ ଦେବ । କୋକିଳ

ଡିବିରିଟିକୁ ଧରି ଭାବି ଚାଲିଛି, ଗୋଟିଏ ବୋଲି ଛୁଆ ଯେ ଦି ଅକ୍ଷର ପାଠ ପଢ଼ାଇବି ବୋଲି ଭାବିଥିଲି, ହେଲେ କ'ଣ ହେବ ଗାଁରେ ତ ଇସୁକୁଲୁ ନାହିଁ, ମାଇପି ଛୁଆଟାକୁ ଏତେ ବାଟ ପଠେଇବାକୁ ଇଛହେଲାନି, କଥାରେ ନାହିଁ ଗରିବ ମାଇପ ଚାଉଳ ଚୋବାଇଲେ ଭୋକରେ ଚୋବାଉଛି, ଧନୀ ଚାଉଳ ଚୋବାଇଲେ ସଉକରେ ଚୋବାଉଛି, ଆମେ ତ ମଳି ମୁଣ୍ଡିଆ ଲୋକ, କାଲେ ଯଦି କିଛି ହୋଇ ଯାଏ ଆମ ପିଠିରେ କେହି ପଡିବେନି ତେଣୁ ବେଳହୁଁ ଗୋବିନ୍ଦ ନ ସୁମରିବା କାହିଁକି ।

ଆଖି ମଳି ମଳି ଝୁନି ଉଠି ଆସିଲା, ମାଆ ଲୋ ହାତରେ କ'ଣ ଧରିଛୁ? ନା ମ' ଯାଉଛି ଏଇ ଡିବିରିଟା ବନ୍ଧକ ଥୋଇ କିଛି ପଇସା ଆଣିବି । ପାଟିରୁ କଥା ନ ସରୁଣୁ ହାତରୁ ଝାମ୍ପି ଡିବିରିଟା ନେଇଗଲା ଝୁନି । ନା ନା ମୁଁ ଏ ଡିବିରିକୁ ଦେବିନି । ନେଇ ଚାଲିଗଲା ଝୁନି, କୋକିଳ ଆଉ କ'ଣ କହିବ ଦିନେ ସେହି ଡିବିରିକୁ ପସନ୍ଦ କରୁଥିଲା ନେତେରା, ହେଲେ ଡିବିରି ରହିଗଲା ଆଉ ସିଏ ଚାଲି ଗଲା ।

କୋକିଳ ଜୀବନରେ ଦୁଃଖର ଶେଷ ହୋଇନଥିଲା । ଦିନେ ଝୁନି ମୁଣ୍ଡକୁ କ'ଣ ଉଠିଲା କେଜାଣି ଡିବିରିଟିକୁ ସଫା କରିବାକୁ ଲାଗିଲା । ଘରେ ଭଲ କରି ସଫା ନହେବାରୁ କୂଅ ମୂଳକୁ ନେଇଗଲା । କୋକିଳ ଚାହିଁ ବସିଛି ଝୁନି ଆସିଲେ ଖାଇବୁ ହେଲେ ଝୁନିର ଦେଖା ନାହିଁ । ରାଗ ଗର ଗର ହୋଇ କୂଅ ମୂଳକୁ ଗଲା, ଚାରିଆଡେ ଖାଁ ଖାଁ ଜନ ମାନବ ଶୂନ୍ୟ । ବାଲଟି ଦଉଡି ଅଛି, ଡାକିଲା ଝୁନି ଝୁନି । କୁଆଡୁ କିଛି ନପାଇବାରୁ ନେତେରା କଥା ମନେ ପଡିଗଲା, ଛାତି ଥରି ଉଠିଲା । ହଠାତ କ'ଣ ଭାବି କୂଅ ଭିତରକୁ ଅନାଇଲା ବେକକୁ ଝୁନିର ଜୁରୁତା ଭଳି କ'ଣ ଗୋଟେ ଭାସୁଥିଲା । ଡାକ ପକାଇଲା କୋକିଳ, ଧାଇଁ ଆସିଲେ ଗ୍ରାମର କେତେଜଣ ଯୁବକ । ତା' ଭିତରୁ ଜଣେ ଯୁବକ କୂଅ ଭିତରକୁ ତରତର ହୋଇ ଓହ୍ଲାଇ ଗଲା । କାନ୍ଧରେ ଝୁନିକୁ ପକାଇ ଉଠି ଆସିଲା । ଝୁନିକୁ ଓଲଟାଇ ପାଣି ବାହାର କରିବାକୁ ଚେଷ୍ଟା କଲେ, ଝୁନି ଧିରେ ଧିରେ ନିଶ୍ୱାସ ନେଲା, ହେଲେ ସେ ପର୍ଯ୍ୟନ୍ତ ବି ଡିବିରିଟାକୁ ସେ ଯାବୁଡି ଧରିଥାଏ । ଭଗବାନଙ୍କ ଉଦ୍ଦେଶ୍ୟରେ ପ୍ରଣାମଟିଏ କଲା ନେତେରାର ଶେଷ ସନ୍ତକକୁ ରକ୍ଷା କରିଦେଲେ ।

କୋକିଳ ରାତିରେ ଶୋଇଛି, ଗୋଟେ ସପନ ଦେଖି ଉଠି ବସିଲା, ଆଉ

ସାଙ୍ଗେ ସାଙ୍ଗେ ଡିବିରିକୁ ଧରି ଗେଲ କରି ପକାଇଲା । ଡିବିରି ତା' ପାଇଁ କ'ଣ? ଓ ସେ କି ସପନ ଦେଖିଲା ସେ କଥା କୋକିଳ ହିଁ ଜାଣେ । ସେହି ଦିନଠାରୁ ଠାକୁରଙ୍କ ଖଟୁଲିରେ ଡିବିରିକୁ ଥୋଇ ପୂଜା କରି ଚାଲିଛି ଯେ ଚାଲିଛି ।

■ ■

ଶୌରୀ ନାନୀ

ଚାରି ଫୁଟିଆ ମଣିଷ ଟିଏ, ହେଲେ ସ୍ନେହ ପ୍ରେମ ଭଲପାଇବାର ଗନ୍ତାଘର । ଗାଁଟା ଯାକର ସିଏ ପ୍ରିୟ; କିଏ ଡାକେ ଦେଇ, ଅପା, ଅବା ନାନୀ ସମସ୍ତଙ୍କ ପାଖରେ 'ଶୌରୀ' ଭାବେ ପରିଚିତ । ହେଲେ ଭଗବାନ ଏତେ ଆପଣାର ଲୋକର କପାଳରେ ଏତେ ଦୁଃଖ ଲେଖିଥିଲା, ଯେ ଶେଷ ଯାଏଁ ତାଙ୍କୁ ନିଃସଙ୍ଗତା ଛାଡିଲା ନାହିଁ ।

ଦରିଦ୍ରତା ସୀମାରେଖା ତଳେ ଥିବା ଏକ ପରିବାରରେ ସେ ଜନ୍ମ ହୋଇଥିଲେ । ବାପା ମାଆ ଓ ଦୁଇଭଉଣୀକୁ ନେଇ ଥିଲା ତାଙ୍କ ପରିବାର ପରଘରେ କାମକରି ବାପାଯାହା ଆଣୁଥିଲେ ସେଥିରେ ଚାରି ପ୍ରାଣୀ କୁଟୁମ୍ବ ଆରାମରେ ଚଳିଯାଉଥଲେ । ବାପ ଅଜା ଅମଳର ଜାଗା ଖଣ୍ଡେ ଥିଲା ସେଥିରେ ନୁଆଁଣିଆ ଚାଳଘର ୨ ବଖରାରେ ଚଳି ଯାଉଥିଲେ । ଶୌରି ଓ ସଚୀ ଦୁଇ ଭଉଣୀ । ପିଲାଦିନରେ ବାପାଙ୍କ ଗୁଜୁରାଣରେ ଚଳିଯାଉଥିଲେ । ଶୌରୀ ପାଠ ପଢ଼ାରେ ନଥିଲା, ତେଣୁ ସେ ଘରକାମ କରି ମାଆଙ୍କୁ ସାହାଯ୍ୟ କରୁଥିଲେ । ଶଚୀ ୭ମ ଶ୍ରେଣୀ ଯାଏଁ ପାଠ ପଢିଥିଲା ।

ପିଲାଦିନ କଟିଲା । ବର୍ଷକ ଛଟି ଋତୁ ଯେପରି ପୃଥିବୀ ପୃଷ୍ଠକୁ ଗୋଟିଏ ପରେ ଗୋଟିଏ ଓହ୍ଲାଇ ଆସନ୍ତି । କୈଶୋରର ପକ୍ଷ ମଧ୍ୟ ଶୌରୀ ଦେହରେ ଲାଗିଲା । ସେ ଘରଯୋଗ୍ୟା ହେଲା, ଘରର ପ୍ରତ୍ୟେକ କାମ କରିବା ସହିତ ସାହି ପଡ଼ିଶାଙ୍କ ବୋଲହାକ କରିବାକୁ ମଧ୍ୟ ସେ କେବେ ପଛଘୁଞ୍ଚା ଦେଉ ନ ଥିଲେ । ତେଣୁ ଗାଁଟା ସାରା ଲୋକ ତାଙ୍କୁ ଭାରି ଭଲ ପାଉଥିଲେ । କୈଶୋରର ଚପଳାମି ପରେ ଧିରେ ଧିରେ ଯୌବନ ଆସିଲା, ଫଗୁଣର ଆଗମନେ ଆମ୍ବ

ଗଛରେ ବଉଳର ଭାରା ଗଛକୁ ଅଧିକ ସୁନ୍ଦର ଓ ସୁବାସିତ କରିଦିଏ । ଚନ୍ଦନ ଗଛରେ ମଳୟ ଲାଗିଲେ ତା'ର ବାସ୍ନାରେ ଚଉଦିଗ ମୁଖରିତ ହୋଇ ଉଠେ, ସେହିପରି ଯୌବନର ପ୍ରଥମ ପାହାଚରେ ସେ ମହକି ଉଠିଲେ, ସେ ସୁନ୍ଦରୀ ନଥିଲେ,ହେଲେ ଯୌବନ ମର୍କଟକୁ ବି ସୌନ୍ଦର୍ଯ୍ୟ କରିଦିଏ । ସେହିପରି ଶୌରୀ ନାନୀ ଯୌବନରେ ଚହଟିବାକୁ ଲାଗିଲେ । ପିତାମାତା ଗରିବ ହୁଅନ୍ତୁ କି ଧନୀ ବଢ଼ିଲା ଝିଅକୁ ପର ଘରକୁ ବିଦା କରିବା ଆମ ସଭ୍ୟତା ଓ ସଂସ୍କୃତି ।

ଅନେକ ସ୍ୱପ୍ନକୁ ସାଥୀରେ ବାନ୍ଧି ତୁଳା କନିଆଁ ହୋଇ ଗାଡ଼ିରେ ଚଢି ନିଜର ଇପ୍ସିତ ପୁରୁଷ ଓ ଶାଶୁଘରକୁ ଚାଲିଗଲା । ମୁଣ୍ଡରେ ସିନ୍ଦୁର ହାତରେ ଶଙ୍ଖା ପାଦରେ ଅଳତା ନାଇ ଯାଇଥିଲେ । ହେଲେ ଶାଶୁଘର ଏପରିକି ନିଜ ସ୍ୱାମୀର ଅକଥନୀୟ ଅତ୍ୟାଚାରର ଶିକାର ହୋଇ ପୁଣି ଫେରି ଆସିଲେ ବାପ ଘରକୁ । ସେହି ଦିନଠୁ ରହିଥିଲେ ଯେ ରହିଥିଲେ ।

ଶୌରୀ ଦେଇ ବହୁତ ଈଶ୍ୱର ବିଶ୍ୱାସୀ, ନିଜର କେହି ନଥିବାରୁ ଜଣକୁ ସେ ଧର୍ମ ପୁଅ କରି ଆଣିଲେ । ତାକୁ ଖାଇବା ପିଇବାକୁ ଦେଇ ବଡ଼ କଲେ । ତା' ମନ ପସନ୍ଦର ଝିଅ ସହ ବିବାହ ମଧ୍ୟ କରାଇଦେଲେ । ଜେଜେ ମା' ଡାକିବାକୁ ଭଗବାନ ଦୁଇଟି ନାତି ନାତୁଣୀ ବି ଦେଲେ । ଘରର ସବୁ କାମ କରି ମଧ୍ୟ ତାଙ୍କୁ ବାନ୍ଧି ରଖିଥିଲା ।

ବାତ ଜରୁଆ ଲୋକ, ଦୁଇଟି ଗୋଡ଼ ଗୋଦଡ଼ । ପୁଅ ଜଣେ କାର ଚାଳକ ହୋଇ ଥିବାରୁ ସେ ଦିନେ ଘରକୁ ଫେରିଲା ବେଳକୁ ଶୌରୀ ବାତଜ୍ୱରରେ ଥରୁଥାଏ । ଔଷଧ ଟୋପାଏ ପାଇଁ ପୁଅକୁ ଚାହିଁ ରହିଥାଏ । କିନ୍ତୁ ମିଳିଲା କ'ଣ ? ପୁଅ ଘରକୁ ଫେରି ଯେତେବେଳେ ଦେଖିଲା ଶୌରୀ ଥରୁଛି ରାଗି ନିଆଁ ହୋଇଗଲା । ମୋ' ଛୋଟ ଛୋଟ ଛୁଆ, ସବୁବେଳେ ରୋଗ ମୋ' ଛୁଆଙ୍କୁ ଡେଇଁବନି, ତୁମେ ଏଠୁ ଚାଲି ନ ଯାଇ ରହିଛ କାହିଁକି ?

ଶୌରୀର ଔଷଧ ମିଳିଗଲା । ସେ ନିଜକୁ ଧିକ୍କାର କଲା, କାହିଁକି ସେ ବଞ୍ଚିଛି ବୋଲି ଢେର କାନ୍ଦିଥିଲା ସେ ଦିନ ।

ରାତି ପାହିଲା ସକାଳର ବାଳ ସୁରୁଜଙ୍କ କିରଣ ଭୂଇଁ ଉପରେ ପଡିବା କ୍ଷଣି ଶୌରୀ ଉଠି ସେହି ଜରୁଆ ଦେହରେ ଛୋଟେଇ ଛୋଟେଇ ଗଲା ବାବୁଙ୍କ

ପାଖକୁ । ସେ ଲୋକ ଖୋଜୁଥିଲେ ତାଙ୍କ ଘର ଜଗିବା ପାଇଁ, କାରଣ ସେ ଚାକିରୀ କରିବାକୁ ଯିବାକୁ ପ୍ରସ୍ତୁତ ହେଉଥାନ୍ତି । ଏହି ସମୟରେ ଶୌରୀକୁ ଦେଖି ପଚାରିଲେ, 'ଏତେ ସକାଳୁ କ'ଣ ଶୌରୀ ?''

ହାତ ଯୋଡି ଶୌରୀ ନିଜର ଦୁଃଖ କଥା କହିଲା, ବାବୁ ଜଣକ ରାଜି ହୋଇଗଲେ ତାଙ୍କ ଘରର ଜିମା ଦେବାପାଇଁ ଏବଂ ଶୌରୀକୁ ରହିବା ପାଇଁ ଏକ ବଖରା ଘର ବି ଦେଲେ । ଖୁସିରେ ମୁଣ୍ଡିଆଟିଏ ମାରି ଫେରି ଆସିଲା ପୁଅ ବସାକୁ । ତା'ର ଯେତିକି ଜିନିଷ ପତ୍ର ଥିଲା ତାକୁ ନେଇ ଚାଲିଗଲା ବାବୁଙ୍କ ଘରକୁ । ସେ ଆସିଲା ବେଳେ କେହି କହିଲେନି କି ପଚାରିଲେନି କୁଆଡେ ଯାଉଛି ବା କାହିଁକି ଯାଉଛି ।

ଶୌରୀ ସେହି ଦିନଠାରୁ ସେ ବାବୁଙ୍କ ଘରେ ରହିଛି । ବାବୁ ଜଣଙ୍କ ବାହାରକୁ ଚାଲିଯିବା ପରେ ସେ ଘରର ରକ୍ଷଣା ବେକ୍ଷଣା ମଧ୍ୟ କଲେଣି । ଧିରେ ଧିରେ ଘର ଗୁଡିକ ଭୁଶୁଡିବା ଅବସ୍ଥାକୁ ଚାଲି ଆସିଥିଲା । ତା'ରି ଭିତରେ ଅତି ଦୟନୀୟ ଭାବରେ ଜୀବନ ବିତାଉ ଥିଲା ଶୌରୀ । ପରଘରେ ବାସନ ମାଜି ଘରକାମ କରି ଯାହା ପାଉଥିଲା, ସେଥିରେ ଦୁଃଖେ ସୁଖେ ଚଳି ଯାଉଥିଲା ।

ଧିରେ ଧିରେ ବୟସ ବଢ଼ିଲା । ରୋଗ ଗ୍ରାସ କଲା । ଶରୀର ତେଣୁ ଆଉ ପରଘରେ କାମ କରି ପାରିଲେ ନାହିଁ । ସରକାରଙ୍କର ୫୦୦ ଟଙ୍କା ଭତ୍ତା ଓ ୧୦ କିଲୋ ଚାଉଳରେ ମାସକ ଚଳି ଚାହିଁ ଥାନ୍ତି ପୁଣି ଆର ମାସକୁ ।

ଏମିତି ଏକ ଘଡି ସନ୍ଧି ମୁହୂର୍ତ୍ତରେ ତାଙ୍କୁ କେହିବି ସାହାଯ୍ୟର ହାତ ବଢ଼ାଇ ବାକୁ ନାରାଜ । ବାତଜ୍ୱରରେ ୪/୫ ଦିନ ସେହି ଭଙ୍ଗା ଭୁତକୋଠି ଭିତରେ ଏକା ପଡିଥିବେ । ହେଲେ ଥରେ ବି ସେ ପୁଅ କୁହେନି ମୁଁ ଯିବି ତାକୁ ଦେଖିବି । ଯିଏ ମୋତେ ତାଙ୍କ ଘର, ଜାଗା ଦେଇ ଏକ ଅନାଥିନୀ ଭାବରେ ଜୀବନ ବିତାଉଛନ୍ତି, ନିଜ ଜନ୍ମ କଲା ମା' ହେଇଥିଲେ ସେ କ'ଣ ଏମିତି କରି ପାରିଥାନ୍ତା ।

ନାତି ନାତୁଣୀଙ୍କ ପାଇଁ ବିଭିନ୍ନ ପର୍ବ ପର୍ବାଣୀରେ ସେହି ୫୦୦ ଟଙ୍କାରୁ ନିଜ ଖର୍ଚ୍ଚ କାଟି ତାଙ୍କୁ ଦେଉଥିଲା । ସେମାନେ ତା'ର ଜୀବନ ଥିଲେ । ହେଲେ ଦିନେ ବି ସେମାନଙ୍କର ମା' ପାଇଁ ମୁଠେ ଭାତ ନେଇଦେବୁ, ଏ ବିଚାର ଆସେନି । ସବୁ ସମ୍ପର୍କରେ ମାୟା ଜାଲ କଟାଇ ସେ ଆଜି ଯିବାପାଇଁ ପ୍ରସ୍ତୁତ ହେଇଯାଇଛି ।

ବାତ ଜ୍ୱରରେ କମ୍ପି କମ୍ପି ସେ ଅସ୍ତ ବ୍ୟସ୍ତ ହୋଇ ଗଲାଣି । ଭୋକିଲା ପେଟରେ ରୋଗ ଜ୍ୱାଳା । ତା' ସାଙ୍ଗକୁ ବାର୍ଦ୍ଧକ୍ୟ ।

ହଠାତ୍ ଦିନେ ସକାଳୁ ସକାଳୁ ଶୌରୀର ଭୂତକୋଠି ଘର ଆଗରେ ଜନ ଗହଳି । ତୁଣ୍ଡ ବାଇଦ ସହସ୍ର କୋଶ । ଶୁଣିଲା ବେଳକୁ ଶୌରୀ ଜରରେ କମ୍ପୁଥିଲା ।

କନାଟିଏ ପାରି ଖରାରେ ଶୋଇଥିଲା । ଗୋଟିଏ ପୁରୁଣା ଶାଲ ଘୋଡାଇ ହୋଇଥିଲା; ଆଉ ସେଠାରେ ସେ ସବୁଦିନ ପାଇଁ ଶୋଇଯାଇଛି । କାର୍ତ୍ତିକ ମାସର ବଡଓଷା, ସମସ୍ତେ ଧନ୍ୟ ଧନ୍ୟ କଲେ ।

ଗୋଟେ ଦୁଃଖିନୀ ଆତ୍ମା ସଂସାରରୁ ସୁଖ ଖୋଜିଖୋଜି ଦୁଃଖର ଅଚଳ ସାଗରରେ ଏମିତି ବୁଡିଗଲା ଯେ ତାକୁ କୂଳକୁ ଆଣିବା ପାଇଁ ଲୋକଙ୍କର ଅଭାବ ପଡିଲା । ସେହି ଦୁଃଖ ତାକୁ ନେଇଗଲା ସବୁଦିନ ପାଇଁ । ଏଇ ସ୍ୱାର୍ଥପର ସଂସାରରେ ପ୍ରତିକ୍ଷଣ ସେ ଅଗ୍ନି ପରୀକ୍ଷା ଦେଇ ଥକି ପଡ଼ିଥିଲେ,ସବୁ ଥାଇ ବି ସେ ନିଃସ୍ୱ ଥିଲେ ।

ସେ ଆଜି ନାହାନ୍ତି ସତ, ହେଲେ ତାଙ୍କର ଉଦାରତା, ସ୍ନେହ ମମତାକୁ ଆଜି ବି ଗାଁ ଲୋକ ଭୁଲି ପାରି ନାହାନ୍ତି । ତାଙ୍କର ସାହାଯ୍ୟ କରିବାର ଗୁଣକୁ ଆଜି ଝୁରି ହେଉଛନ୍ତି । ଏଠି ମଣିଷ ପଣିଆ ମିଳୁ ନ ଥିବା ବେଳେ ଶୌରୀନାନୀ ଭଳି ଜଣେ ଉଦାର ହୃଦୟବାଲୀର ଅନୁପସ୍ଥିତିକୁ ଆଜି ଅନୁଭବ କରିହେଉଛି ।

ସେ ଯେଉଁଠି ବି ଅଛନ୍ତି, ତାଙ୍କ ଆତ୍ମା ଶାନ୍ତିରେ ରହୁ ବୋଲି ସମସ୍ତେ ପ୍ରାର୍ଥନା କରୁଛନ୍ତି ।

■ ■

ତଟିନୀ

ଓଃ କି ଖରା । ବାବୁଭାୟାଙ୍କ ପାଇଁ ଏଇ ଖରାଟା ତ ଏକ ବାହାନା ଏ.ସି ତଳେ ଶୋଇବା ପାଇଁ, ହେଲେ ଗରିବ ଖଟିଖିଆ ମଜୁରିଆ ପାଇଁ ସବୁରତୁ ସମାନ ।

ତଟିନୀ ମନରେ ଆଜି ହରସ ନାହିଁ, ମନଟା ଯେମିତି ମରିଯାଇଛି । ତା'ର ପୁରିଲା ମୁହଁଟା ଝାଉଁଳି ପଡିଛି । ସେଥିପ୍ରତି ତା'ର ନିଘା ନାହିଁ, କାରଣ ତା' ମନ ତ ଛୁଆ ପାଖରେ । ତେଣୁ ତାକୁ ଏ ତାତି କିଛି ଫରକ ପକଉ ନାହିଁ । ପେଟ ପାଇଁ ନିଜର ଭିଟାମାଟି ଛାଡି ଏ ଦୂର ଜାଗାରେ ପଡିଛନ୍ତି । ମାର୍ତ୍ତୁଳ ଧରି ବଡ଼ ବଡ଼ ପଥରକୁ ଭାଙ୍ଗିବା ତାଙ୍କର ଜୀବନ ଜୀବିକା ହୋଇ ଯାଇଛି ।

ତଟନୀ ପାଣି ପିଇବୁ । ସେହି ପଥର ବାଡଉ ଥିବା ଆଉ ଗୋଟିଏ ସ୍ତ୍ରୀ ଲୋକ ପଚାରିଲା ।

'ନା ସଂକ୍ଷିପ୍ତ ଉତ୍ତରଟିଏ ଦେଇ, ପୁଣି ଥରେ ଲାଗି ପଡିଲା ପଥର ବାଡ଼େଇବାରେ । ଟିକେ ମୁହଁ ଉଠେଇ ଚାହିଁଦେଲା ପିଲା ଦିଓଟିକୁ । ଗୋଟିଏ ଗଛମୂଳେ କନାଟିଏ ପାରିଦେଇ ସାନଟିକୁ ଶୁଆଇ ଦେଇଛି, ବଡଟି ତା ପାଖରେ ଖେଳୁଛି । ଛୁଆ ଦି'ଟାଙ୍କ ପାଇଁ ତ ସେ ଏଇ ଖରାର ତାତିକୁ ନମାନି ପଥର ସହିତ ପଥର ହୋଇ ଯାଇଛି । ମୁଣ୍ଡରୁ ବୋହି ଯାଉଥିବା ଝାଳ ତା' ଚିବୁକ ଦେଇ ବୋହି ଯାଉଛି । ମୁଣ୍ଡ ଉପରେ ପକେଇଥିବା ଗାମୁଛାଟିରେ ଝାଳକୁ ପୋଛିଦେଇ ଉଠିଗଲା ତା' ଛୁଆ ପାଖକୁ ସାନ ଛୁଆଟିକୁ କ୍ଷୀର ପିଆଇ ଦେଲା । ବଡଟି ଅଝଟ ହେବାରୁ ପାଖରେ ଚାଲି ଯାଉଥିବା ଆଇସକ୍ରିମବାଲା ଠାରୁ ଗୋଟିଏ ଆଇସକ୍ରିମ କିଣି ଧରାଇ ଦେଲା । ଛୁଆଟି ଯେପରି ନାଚି ଉଠିଲା । ୬/୭ ବର୍ଷର ବଡ଼ ଛୁଆଟି, ଦେହରେ ଖଣ୍ଡେ ମଇଳା କତରା ଛିଣ୍ଡା ଫ୍ରକ, ମୁଣ୍ଡ

ବାଳ ନୁଖୁରା, ପାଦରେ ଚପଲ ନାହିଁ ଧୂଳିରେ ଲଟପଟ । ସେହି ଛୁଆମାନେ ସାଧାରଣ ଚକଲେଟ ବା ଆଇସକ୍ରିମ ରେ ସନ୍ତୁଷ୍ଟ ହୋଇ ଯାଆନ୍ତି କାରଣ ସେମାନେ ବାବୁଘର ଛୁଆପରି ନୁହନ୍ତି ସେମାନଙ୍କର ଏ ବୟସରେ ଦରକାର ମୋବାଇଲ, ଲାପଟପ, ଟଏକାର, ବାଇକ ଇତ୍ୟାଦି । କିନ୍ତୁ ଏମାନଙ୍କ ପାଇଁ ସେଗୁଡ଼ିକ ସ୍ୱପ୍ନ । ଯାହାର ଜନ୍ମ ଗଛ ତଳେ ଶୈଶଳ ବି କଟେ ସେହି ଗଛତଳ ମାଟିରେ । ସେ ଏମିତି ସ୍ୱପ୍ନ ଦେଖିବେ ବା କାହିଁକି । ଝିଅଟି ଆଇସକ୍ରିମ୍ ଟି ଖାଇ ଖାଇ ନାଚି ନାଚି କୁଆଡେ ପଳେଇଛି । ତଟନୀ ପୁନର୍ବାର ଅନେଇଲା ବେଳକୁ ସାନଟି ଶୋଇଛି ବଡଟି ନାହିଁ । ଏଇଠି କୋଉଠି ଖେଳୁଥିବ ଭାବି ସେ ପୁଣି ଥରେ ସେହି ପଥର ବାଡେଇବାରେ ଲାଗି ପଡିଲା । ତା ମନରେ ଅଛି ଯେତେ ଅଧିକ ବାଡେଇବି ମାଲିକ ଅଧିକା ପଇସା ଦେବ, ଆଉ ପଇସା ନେଇ ବଡ଼ ଛୁଆଟା ପାଇ ଜାମାପଟା, ସାନ ପାଇଁ ମଧ୍ୟ କିଣି ଆଣିବ । ତେଣୁ ସେ ତା' କାମରେ ଲାଗି ପଡିଛି । ସୂର୍ଯ୍ୟଙ୍କର ୪୦° ତାତିକୁ ବି ତା'ର ଖାତିର ନାହିଁ, ତା'ର ଲକ୍ଷ୍ୟ ଆଗରେ ସୂର୍ଯ୍ୟଦେବ ମଧ୍ୟ ହାର ମାନିବାକୁ ବାଧ ହୋଇଛନ୍ତି ।

ହଠାତ୍ ପାଖରେ ଥିବା ପୋଖରୀ ଚାରି ପାଖରେ ଲୋକ ମାନଙ୍କ ଭିଡ଼ ଓ ହୋ .. ହାଲାରେ ଫାଟି ପଡୁଛି ସେହି ପୋଖରୀ କୂଳଟି । ସମସ୍ତେ ଏକ ଲୟରେ ସେହି ପାଣିକୁ ଚାହିଁ ରହିଛନ୍ତି । ଆହା ଚୁ.. ଚୁ.. କ'ଣ ହେଲା ଏହିପରି ସମ୍ବେଦନଶୀଳ ଶବ୍ଦ ବ୍ୟତୀତ ସମସ୍ତେ କେବଳ ନୀରବ । ହଠାତ ସେହି ଜନ ଗହଳି ମଧ୍ୟରୁ ଜଣେ ଯୁବକ ପାଣିକୁ ଲମ୍ଫ ଦେଇ ଭାସୁଥିବା ପିଲାଟିକୁ ଛାଣି ମାଟି ଉପରେ ଶୁଆଇ ଦେଲା । ସମସ୍ତେ ଗୋଟିଏ କଥା ଲକ୍ଷ କଲେ ପିଲାଟିର ହାତରେ ଆଇସକ୍ରିମ୍ ର କାଠିଟା ଥିଲା । ଭିତରେ ଭିତରେ କୁହା କୁହି ହେଲେ ପିଲାଟି ଆଇସକ୍ରିମ୍ ଖାଉଥିବା ସମୟରେ ଖସିପଡିଛି । ଆଇସକ୍ରିମ୍ ଟି ତରଳି ଯାଇଛି ହାତରେ କାଠିଟି ରହିଯାଇଛି କେହି ଚିହ୍ନି ପାରି ନଥିଲେ ପିଲାଟିକୁ, ୬/୭ ବର୍ଷର ଝିଅଟିଏ,ଦେହରେ ଖଣ୍ଡିଏ ମଇଳା କୋତରା ଫ୍ରଗଟିଏ, ତା'ର ବେଶଭୁଷା ଦେଖି ଲୋକେ ଅନୁମାନ କଲେ ଗେଟି ଭାଙ୍ଗୁଥିବା ଦେଖଣା ହାରିଙ୍କ ମଧ୍ୟରୁ କେତେ ଜଣ ଦୌଡ଼ିଲେ ବିଭିନ୍ନ କ୍ରସରକୁ । ହଠାତ ଗୋଟିଏ ସ୍ତ୍ରୀ ଲୋକ କାଖରେ ଛୋଟିଆ ଛୁଆଟିକୁ ଜାକି କାନ୍ଦିକାନ୍ଦି ଆସୁଥିବାର ଶୁଭିଲା । ସମସ୍ତେ ତାକୁ ଅନେଇ ଥାନ୍ତି । ଏହି ସମୟରେ ତା ସାଙ୍ଗରେ କାମ କରୁଥିବା ସ୍ତ୍ରୀ ଲୋକଟି ତା କାଖରୁ ଛୋଟ ଛୁଆ ଟିକୁ ନେଇଗଲା । ସେ କାନ୍ଦୁଥିବା ସ୍ତ୍ରୀ ଲୋକଟି ଦୌଡ଼ି ଆସି ଛୁଆଟି ଉପରେ କଚାଡି ପଡିଗଲା । କୋଳରେ ଛୁଆଟିକୁ ଉଠାଇ ବୋକ ପରେ ବୋକ ଦେଇ ଚାଲିଥାଏ, ଆଖିରୁ ବୋହି ଚାଲି ଥାଏ ଧାର ଧାର ଲୁହ ।

ମାଆର ବୁକୁ ଫଟା ଚିତ୍କାରରେ ସମସ୍ତ ଆଖିରୁ ବୋହି ଚାଲିଥାଏ ଲୁହ ।

ସମସ୍ତେ ଦୋଷ ଦେଲେ, ହେଲେ ଗରିବ ଲୋକଙ୍କ ପେଟ ଚାଖଣ୍ଡକର କଥା କେହି ବୁଝିଲେ ନାହିଁ । ପେଟ ପୋଡି ଯାଉଥିବାରୁ ସିନା ଛୋଟ ଛୋଟ ପିଲାଙ୍କୁ ଛାଡି ସେ ଆଜି ଗେଟି ଭାଙ୍ଗୁଛି, ହେଲେ ତା'ର କ'ଣ ମମତା ନାହିଁ ? ନା' ତା ସ୍ତନରେ କ୍ଷୀର ନାହିଁ, ହେଲେ କ'ଣ କରିବ ଗୋଟିଏ ନାଚାର ମାଆ ।

ତଟିନୀ ଛୁଆଟିକୁ କାନ୍ଧରେ ପକାଇ ସେ ତା' ଘରମୁହାଁ ହେଲା । ଅନ୍ୟମାନେ ମଧ୍ୟ ଯିଏ ଯୁଆଡେ ଗଲେଣି । ଘରେ ମରଦଟା ନାହିଁ । କୋଉଠି ନିଶା ପାଣି କରୁଥିବ । ଆସୁ, ମଲା ଛୁଆଟିକୁ ଧରି ଦୀର୍ଘ ନିଶ୍ୱାସଟେ ପକାଇଲା, ପାଖରେ କନାଟିଏ ପକେଇ ସାନ ଛୁଆଟିକୁ ଗଡେଇ ଦେଇଛି, ଡିବିରି ଆଲୁଅଟା ଦିକିଦିକି ହୋଇ ଜଳୁଛି । ମାଆ ସିଏ, ଧୈର୍ଯ୍ୟ ସହନଶୀଳାର ଭଣ୍ଡାର, ତେଣୁ ନାରୀକୁ କୁହାଯାଏ ସର୍ବଂସହା । ଗୋଟିଏ ମଲା ଛୁଆକୁ କୋଳରେ ଧରି ଆଖିରୁ ଲୁହ ଗଡାଉଛି, ଅନ୍ୟ ପଟେ ସ୍ତନରୁ ବୋହି ଯାଉଥିବା କ୍ଷୀରକୁ ଆଉ ଗୋଟିଏ ଛୁଆର ପାଟିରେ ମାଡୁଛି । ଧନ୍ୟ ତୁ ମାତା ହେ ମାତା ତୁ ନମସ୍ୟା ।

ଗୋଟେ ପଟେ ଛୁଆଙ୍କ ସ୍ନେହ, ଅନ୍ୟପଟେ ସେମାନଙ୍କୁ ବଞ୍ଚି ରଖିବା ପାଇଁ ସଂଗ୍ରାମ । ବାପ ହେଇତ କେବେ ଟିକେ ଛୁଆଙ୍କ ମୁଖକୁ ଚାହିଁଲା ନାହିଁ, ସବୁବେଳେ ନିଶା ପାଣିରେ ବୁଡି ରହିଲା । ମୁଁ ମାଆ ହୋଇ ସେମାନଙ୍କର ସେହି ଭୋକିଲା ମୁହଁକୁ କିପରି ଚାହିଁ ପାରିବି ? ସେହିପରି ସେହି ମଲା ଛୁଆଟିର ମୁହଁକୁ ଚାହିଁ ରହିଥାଏ ମା'ଟିଏ ।

ଗୋଟିଏ ମଲା ପିଲାକୁ କୋଳରେ ଧରି କେତେ ସମୟ ସେ ବସିବ । ତା'ର ମାତୃତ୍ୱର ଧୈର୍ଯ୍ୟର ପରୀକ୍ଷା କେତେ ଦେବ । ଦିନ ଯାଇ ରାତି ହେଲା, ତଥାପି ଦେଖା ନାହିଁ । କୋହରେ ଛାତି ଭିତର ଫାଟି ଯାଉଥାଏ । ନିଜକୁ ସମ୍ଭାଳିଲେ ମଧ୍ୟ କିଛି କାମ କରି ସାରନ୍ତେଣି । ହଠାତ୍ ସାନ ଛୁଆଟି କାନ୍ଦି ଉଠିଲା, ତଟିନୀ ଗଲା ଛୁଆଟିକୁ ତଳେ ଶୁଆଇ ଦେଇ ସାନ ଛୁଆଟିକୁ କୋଳରେ ଧରି ଚୁପ କରିବାକୁ ଚେଷ୍ଟା କଲା । ଭୋକରେ ଆଉଟୁ ପାଉଟୁ ଛୁଆଟା, ତଟିନୀଠୁ ଝୁଣିଲେ ବି ପେଟ ପୁରୁନି । ସଙ୍ଗେ ସଙ୍ଗେ ତଟିନୀ ବାହାରେ ଥିବା ଚୁଲିରେ କାଠିକୁଟା ଟିକେ ଜାଳି ସାଗୁ ଆମୂଳ ମିଶାଇ ଟିକିଏ ଉତେରେଇ ଦେଲା । ଥଣ୍ଡା କରି ଚାମଚ ଧରି ଛୋଟ ଛୁଆଟିକୁ ପିଆଉ ଥାଏ । କିନ୍ତୁ ମନ ଭିତରେ କୋହକୁ

ରୋକି ପାରୁ ନଥାଏ । ବାରମ୍ବାର ସେହି ମଲା ଛୁଆଟିକୁ ଦେଖୁଥାଏ । ନିଜକୁ ନିଜେ ଧିକ୍କାର କରୁଥାଏ, ମୋ' ଛୁଆଟିକୁ ମଲା ପରେ ବି ନ୍ୟାୟ ଦେଇ ପାରୁନି । ମୁଁ କି ମାଆ, ମୋ' ପେଟରୁ ଜନ୍ମ ହୋଇଥିବା ଛୁଆ ମଲା ପରେ ମାଟି ଟିକିଏ ପାଇବା ପାଇଁ ସକାଳୁ ପଡିଛି, ଆସି ରାତି ହେଲାଣି ।

ରାତି ଘଡିକେ ମରଦ ଟା ଆସିଲା । ହେଲେ ଗୋଟିଏ ସାଧାରଣ ଲୋକର ମନ ନେଇ ନୁହେଁ, ଗୋଟିଏ ମାତାଲ ବାପ ଫେରି ଆସିଥିଲା । ତଟିନୀକୁ ବସିଥିବାର ଦେଖି ନ ଦେଖିଲା ପରି ଯାଇ ପରା ହୋଇଥିବା ଛିଣ୍ଡା କନ୍ଥାରେ ଶୋଇ ପଡ଼ିଲା । ତଟିନୀ ମନକୁ ଦୃଢ଼ କରି ଯାଇ ମରଦକୁ ଡାକିଲା । ହେଲେ ମଦ ନିଶାରେ ତା'ର ହୋସ ନ ଥିଲା । ଯଦି ଉଠି ପଡ଼ିଥାନ୍ତା ଆଉ ମୁଣ୍ଡକୁ କ'ଣ ଢୁକିଥାନ୍ତା ବିଧା ଗୋଇଠାରେ ତଟିନୀର ଶରୀର ଛାଇ ହେଇ ଯାଇଥାନ୍ତା । କ'ଣ କରିବ ତଟିନୀ, ସକାଳୁ ପିଲାଟିର ଶବକୁ ଧରି ଏ ଯାଏଁ ବସିଛି । ଆଉ କେତେ ସମ୍ଭବ ବା ରଖିବ, ପଡିଶା ଲୋକମାନେ ହାଉ ହାଉ ହେଲେଣି, ଦଉଡି ଗଲା ବାବୁଙ୍କ ପାଖକୁ, ସବୁକଥା ଶୁଣିବା ପରେ ବାବୁ ତା' ମରଦକୁ ଡାକିବା ପାଇଁ ଲୋକ ପଠେଇଲେ । ଆଖି ମଳ ମଳ କରି ଉଠିଆସିଲା ବାବୁଙ୍କ କଥାରୁ ସେ ଜାଣିଲା ଛୁଆଟା ମରି ଯାଇଛି । ଚଢିଥିବା ମଦ ନିଶାଟା ଚଟକିନା ଛାଡ଼ିଗଲା, ମୁଣ୍ଡରେ ହାତଦେଇ ବସିପଡ଼ିଲା ତଳେ । ବାବୁ କିଛି ପଇସା ଦେଇ କହିଲେ ଯାଆ ପ୍ରଫୁଲ୍ଲ, ତୋ ଛୁଆର ବ୍ୟବସ୍ଥା କର ।

ପ୍ରଫୁଲ୍ଲ ଆଉ ତଟିନୀ ଦୁହେଁ ଘରକୁ ଫେରିଲେ । କାନ୍ଧରେ ଗୋଟେ ପଟେ ଫାଉଡା ଓ ଅନ୍ୟପଟେ ମଲା ଝିଅର ଶବ ଧରି ପ୍ରଫୁଲ୍ଲ ଆଗେ ଆଗେ ଚାଲିଥାଏ । ଆଉ ପଛରେ ତଟିନୀ ସାନ ଛୁଆଟିକୁ କାଖରେ ଧରିଥାଏ ଏବଂ ହାତରେ ଶାବଳ ଧରି ସେଇ କିଚି ମିଚି ଅନ୍ଧାର ରାତିରେ ମାଡି ଚାଲିଛନ୍ତି ଆଗକୁ ନା ଅଛି ସାପର ଭୟ ନା ଅଛି ଭୂତ ପ୍ରେତ ବା ଲୁଟେରାଙ୍କ ଭୟ । ସେମାନଙ୍କ ଲକ୍ଷ୍ୟରେ ମାଡି ଚାଲିଛନ୍ତି । ସତରେ; ଦୁନିଆରେ ପିତା ମାତାଙ୍କ ଠାରୁ ଆଉ କେହି ବଡ଼ ନୁହନ୍ତି । ହଉ ଖଟିଖିଆ ମଜୁରିଆ ବା ମଦୁଆ ସେ କିନ୍ତୁ ଗୋଟେ ବାପ ତା'ର ରକ୍ତରେ ଗଢ଼ା ମାଟି କ'ଣ୍ଢେଇକୁ ସେ କ'ଣ ଫୋପାଡ଼ି ଦେବ ।

ପ୍ରଫୁଲ୍ଲ ଗୋଟିଏ ତୋଟା ପାଖରେ ପହଞ୍ଚି ଗଲା । ଗୋଟିଏ ଭଲ ଜାଗା ଦେଖି ଖୋଳିବା ପାଇଁ ପ୍ରସ୍ତୁତ ହେଲା, ଝିଅର ନିଶ୍ଚଳ ଶରୀରକୁ ଧିରେ ଶୁଆଇ ଦେଇ ଗାମୁଛାଟା ଘୋଡେଇ ଦେଲା । ଝିଅ ତା'ର ଶେଷଥର ପାଇଁ ଶୋଇବ

ଯେ ସେ ଆଉ ଉଠିବ ନାହିଁ, ତେଣୁ ଭଲ ଜାଗା ଦେଖି ଶୁଆଇବ । ବୁକୁଫଟା କୋହ ଗୁଡିକ ପାଖରେ ତା'ର ପୁରୁଷ ପଣିଆ ହାର ମାନି ଯାଇଛି । ସେ ପୁରୁଷ ତେଣୁ ଭୋ ଭୋ ହୋଇ କାନ୍ଦି ନ ପାରିଲେ ବି ଆଖିର ଶେଷ ଲୁହ ଗୁଡିକ ଆଉ ବୋଲ ମାନୁନି । ଫାଉଡାରେ ଯେତେଥର ଚୋଟ ପକଉ ଥାଏ ସେତେ ଥର ଝିଅକୁ ଟିକେ ଅନେଇ ଦେଉଥାଏ ।

ତଟିନୀ ପାଖରୁ ଶାବଳ ନେଇ ଗାତ ଖୋଳିବା କାମ ସାରିଦେଲା ତଟିନୀ କୋଳରେ ଝିଅକୁ ଧରି ବସିଥାଏ । ଖୋଳିସାରି ଫାଉଡା ଶାବଳ ପାଖରେ ଥୋଇଦେଇ ତଟିନୀ ପାଖରେ ବସି ପଡ଼ିଲା, ତଟିନୀ କୋଳରୁ ଝିଅକୁ ନେଇ ଛାତିରେ ଚାପିଧରି ଭୋ ଭୋ ହୋଇ କାନ୍ଦି ଉଠିଲା ପ୍ରଫୁଲ୍ଲ, ବୋକପରେ ବୋକ ଦେଇ ଚାଲିଥାଏ । ନିଃଶବ୍ଦ ତୋଟାଟା ପ୍ରଫୁଲ୍ଲ କାନ୍ଦରେ ତରଙ୍ଗାଇତ ହୋଇଗଲା । ତଟିନୀର କଥା ନକହିବା ଭଲ । ଦଶମାସ ଦଶଦିନ ଅନ୍ତଫାଡ଼ି ଜନ୍ମ ଦେଇଥିଲା, ସେ କ'ଣ ତା ଛୁଆକୁ ଶେଷ ବିଦାୟ ଦେଇ ପାରିବ ? ଭୁଇଁରେ ମୁଣ୍ଡ ବାଡେଇ ଲୋଟି ଯାଉଥାଏ ତଟିନୀ । ନିଜକୁ ଦୃଢ଼ କରି ତଟନୀର ହାତକୁ ଛଡାଇ ଝିଅକୁ ନେଇ ଗାତ ଭିତରେ ଶୁଆଇ ଦେଲା । ତା ପୂର୍ବରୁ ଝିଅକୁ କଷ୍ଟ ହେବ ବୋଲି ଭାବି ପ୍ରଫୁଲ୍ଲ ଗୋଟେ ଲୁଗା ପାରି ଦେଇଥିଲା । ଶେଷଥର ପାଇଁ ଗାମୁଛା ଉଠାଇ ତା ମୁହଁଟିକୁ ଦେଖି ଚୁମାଟିଏ ଦେଇ ମାଟିରେ ଘୋଡ଼ାଇ ଦେଲା ପ୍ରଫୁଲ୍ଲ । ଏତିକି ବେଳେ ସାନ ଛୁଆଟି କାନ୍ଦି ଉଠିଲା, ପ୍ରଫୁଲ୍ଲ ଦଉଡି ଯାଇ ତାକୁ କାଖେଇ ପକେଇଲା ଏବଂ ନିଜ ଭୁଲ ବୁଝି ସାରିଥିଲା । ତଟିନୀକୁ ଧରି ଘରକୁ ଫେରିଲା ।

ଝିଅର ସମସ୍ତ କାର୍ଯ୍ୟ ସରିବା ପରେ ତଟିନୀ ବାହାରିଲା ଗେଟି ବାଡେଇବାକୁ, ଆଉ ପ୍ରଫୁଲ୍ଲ ବି ତଟିନୀ ସାଙ୍ଗରେ ବାହାରିଲା କାମକୁ । ଗରିବ ବାପୁଡ଼ା ପ୍ରତିଦିନ କାମକରି ମଜୁରୀ ଆଣିଲେ ଓ ଭାତପାଣି ଚୁଲି ଉପରକୁ ଯିବ, ନ ହେଲେ ଖାଡା ଖାଡା ଉପାସ ରହିବାକୁ ପଡିବ । ଝିଅର ମୃତ୍ୟୁ ପରେ ପ୍ରଫୁଲ୍ଲ ମଦ ଛାଡି ଦେଇଥିଲା, ସେ ଅନୁତାପ କଲା ତା' ପାଇଁ ଆଜି ତା' ଝିଅଟି ଚାଲିଗଲା । ଏ ସବୁର ଦୋଷ ସେ ନିଶା ପାଣିକୁ ଦେଲା । ହସ ଖୁସିରେ ଚଳି ଯାଉଥିଲେ ପ୍ରଫୁଲ୍ଲ ଆଉ ତଟିନୀ, ଆଉ ଗୋଟିଏ ବୋଲି ପୁଅ ବାଳଗୋପାଳ ପରି ବଢି ଚାଲିଥିଲା । ତାଙ୍କ ପରିବାରକୁ ଦେଖିଲେ ସମସ୍ତେ ଇର୍ଷା କରୁଥିଲେ । ସେମାନଙ୍କ ଚଳଣିରେ ପରିବର୍ତ୍ତନ ଆସି ଯାଇଥିଲା । କିନ୍ତୁ ନିୟତିର ନିର୍ଦ୍ଦେଶ କେତେ ବେଳେ କ'ଣ କାହାପାଇଁ ଅଛି ତାକୁ ବୁଝିବା ମଣିଷ ପକ୍ଷେ କଷ୍ଟ ସାଧ୍ୟ ।

"ଦଇବ ଦଉଡି ମଣିଷ ଗାଈ, ଜେଣିକି ଟାଣିବ ସେଣିକି ଯାଇ ।"

ତଟିନୀର ସୁଖର ସଂସାର ଉପରେ କାହାର ନଜର ପଡିଲା, ହସିଲା ଖୁସିଲା ସଂସାର ଉପରେ ଚଡକ ପଡିଗଲା । ଦୀର୍ଘଦିନ ଧରି ପ୍ରଫୁଲ୍ଲର ଦେହ ଭଲ ନ ରହିବାରୁ ତଟନୀ ତାକୁ ନେଇ ସରକାରୀ ଡାକ୍ତରଖାନାକୁ ଗଲା । ଡାକ୍ତର ସବୁ ପରୀକ୍ଷା କରି କହିଲେ ପ୍ରଫୁଲ୍ଲକୁ କ୍ୟାନସର, ଅତ୍ୟଧିକ ମଦ ପିଇବାରୁ ତା'ର ପେଟ ଭିତରେ ଘା ହୋଇ ଯାଇଛି । ତଟିନୀ ଶୁଣିଲା ପରେ ସତେ ଯେମିତି ଆକାଶଟା ତା ଉପରେ ଛିଣ୍ଡି ପଡିଲା । କ'ଣ କରିବ ସେ ମାଇପି ଲୋକଟା, ଡାକ୍ତର ମାଗଣା ଔଷଧ ଯାହା ଦେବା କଥା ଦେଲେ, ହେଲେ କହିଲେ ରୋଗକୁ ଭଲ କରିବାକୁ ପଇସା ଦରକାର । ଦୁହେଁ ଘରକୁ ଫେରି ଆସିଲେ ।

ତଟିନୀ କାମକୁ ଯାଏ । ଘରେ ପୁଅକୁ ରଖି ପ୍ରଫୁଲ୍ଲ ରୁହନ୍ତି । ପ୍ରଫୁଲ୍ଲ ପୁଅକୁ ଶୁଆଇ ଦେବା ପରେ ଚିନ୍ତା କଲା । ମୋର ଟିକେ ବଦଭ୍ୟାସ ନିଶାପାଣି ଆଜି ମୋତେ ଓ ମୋର ସଂସାରକୁ ଛାରଖାର କରିଦେଲା । ସତରେ, ମୁଁ କ'ଣ ଆଉ ଏ ରୋଗ କବଳରୁ ମୁକ୍ତି ପାଇବି ? ବାପା ମାଆ କେତେ ମନା କରିଥିଲେ ହେଲେ ମାନି ନ ଥିଲି । ତଟିନୀ ଛୁଆଙ୍କ ମୁଣ୍ଡ ଛୁଆଁଇ ଶପଥ କରାଇଥିଲା, ମାନିଲି ନାହିଁ । ମିଛରେ ମୋ' ଝିଅର ମୁଣ୍ଡ ଛୁଇଁଲି ବୋଲି ମୋତେ ଛାଡ଼ି ଚାଲିଗଲା । ମୁଣ୍ଡଟା ତା'ର କ'ଣ ହେଇଗଲା, ଆଉ ଭାବି ପାରିଲାନି ।

ତଟନୀର ଗୋଟିଏ ଲକ୍ଷ୍ୟ ସ୍ୱାମୀକୁ ଭଲ କରିବ । ସେଥିପାଇଁ ଟଙ୍କା ଦରକାର । ଟଙ୍କା ପାଇଁ ତାଙ୍କୁ ଅଧିକ ଖଟିବା ଦରକାର, ସେ ଖଟିବ କିନ୍ତୁ ତା କାଚ ସିନ୍ଦୁର ଉପରେ ଆଞ୍ଚ ଆସିବାକୁ ଦେବନି । ଖରାର ତାତି ବେଳକୁ ବେଳ ବଢ଼ିବାରେ ଲାଗିଛି । ସରକାର କହିଛନ୍ତି ୧୧ ଟା ପରେ କେହି ବାହାରେ ରହିବନି, ତେଣୁ ସମସ୍ତେ ଚାଲି ଯାଆନ୍ତି ଘରକୁ, କିନ୍ତୁ ତଟନୀ ରକ୍ତକୁ ପାଣି କରି ଖଟୁଥାଏ । ନା ଖରାକୁ ଡ଼ରିଲା ନା ସମୟକୁ । ଖଟି ଚାଲିଥାଏ । ତା'ର ପରିଶ୍ରମ ଦେଖି ସମସ୍ତେ ଆଶ୍ଚର୍ଯ୍ୟ ହୋଇଯାଉଥାନ୍ତି ।

ଧିରେ ଧିରେ ସେ ପଇସା ଏକୋଠି କରି ପ୍ରଫୁଲ୍ଲକୁ ଡାକ୍ତରଖାନା ନେଲା । ଡାକ୍ତରଙ୍କ ଚିକିତ୍ସା ଚାଲିଥାଏ, ତଟିନୀ ମଧ୍ୟ ପଇସା ଜମା କରି ଚାଲିଥାଏ । ତଟିନୀ ସୀତା ସାବିତ୍ରୀ ଦେଶର ସ୍ତ୍ରୀ, ତେଣୁ ସେ କେମିତି ପଛ ଘୁଞ୍ଚା ଦେବ । ସାବିତ୍ରୀ ଯେମିତି ମରଣ ମୁହଁରୁ ସତ୍ୟବାନଙ୍କୁ ଫେରାଇ ଆଣିଥିଲେ, ସେ ମଧ୍ୟ

ପ୍ରଫୁଲ୍ଲକୁ ରୋଗମୁକ୍ତ କରିବ । ପ୍ରଫୁଲ୍ଲ ସୁସ୍ଥ ହେବାର ଡାକ୍ତରଙ୍କ ଠାରୁ ଶୁଣି ତଟିନୀ ଖୁସିରେ ନାଚିଗଲା । ତା'ର ଶ୍ରମ ସାର୍ଥକ ହୋଇଛି । ସେ ଆହୁରି ଆଗ୍ରହରେ ଲାଗିପଡ଼ିଲା କାମରେ । ଶେଷଟଙ୍କା ତାକୁ ଡାକ୍ତରଖାନାରେ ଦେବାକୁ ହେବ । ସେ ରାତିରେ ଖାଇବା ଶୋଇବା ଦିନରେ ଖାଇବା ସବୁ ଭୁଲିଗଲା । ତା' ଆଗରେ ଗୋଟିଏ ଲକ୍ଷ୍ୟ, ଅର୍ଜୁନଙ୍କ ପରି ଲାଖ ବିନ୍ଧି ସ୍ୱାମୀଙ୍କୁ ମରଣ ମୁହଁରୁ ଫେରାଇ ଆଣିବ । ସକାଳୁ ଉଠି ଛୁଆଟାର କଥା ବୁଝି ଦେଇ ସେ ଆସିଯାଏ ଯେ ଗଲାବେଳର ସମୟ ଠିକ ନଥାଏ, ମାଆର ବାଟକୁ ଚାହିଁ ବକଟେ ବୋଲି ଛୁଆ ସେମିତି ଚାହିଁଥିବ, ଏଇ ଥିଲା ତଟିନୀ ଜୀବନ ।

ଦିନେ ଡାକ୍ତର କହିଦେଲେ ପ୍ରଫୁଲ୍ଲ ପୁରାଠିକ ହୋଇ ଯାଇଛି । ତାକୁ ତୁମେ ଘରକୁ ନେଇଯାଅ । ସେ ଦିନ ତଟିନୀର ଗୋଡ଼ ତଳେ ଲାଗୁ ନଥାଏ । ସେ ସର୍ତ୍ତ ଜିତିଗଲା ବୋଲି ଭାବୁଥାଏ । ଗାଁ ଗ୍ରାମ ଦେବତୀଙ୍କୁ ମାଜଣାଟିଏ କରି ତା' ପରିବାରକୁ ଭଲ ରଖିବା ପାଇଁ ଗୁହାରି କଲା ।

ତଟିନୀ ଏତେ କାମ କରି କରି ଧିରେ ଧିରେ ନିଜେ ଅସୁସ୍ଥ ହୋଇ ପଡ଼ିଲା । ଶରୀର ଉପରେ ନିର୍ଯ୍ୟାତନା ଦେଲେ ସେ କେତେ ସହିବ । କାରଖାନାରେ ମଧ୍ୟ ଯନ୍ତ୍ରପାତିକୁ ବିଶ୍ରାମ ଦିଆଯାଉଛି, ହେଲେ ତଟିନୀ ନିଜେ ଗୋଟେ ମେସିନ ପରି ତା'ର କାର୍ଯ୍ୟ କରି ଚାଲିଲା । ଦିନେ ତଟିନୀରେ କାଶରେ ରକ୍ତ ପଡିଲା, ବ୍ୟସ୍ତ ହୋଇ ଉଠିଲା ପ୍ରଫୁଲ୍ଲ । ସେ ତଟିନୀର ଅନିଚ୍ଛା ସତ୍ତ୍ୱେ ତାକୁ ଡାକ୍ତରଖାନା ନେଲା, କିନ୍ତୁ ସେତେ ବେଳକୁ ବହୁ ଡେରି ହୋଇଯାଇଥିଲା । ଡାକ୍ତର ବାବୁ କହିଲେ ତଟିନୀ ଶେଷ ଅବସ୍ଥା, ସେ ଆଉ ବେଶି ଦିନ ରହିବେ ନାହିଁ । ପ୍ରଫୁଲ୍ଲ ଆଖିରୁ ଦୁଇଧାର ଲୁହ ବୋହିଗଲା । ତଟିନୀ ତା'ର ପଣତ କାନିରେ ପୋଛି ଦେଇ କହିଲା ନା ମ' ମୋର କିଛି ହେଇନି, ଚାଲ, ଦୁହେଁ ଘରକୁ ଆସିଲେ ।

ଘରକୁ ଆସିବାର ଦୁଇଦିନରେ ତଟିନୀର ଅବସ୍ଥା ଶୋଚନୀୟ ହେଇଗଲା । ସେ ତା' ପୁଅକୁ ଛାତିରେ ଧରି ଢେର କାନ୍ଦିଲା, ପ୍ରଫୁଲ୍ଲକୁ କହିଲା- ମୋ' ପୁଅର ଯତ୍ନ ନେବ, ସତ କଥା କ'ଣ ଜାଣିଛ?' ମୋତେ ତୁମକୁ ଓ ପୁଅକୁ ଛାଡି ଯିବା ପାଇଁ ଜମା ବି ଇଚ୍ଛା ନାହିଁ । ଭୋ ଭୋ ହୋଇ ପ୍ରଫୁଲ୍ଲକୁ ଧରି କାନ୍ଦିଲା । ଭକ ଭକ ହେଇ ରକ୍ତ ବାନ୍ତି ହେଲା, ଆଉ ତା ପରେ --- ସବୁଶେଷ ।

ପ୍ରଫୁଲ୍ଲ ତଟିନୀକୁ କୋଲରେ ଧରି ବହୁତ କାନ୍ଦିଲା ପୁଅଟି ମାଆ.. ମାଆ..

ହେଇ ତଟିନୀର ଗାଲକୁ ହଲାଇ ଦେଉଥାଏ, ବାରମ୍ବାର ସେ ତା ବକ୍ଷରୁ କ୍ଷୀର ପିଇବ ବୋଲି ମାଆର ହାତ ଧରି ଟାଣୁଥାଏ, ହେଲେ ତା'ର ପ୍ରାଣ ପକ୍ଷୀ ଯେ ସବୁ ମାୟାର ବନ୍ଧନ ଛିଣ୍ଡାଇ ବହୁ ଦୂରକୁ ଉଡିଯାଇଥିଲା ।

ପ୍ରଫୁଲ୍ଲ ଶଙ୍ଖା, ସିନ୍ଦୂର, ଅଳତା ଆଣି ପିନ୍ଧାଇ ଦେଲା ଆଉ ତା' ବାହାଘରର ନାଲି ଚୁମୁକି ଶାଢ଼ୀକୁ ପିନ୍ଧାଇ ବଧୂ ବେଶରେ ସଜାଇ ଦେଲା । ଶେଷରେ ପ୍ରଫୁଲ୍ଲର ହାତ ଥରିଲା, ସାହି ପଡିଶା କୋକେଇ ବାନ୍ଧି ଶୁଆଇ ଦେଲେ ତଟିନୀକୁ ଆଉ ତଟିନୀ ଗଲା --- ଅହ୍ୟା ଡେଙ୍ଗୁରା ବଜାଇ ଖଇ କଉଡ଼ି ବିଞ୍ଚି, ପ୍ରଫୁଲ୍ଲ ଆଗରେ ଚାଲିଥାଏ । ରାମ ନାମ ସତ୍ୟ... କହି ତଟିନୀ ଚାଲିଗଲା ମଶାଣିକୁ ।

ତା'ର କାର୍ଯ୍ୟ ହେରିକା ସରିବା ପରେ ପଡିଶା ଘର ଲୋକ ସକାଳୁ ଉଠି ଦେଖନ୍ତି ପ୍ରଫୁଲ୍ଲ କି ତା' ପୁଅ କେହି ନାହାନ୍ତି । କୁଆଡେ ଗଲେ କେହି ଜାଣି ନାହାଁନ୍ତି ।

■ ■

ପତ୍ରଝଡା

କିଟିମିଟି କଳା ଅନ୍ଧାର ରାତି। ଏ ଅଦିନିଆ ବର୍ଷା ଲାଗି ରହିଛି ତା ସାଙ୍ଗକୁ ପବନର ଗତି ବଢ଼ିବାରେ ଲାଗିଛି । ସତର୍କ ସୂଚନା ବୋଲି କେଉଁଠି ରେଡ଼ିଓର ଘୋଷକଙ୍କ ଠାରୁ ବାରମ୍ବାର ସତର୍କର ଚେତାବନୀ ଶୁଭାଯାଉଛି । ଭୟଙ୍କର ଲଘୁଚାପ ଏବଂ ତା' ସାଙ୍ଗକୁ ୬୦/୭୦ କିଲୋ ମିଟରରେ ପବନ ବହିବାର ସମ୍ଭାବନା, ତେଣୁ ସମସ୍ତଙ୍କୁ ସତର୍କ ସୂଚନା ନିରାପଦ ସ୍ଥାନକୁ ଚାଲିଯିବା ପାଇଁ ହେଲେ ଶୀତ-ତାପ ନିୟନ୍ତ୍ରିତ ରେଲ ଗାଡିର ସେହି ବଗିରେ ଏକୁଟିଆ ବସିଥାନ୍ତି ଜଣେ ଭଦ୍ର ମହିଳା, ବୟସ ପାଖାପାଖି ୭୦ । ଚିନ୍ତାର ରେଖା ଗୁଡିକ ବୟସର ଅପରାହ୍ଣରେ ସୁସ୍ପଷ୍ଟ ବାରିହୋଇ ପଡୁଥାଏ । ଅନ୍ଧାରର ବୁକୁଚିରି ରେଲ ଗାଡିଟି ମାଡି ଚାଲିଛି ଆଗକୁ ଆଗକୁ ତା'ର ଗନ୍ତବ୍ୟ ପଥରେ । ବର୍ଷା ପବନକୁ ଖାତିର ନାହିଁ, କେବଳ ତା'ର ଗୋଟିଏ ଚିନ୍ତା, ତା' ପିଠିରେ ସବାର ହୋଇଥିବା ଯାତ୍ରୀ ମାନଙ୍କୁ ସେମାନଙ୍କର ଗନ୍ତବ୍ୟ ସ୍ଥାନରେ ପହଞ୍ଚାଇ ଦେବା । ରେଲଗାଡିଟି ତା'ର ସିଗନାଲ ଦେଲା, ଆଗ ଷ୍ଟେସନରେ ରହିବାର ଉପକ୍ରମ ତେଣୁ ଯାତ୍ରୀମାନଙ୍କୁ ସତର୍କ କରାଇଦେଲା ଯଦି ଓହ୍ଲାଇବାର ଅଛି ପ୍ରସ୍ତୁତ ହୋଇଯାଅ । ଭଦ୍ର ମହିଳା ଜଣଙ୍କ ଚଳଚଞ୍ଚଳ ହୋଇ ଉଠିଲେ । ହାତର ଘଣ୍ଟାକୁ ଲକ୍ଷ କଲେ ଭୋର ୪ ଟା ବାଜିଛି । ସେ ତାଙ୍କ ପାଖରେ ଥିବା ବେଡିଂ ପତ୍ରକୁ ସଜାଡି ଓହ୍ଲାଇବାକୁ ପସ୍ତୁତ ହେଲେ ।

ଏଇ ମେଘ ଘର୍ଘର ନାଦ କରି ରେଳ ଗାଡିଟି ଅଟକି ଗଲା ଭୁବନେଶ୍ୱର ରେଳ ଷ୍ଟେସନରେ । ଭଦ୍ରମହିଳା ଜଣକ ନିଜର ଜିନିଷ ପତ୍ର ଧରି ଓହ୍ଲାଇବା ପାଇଁ ଡୋର ସାମ୍ନାକୁ ଆସିଗଲେ । ଚାରିଆଡେ ଚାହିଁଲେ କୁଲିର ସନ୍ଧାନରେ, ହେଲେ କେହି କୁଆଡେ ନଥିଲେ ଏହି ବର୍ଷଣ ମୁଖର ରାତିରେ । ଚଳଚଞ୍ଚଳ ଭୁବନେଶ୍ୱର ଷ୍ଟେସନଟି ଏଇ ବର୍ଷା ରାତିରେ ଶୋଇ ପଡ଼ିଥିଲା ଯେପରି । ଜନଗହଳି ଷ୍ଟେସ-ନଟି ନୀରବ ଦ୍ରଷ୍ଟା ଭାବରେ କେବଳ ମୁକ ସାକ୍ଷୀ ରୂପେ ଠିଆ ହୋଇ ରହିଛି ।

ଭଦ୍ର ମହିଳା ଜଣକ ତରତର ହୋଇ ନିଜ ଜିନିଷକୁ ପତ୍ରକୁ ପ୍ଲାଟଫର୍ମରେ ରଖି ନିଜେ ଓହ୍ଲେଇବାକୁ ଚେଷ୍ଟା କରିଥିଲେ । ଠିକ ସେହି ସମୟରେ ରେଲଗାଡିଟା ଛାଡିବାର ସଂଙ୍କେତ ଦେଲା । ସେହି ଓହ୍ଲାଇବା ଚଢ଼ିବାର ଶେଷ ମୁହୂର୍ତ୍ତରେ ଜଣେ ଭଦ୍ର ଲୋକ ତା'ଙ୍କ ସ୍ତ୍ରୀ ପିଲାଙ୍କୁ ନେଇ ତରତର ହୋଇ ଚଢିବା ପାଇଁ ବ୍ୟସ୍ତ ହେଲା ବେଳେ ଭଦ୍ର ମହିଳାଙ୍କ ସହିତ ନିଜ ଅସାବଧାନତାରେ ବାଜିଗଲେ । "Sorry.." କହି ବୁଲି ପଡିଲେ ଭଦ୍ରଲୋକ ଜଣକ ହଠାତ୍ ତାଙ୍କ ମୁହଁରୁ ବାହାରି ପଡ଼ିଲା 'ଲିଚୁ ଅପା' !

ହଠାତ ଭଦ୍ର ମହିଳା ଜଣକ ବୁଲିପଡିଲେ । ଏ ଶୂନଶାନ୍ ଷ୍ଟେସନରେ କିଏ ତାଙ୍କର ନାଁ ଧରି ଡାକିଲା ? ଯେଉଁ ନାଁ ଟିକୁ ସେ ଅନେକ ଦିନ ହେଲା ଭୁଲି ଯାଇଥିଲେ, ତା'ର ପୁନଃ ଉତଥାନ କିଏ କଲା ଭାବି ବୁଲି ପଡିଲେ । "ତୁମେ ଚିହ୍ନି ପାରୁନ ବୋଧେ ଲିଚୁ ଅପା, ମୁଁ ପବିତ୍ର ତୁମର କ'ଣ---" ଆଉ କିଛି କହି ପାରି ନ ଥିଲେ ପବିତ୍ର । ଟ୍ରେନର ଚକ ଗୁଡିକ ରେଳ ଧାରଣା ଉପରେ ଗଡ଼ିବାକୁ ଆରମ୍ଭ କରିସାରିଥିଲା । ଲିଚୁ ଅପା ଚାହିଁଥିଲେ ସେହି ଟ୍ରେନର ଯିବା ପଥକୁ । ପବିତ୍ର ହାତ ହଲାଇ ବିଦାୟ ନେବାର ଉପକ୍ରମ କରୁଥିଲେ । ଆଖିର ଅନ୍ତରାଳରୁ ଟ୍ରେନଟି ଅପସରି ଯାଇଥିଲା, ହେଲେ ଲିଚୁ ଅପାର ମନରୁ ହଜି ଯାଇଥିବା ସେହି ପୁରୁଣା ସ୍ମୃତି ଗୁଡିକ ପୁଣି ଉଜ୍ଜିବିତ ହୋଇଉଠିଲା ।

ଲିଚୁ ଅପା ବିଶ୍ରାମ କକ୍ଷକୁ ଯାଇ ଅପେକ୍ଷା କଲେ ରାତି ପାହିବା ପର୍ଯ୍ୟନ୍ତ । ଆଉ ଠିକ୍ ଏଇ ସମୟରେ ମୁଣ୍ଡରେ ଥିବା ଗ୍ରନ୍ଥି ଗୁଡିକ ଛଟପଟ ହେଉଥିଲେ ପୁରୁଣା ଦିନକୁ ଫେରାଇ ନେବାକୁ । ଫେରି ଚାଲିଗଲେ ସେହି ଅତୀତକୁ, ଯାହାକୁ ଭୁଲି ଯାଇଛନ୍ତି । ବୋଲି ସେ ବାହାସ୍ଫୋଟ ମାରୁଥିଲେ । ସେ ଗୁଡିକ ପୁଣିଥରେ ଚଳଚ୍ଚିତ୍ରର ଗୋଟିଏ ପରେ ଗୋଟିଏ ଦୃଶ୍ୟ ନାଚି ଉଠିଲା ତାଙ୍କ ମାନସ ପଟରେ । "'ପବିତ୍ର' କେତେ ଶାନ୍ତି ମିଳେ ଏଇ ନାଁ ଟିକୁ ଉଚ୍ଚାରଣ କଲାବେଳେ । ଅନେକ ଦିନ ବିତି ଯାଇଛି, ଏହା ଭିତରେ ତା' ଠାରୁ ଦୂରେଇବାକୁ ଯାଇ ମୁଁ ହଜିଯାଇଥିଲି ନିହାତି ନିକାଞ୍ଚନ ଭରା ଜଙ୍ଗଲ ଭିତରେ । ତା' ଠାରୁ ଦୂରେଇ ଯାଇଛି ବୋଲି ମିଛ ଆସ୍ଫାଳନ କରୁଥିଲି, ହେଲେ ସତରେ କ'ଣ ତା' ଠାରୁ ଦୂରେଇ ଯାଇଥିଲି ?" ଲିଚୁ ଅପା ଭାବୁଥିଲେ ।

ଆଜି ବି ମୋ' ପାଖରେ ଆମ ଦୁଇ ଜଣଙ୍କର ଅନ୍ତରଙ୍ଗ ଫଟୋଟି ଅଛି । ପୁରୀର ସେହି ବେଳାଭୂମିରେ ଉଠାଇଥିବା ଫଟୋଟି ଆଜି ବି ତୁମ ଦେହର

ବାସ୍ନାକୁ ମନେ ପକେଇ ଦେଉଛି । ଆଉ ସେହି ବାସ୍ନାରେ ରୋମାଞ୍ଚିତ ହୋଇଉଠେ ଶରୀର । ତୁମଠାରୁ ଦୂରେଇବାର ମୁଁ କେବଳ ଛଳନା କରୁଥିଲି । ହେଲେ ପ୍ରକୃତରେ ମୁଁ କ'ଣ ତୁମଠାରୁ ଦୂରେଇ ପାରିଥିଲି ? ଆହୁରି ପଛକୁ ଫେରିଯିବାକୁ ଇଚ୍ଛାହୁଏ । ଏଇ ଟ୍ରେନ ଆମ ଜୀବନର ପ୍ରେମର ବାର୍ତ୍ତାବହ ।

ଜୀବନର ହଜିଲା ଦିନଗୁଡିକ ସତରେ ଆଉଥରେ ଫେରିଆସନ୍ତା କି ? ଯେଉଁ ନ୍ୟାୟ ଆମେ ସେତେବେଳେ ଦେଇପାରି ନଥିଲୁ, ତାହା ବୋଧେ ଆମେ ଦେଇ ପାରନ୍ତୁ । ଏମିତି ଏକ ନିଝୁମ ବର୍ଷାର ରାତି । ମେଘ ଘଡ଼ଘଡ଼ି ସାଙ୍ଗକୁ ବିଜୁଳି ଯେମିତି ପଥହରା ପଥିକକୁ ବାଟ ଦେଖେଇବା କର୍ତ୍ତବ୍ୟରେ କର୍ତ୍ତବ୍ୟ ରତ ଥିଲା । ତୁମେ ପ୍ରଥମ କରି ଆମ ଗାଁକୁ ଆସୁଥିଲ, ହେଲେ ବର୍ଷା ତୁମକୁ ପଥହରା କଟିଦେଲା । ନିଜକୁ ବର୍ଷାରୁ ବଞ୍ଚାଇବାକୁ ଯାଇ ଆମ ପିଣ୍ଡାରେ ଆଶ୍ରୟ ନେଇଥିଲା । ହଠାତ ମାଆଙ୍କ ନଜର ପଡିବାରୁ ଏବଂ ତୁମର ପୋଷାକ ପତ୍ର ଓ ବ୍ୟବହାରରୁ ଜଣା ଯାଉଥିଲା ତୁମେ ଏକ ରକ୍ଷଣଶୀଳ ପରିବାର ବୋଲି ତେଣୁ ସେ ତୁମକୁ ଭିତରକୁ ଆସିବା ପାଇଁ କବାଟ ଖୋଲି ଦେଇଥିଲା । ପ୍ରାୟତଃ ତୁମେ ବର୍ଷାରେ ଭିଜି ଯାଇଥିଲ । ସୋଫା ଉପରେ ବସିବାକୁ କହି ମୋତେ ଚା' ଆଣିବାକୁ ବରାଦ କରିଦେଇ ଗାମୁଛାଟିଏ ବଢ଼ାଇ ଦେଲା ମୁଣ୍ଡ ପୋଛିଦେବା ପାଇଁ । ମୁଁ ଚା' ନେଇ ତୁମକୁ ବଢ଼େଇ ଦେଇଥିଲି, ଆଉ ତୁମେ ଅତି ସନ୍ତର୍ପଣରେ ମୁଣ୍ଡଟି ନୁଆଇଁ ନମସ୍କାର କଲ । ଚା' ପିଇବା ଭିତରେ ମାଆ ତୁମଠାରୁ ତୁମ ପରିବାର ବିଷୟରେ ସବୁ ପଚାରି ବୁଝି ଦେଇଥିଲା, ଆଉ ଏ ଗାଁକୁ ସର୍ଭେ କରିବାକୁ ଆସିଛ ବୋଲି କହିଲ । ବର୍ଷା ଛାଡି ଆସିଥିଲା ତୁମେ ଯିବା ପାଇଁ ବାହାରିଲ । ମାଆକୁ ନମସ୍କାର କରି ତୁମେ ସେହି ଅନ୍ଧାର ଭିତରେ ଅନ୍ତର୍ଧ୍ୟାନ ହୋଇଗଲ ।

ଏହାପରେ ଅନେକ ଦିନ ଚାଲି ଯାଇଛି । ବିବାହ କରି ନଥିବାରୁ ସମସ୍ତଙ୍କ ପାଖରେ ଭଲରେ ମନ୍ଦରେ ଛିଡା ହୋଇଥିବାରୁ ସମସ୍ତେ ମୋତେ ଲିତୁ ଅପା ଡାକନ୍ତି । ସମୟର ନଈରେ କୁଟାଖିଅ ପରି ଆଗକୁ ଭାସିଯିବା ତ ମଣିଷର ଧର୍ମ । ହଠାତ୍ ଦିନେ ଦ୍ୱିପହରରେ କବାଟ ଠକ୍ ଠକ୍ ହେବାର ଶୁଣି ମୁଁ ଯାଇ କବାଟ ଖୋଲିଲି, ଦୁଆର ମୁହଁରେ ତୁମେ ଥିଲ, ମୁଁ କିଛି କହିବା ଆଗରୁ 'ଲିତୁ ଅପା ' ନମସ୍କାର ବୋଲି କହିଲ ଏବଂ ମାଆ କଥା ପଚାରିଲ ମାଆ ଶୋଇ ପଡ଼ିଥିଲା, ତାକୁ ଡାକିଦେଇ କହିଥିଲି, "ପବିତ୍ର ବାବୁ ଆସିଛନ୍ତି" । ସେ ଉଠି ଡ୍ରଇଂ ରୁମକୁ ଗଲା । ତୁମେ ଗୋଟେ ମିଠା ପ୍ୟାକେଟ୍ ବଢ଼ାଇ ଦେଇ କହିଲ, "ମାଉସୀ ଆଜି

ମୋ' ଜନ୍ମଦିନ" ଏବଂ ମାଆର ପାଦଛୁଇଁ ପ୍ରଣାମ କଲ ।

ତା' ପରଠାରୁ ଆମ ଘରକୁ ଆସିବା ଏବଂ ଆମର ଭଲମନ୍ଦ ବୁଝିବା ତୁମର ଏକ କାମ ହୋଇ ଯାଇଥିଲା । କହିଲେ, "ଅତ୍ୟୁକ୍ତି ହେବ ନାହିଁ । ଲିତୁ ଅପା... ଲିତୁ ଅପା... କହି କହି ବ୍ୟସ୍ତ କରି ଦେଉଥିଲ । ମୁଁ ବି ତୁମକୁ ପବିତ୍ର କହି ଡାକୁଥିଲି । କୋଉଠିକି ଯିବାର ହେଲେ ତୁମକୁ ଖୋଜା ଯାଏ । ତୁମେ ହିଁ ତୁମେ ସବୁବେଳେ ସବୁ ସମୟରେ । ମୁଁ ତୁମଠାରୁ ବଡ଼ ଥିଲି, ତେଣୁ ତ ତୁମେ ମୋତେ ଲିତୁ ଅପା ବୋଲି ଡାକୁଥିଲ । ଏଇ ମିଳାମିଶା ଯିବା ଆସିବା ଭିତରେ ତୁମ ମନରେ ମୋ' ପାଇଁ କେଉଁଠି ଗୋଟିଏ ଜାଗା ତିଆରି ହୋଇ ଯାଇଥିଲା ବୋଧେ । ମନ ଭିତରେ ଚାପି ରହିଥିବା କଥାକୁ ଆଉ ବେଶିଦିନ ଚାପି ପାରିଲ ନାହିଁ । ଦିନେ ମୋ' ଆଗରେ ପ୍ରକାଶ କଲ । ସେ ଦିନ ମୁଁ ତୁମକୁ ସତର୍କ କରେଇ ଦେଇଥିଲି, ମୁଁ ବଡ଼ ! ଏ ସମାଜର ନୀତି ନିୟମ ଭିତରୁ ବାହାରିବାକୁ ହେଲେ ସେତିକି ସୁଦୃଢ଼ ହେବାକୁ ପଡିବ, ଯେମିତି ପାହାଡର ବଡ଼ ପଥର ଖଣ୍ଡକୁ କେହି ଆଡେଇ ନ ପାରି ସେହିଠାରେ ପଡ଼ିବାକୁ ଛାଡିଦିଅନ୍ତି ।

ପବିତ୍ର; ତୁମେ କିନ୍ତୁ ବହୁତ ସ୍ୱାର୍ଥପର ଥିଲ । ନିଜକୁ ଦୁନିଆଁ ଦାଣ୍ଡରେ ସଫା ସୁତରା ରଖିବାକୁ ଚେଷ୍ଟା କରୁଥିଲ, କିନ୍ତୁ କେବେ ଅନ୍ୟର କଥା ଚିନ୍ତା କରୁ ନ ଥିଲ । ମୁଁ ଯେତେବେଳେ ତୁମକୁ ବିବାହର କଥା କହିଥିଲି, ତୁମେ ମୋ' ଆଗରେ ଏମିତି ଏକ ଯୁକ୍ତି ରଖିଲ ଯେ ମୁଁ ତୁମଠାରୁ ଦୁରେଇ ଯିବା ଠିକ ଭାବିଲି । ତୁମର ଯୁକ୍ତି ତୁମେ ଅନ୍ୟକୁ ବିବାହ କରିବ । ଘରେ ବାହାରେ ସମସ୍ତେ ଜାଣିବେ ମୁଁ ତୁମ ବଡ଼ ଭଉଣୀ, ଆଉ ସମୟ ପାଇଲେ ଦୁନିଆଁର ଅନ୍ତରାଳରେ -- । ଏହା କ'ଣ ଗୋଟେ ଝିଅପାଇଁ କେବେ ସମ୍ଭବ !

କୌଣସି ଝିଅ କାହାର ରକ୍ଷିତା ହୋଇ ରହିବାକୁ ପସନ୍ଦ କରେ ! ଆମର ଗୋଟିଏ ଗୀତ ନାହିଁ, 'ଆମେ ଦିନରେ ମଳୟ ଆଉ ରାତିରେ ମାଳତୀ' । ମୁଁ ସେମିତି ଜୀବନରେ ଏକା ସାଙ୍ଗରେ ଦୁଇଟି ଅଭିନୟ କରି ପାରିବିନି ବୋଲି ମନା କରି ଦେଇଥିଲି । ଆଉ ମଧ୍ୟ କହିଥିଲ ତୁମ ବିବାହରେ ମୁଁ ତୁମକୁ ସଜେଇ ତୁମ ବରଯାତ୍ରୀ ସାଙ୍ଗେ ଯାଇଥାନ୍ତି କନ୍ୟା ଘରକୁ । ଏହା କ'ଣ କେବେ ସମ୍ଭବ । ନିଜର ଭଲ ପାଇବାକୁ ନିଜର ଅଧିକାରକୁ ଅନ୍ୟ ହାତରେ ଟେକି ଦେବାକୁ କେହି କ'ଣ ଭଲପାଏ । ହଁ, ମୁଁ ତୁମ ଠାରୁ ବଡ଼, ତା' ବୋଲି ନୁହେଁ ତୁମେ ମୋ' ସହିତ ଏପରି ଖେଳିବ !

ମୁଁ ମନା କଲାପରେ ତୁମ ମୋ' ଭିତରେ ଦୂରତା ବଢିଗଲା । ଆମ ଘର ସହିତ ଯେହେତୁ ମିଶିଥିଲ, ତେଣୁ ଯିବା ଆସିବା କରୁଥିଲ, କିନ୍ତୁ ଆନ୍ତରିକତା ନଥିଲା । ତାପରେ ଆରମ୍ଭ ହେଲା ଅତ୍ୟାଚାର । ମୋ' ଜୀବନର ଅତୀତକୁ ନେଇ ତୁମ ମୋ' ଭିତରେ ପାଟିତୁଣ୍ଡ ଆରମ୍ଭ ହୋଇଗଲା । କିନ୍ତୁ ପବିତ୍ର, ଦୁନିଆଁ ଆଗରେ ତୁମେ ଆଜି ନିର୍ଦ୍ଦୋଶ ହୋଇ ଯାଇଛ ସତ, ହେଲେ ନିଜ ମନକୁ ଥରେ ପଚାର । ଆମ ସମ୍ପର୍କର ବହୁ ଆଗରୁ ମୁଁ ତୁମକୁ କହିଥିଲି "ମୋର ଗୋଟିଏ କଳଙ୍କିତ ଅତୀତ ଥିଲା ।" ସେ ଘଟି ଯିବାର ୨୦/୨୨ ବର୍ଷ ପରେ ତୁମେ ଆସିଲ, ସବୁଶୁଣି ସବୁଜାଣି ଯେତେବେଳେ ତୁମେ ପ୍ରେମର ହାତ ବଢ଼ାଇଲ ମୁଁ ଭାବିଗଲି ତୁମେ ମୋତେ ମାଫ କରି ଦେଇଥିଲ ବୋଲି । କିନ୍ତୁ ନା, ଭିତରେ ଭିତରେ ସେ ନିଆଁ କୁହୁଳୁ ଥିଲା । ତୁମକୁ ଭଲ ପାଇଥିଲି ବୋଲି କେତେ ଗାଳି, ମାଡ଼ ନ ସହିଛି, ତଥାପି ତୁମର ଖୁସି ଦେଖୁଥିଲି ।

ଆଜି ବି ସେଦିନ ଗୁଡିକ ମନେପଡ଼ିଗଲେ ଦେହ ମୁଣ୍ଡରେ କରେଣ୍ଟ ଚାଲିଗଲା ପରି ଲାଗୁଛି । ମନେ ପଡି ଯାଉଛି । ପବିତ୍ର ତୁମେ ନିଜେ ଏତେ ତଳକୁ ଖସି ଯାଇଥିଲ ସେ କଥା ମୁଁ ଯଦି ଚେତେଇ ଦେଉଥିଲି ନିଜ ଦୋଷ ସ୍ୱୀକାର କରିବା ପରିବର୍ତ୍ତେ ମୋ' ଅତୀତର ଉଦାହରଣ ଦିଆଯାଉଥିଲା । ଆମ ଘର ଆଖ ପାଖର ଝିଅମାନେ ତୁମ ବେଶଭୁଷା ଦେଖି ମୁଗ୍ଧ ହୋଇ ଯାଉଥିଲେ, ଆଉ ତୁମେ ---? ଆମ ଘରେ କେହି ନଥିବାରୁ ସୁଯୋଗ ନେଇ ମୋରି ଆଗରେ ତୁମେ ଖେଳି ଚାଲିଥିଲ ଦେହର ଖେଳ । ମିଛରେ ଭଲ ପାଉଛି କହି ଝିଅମାନଙ୍କୁ ତୁମ ଆଡକୁ ଆକର୍ଷିତ କରି ଖେଳି ଚାଲି ନିଜର ଭୋକ ମେଣ୍ଟାଉ ଥିଲ । ଏମିତି ବି ହେଇଛି ମୁଁ ଖଟ ତଳେ ଶୋଇଥାଏ ବା ଖଟ ଉପରେ ଶୋଇଥାଏ, ରାତି ଅନ୍ଧାରର ସୁଯୋଗ ନେଇ ସେହି ଝିଅ ମାନଙ୍କ ସହ ରତିକ୍ରିୟାରେ ମଜ୍ଜି ରୁହ, ଭାବିଥାଅ ମୁଁ ଶୋଇପଡିଛି । ମୁଁ ବି ଗୋଟିଏ ଝିଅ ଥିଲି, କେବେ ଚିନ୍ତା କରିଛ, ମୋର ବି ମନ ଥିଲା ଦେହ ଥିଲା, ନା ସେଗୁଡିକ ତୁମର ଦୋଷ ନଥିଲା ତୁମ ଭାଷାରେ ।

ଏମିତି ଗୋଟେ ପ୍ରେମିକା ଦେଖେଇ ଦେଇଥାନ୍ତ ପବିତ୍ର, ନିଜ ପ୍ରେମିକର ରତି କ୍ରୀଡା ଦେଖି ଚୁପଚାପ ହଳା ହଳ ବିଷ ପିଇ ସହି ଯାଉଥିବ । ତଥାପି ଛାତିକୁ ପଥର କରି ତୁମର ସବୁ କୁକର୍ମକୁ ସହି ଯାଉଥିଲି । ଆଉ କ'ଣ କରି ପାରିଥାନ୍ତି ? ଭଲ ପାଇଥିଲି ବୋଲି ଯାହା ନକରିବା କଥାକୁ ମଧ୍ୟ କରୁଥିଲି । ଏତକ ସତ୍ତ୍ୱେ ବି ମୁଁ ତୁମର ହେଇ ପାରିଲି ନାହିଁ, ତେଣୁ ନିଜେ ନିଜେ ଦୋଷ ଦିଏ

ବୋଧ ହୁଏ ମୋ' ଭଲ ପାଇବାରେ କେଉଁଠି କିଛି ଭୁଲ ରହିଗଲା ।

ତୁମର ମୋର ସମ୍ପର୍କ ବିଷୟରେ ବୋଧେ ଆମଘରେ ଜାଣିଗଲେ ମୁଁ ମଧ୍ୟ ଘରେ ଗାଳି ଖାଇଥିଲି । ତେଣୁ ତୁମର ଆସିବା ବନ୍ଦ ହେଇଗଲା । ତୁମର ମନ ମୋ' ଉପରୁ ଅନେକ ଆଗରୁ ଛାଡ଼ିଯାଇଥିଲା । ହଁ ନା, ପବିତ୍ର ଯଦି ସେମିତି ହୋଇ ନଥାନ୍ତା ତେବେ ମୋ' ଆଗରେ ଅନ୍ୟ ଝିଅମାନଙ୍କ ସାଙ୍ଗରେ କ'ଣ ଖେଳି ପାରିଥାନ୍ତ ? ମୁଁ ଯଦି ସେମିତି କରିଥାନ୍ତି ତୁମ ଆଗରେ ତୁମେ ମୋତେ କ୍ଷମା କରିଦେଇଥାନ୍ତ ? ଛାଡ଼ ଯାହା ତୁମର ନୁହେଁ ତାକୁ ଭିଡି ଓଟାରି ନିଜ ଆଡକୁ କରିବାର କିଛି ମାନେନାହିଁ । ମୁଁ ତୁମକୁ ଶେଷଥର ପାଇଁ କହି ଦେଇଥିଲି ତୁମେ ବିବାହ କର ।

ପବିତ୍ର, ସେହି ଦିନଠାରୁ ମୋ' ରାସ୍ତା ମୁଁ ବାଛି ନେଲି । ଗାଁରେ ରହିଥିଲେ ତୁମ କଥା ମନେ ପଡ଼ିଥାନ୍ତା, ତେଣୁ ଗାଁ ଛାଡି ଚାଲି ଆସିଲି ଦୂରକୁ, ଏକ ପାହାଡ଼ ଘେରା ବଣ ଜଙ୍ଗଲ ପୂର୍ଣ୍ଣ ଯାଗାକୁ । ଲୋକମାନଙ୍କ ସୁଖ ଦୁଃଖର ସାଥୀ ହୋଇ ଦିଦି' ପାଲଟି ଯାଇଛି । ଜୀବନର ଆଦ୍ୟ ପାହାଚ ଗୁଡିକର କୁଠାର ଘାତ ମଣିଷର ଗତି ବଦଳାଇବା ପାଇଁ ତା'କୁ ବାଧ କରିଦିଏ । ମୋର ଲକ୍ଷ୍ୟ ସବୁ ବିକ୍ଷିପ୍ତ ମାଳିର ମୋତି ଭଳି ବିଛେଇ ହୋଇ ଏପଟେ ସେପଟେ ପଡିଗଲା ପରେ ମୁଁ ମାଳି ପିନ୍ଧିବା ଛାଡି ଦେଲି । ସେହି ପରମ ପିତାଙ୍କ ଆଜ୍ଞାରେ ପରିଚାଳିତ ହେଲି । ସତରେ ପବିତ୍ର ସତ କହିବାକୁ ଗଲେ ମୁଁ ତୁମକୁ ଭୁଲି ପାରିନି ସତ, ହେଲେ ନିଜ ମନକୁ ବୁଝାଇ ଦେଇଛି ଯିଏ ନୁହେଁ ମୋର ତା' ପଛରେ ଗୋଡେଇ ଗୋଡେଇ ଲହୁଲୁହାଣ ହେବା ଛଡା ଅନ୍ୟଗତି ନୁହେଁ । ମୁଁ ଟିକେ ଶାନ୍ତି ପାଇନି । ଦୁନିଆଁ ଦାଣ୍ଡରେ କଳଙ୍କିନୀ ହେଲି, କ'ଣ ପାଇଲି? କିନ୍ତୁ ସେଦିନ ଯେଉଁ ଶାନ୍ତି, ଆତ୍ମତୃପ୍ତିର ସନ୍ଧାନରେ ଜଳନ୍ତା ନିଆଁ ଭିତରକୁ ପଶି ଯାଇଥିଲି, ସେହି ଆତ୍ମ ତୃପ୍ତି ଆଜି ମିଳିଛି ।

ନିରୀହ ଘଞ୍ଚ ଅରଣ୍ୟବାସୀ । ସହରର ଚାକଚକ୍ୟ ଠାରୁ ବହୁଦୂରରେ ନା ଅଛି ପ୍ରଦୂଷଣର ଭୟ, ନା ଅଛି ବିପଥଗାମୀ ହେବାର ଭୟ । ଏମାନଙ୍କ ହୃଦୟ ଗଙ୍ଗା ପରି ପବିତ୍ର, ବୋହି ଆସୁଥିବା ଝରଣା ପରି ନିର୍ମଳ ଆଉ ସୁଶୀତଳ, ମନ ଭିତରେ ଅବିଳତା ନଥାଏ । ସେମାନେ ଯାହାକୁ ଥରେ ଭଲ ପାଆନ୍ତି ତା ପାଇଁ ଜୀବନ ଦେବାକୁ ମଧ୍ୟ ଭୁଲନ୍ତି ନାହିଁ । ସେଇ ଶୂନଶାନ୍ ବନର ତରୁ ତଳେ ବସି ଲେଖିଥିବା ମୋ' ଜୀବନ କାହାଣୀ ପୁସ୍ତକଟି ରାଷ୍ଟ୍ରପରି ପୁରସ୍କାର ପାଇଲା

ପରେ ମୋ' ଠିକଣା ସମସ୍ତଙ୍କ ସାମନାକୁ ଆସିଗଲା । ଆଉ ପବିତ୍ର ଗୋଟିଏ ଚିଠିଦେଇ ଧନ୍ୟବାଦ ଜଣାଇ ଥିଲେ ।

ଆଉ କିଛି ଭାବି ପାରୁନଥିଲା ଲିତୁ । ବର୍ଷାର ମୂଷଳଧାରା ସତେ ଯେମିତି ତା ଜୀବନର ଆଲେଖ୍ୟକୁ ଲିଭାଇ ଦେବାପାଇଁ ଏ ପୃଥିବୀକୁ ଆସିଛି । ଘଡ଼ ଘଡିର ରଡି ବିଜୁଳିର ଚମକ ବିଶ୍ରାମଗାରାର ଝରକାର କବାଟଦେଇ ଭିତରକୁ ଚାଲି ଆସୁଛି । ସେହି ବିଜୁଳିର ଚମକରେ ପବିତ୍ର ଓ ତା'ର ପରିବାର ଆଖି ଆଗରେ ନାଚି ଉଠୁଥାନ୍ତି । ମନରେ ଗୋଟିଏ ପ୍ରଶ୍ନ ଆସୁଛି ଯେଉଁ ପବିତ୍ର ଏତେ ରୁକ୍ଷ କଠୋର ମୋ' ପାଇଁ ଥିଲେ, ଆଜି ଏତେ କୋମଳ କେମିତି ହେଲେ ?

ସବୁ ଝିଅଙ୍କୁ ଅସତୀ କହୁଥିବା ଲୋକଟା ନିଜ ସ୍ତ୍ରୀ ଉପରେ ସନ୍ତୁଷ୍ଟ ହେଲା କିପରି ? ତା' ହେଲେ ପବିତ୍ର ପରିଭାଷାରେ ସେ ସତୀ । ହଁ, ଥରେ ପବିତ୍ର କହିଥିଲେ ବିବାହ ବେଦୀରେ ଅଗ୍ନିକୁ ସାକ୍ଷୀ ରଖି ଯାହା ମଥାରେ ସିନ୍ଦୂର ଦିଆଯାଏ ତା ପାଇଁ କିଛି ଧରାଯାଏ ନାହିଁ । ତେଣୁ ହେଇଥିବ -- !

ଲିତୁ ମୋଟା ଫ୍ରେମର ଚଷମା ତଳେ ଥିବା କୋଟରଗଡ଼ ଆଖିରୁ ବୋହି ଯାଉଥିବା ଲୁହକୁ ପୋଛିବା ପାଇଁ ଚାଷମାଟି କାଢି ନିଜ ପିନ୍ଧା କାନିରେ ପୋଛି ଦେଲେ । ନା ଆଉ ଅତୀତକୁ ମନେ ପକାଇ ନିଜକୁ ଦୁର୍ବଳ କରିବେନି । ଯାହା ପାଇଁ ଆଜି ଲୁହ ବୋହୁଛି ସିଏ ତ ତା' ପରିବାର ନେଇ ଖୁସିରେ ଅଛି, ସେ କାହିଁକି ଏତେ ବ୍ୟସ୍ତ ହେଉଛି ?

ଧୀରେ ଧୀରେ ରାତି ପାହିଲା । ବର୍ଷା ବି ଥମି ଯାଇଛି । ଏତିକି ବେଳେ ଜଣେ ପଚାରିଲା, "ମା' ଜିନିଷ ପତ୍ର ଯିବ" ହଠାତ ମୁଣ୍ଡ ଟେକି ଚାହିଁଲେ କୁଲି ଜଣେ ପଚାରୁଛି । ହଁ କହି ଉଠି ବସିଲେ । କୁଲି ମୁଣ୍ଡରେ ହାତରେ ଧରି ଆଗେ ଆଗେ ଚାଲିଥାଏ ଆଉ ଲିତୁ ଅପା ପଛେ ପଛେ । ହେଲେ ଯିବେ କେଉଁ ଆଡେ ଜାଣିନି, ଯାଉ ଯାଉ ଯୁଆଡେ ଗଲେ, ବିଶ୍ରାମ କକ୍ଷରୁ ବାହାରି ଚାଲିଗଲେ ଯେ, ସେହିଦିନୁ ଲିତୁ ଅପାକୁ ଆଜି ଯାଏଁ କେହି ଦେଖିନି । କୁଆଡେ ଗଲେ ବଂଚିଛନ୍ତି କି ମୃତ୍ୟୁ ବରଣ କଲେଣି, ସେ କଥା ସମୟ କହିବ ।

* * *

ତେଣେ ପବିତ୍ର ସରକାରୀ ଚାକିରୀରୁ ଅବ୍ୟାହତି ନେଇ ସାରିଲେଣି । ଝିଅଟିକୁ ବିବାହ ଦେଇ ପୁଅ ପାଇଁ କନ୍ୟା ଖୋଜା ଚାଲିଛି । ଶ୍ରୀମତୀଙ୍କ ସାଙ୍ଗରେ ମିଳିମିଶି କାଟି ଦେଲେଣି ଦୀର୍ଘ ୩୦ ବର୍ଷ । ଦିନେ ହେଲେ ସେହି ତ୍ୟାଗମୟୀ ନାରୀକଥା ମନେ ପକାନ୍ତି ନାହିଁ । ଯାହା ପାଇଁ ସେ ଏକ ପରିଚୟ ପାଇଲେ, ସେ ତାଙ୍କ ମାନସ ପଟରୁ ପୁରା ଲିଭି ଯାଇଛି । ଆଜି ପବିତ୍ର ଏକପତ୍ନୀବ୍ରତ ରାମଚନ୍ଦ୍ର, କିନ୍ତୁ ଅତୀତର ଝରକା ଦେଇ ଯଦି ଥରେ ମାତ୍ର ପଛକୁ ଚାହାଁନ୍ତେ ତାହେଲେ ନିଜେ ଜାଣି ପାରନ୍ତେ ସେ କ'ଣ !

ସବୁ ଜାଣିଶୁଣି ଗୋଟେ ଝିଅକୁ ଆଶାର ପାରିଜାତ ଦେବା ଲୋଭରେ ମୃତ୍ୟୁର ନର୍କ ପୁରୀକୁ ପଠାଇବା କ'ଣ ପବିତ୍ରଙ୍କ ଦୋଷ ନୁହେଁ ? ଟ୍ରେନରେ ଦେଖାପରେ ସ୍ତ୍ରୀ ଯେତେବେଳେ ପଚାରିଲେ ତୁମେ ତାଙ୍କୁ କିପରି ଚିହ୍ନିଲ, ଆଜି ଶାନ୍ତ ସ୍ନିଗ୍ଧ ହୋଇ ପବିତ୍ର କହିଲେ ସେ ଲିଟୁ ଅପା ମୋର ପ୍ରଥମ ଚାକିରୀ ତାଙ୍କ ଗାଁରେ କରୁଥିଲି । ସମସ୍ତେ ତାଙ୍କୁ ଲିଟୁ ଅପା ଡାକନ୍ତି, ତେଣୁ ମୁଁ ବି ଡାକେ, ବହୁଦିନ ପରେ ଦେଖାହେଲେ ତ-- ।

ସତରେ ଏହାକୁ କ'ଣ ପ୍ରେମ କୁହାଯିବ, ନାଁ ପ୍ରେମ ନାଁରେ ବାସନା କୁହାଯିବ । ଅନୁତାପର ଲେସ ମାତ୍ର ଚିହ୍ନ ନାହିଁ । ଗୋଟିଏ ପତ୍ରଝଡା ଗଛକୁ ମୂଳରୁ ମାରି ଦେବାରେ କି ବାହାଦୂରୀ, ସେ କଥା ପବିତ୍ର ହିଁ ଜାଣିଥିବେ । ଯଦି କେହି କେବେ ପବିତ୍ରଙ୍କୁ ଦେଖିବେ, ଦୟାକରି ପଚାରିବେ ଫୁଲଦାନୀରେ ପ୍ରକୃତ ଗୋଲାପ ଶୋଭାପାଏ, ନା ପ୍ଲାଷ୍ଟିକରେ ତିଆରି ଫୁଲ । ଏତେ ଛଳନାରେ ପ୍ରେମର ପ୍ରଫୁଲ୍ଲକୁ ଅପବିତ୍ର କରିବା ପାଇଁ ତାଙ୍କ ମନରେ ଟିକେ କଷ୍ଟ ହେଲାନି !!!

■ ■

www.ingramcontent.com/pod-product-compliance
Lightning Source LLC
LaVergne TN
LVHW041709060526
838201LV00043B/652
* 9 7 8 9 3 9 1 1 1 6 2 4 8 *